ज्ञान गरिमा के
70 वर्ष

भारतीय
ज्ञानपीठ

जैनेन्द्र कुमार

विवाह, प्रेम और नैतिकता

(सूक्तियाँ और विचार)

जैनेन्द्र कुमार
विवाह, प्रेम और नैतिकता

(सूक्तियाँ और विचार)

संकलन
महेन्द्र राजा जैन

भारतीय ज्ञानपीठ

लोकोदय ग्रन्थमाला : ग्रन्थांक 1265

ISBN 978-93-263-5419-6

जैनेन्द्र कुमार : विवाह, प्रेम और नैतिकता
(सूक्तियाँ और विचार)
संकलन : महेन्द्र राजा जैन

प्रथम संस्करण : 2015
मूल्य : 450 रुपये

प्रकाशक : भारतीय ज्ञानपीठ
18, इन्स्टीट्यूशनल एरिया, लोदी रोड, नयी दिल्ली-110 003

मुद्रक : विकास कम्प्यूटर्स ऐंड प्रिन्टर्स, दिल्ली-32

आवरण : महेश्वर

JAINENDRA KUMAR : VIVAH, PREM AUR NAITIKTA
(Suktiyan Aur Vichar)
Compiled by Mahendra Raja Jain

Published by
Bharatiya Jnanpith
18, Institutional Area, Lodi Road, New Delhi-110 003
Ph. : 011-24698417, 24626467; 23241619 (Daryaganj)
Mob. : 9350536020; e-mail : bjnanpith@gmail.com
sales@jnanpith.net; website : www.jnanpith.net

First Edition : 2015
Price : 450

हिन्दी में 'इंडेक्स' के प्रेरणा-पुरुष

डॉ. प्रभाकर श्रोत्रिय

के लिए

भूमिका

मेरे निजी पुस्तकालय में फोलियो साइज का लगभग 2000 पृष्ठों का Concordance to Shakespeare नामक एक वृहद ग्रन्थ है। उसे देखने के बाद सोचा कि Concordance (शब्दानुक्रमणिका) न सही पर जैनेन्द्र कुमार की सूक्तियों एवं विचारों का संकलन कर यदि उन्हें विषयों के अकारादि क्रम में रखकर प्रस्तुत किया जा सके, तो शोधार्थियों के साथ ही सामान्य पाठकों के लिए भी यह उपयोगी होगा। जैनेन्द्र कुमार ने इतने अधिक विषयों पर और इतने विस्तार से लिखा है कि उसे ठीक से समझने के लिए इस प्रकार के सन्दर्भ ग्रन्थ की आवश्यकता से इनकार नहीं किया जा सकता। यह हिन्दी में अपने ढंग का पहला कार्य तो होगा ही, बाद में सम्भव है कि इससे प्रेरित होकर अन्य लेखकों के सम्बन्ध में भी इसी प्रकार का कार्य किया जा सके। इस सम्बन्ध में परिचितों/मित्रों से जिक्र किया तो सभी ने इस विचार से सहमत होते हुए इस प्रकार के सन्दर्भ की आवश्यकता और महत्त्व को तो माना, पर कुछ ने शंका प्रकट की कि अपने स्वास्थ्य और उम्र को देखते हुए क्या मैं यह महत् कार्य कर पाऊँगा? क्या मुझे ऐसे किसी कार्य को शुरू करना चाहिए? पर मुझे इसकी चिन्ता नहीं थी।

इसके लिए जैनेन्द्र कुमार की प्रामाणिक रचनाओं को देखना जरूरी था। संयोग से उसी समय मेरा लन्दन जाने का कार्यक्रम बना, जहाँ मुझे पाँच माह तक रुकना पड़ गया। उसके बाद तीन वर्ष तक प्रति वर्ष वहाँ जाता रहा और हर बार कई माह तक रहा। वहाँ लन्दन विश्वविद्यालय के स्कूल ऑफ ओरियंटल ऐंड अफ्रीकन स्टडीज के पुस्तकालय में जैनेन्द्र कुमार की कुछ ऐसी पुस्तकें देखने को मिलीं, जो इलाहाबाद के पुस्तकालयों में नहीं थीं तथा 'जैनेन्द्र रचनावली' में भी जिन्हें शामिल नहीं किया गया था। बाद में वहाँ ब्रिटिश लायब्रेरी (पूर्व ब्रिटिश म्यूजियम लायब्रेरी) में भी ऐसी ही कुछ पुस्तकें मिलीं। लन्दन विश्वविद्यालय के पुस्तकालय का उपयोग

करने के लिए तीन दिन तक तो नि:शुल्क सुविधा है, पर उसके बाद अच्छा-खासा शुल्क देना पड़ता है। यह निश्चय ही हम जैसे लोगों, विशेषकर भारतीय लोगों, के लिए बहुत ज्यादा है। पर इस कार्य का महत्त्व देखते हुए मैंने शुल्क देकर भी जल्दी-से-जल्दी वहाँ की पुस्तकें देखकर कार्य समाप्त करना उचित समझा। मेरे लिए यह भी सुविधाजनक रहा कि पुस्तकालय सुबह 9 बजे से रात को देर तक खुला रहता है। इस प्रकार अपने लन्दन प्रवास का उपयोग मैंने वहाँ के पुस्तकालयों में जैनेन्द्र साहित्य देखने में किया। उसी का परिणाम है प्रस्तुत संकलन।

जिस समय मेरे मन में यह संकलन तैयार करने का विचार आया था, मेरा अनुमान था कि लगभग 300-350 पृष्ठों की सामग्री हो जाएगी। पर ज्यों-ज्यों कार्य में प्रगति होती गयी, सामग्री बढ़ती गयी और एक समय तो विस्तार के भय से ऐसा लगा कि यह कार्य मेरे बूते का नहीं है, इसे बन्द कर देना चाहिए। पर मन में बराबर लगा रहा कि अधूरा कार्य छोड़ देना पाठकों के साथ अन्याय होगा और समीक्षकों द्वारा पुस्तक पर 'अधूरेपन' या अपूर्णता का ठप्पा तो लगा ही दिया जाएगा। साथ ही मित्रों और शुभेच्छुओं ने भी इसे पूरा करते रहने के लिए प्रोत्साहित किया। अत: सोच लिया कि इसमें चाहे जितना समय लगे और चाहे जितना खर्च हो, यह कार्य करना ही है और अपनी तरफ से भरसक पूरा करना है।

जब इसके प्रकाशन की बात उठी तो कुछ प्रकाशकों ने इसके प्रकाशन में रुचि अवश्य दिखलाई पर कोई भी पूरा संचयन, जो सात या आठ खंडों का होगा, एक साथ छापने को तैयार नहीं हुआ। कुछ ने इसे संक्षिप्त कर अधिक-से-अधिक दो खंडों में प्रकाशित करने का सुझाव दिया तो कुछ ने इसे पूरी तरह सम्पादित कर कुछ विषयों तक ही सीमित करना चाहा। अन्त में यह तय किया गया कि पहले कुछ प्रमुख विषयों पर जैनेन्द्र कुमार के विचारों को अलग-अलग छोटे-छोटे संकलनों के रूप में प्रकाशित किया जाए। बाद में सभी विषयों को मिलाकर पूरा एकीकृत संचयन प्रकाशित हो। इसी योजनानुसार प्रस्तुत पहला संकलन सम्पूर्ण वृहद् संचयन का कुछ अंश यानी जैनेन्द्र कुमार के केवल 'विवाह, प्रेम और नैतिकता' सम्बन्धी विचारों और सूक्तियों का संकलन है। जैनेन्द्र कुमार ने इन तथा इनसे सम्बन्धित विषयों पर अपनी किस पुस्तक में क्या लिखा—इसका उल्लेख इस संकलन में करने का प्रयत्न किया गया है। अत: कहा जा सकता है कि जैनेन्द्र कुमार के साहित्य में रुचि रखनेवालों और व्यक्ति के रूप में जैनेन्द्र कुमार को जानने की इच्छा रखनेवालों के लिए इस संकलन से पता

चलेगा कि जैनेन्द्र कुमार ने इन विषयों पर क्या-क्या कहा या लिखा।

इस संकलन में सभी उद्धरण पहले हिन्दी वर्णमाला के क्रम में विषयानुसार और उसके बाद प्रत्येक विषय के अन्तर्गत हिन्दी वर्णमाला के क्रमानुसार दिए गये हैं। उद्धरणों का संयोजन अक्षर-प्रति-अक्षर की अपेक्षा शब्द-प्रति-शब्द के क्रमानुसार किया गया है। संकलन की प्रविष्टियाँ देखते समय यदि यह बात ध्यान में रखी जाए यानी कि सभी प्रविष्टियाँ शब्द-प्रति-शब्द के क्रम में रखी गयी हैं, तो पाठकों को इसका उपयोग करने में आसानी होगी। जिन शब्दों के साथ योजक चिह्न का प्रयोग कर एक शब्द बनाया गया है, उन्हें शब्द-प्रति-शब्द के सही क्रम में रखने के लिए दो अलग-अलग शब्द माना गया है। उद्धरणों को वर्णमाला के क्रमानुसार रखने के लिए आदि अक्षरों का क्रम वही रखा गया है, जो देवनागरी वर्णमाला का है।

पहले पुस्तकों के नाम के साथ पृष्ठ संख्या देने का भी विचार था। बाद में सोचा कि उससे पाठकों को उलझन ही होगी क्योंकि फिर पृष्ठ संख्या के साथ प्रकाशन वर्ष और प्रकाशक का नाम भी देना आवश्यक होता है। यदि ऐसा नहीं किया जाता तो पाठकों को और भी उलझन होती, क्योंकि एक ही पुस्तक के कई संस्करण निकले हैं या एक ही पुस्तक एक से अधिक प्रकाशकों द्वारा प्रकाशित हुई है। अतः पाठकों की सुविधा के लिए पुस्तकों का केवल नाम देना ही उचित समझा गया।

संकलन में यदि कोई कमी रह गयी है तो मुझे खेद है। पाठकों के सुझावों का स्वागत रहेगा, ताकि नये संस्करण में आवश्यक संशोधन किया जा सके।

—महेन्द्र राजा जैन

पुस्तकें पढ़ीं—

—अकाल पुरुष गाँधी
—अनन्तर
—अनाम स्वामी
—इतस्तत:
—कल्याणी
—कश्मीर की वह यात्रा
—कहानी : अनुभव और शिल्प
—काम, प्रेम और परिवार
—जड़ की बात
—जयवर्धन
—जैनेन्द्र के विचार
—तपोभूमि
—त्यागपत्र
—दशार्क
—परख
—परिप्रेक्ष्य
—पूर्वोदय
—प्रश्न और प्रश्न
—प्रस्तुत प्रश्न
—प्रेम और विवाह
—बाँग्लादेश : एक यक्ष प्रश्न
—मन्थन
—मुक्तिबोध
—मेरे भटकाव
—ये और वे
—राष्ट्र और राज्य
—विवर्त
—विहंगावलोकन
—वृत्त विहार 1
—वृत्त विहार 2
—वृत्त विहार 3
—व्यतीत
—समय और हम
—समय, समस्या और सिद्धान्त
—साहित्य का श्रेय और प्रेय
—सिक्का और अर्थ-व्यवस्था
—सुखदा
—सुनीता
—सोच-विचार
—स्मृति-पर्व

कहानियाँ पढ़ीं—

—अ-विज्ञान
—अकेला
—अनन्तर
—अनबन
—अन्धे का भेद
—अपना अपना भाग्य
—अपना-पराया
—अभागे लोग

जैनेन्द्र कुमार

विवाह, प्रेम और नैतिकता

(सूक्तियाँ और विचार)

अखंड प्रेम

अखंड प्रेम खंड भोग से आगे अखंड योग तक उठता है, उसी को ब्रह्मचर्य का नाम दिया जाता है।

—प्रश्न और प्रश्न

अखंड प्रेम सामाजिक मर्यादाओं से ऊँचा जाता है और स्वयं उन मर्यादाओं को आगे की मर्यादा देता है।

—प्रश्न और प्रश्न

मनुष्य की पूरी चरितार्थता अखंड प्रेम में है, जिसको ब्रह्मचर्य कहते हैं।

—प्रश्न और प्रश्न

अनाचार

अज्ञेय और अप्राप्य कहकर क्या आदर्श अनाचार और अनिष्ट को भी सहारा नहीं दे सकता है?

—मन्थन

कानून बनाकर प्रजनन जिस हद तक रोका जाएगा, उसी अनुपात में अनाचार भी फैलेगा।

—प्रस्तुत प्रश्न

मॉरेलिस्ट अपने भय से अनाचार-व्यभिचार का भूत खड़ा करता है।

—अनाम स्वामी

लैंगिक क्षेत्र में यदि हम अनाचार के दृश्य समाप्त चाहते हैं, तो नैतिकता पर से जकड़ को हटाकर उसमें सह्यता और सहृदयता का सन्निवेश करना होगा।

—प्रेम और विवाह

अपने पाँव पर स्वयं कुल्हाड़ी मारना

विवाह प्रेम को प्रतिष्ठित करने के बजाय जब खंडित करता है, तो वह अपने पाँव पर स्वयं कुल्हाड़ी मारता है।

—समय और हम

अपारिवारिक सेक्स सम्बन्ध

अपारिवारिक सेक्स सम्बन्ध में तृप्ति तीखी प्रतीत होती हो, लेकिन भरी नहीं होती।

—समय और हम

अपारिवारिक सेक्स सम्बन्ध में समर्पण की अनुभूति नहीं होती।

—समय और हम

अपूर्ण प्रेम

अपूर्ण प्रेम में से काम और कामना पैदा होती है।

—प्रश्न और प्रश्न

अप्सरा

प्रेम [में] आँख के लिए जो अप्सरा होती है, वही क्या निपट गृहस्थी की चक्की में अपदार्थ नहीं बन जाती।

—काम, प्रेम और परिवार

प्रेयसी में अप्सरा दीख आए और प्रेमी दिव्य पुरुष प्रतीत हो, तो यह भाव स्थाई इसलिये नहीं हो पाता कि प्रेम के पीछे ही कामना आ उतरती है।

—समय, समस्या और सिद्धान्त

अप्रतिष्ठा

पति-पत्नी सम्बन्ध में परस्पराधिकार की भावना को लेकर प्रेम की हम अप्रतिष्ठा कर चलते हैं।

—काम, प्रेम और परिवार

अप्रेम

अकसर प्रेम में अप्रेम का स्वागत नहीं हो पाता।

—प्रश्न और प्रश्न

अपने से बाहर हम प्रेम के प्रसार के लिए आ सकते हैं, अप्रेम चुकाने नहीं।

—परिप्रेक्ष्य

अप्रेम अपने पर टिकनेवाले को नहीं जिला सकेगा।

—जड़ की बात

अप्रेम अर्थात अहंकार वैयक्तिक शक्ति है।

—प्रश्न और प्रश्न

अप्रेम असामाजिक है।

—कहानी : अनुभव और शिल्प

अप्रेम में जो चर्या होती है, उसमें अब्रह्म भाव होता है।

—प्रश्न और प्रश्न

अप्रेम है तो हम लड़ ही नहीं सकते।

—परिप्रेक्ष्य

अमुक को पा लेना, भोग लेना चाहते हैं, फिर वह वस्तु हो या व्यक्ति, तो इसमें स्वप्रेम अर्थात अप्रेम मिला होता है।

—प्रश्न और प्रश्न

खंड को जब हम प्रेम करते हैं, तो दूसरे खंड के प्रति उसमें अप्रेम समाया रहता है।

—प्रश्न और प्रश्न

जब तक हमारे मन में अप्रेम है, तब तक हमारे लिये सार्वजनिक जीवन में भी स्थान नहीं होना चाहिए।

—परिप्रेक्ष्य

जहाँ अप्रेम और हिंसा है वहाँ प्रगति तो है ही नहीं, वहाँ गति से ही उकताहट है।

—मन्थन

जहाँ नियन्त्रण है, वहाँ प्रेम के माथे अप्रेम भी है।

—साहित्य का श्रेय और प्रेय

जहाँ फल की चाहना है, उस प्रेम में अप्रेम भी है।

—प्रस्तुत प्रश्न

द्वन्द्व अप्रेममूलक होता है।

—समय और हम

प्रेम अप्रेम के लिए स्वयं बन्धनों की सृष्टि करता है।

—प्रश्न और प्रश्न

प्रेम-अप्रेम दोनों से मिलकर जो चीज बनती है, उसे काम कहते हैं।

—प्रश्न और प्रश्न

प्रेम मुक्त है और हर बन्धन उसे अप्रेम में परिणत कर दे सकता है।

—समय, समस्या और सिद्धान्त

प्रेम में अप्रेम मिलने से काम की सृष्टि होती है।

—प्रश्न और प्रश्न

प्रेम में आसक्ति होती है, इसलिये विज्ञान अप्रेम है।

—वि-ज्ञान

प्रेम हम में अप्रेम के साथ रहा करता है।

—प्रश्न और प्रश्न

वासना सारी अप्रेम में से बनती है।

—वि-ज्ञान

व्यक्ति को साधारणतया जो प्रेम प्राप्त है, उसके साथ अप्रेम अवश्यम्भावी है।

—मन्थन

व्यक्तियों का आपसी प्रेम अपने भीतर अप्रेम यानी अहंकार के तत्त्व भी लिये चलता है।

—काम, प्रेम और परिवार

सांस्कृतिक और मानवीय विचार किसी तरह प्रेम से बचकर अप्रेम और द्वेष के समर्थन तक नहीं पहुँच सकता।

—समय और हम

सेक्स में प्रेम का कुछ अंश ही काम में आता है और उसी मात्रा तक जिस तक अप्रेम का मिश्रण उसे मिल जाता है।

—प्रश्न और प्रश्न

अबला

अबला कहलानेवाली स्त्री निर्भयता सम्पादन कर सकती है।

—प्रश्न और प्रश्न

स्त्री अत्याचार अपने ऊपर मानकर अपने को जैसे पहले ही से अबला ठहरा लेती है।

—काम, प्रेम और परिवार

अब्रह्मचर्य

ब्रह्म की चर्या आकर्षण के इनकार से आरम्भ नहीं हो सकती, बल्कि यह इनकार का आग्रह ही है जिसको अब्रह्मचर्य कहना होगा।

—समय, समस्या और सिद्धान्त

भय ब्रह्मचर्य का प्रमाण है।

—समय, समस्या और सिद्धान्त

अभिन्नता

दो व्यक्ति अपना शरीर एक दूसरे से पवित्र रखकर ही सच्चे तौर पर परस्पर की आध्यात्मिक अभिन्नता पा सकते हैं।

—मन्थन

अभिसारिका

सतीत्व पर कितना ही बल दीजिए, परकीया और अभिसारिका का शृंगार सती नारी से बढ़-चढ़कर ही होता रहेगा।

—इतस्तत:

अमोघता

अमोघता को समझेंगे तो स्त्री की ओर से यह माँग कि पुरुष को कुकर्म के फल के रूप में दंड दिया ही जाए, उतनी ही अनिवार्य हमें नहीं दीखेगी।

—काम, प्रेम और परिवार

नर-नारी आकर्षण में अधिक अमोघता और अदम्यता है।

—समय, समस्या और सिद्धान्त

अर्घ्यार्पण

अन्तरंग प्रेम के अर्घ्यार्पण में सेक्स को अनुपस्थित तो नहीं कहा जा सकता, पर अधिकांश वहाँ सेक्स का अशरीरी रूप ही संगत हुआ करता है।

—*समय, समस्या और सिद्धान्त*

अश्लील

अश्लील की भरमार सेक्स के अकुंठित स्वीकार का नहीं, बल्कि इनकार का परिणाम है।

—*समय, समस्या और सिद्धान्त*

अश्लील चेष्टा के लिए स्त्री-पुरुष में स्पर्श आवश्यक नहीं है।

—*समय, समस्या और सिद्धान्त*

अश्लील प्रकृत नहीं है, अप्राकृतिक है।

—*इतस्ततः*

अश्लील वस्तु के साथ नहीं है, कृत्य के साथ नहीं है, वह असत्य के और छल के साथ है।

—*इतस्ततः*

अश्लील शब्द में ही यह ध्वनि है कि वह अच्छा नहीं है।

—*साहित्य का श्रेय और प्रेय*

उद्गम वही है, लेकिन वहाँ से यदि कुरुचिपूर्ण अश्लील उगता है तो वहीं से भव्य दिव्य की भी सृष्टि हो सकती है।

—*समय, समस्या और सिद्धान्त*

कपट के बिना कुछ भी अश्लील नहीं है।

—*साहित्य का श्रेय और प्रेय*

घटना-घटना होती है, अपने आपमें न वह अश्लील होती है, न शिष्ट।

—*साहित्य का श्रेय और प्रेय*

घृणा अश्लील है।

—*साहित्य का श्रेय और प्रेय*

जीवन नैतिक और औपचारिक के दबाव के कारण अनौपचारिक क्षेत्रों में

अश्लील वृत्तियों के साथ मुक्त क्रीड़ा में उतर आना चाहे, तो इसमें विस्मय क्या है।

—इतस्तत:

जो अश्लील है, उसमें या तो दुबकाचोरी होगी या सीनाजोरी।

—साहित्य का श्रेय और प्रेय

जो अश्लील है वहाँ या तो चुनौती के साथ भोग पक्ष में शरीर का निरंकुश वर्णन होगा, नहीं तो शील के एक आडम्बर के नीचे लाग-लपेट के साथ वैसा कुतूहल पैदा करने की वृत्ति होगी।

—साहित्य का श्रेय और प्रेय

झूठ बिना अश्लील हो सकता नहीं और जहाँ झूठ है, वहाँ अश्लीलता के बीज अवश्य हैं।

—इतस्तत:

प्रकृत आचरण अश्लील कैसे हो सकता है!

—इतस्तत:

यदि कोई स्त्री कपड़े पहनती है और कपड़े ही कहें कि मेरी नग्नता की कल्पना करो, तो वह अश्लील है।

—साहित्य का श्रेय और प्रेय

यथार्थ और वास्तव के नाम पर निम्नताओं और विगर्हणाओं का उद्‌घाटन तरह-तरह की सावधानी बरतते हुए भी अश्लील हुए बिना नहीं रह सकता।

—समय और हम

यथास्थानता के ज्ञान के लिए अश्लील और अनैतिक शब्द व्यर्थ नहीं पड़ते, बल्कि वे भी अपने स्थान तक सीमित रहते और अधिक समय और आतंक नहीं उपजा पाते हैं।

—समय और हम

श्लील और अश्लील का प्रश्न वाक्य से नहीं, वृत्ति से है।

—साहित्य का श्रेय और प्रेय

सभ्य लगनेवाला आचरण भी अश्लील हो जाता है, जब उसकी असत्यता उघड़ी और प्रकट दीख आती है।

—इतस्तत:

सभ्यता हमारी अश्लील है।

—इतस्ततः

स्खलन की उत्तेजना मिलने पर भी शव अश्लील नहीं कहा जा सकता।

—साहित्य का श्रेय और प्रेय

अश्लीलता

अभिरुचि का जैसे-जैसे विकास होगा, अश्लीलता के प्रश्न की जटिलता स्वतः उतनी कम होती जाएगी।

—समय, समस्या और सिद्धान्त

अनैतिक और अश्लील शब्दों का प्रयोग अवश्य हमें कर लेना चाहिए, किन्तु उन पर रुकना नहीं चाहिए।

—समय और हम

अनैतिक और अश्लील शब्दों पर विचार करते समय हमें यह मालूम होना चाहिए कि हम क्या चाहते हैं।

—समय और हम

अश्लीलता असल में वह भँवर है, जहाँ हमें अपना प्रयोजन भूल जाता है और इन्द्रिय-व्यापार भुला और भरमाकर हमें घेर लेता है।

—समय और हम

अश्लीलता इस बात पर निर्भर करती है कि किसी घटना के साथ हमारा क्या नाता है, उसके प्रति क्या वृत्ति है।

—साहित्य का श्रेय और प्रेय

अश्लीलता का प्रश्न कृत्य का नहीं, भाव का है।

—समय, समस्या और सिद्धान्त

अश्लीलता का प्रश्न सभ्यता का प्रश्न है।

—इतस्ततः

अश्लीलता का स्थान बाहर जगत में नहीं है, मनुष्य के मन में है।

—वृत्त विहार 3

अश्लीलता की चुनौती यह नहीं कि उसे जानो, वह तो यह है कि उसे जीतो।

—साहित्य का श्रेय और प्रेय

अश्लीलता की जड़ कहीं है, तो भीतर भाव में है।

—समय, समस्या और सिद्धान्त

अश्लीलता की परिभाषा आवश्यक मानकर जो भी बनाई जाएगी, वह अन्त तक सही नहीं उतर पाएगी।

—समय, समस्या और सिद्धान्त

अश्लीलता की प्रस्तुति नीयत और तबीयत से होती है, जो परिभाषा में आ नहीं सकती।

—समय, समस्या और सिद्धान्त

अश्लीलता की सृष्टि तब होती है, जब स्त्री-पुरुष समागम के तथ्य के सत्य में हमारी ओर से असत्य का भी सम्मिश्रण हो जाता है।

—समय, समस्या और सिद्धान्त

अश्लीलता के कीटाणु सत्य की धूप से ही मरेंगे।

—साहित्य का श्रेय और प्रेय

अश्लीलता के प्रश्न पर कानून का काबू पूरा बैठ नहीं पाता।

—समय, समस्या और सिद्धान्त

अश्लीलता के प्रसंग में वीर्य रक्षण एकदम असंगत ही है।

—समय, समस्या और सिद्धान्त

अश्लीलता के लिए उपाय ऊपरीपन के और ऊपरी स्तर के सुधार से ही शुरू करना होगा।

—इतस्ततः

अश्लीलता के लिए एक मिथ्याचार आवश्यक है।

—समय, समस्या और सिद्धान्त

अश्लीलता केवल बुद्धि की स्पर्धा और दम्भ है।

—समय और हम

अश्लीलता जो रुक नहीं पाती है, तो इसी कारण कि वह कृत्य पर निर्भर नहीं है।

—समय, समस्या और सिद्धान्त

अश्लीलता छल के साथ है।

—साहित्य का श्रेय और प्रेय

अश्लीलता निगाह तक से प्रकट हो सकती है।

—समय, समस्या और सिद्धान्त

अश्लीलता पाप भी नहीं है, केवल गन्दगी है।

—साहित्य का श्रेय और प्रेय

अश्लीलता में यथार्थ का अनुसन्धान नहीं है, न अवगाहन है।

—समय और हम

अश्लीलता में वास्तविकता का कोई पुरस्कार या सम्मान नहीं है।

—समय और हम

अश्लीलता यदि वीर्य-व्यय आदि किसी स्थूलता से जोड़ी जाएगी, तो क्या हम यह नहीं देखते कि उससे तो फिर गार्हस्थ्य की नींव ही उखड़ जाएगी।

—साहित्य का श्रेय और प्रेय

अश्लीलता यदि है, तो वस्तु में नहीं व्यक्ति में है।

—साहित्य का श्रेय और प्रेय

अश्लीलता वहाँ है जहाँ कुंठित स्वीकारता नहीं है, बल्कि दुराव-घुमाव भी है।

—समय, समस्या और सिद्धान्त

अश्लीलता शब्द का यदि मानव-समाज में आविष्कार हुआ है, तो इसलिये कि वह निरा पशु नहीं है।

—समय, समस्या और सिद्धान्त

अश्लीलता हमारी पारिवारिक रचना पर, कौटुम्बिक सुरुचि पर, एक प्रहार है।

—समय, समस्या और सिद्धान्त

आदर्श के सन्दर्भ में च्युति ही वास्तविकता को अश्लीलता प्रदान कर देती है।

—समय और हम

एक जगह अश्लीलता, दूसरी जगह पवित्रता क्यों ?

—समय और हम

एक जगह वीर्य व्यय है, लेकिन अश्लीलता नहीं है; दूसरी जगह वह व्यय नहीं है, लेकिन अश्लीलता है।

—साहित्य का श्रेय और प्रेय

काम को जब हम सहज और प्रकृत रूप में स्वीकार नहीं करते हैं, बल्कि लोलुप आसक्ति से उसमें अतिरिक्त चसका और जायका डालने के लिए [उसके] साथ छल-छद्म जोड़ देते हैं; तब अश्लीलता उपज आती है।

—समय, समस्या और सिद्धान्त

कुटुम्ब की पवित्रता की रक्षा में ही अश्लीलता की बाढ़ से लड़ना और भी अनिवार्य है।

—साहित्य का श्रेय और प्रेय

जगत और जीवन के आकलन के प्रयास में अश्लीलता को आड़े नहीं आने देना होगा।

—वृत्त विहार 3

जहाँ आड़े-बाँके सूचन हैं; जहाँ डाट्स से काम लिया गया है; जहाँ तीक्ष्ण, चाहे फिर वे भर्त्सना के ही हों, विशेषण काम में लाए गये हैं; वहाँ अचूक अश्लीलता है।

—साहित्य का श्रेय और प्रेय

जहाँ छल है, वहीं अश्लीलता है।

—साहित्य का श्रेय और प्रेय

जहाँ भी मिथ्या है, वहाँ जाने-अनजाने अनैतिकता और अश्लीलता है।

—समय और हम

जहाँ लोलुप-लालसा मात्र है, किसी दायित्वशीलता का परस्पर अभाव है, वहाँ यदि मनुष्य को जुगुप्सा का अनुभव हो और अश्लीलता दुर्गन्ध दे आए, तो उसमें अन्यथा क्या है?

—समय, समस्या और सिद्धान्त

जहाँ वस्त्र नहीं है, वहाँ अश्लीलता जरूरी हो सो नहीं।

—साहित्य का श्रेय और प्रेय

जहाँ शरीर-व्यापार द्वारा मनोवृत्ति को समझने-समझाने का अथवा उससे भी आगे बढ़कर उसके भीतर से आत्म-धर्म की शोध या प्रतिष्ठा का प्रयास है, वहाँ अश्लीलता नहीं है।

—साहित्य का श्रेय और प्रेय

जहाँ शरीर सम्बन्धी असत्य है; उसके वर्णन में, चित्रण में, सँवार-व्यवहार में, दर्शन-स्मरण में असत्य है—वहीं अश्लीलता है।

—साहित्य का श्रेय और प्रेय

जहाँ स्त्री को घृणापूर्वक अर्थात रसपूर्वक वेश्या, व्यभिचारिणी आदि कहा जाता है, वहाँ अवश्य अश्लीलता है।

—साहित्य का श्रेय और प्रेय

जहाँ स्त्री में माता-भगिनी की बुद्धि है, वहाँ अश्लीलता नहीं है चाहे वहाँ शारीरिक नग्नता का जिक्र भी क्यों न आए।

—साहित्य का श्रेय और प्रेय

जहाँ हमारा सम्बन्ध सघन सहानुभूति का है, वहाँ अश्लीलता रह ही नहीं सकती।

—साहित्य का श्रेय और प्रेय

झूठ बिना अश्लील हो सकता नहीं और जहाँ झूठ है, वहाँ अश्लीलता के बीज अवश्य हैं।

—इतस्तत:

तथ्य पाने चला जाएगा तो अश्लीलता तो एकदम अतथ्य वस्तु निकलेगी और इस ढंग से देखने पर वह वीर्य-व्यय के साथ नहीं वरन् असत्य के कपट के साथ जुड़ी हुई पायी जाएगी।

—साहित्य का श्रेय और प्रेय

देह से या वीर्य से अश्लीलता का सम्बन्ध नहीं, मन के मैल से उसका सम्बन्ध है।

—साहित्य का श्रेय और प्रेय

दोहरा छलना का भाव ही अश्लीलता की सृष्टि करता है।

—समय, समस्या और सिद्धान्त

धन में, बुद्धि में, कुल में और विद्या में श्रेष्ठ मानी जानेवाली श्रेणियाँ अश्लीलता के बारे में जरूरत से ज्यादा चौकन्नी हैं; इसलिये नहीं कि उन्हें संयम की साधना प्रिय है, बल्कि इसलिये कि सत्य की साधना का उन्हें साहस नहीं है।

—साहित्य का श्रेय और प्रेय

नग्न शरीर में अश्लीलता नहीं है और पूरी तरह ढँका हुआ शरीर भी अपने-आप में अश्लीलता के दोष से बाहर नहीं है।

—साहित्य का श्रेय और प्रेय

नग्नता और आवरण से अश्लीलता के प्रश्न का सम्बन्ध नहीं है।

—साहित्य का श्रेय और प्रेय

नैतिकता का ऐसा आग्रह जो हर कहीं अनीति सूँघने को व्यग्र रहता है, मुझे लगता है कि एक ही साथ अश्लीलता और दम्भ पैदा किए बिना नहीं रहता।

—इतस्तत:

प्रकृति में तो अश्लीलता हो नहीं सकती।

—इतस्तत:

यह कहना क्या गंगा को उलटा बहाना न हो जाएगा कि हवा और धूप में अश्लीलता को न आने दो, क्योंकि इससे हवा खराब होगी और धूप मैली होगी।

—साहित्य का श्रेय और प्रेय

लोक मर्यादा और लोक शिष्टता से अश्लीलता के प्रश्न का सीधा सम्बन्ध है।

—साहित्य का श्रेय और प्रेय

लोभ-लालसा है, तो रागात्मक सम्बन्धों में अश्लीलता और वीभत्सता प्रकट हुए बिना न रहेगी।

—समय, समस्या और सिद्धान्त

विज्ञान में अश्लीलता का प्रश्न ही नहीं उठता।

—साहित्य का श्रेय और प्रेय

शरीर-वर्णन जहाँ ध्यान को अपनी ओर अटकाने के लिए है या वर्णन करनेवाले का ध्यान खुद शरीर में अटककर रह गया और इस तरह जहाँ समभाव और आत्म भाव का भंग है, वहाँ अश्लीलता है।

—साहित्य का श्रेय और प्रेय

सत्य में ही अनैतिकता और अश्लीलता का सही निराकरण और परिहार है।

—समय और हम

स्त्री-पुरुष संगम में अश्लीलता के लिए अवकाश नहीं रहता।

—समय, समस्या और सिद्धान्त

स्त्री-पुरुष सम्बन्ध से अश्लीलता का कोई सम्बन्ध नहीं है।

—साहित्य का श्रेय और प्रेय

हम कुछ शब्दों और स्थितियों को बचा सकते हैं, लेकिन आड़े-तिरछे संकेत जैसे कृति को अश्लीलता से नहीं बचा पाते।

—समय और हम

आकर्षण

अन्यान्य सम्बन्धों को आंशिक भी कह दें, पर स्त्री-पुरुष का आकर्षण सर्वग्रासी है।

—समय, समस्या और सिद्धान्त

आकर्षण जहाँ है, वहाँ उसका भोग ही है कर्तृत्व नहीं है।

—प्रश्न और प्रश्न

आकर्षण जिनमें व्याप्त और अनुभूत हो जाता है वे दोनों सिरे अपने-अपने अमोघ भाग्य में ऐसे नियुक्त हैं कि उस आकर्षण का दर्द ही भोग सकते हैं, अधिक और कुछ नहीं हो सकता।

—प्रश्न और प्रश्न

आकर्षण स्त्री और पुरुष को अपने बीच विसर्ग से प्राप्त हुआ है।

—इतस्तत:

उस आकर्षण को जिसे अन्यथा वासना कहकर निषिद्ध बना दिया जाता है, विवाह के अभिषेक से मानो हम मन्त्रपूत धर्म्य और वरेण्य बना लेते हैं।

—समय, समस्या और सिद्धान्त

काम में और काम के प्रति यह जो मनुष्य के भीतर अनिवार्य द्वन्द्व है, एक साथ आकर्षण और अपकर्षण है।

—प्रश्न और प्रश्न

दो के आकर्षण को जब व्यवस्था में नियोजित करते और उसे सामाजिक अनुमति की मोहर देते हैं, तो उसे विवाह कहते हैं।

—प्रश्न और प्रश्न

नर-नारी आकर्षण में अधिक अमोघता और अदम्यता है।

—समय, समस्या और सिद्धान्त

नर-नारी का आकर्षण सर्वत्र व्याप्त है—सचर के साथ अचर जगत में भी।

—प्रेम और विवाह

नर-नारी का द्वैत और उनके बीच का आकर्षण परिवार को आधार देते हैं।

—समय, समस्या और सिद्धान्त

पुरुष में नारी की देह के लिए उत्सुकता और आकर्षण रहता ही है।

—प्रेम और विवाह

स्त्री और पुरुष के बीच आकर्षण कभी समाप्त नहीं होने वाला है।

—जयवर्धन

स्त्री और पुरुष के बीच आकर्षण को काव्य ने सजाया-सँवारा है।

—इतस्तत:

स्त्री और पुरुष के बीच आकर्षण को धर्म ने महिमामंडित किया है।

—इतस्तत:

स्त्री और पुरुष के बीच का आकर्षण ब्रह्मांड में अव्याहत व्याप्त है।

—समय, समस्या और सिद्धान्त

स्त्री और पुरुष के बीच जो आकर्षण है, वह परस्पर उन्हें आत्म-दाह में मिलाए बिना रह नहीं सकता।

—इतस्तत:

स्त्री और पुरुष के मध्य जो एक आकर्षण है, अपने को दूसरे में खो देने और पा लेने की प्यास है—उसको लेकर इसी की विवशता से मानव प्राणी चल रहा है।

—प्रश्न और प्रश्न

स्त्री और पुरुष तत्त्वों में एक अमोघ आकर्षण है, उसको संघर्षण कहो तो भी वही बात है।

—काम, प्रेम और परिवार

स्त्री की निर्बलता (कोमलता) पुरुष के मन में बहुत बड़े आकर्षण का कारण होती है।

—काम, प्रेम और परिवार

स्त्री-पुरुष आकर्षण में आरम्भ में एक दूसरे में हठात देवत्व के दर्शन होने लगते हैं।

—समय, समस्या और सिद्धान्त

स्त्री-पुरुष के आकर्षण का आधार लेकर हमने जो अपनी पारिवारिकता और सामाजिकता का निर्माण किया है, सो यह मानवीय सभ्यता का निदर्शक ही है।

—समय, समस्या और सिद्धान्त

स्त्री-पुरुष के परस्पर आकर्षण की ही पहली किरण है जिसकी स्पर्शानुभूति हममें श्रद्धा और भक्ति के भावोदय के रूप में होती है।

—समय, समस्या और सिद्धान्त

स्त्री-पुरुष के बीच आकर्षण और सम्पर्क के प्रश्न को विचार-विवेचन और शिक्षण के बाहर रखना उचित नहीं है।

—प्रश्न और प्रश्न

स्त्री-पुरुष के बीच आकर्षण के प्रति यदि हममें भय-संशय का भाव उत्पन्न हो, तो वह वर्जनाओं को जन्म दे जाता है।

—समय, समस्या और सिद्धान्त

स्त्री-पुरुष के बीच आकर्षण में एक दैवी भाव विद्यमान और प्रवर्तमान रहता है।

—समय, समस्या और सिद्धान्त

स्त्री-पुरुष के बीच आकर्षण विधाता की ओर से प्राप्त मानव जाति की सबसे बड़ी सम्पदा है।

—समय, समस्या और सिद्धान्त

स्त्री-पुरुष के बीच आकर्षण शक्ति की महासत्ता सचराचर जगत में है।

—समय, समस्या और सिद्धान्त

आग्रहहीन प्रेम

आत्यन्तिक भाव से आग्रहहीन प्रेम ईश्वर प्रेम है।

—काम, प्रेम और परिवार

एक पति-पत्नी

एक पति-पत्नी की कल्पना पर आग्रह हमारा इतना उत्कट हो सकता है कि इस सम्बन्ध में परस्पर स्वत्व और स्वामित्व की एकाधिकारी भावना ही सर्वोपरि हो आए।

—प्रश्न और प्रश्न

एक-पत्नी व्रत

काम की प्रकृति को देखते हुए एक-पत्नी व्रत को स्वाभाविक नहीं मानता हूँ।

—प्रश्न और प्रश्न

एक से दो होना

बाकी हर कुछ से एक से दो होते हैं प्रेम से दो से एक होते हैं।

—प्रश्न और प्रश्न

एकांगी प्रेम

एकांगी प्रेम—जो प्रतिदान चाहता है, पर पाता नहीं है।

—प्रश्न और प्रश्न

एकांगी प्रेम—जो बिना शर्त है और इसलिये अपेक्षा और कामना से उत्तीर्ण है।

—प्रश्न और प्रश्न

औरत

आदमी को औरत की चाह रहती है कि वह इनसान बने।

—मान-रक्षा

औरत कसौटी है और दुनिया औरत है।

—इतस्तत:

औरत मर्द के लिए जरूर है—यह सही है; लेकिन औरत को मुसीबत नहीं बनने दिया जा सकता है।

—सबकी खबर

औरत हमेशा औरत होती है।

—तपोभूमि

कमाता मर्द है, खर्चती औरत है।

—झमेला

पैसे पर अधिकार औरत मानती और भोगती है, मर्द तो कमाने और खतियाने भर का हकदार है।

—झमेला

प्यार जो अमृत होता है, वह औरत के पास है।

—दशार्क

बिगाड़ तो औरत को भोगना होता है

—दो सहेलियाँ

औरत *और देखिए* **स्त्री**

काम (वासना)

अपने को देने की कामना की मात्रा तक काम में प्रेम का सत-भाव रहता ही है।

—समय, समस्या और सिद्धान्त

अपूर्ण प्रेम में से काम और कामना पैदा होती है।

—प्रश्न और प्रश्न

अर्थ और काम का समाहार प्रेम से अन्यत्र कहीं नहीं है।

इतस्तत:

अहं काम है, इसलिये वह सबकुछ है—यह मान लेंगे तो अहं को ही सर्व मानने जैसा हो जाएगा।

—प्रश्न और प्रश्न

अहं प्रेम और उत्सर्ग प्रेम—इन दोनों अनमिल तत्त्वों से मिलकर वह विस्फोट तैयार होता है जिसे काम कहते हैं।

—प्रश्न और प्रश्न

आनुषंगिक या दूसरे कुछ कारण हैं कि काम फिसलता दीखता है, ऊपर उठाता नहीं मालूम होता।

—समय, समस्या और सिद्धान्त

उपलब्धि प्रेम द्वारा जो होती है, काम द्वारा वही असम्भवप्राय बन जाती है।

—प्रश्न और प्रश्न

एक का एक के साथ सिद्ध और मुक्त हो गये सम्बन्ध को ही काम कहेंगे।

—समय, समस्या और सिद्धान्त

एक जगह जो साधक था, वही काम आगे मुक्ति में बाधक भी हो जाता है।

—समय, समस्या और सिद्धान्त

एक-दूसरे पर विजय पाने की इच्छा, बढ़ा-चढ़ा होने की आकांक्षा, काम वासना को ही प्रकट करती है।

—समय और हम

एक विशेष प्रकार का स्नेह हो सकता है, जो काम से अछूता बल्कि उलटा है।

—प्रश्न और प्रश्न

कर्म के उपादान हैं अर्थ और काम।

—प्रश्न और प्रश्न

काम अकेलेपन को खोने की औषधि के रूप में आता है।

—समय और हम

काम अथवा वासना में 'स्व' पर में युक्त बनता है, पर 'स्व' में आ मिलता है।

—समय, समस्या और सिद्धान्त

काम अनिवार्य है, तो उसको नियोजन में लाने में ही पुरुषार्थ की सिद्धि समझी जा सकती है।

—प्रश्न और प्रश्न

काम अनीश्वरीय शक्ति नहीं है।

कहानी : अनुभव और शिल्प

काम असह्यता में से आता है।

,—प्रश्न और प्रश्न

काम आंशिक प्रेम की विवशता में से प्रस्फुटित होता है।

—समय, समस्या और सिद्धान्त

काम इसलिये है कि वह सीमित है।

—समय और हम

काम एक दाह है और उसे रह-रहकर शमन की आवश्यकता होती है।

—प्रश्न और प्रश्न

काम और अर्थ के पुरुषार्थों से पहले धर्म का निर्देश है।

—समय, समस्या और सिद्धान्त

काम और कामना का [बीज] प्रत्येक के भीतर पड़ा हुआ है और परस्पर के प्रति प्रति क्षण काम किया करता है।

—समय और हम

काम और कामना के द्वारा प्राणोर्जा अपने को प्रकट कर आती है, वह स्वयं में अन्तिम शुद्धता के ध्रुव तक जाए बिना रहना नहीं चाहती है।

—समय, समस्या और सिद्धान्त

काम और कामना खराब चीजें नहीं हैं।

—सोच-विचार

काम और कामना दोनों आपस में रूठते हैं, तब खराबी पैदा होती है।

—सोच-विचार

काम और कुंठा—इन दोनों का अभिन्न संग है।

—प्रश्न और प्रश्न

काम और दूसरी इन्द्रियों के प्रति विरोध भाव एक प्रकार से व्यर्थता और नास्तिकता है।

—प्रश्न और प्रश्न

काम का इलाज प्रेम है।

—समय और हम

काम का निरोध होता नहीं है, तपस्या द्वारा किया जाता है तो अन्त में तपस्या को ही हारना पड़ता है, विजय काम की होती है।

—समय और हम

काम का हल केवल प्रेम है।

—प्रश्न और प्रश्न

काम की उत्कृष्टता एक विशेष प्रकार के निग्रह और संयम को जन्म दे सकती है।

—कहानी : अनुभव और शिल्प

काम की उपस्थिति के कारण स्त्री-पुरुष के बीच आसक्ति और विरक्ति की समस्या सनातन बनी रहती है।

—समय, समस्या और सिद्धान्त

काम की प्रकृति को देखते हुए एक-पत्नी व्रत को स्वाभाविक नहीं मानता हूँ।

—प्रश्न और प्रश्न

काम की संगति वहीं तक है, जहाँ तक एक द्वित्वात्मक प्रक्रिया अद्वैत की अनुभूति से द्रवित नहीं होती, बल्कि स्वतन्त्र वृत्ति के रूप में काम करती रहती है।

—समय, समस्या और सिद्धान्त

काम के स्पर्श से प्रेम सृजनशील बन जाता है।

—समय, समस्या और सिद्धान्त

काम को अनन्त गुणित करने से भी फल में प्रेम नहीं प्राप्त होगा।

—समय और हम

काम को अनिवार्य मानकर फिर उसे सहज बनाने का तर्क करना उलटे चलना हो जाएगा।

—प्रश्न और प्रश्न

काम को जब हम सहज और प्रकृत रूप में स्वीकार नहीं करते हैं, बल्कि लोलुप आसक्ति से उसमें अतिरिक्त चसका और जायका डालने के लिए साथ छल-छद्म जोड़ देते हैं तब अश्लीलता उपज आती है।

—समय, समस्या और सिद्धान्त

काम को विवाह में आमन्त्रित करके हमें गृहस्थ आश्रम प्राप्त होता है।

—इतस्तत:

काम खंडित है, प्रेम अखंड है।

—प्रश्न और प्रश्न

काम चर्या में कुछ-न-कुछ बलात्कार सदा ही होता है।

—समय और हम

काम जीवनमूल में ही है।

—समय और हम

काम नि:सन्देह काम की चीज है।

—सोच-विचार

काम पशु के साथ जैसा सहज है, मनुष्य के साथ वैसा सहज नहीं है।

—प्रश्न और प्रश्न

काम प्रेम का वह रूप है, जो स्वार्थ से संपृक्त है।

—वृत्त विहार 3

काम प्रेम विकास में बाधक नहीं है।

—समय, समस्या और सिद्धान्त

काम भी पुरुषार्थ है तो इसलिये कि प्रेम तत्त्व रह जाए, रति कट जाए।

—अनाम स्वामी

काम-भोग में यदि पाप-बोध का स्वाद न मिला, तो मानो बे-स्वाद कृत्य हो जाता है।

—प्रश्न और प्रश्न

काम में अर्पण और आग्रह, विसर्जन और स्पर्धा—दोनों वृत्तियाँ समानुपात में मिली रहती हैं।

—प्रश्न और प्रश्न

काम में अर्पण के साथ आग्रह भी मिला रहता है।

—प्रश्न और प्रश्न

काम में ईर्ष्या [और] संशय सदा विद्यमान रहते हैं।

—प्रश्न और प्रश्न

काम में एक को दूसरे की अपेक्षा होती है।

—प्रश्न और प्रश्न

काम में एक तनाव का अनुभव होता है।

—समय, समस्या और सिद्धान्त

काम में और काम के प्रति यह जो मनुष्य के भीतर अनिवार्य द्वन्द्व है, एक साथ आकर्षण और अपकर्षण है।

—प्रश्न और प्रश्न

काम में कलह साथ चलती है।

—प्रश्न और प्रश्न

काम में जबकि अपने को देने की चाह रहती है, तब अपने में उतनी ही लेने की चाहना भी रहती है।

—समय, समस्या और सिद्धान्त

काम में जोर-जबरदस्ती भी चलती है।

—प्रश्न और प्रश्न

काम में ताप और तनाव है, तोष नहीं है।

—प्रश्न और प्रश्न

काम में तृप्ति-अतृप्ति फूटती रहती है।

—प्रश्न और प्रश्न

काम में दुख का सर्वथा स्वीकार नहीं है।

—प्रश्न और प्रश्न

काम में निजाग्रह है।

—प्रश्न और प्रश्न

काम में निश्छल सहजता की अनुभूति भंग होती है।

—समय, समस्या और सिद्धान्त

काम में परस्परोपलब्धि नहीं है।

—प्रश्न और प्रश्न

काम में प्रेम की मात्रा बढ़ती जाती है, तो जिसको काम की लिप्सा और लालसा कहते हैं वह अरुचिकर और हेय प्रतीत होने लगती है।

—समय, समस्या और सिद्धान्त

काम में प्रेम है तो घृणा के साथ-साथ लिपटा हुआ है।

—प्रश्न और प्रश्न

काम में भी अभिव्यक्ति प्रेम की होती है।

—समय, समस्या और सिद्धान्त

काम में मानव पुरुष और स्त्री में बँट जाता है और आत्मा की एकता वहाँ खंडित हो जाती है।

—समय और हम

काम में राग और द्वेष दोनों साथ चलते हैं।

—प्रश्न और प्रश्न

काम में व्यक्ति झपटकर भोग लेना चाहता है, यज्ञ में कहीं बिछकर मिट जाना चाहता है।

—काम, प्रेम और परिवार

काम में से जबकि आनन्द और शक्ति का व्यय होता है, तब प्रेम में उनका संचय होता जा सकता है।

—प्रश्न और प्रश्न

काम में से श्रद्धा प्रकट होती है, तब काम बहुत छोटा होकर भी बहुत फल देनेवाला है।

—पूर्वोदय

काम में स्वयं कामोत्तीर्णता के बीज देखे जा सकते हैं।

—समय, समस्या और सिद्धान्त

काम यदि मुक्ति में बाधा है तो वह बाधा काम को ही समाप्त करने की चेष्टा में से दूर नहीं हो सकती, बल्कि काम में अन्तर्भूत प्रेम की मात्रा बढ़ाते

जाने से ही उसे दूर किया जा सकता है।

—समय, समस्या और सिद्धान्त

काम वासना से छुट्टी विरले व्यक्ति को मिलती है।

—प्रस्तुत प्रश्न

काम शब्द की सीमा है कि वहाँ शरीर का अतिक्रमण नहीं हो सकता।

—समय, समस्या और सिद्धान्त

काम शब्द स्वयं में अपूर्णता का और द्वन्द्व भाव का बोधक है।

—समय, समस्या और सिद्धान्त

काम सदा अधूरेपन का द्योतक है।

—समय, समस्या और सिद्धान्त

काम सदा द्वन्द्व है और इसीलिए वस्तुत्व अथवा व्यक्तित्व की माँग उसे कम और पुरुष से पुरुषत्व एवं स्त्री से स्त्रीत्व की माँग उसे अधिक हो जाती है।

—समय और हम

काम सम्बन्ध में प्राप्ति मानो एक क्षण का विस्मरण मात्र होती है, क्षण बीतने के साथ मानो वह उड़ भी जाती है।

—प्रश्न और प्रश्न

काम सम्बन्धी विज्ञता का सम्बन्ध दैहिक शीलता से नहीं है।

—प्रश्न और प्रश्न

काम से उत्पन्न हुई समस्याओं का निदान निषेधमूलक किसी नीतिवाद से नहीं है।

—प्रश्न और प्रश्न

काम से समाज व्यवस्था के और उसके विघटन के प्रश्न उत्पन्न होते हैं।

—प्रश्न और प्रश्न

काम सृष्टि में सर्वव्याप्त है।

—परिप्रेक्ष्य

काम हेय नहीं उपादेय भी है।

—समय और हम

कामना का मूल रूप काम है।

—काम, प्रेम और परिवार

कामना के मूल में काम है; लेकिन कामना के साथ उतनी ही प्रबल, उससे प्रबल, एक दूसरी चेष्टा और विवशता भी प्राणी के साथ है।

—काम, प्रेम और परिवार

कामना जब बँटी-फटी होती है, तो काम कहलाती है।

—प्रश्न और प्रश्न

कुछ है प्रकृति में जो काम करता है और नर के लोभ पर नारी को अस्वस्थ कर देता है।

—दशार्क

गृहस्थी के द्वारा काम को सीमा में लाकर फल में नियुक्त किया जाता है, जब कि प्रेम को उसके द्वारा फिर सब ओर प्रवाहित और विस्तृत किया जाता है।

—प्रश्न और प्रश्न

जगत व्यापार काम और यज्ञ के घात-संघात से चल रहा है।

—काम, प्रेम और परिवार

जहाँ काम कुंठित और अवरुद्ध रहता है, आर्त और आकुल बनता है, वहाँ सामाजिकता के लिए उतना ही खतरा भी हो जाता है।

—प्रश्न और प्रश्न

जब सम्बन्धों का आशय और समर्थन अपने में मान रखा जाता है, तो वहाँ काम और वासना का उदय होता है।

—समय, समस्या और सिद्धान्त

जहाँ सत्ता-सम्पदा है, वहाँ अर्थ और काम-विषयक उच्छृंखलता भी है।

—वृत्त विहार 3

जिसको काम कहते हैं, उसमें आग्रह अवश्य दिखेगा।

—प्रश्न और प्रश्न

जिसको प्रतिभा कहा जाता है, वह भी मूल (काम) शक्ति का परिवर्तित (उन्नत) प्रकार है।

—प्रस्तुत प्रश्न

जिसमें निजता न रहे, ऐसा काम निष्काम होकर प्रेम बन जाता है।

—समय, समस्या और सिद्धान्त

जीवन सोपान की समग्र और वैज्ञानिक दृष्टि धर्म, अर्थ, काम और मोक्ष को चतुर्मुख और चार विभागों में विभक्त नहीं देखेगी, बल्कि इस चतुष्टय में एकसूत्रता देख सकेगी।

—परिप्रेक्ष्य

जो काम और कामना से डरता और द्वेष करता है, वह अनीश्वरीय वस्तु [ब्रह्मचर्य] है।

—सोच-विचार

जो चेतना और साधना अकेलेपन को सच करने के लिए चली, वह काम के हाथों टूटे बिना नहीं रह सकती।

—प्रश्न और प्रश्न

जो श्रद्धा-विहीन है, वह काम का शिकार न हो—यह भला कैसे हो सकता है?

—काम, प्रेम और परिवार

तन्त्र की नाम से नहीं काम से परख होती है।

—समय और हम

दमन का भाव है तो हो सकता है कि काम दमित रहता हो, उन्नत और ऊर्जस्व न बनता हो।

—प्रश्न और प्रश्न

द्वन्द्व जहाँ से पड़ता है, काम की सृष्टि वहीं से मानी जाती है।

—प्रश्न और प्रश्न

द्वन्द्व में से अनिवार्यतया काम की सृष्टि होती है।

—प्रश्न और प्रश्न

द्वन्द्व से नीचे गहरे में जाकर काम की कामना लुप्त हो जाती है।

—प्रश्न और प्रश्न

धर्म के द्वार से राह पर आकर मुक्ति तक पहुँचना हो, तो बीच में अर्थ और काम की समस्याओं से निबटे बिना काम नहीं चलेगा।

—समय, समस्या और सिद्धान्त

धर्म-विचार को हम अर्थ और काम के प्रश्नों की ओर मोड़ें, तो वह विचार अधिक सार्थक और सत्वशील होगा।

—समय, समस्या और सिद्धान्त

धर्मपूर्वक ही अर्थ और काम मुक्ति के साधक पुरुषार्थ हैं।

—समय, समस्या और सिद्धान्त

निर्वैयक्तिक होकर काम ही प्रेम बन जाता है।

—अनाम स्वामी

परस्पराकर्षण का तत्त्व व्यक्तियों की परस्परता में आकर प्रेम और काम का रूप धारण करता है।

—वृत्त विहार 3

पुरुषार्थ की सफलता इसी में मानी जा सकती है कि व्यक्ति प्रेम से इतना तत्सम हो जाए कि अलग से उसे काम की आवश्यकता ही न अनुभव हो।

—प्रश्न और प्रश्न

प्रत्येक काम और भोग सम्बन्ध में यह जो प्राप्ति में से अप्राप्ति की अनुभूति है, जीतने में से हारने की और पाने में से खोने की कसक है, वह कभी मिटती नहीं है।

—प्रश्न और प्रश्न

प्रेम-अप्रेम दोनों से मिलकर जो चीज बनती है, उसे काम कहते हैं।

—प्रश्न और प्रश्न

प्रेम आप ही काम को जीतता है।

—जयवर्धन

प्रेम और काम के प्रश्नों को एक तरफ करके जीवन को सम्पूर्णता में समझना सम्भव नहीं होगा।

—वृत्त विहार 3

प्रेम कामना है, तो उस प्रेम में लिप्सा है।

—सोच-विचार

प्रेम की गवेषणा और उपलब्धि में मनुष्य काम चेष्टा से उत्तीर्णता भी प्राप्त कर सकता है।

—समय, समस्या और सिद्धान्त

प्रेम की पूर्णता से पहले काम की मुक्ति अवश्य नहीं है, फिर भी जो सम्भव है वह काम का मर्यादाशील उपयोग है।

—प्रश्न और प्रश्न

प्रेम के बजाय काम को मौलिक मान लेने के कारण परिवार की संस्था स्वार्थ-सम्पत्तिमूलक बनी है।

—समय, समस्या और सिद्धान्त

प्रेम को काम की व्यक्तिमत्ता का आधार आवश्यक बना रहता है।

—समय, समस्या और सिद्धान्त

प्रेम को हम एक से उठाकर समस्त में यदि फैला देते हैं, तो इसमें काम की हानि नहीं होती वरन् परम काम्य की समुपलब्धि होती है।

—प्रश्न और प्रश्न

प्रेम द्वारा काम की संकीर्णता में उदात्तता का प्रवेश होता है।

—समय, समस्या और सिद्धान्त

प्रेम नहीं होगा, तो काम होगा।

—समय और हम

प्रेम में अनायास काम खुल जाता है, उसका दंश तीखा नहीं रह जाता है।

—प्रश्न और प्रश्न

प्रेम में अप्रेम मिलने से काम की सृष्टि होती है।

—प्रश्न और प्रश्न

प्रेम में काम ऐसे परितृप्त और परिपूर्ण होता है कि उसे अपने होने तक का चेत नहीं रहता।

—प्रश्न और प्रश्न

प्रेम में काम का वर्जन नहीं है।

—प्रश्न और प्रश्न

प्रेम में काम की उद्धतता और उद्विग्नता के लिए अवकाश नहीं रहता।

—प्रश्न और प्रश्न

प्रेम में काम को अपनी परिपूर्णता प्राप्त होती है।

—प्रश्न और प्रश्न

प्रेम में काम निषिद्ध नहीं होता है, बल्कि ऊर्जस्व बनता है।

—समय, समस्या और सिद्धान्त

प्रेम मूल में काम के सिवा क्या है?

—विहंगावलोकन

प्रेम में यदि विसर्जन है, तो काम में आग्रह होता है।

—प्रश्न और प्रश्न

प्रेम से योग बनता है, लेकिन काम के कारण उसमें वियोग भी सम्मिलित होने लगता है।

—समय, समस्या और सिद्धान्त

बहुपतित्व और बहुपत्नीत्व दोनों ही जगह काम वासना को किसी-न-किसी प्रकार सामाजिक नियम द्वारा नियुक्त किया गया है, उसको उन्मुक्त छोड़ा नहीं गया है।

—प्रश्न और प्रश्न

ब्रह्म की चर्या कामना या काम-भाव की वह अनुकृति है, जो नानात्व और पृथकत्व में रुकती नहीं है; उनका समाहार या पार खोजती है।

—समय और हम

ब्रह्म की चर्या में काम की ज्वाला की नाना शिखाएँ एक प्रेम की लौ बनकर रह जाती हैं।

—समय और हम

ब्रह्मचर्य का वह अभ्यास जिसमें हठपूर्वक काम और इन्द्रिय का निषेध है, पहले ही से हारा हुआ रखा है।

—प्रश्न और प्रश्न

ब्रह्मचर्य काम को पोषण क्यों नहीं दे सकता?

—सोच-विचार

ब्रह्मचर्य में काम का उन्मूलन नहीं होता, ऊर्जस्वन होता है और इतना कि काम का प्रेम में रूपान्तर हो जाता है।

—प्रश्न और प्रश्न

ब्रह्मचर्य में काम की परिपूर्ति ही है।

—प्रश्न और प्रश्न

ब्रह्मचर्य जो उन्नयन के बजाय काम के दमन पर ही बल देता है, व्यक्तित्व

के भीतर गहरा द्वित्व छोड़ जा सकता है, अपेक्षित वहाँ व्यक्तित्व का एकीकरण है।

—समय, समस्या और सिद्धान्त

भगवान काम को पैदा ही न करता, यदि उसकी उपयोगिता न होती।

—प्रश्न और प्रश्न

भय और आशंका के निमित्त से काम वासना और अन्य इन्द्रिय व्यापारों का महत्त्व हमारे मानस में आवश्यकता से अधिक जगह घेरकर छा जाता है।

—प्रश्न और प्रश्न

मन और शरीर को अलग गिनने मात्र से काम को एक ओर सुन्दर और दूसरी ओर वीभत्स समझ लिया जाता है।

—समय और हम

मन में मन्थन चलता है, तब मानो द्वन्द्व में से काम की सृष्टि होती है।

—समय और हम

मनुष्य में सदा ही वह अतिरिक्त मात्रा प्रेम की बची रहती है, जो काम में परिणत नहीं हो पाती।

—प्रश्न और प्रश्न

मुक्त बलात्कार मनुष्य समाज में दीखता है तो यह इसलिये नहीं कि वह पशु के समान मुक्त बन जाता है, बल्कि इसलिये कि नाना बन्धनों की सृष्टि करके वह सहज काम को तीव्र वासना में परिणत कर लेता है।

—समय और हम

मोक्ष में अर्थ और काम का परिहार नहीं है, बल्कि समाहार है।

—समय और हम

यदि प्रेम का आधार न हो, तो काम निरन्तर दो के बीच कलह की परिस्थिति बनाए रखता है।

—प्रश्न और प्रश्न

यौन की सम्पूर्णता को प्रेम चाहे कह लीजिए, काम नहीं कह सकते।

—समय, समस्या और सिद्धान्त

लज्जा, बचाव, दुराव आदि लक्षण इसी बात को सिद्ध करते हैं कि [काम में] द्वन्द्व मूलतः गर्भित रहता है।

—प्रश्न और प्रश्न

वर्जन भाव नष्ट हो जाए और पति-पत्नी परस्पर थोड़े भी दुष्प्राप्य और निषिद्ध न रह जाएँ, तो काम का आकर्षण उनके बीच में लुप्त हो जाता है।

—प्रश्न और प्रश्न

विवाह की और दूसरी तरह की मर्यादाएँ काम को उपयुक्त बनाती हैं, अनर्गल नहीं बनातीं।

—प्रश्न और प्रश्न

विवाह में भी काम पर अंकुश आता है, प्रेम पर बन्धन नहीं आता।

—प्रश्न और प्रश्न

विवाह में से काम का उपचार होता है।

—समय और हम

वेश्या का प्रश्न काम से ही नहीं, धर्म से भी जुड़ा हुआ है।

—समय और हम

वेश्यावृत्ति का काम पक्ष शाश्वत है।

—समय और हम

वेश्यावृत्ति में प्रश्न उस काम वासना से बिछुड़ जाता है जो प्रकृत है और उस अर्थ-तृष्णा से जुड़ जाता है, जो अपेक्षाकृत आविष्कृत और उपार्जित है।

—वृत्त विहार 2

वैयक्तिक सन्दर्भ जहाँ तक है, वहीं तक काम है।

—समय और हम

व्यक्ति का अहं जितना तीव्र और बलिष्ठ होगा, उसमें काम भी उतना ही उग्र होता है।

—समय और हम

व्यक्तियों की परस्परता में आकर परस्पराकर्षण का तत्त्व प्रेम और काम का रूप धारण करता है।

—वृत्त विहार 3

शरीर की भिन्नता को हठात एक दूसरे में मिटा डालने की कामना रहती है, तब तक काम है।

—काम, प्रेम और परिवार

सतह के ऊपर जो अर्थ है, वही भीतर मूल में काम है।

—वृत्त विहार 3

सब देशों और कालों के साहित्य में अगर काम का प्रश्न केन्द्र में दिखाई देता है, तो यह संयोग नितान्त व्यर्थ और अनर्थक नहीं है।

—वृत्त विहार 3

समष्टि और व्यष्टि—इन दो संज्ञाओं के द्वैत पर ही अर्थ और काम चलता है।

—समय और हम

समस्त काम और कामना को यज्ञ तत्त्व में समाधि लेकर अपनी कृतार्थता प्राप्त करनी है।

—काम, प्रेम और परिवार

स्त्री-पुरुष के बीच शक्ति तो मूल प्रेम ही है, पर प्रवाह में सिरों पर व्यक्तियों के स्वत्व के साथ मिलकर प्रेम कुछ काम का रूप भी लेने को विवश होता है।

—समय, समस्या और सिद्धान्त

स्वत्व और परत्व के बीच की विषमता और खींच के अनुपात में ही काम में रस की तीव्रता आती है।

—समय और हम

स्वासक्ति और स्वाहुति में काम और प्रेम दोनों अनमिल और विरोधी भाव हैं।

-समय, समस्या और सिद्धान्त

हमारे यहाँ काम को पुरुषार्थ कहा है, पर उसका वर्जन और निषेध भी किया है।

—अनाम स्वामी

काम (वासना) का दंश

प्रेम में अनायास काम खुल जाता है, उसका दंश तीखा नहीं रह जाता है।

—प्रश्न और प्रश्न

काम (वासना) की उपयोगिता

भगवान काम को पैदा ही न करता यदि उसकी उपयोगिता न होती।

—प्रश्न और प्रश्न

काम (वासना) की बाढ़

काम विज्ञान की ओर से सोचनेवाले [काम की] बाढ़ की निविड़ता को तोड़ देना और प्रेम को मुक्त बना डालना चाहते हैं।

—प्रश्न और प्रश्न

काम (वासना) विकृति

अर्थ सम्पन्नता और काम विकृतियों में गहरा अन्तर्सम्बन्ध है।

—वृत्त विहार 3

काम (वासना) से उपरति

अर्थासक्ति से जैसे एक बिन्दु पर अर्थ-विरक्ति फलित होती है, उसी तरह कामासक्ति से एक जगह स्वभाववश काम से उपरति उत्पन्न होनी चाहिए।

—समय, समस्या और सिद्धान्त

काम-क्षुधा

वेश्यावृत्ति में ग्राहक की प्रेरणा वैयक्तिक काम क्षुधा से सम्बन्ध रखती है।

—समय और हम

काम-ज्वाला

जैसे यज्ञ के मध्य में अग्नि और ज्वाला होती है, वैसे ही परमेश्वर की सृष्टि में प्राणदायिनी काम-ज्वाला है।

—काम, प्रेम और परिवार

परमात्मत्व का आभास काम-ज्वाला में से किसी तरह नहीं मिल सकता।

—काम, प्रेम और परिवार

काम तत्त्व

हर कामना में काम तत्त्व का समावेश है।

—समय और हम

काम-तृप्ति

कामातुरता की स्थिति एक है, काम-तृप्ति के बाद की स्थिति बिलकुल उससे उलटी होती है।

—समय, समस्या और सिद्धान्त

कृत्रिम गर्भ निरोध से सहायता मिलेगी कि व्यक्ति वासना से ऊँचा न उठे और काम तृप्ति में ही रमा रह जाए।

—प्रश्न और प्रश्न

काम प्रवृत्ति

हम काम प्रवृत्ति को कुचलकर नष्ट नहीं कर सकते और न उसके परिणाम को नष्ट कर सकते हैं।

—प्रस्तुत प्रश्न

काम प्रेरणा

विविध कामनाओं के नीचे मुख्य तत्त्व काम प्रेरणा है।

—काम, प्रेम और परिवार

काम-भोग

काम-भोग की यह मर्यादा है कि वह एक के पार नहीं जाता।

—समय, समस्या और सिद्धान्त

काम-भोग में यदि पाप-बोध का स्वाद न मिला, तो मानो बे-स्वाद कृत्य हो जाता है।

—प्रश्न और प्रश्न

काम-भोग में रस जो और जितना है, वह प्रेम के निमित्त से है।

—समय, समस्या और सिद्धान्त

परस्परोपलब्धि भी काम-भोग द्वारा इतनी आंशिक होती है कि सम्भोग के साथ ही उसकी व्यर्थता की अनुभूति हुए बिना नहीं बचती।

—समय और हम

ब्रह्मचर्य उस ऐक्य भाव के सातत्य की साधना है, जो काम-भोग के चरम क्षण में हठात त्रासानन्द के रूप में अनुभूत हो आती है।

—समय, समस्या और सिद्धान्त

लाख कोशिश करने पर भी कामभोग में से किंचित जुगुप्सा, संकोच और निषेध के भाव को लुप्त नहीं किया जा सकता है।

—प्रश्न और प्रश्न

काम विज्ञान

काम विज्ञान की ओर से सोचनेवाले [काम की] बाढ़ की निविड़ता को तोड़ देना और प्रेम को मुक्त बना डालना चाहते हैं।

—प्रश्न और प्रश्न

काम-वेग

दर्पी व्यक्ति काम-वेग में हीन और निम्न बनकर ही चैन पाता है।

—समय और हम

काम वृत्ति

काम वृत्ति का रचनात्मक उपयोग है।

—समय, समस्या और सिद्धान्त

काम वृत्ति विस्तृत और विकास में सहायक होती है।

—समय, समस्या और सिद्धान्त

मनुष्य यदि पशु नहीं हो सकता तो इसी कारण कि काम वृत्ति उसके लिए उस तरह सहज वृत्ति नहीं रह जाती, मानो उसमें चेष्टा की आवश्यकता होती है।

—प्रश्न और प्रश्न

विवाह में काम वृत्ति के लिए रोक भी है और छूट भी है।

—प्रस्तुत प्रश्न

काम व्यापार

काम व्यापार कभी तो पूरी तरह मुक्त और सहज बन सकेगा—मनुष्य के साथ यह सम्भावना ही एकदम असम्भव है।

—प्रश्न और प्रश्न

काम शक्ति

काम शक्ति को फल से जब हम अलग कर देते हैं, तो उसकी सामाजिक उपयोगिता टूट जाती है।

—प्रश्न और प्रश्न

समाज व्यवस्था के लिए आवश्यक है कि काम शक्ति का ऐसा विनियोजन हो कि वह रचनात्मक बने, ध्वंसात्मक न हो पाए।

—प्रश्न और प्रश्न

सीधे भगवान के प्रति आत्म-दान करने की अवस्था में काम-शक्ति रूपान्तरित होकर अतीन्द्रिय बन जाती है।

—काम, प्रेम और परिवार

काम सम्बन्ध

काम सम्बन्ध में प्राप्ति मानो एक क्षण का विस्मरण मात्र होती है, क्षण बीतने के साथ मानो वह उड़ भी जाती है।

—प्रश्न और प्रश्न

प्रत्येक काम और भोग सम्बन्ध में यह जो प्राप्ति में से अप्राप्ति की अनुभूति है, जीतने में से हारने की और पाने में से खोने की कसक है, वह कभी मिटती नहीं है।

—प्रश्न और प्रश्न

लज्जा, संकोच आदि की भावना काम सम्बन्ध से सर्वथा विलुप्त नहीं होनेवाली है।

—प्रश्न और प्रश्न

सामाजिक प्रणालियाँ काम सम्बन्ध और विवाह सम्बन्ध को सहज नहीं रहने देती हैं।

—प्रश्न और प्रश्न

काम-सापेक्ष

वेश्यावृत्ति में ग्राहक की क्षुधा अतृप्त है या अधिक दीप्त है, या क्षत-विक्षत है, या प्रतिक्रिया में से उत्पन्न हुई है—इत्यादि जो भी निदान हो, वह काम-सापेक्ष अवश्य है।

—समय और हम

काम स्फोट

अहं प्रेम और उत्सर्ग प्रेम—इन दोनों अनमिल तत्त्वों से मिलकर वह विस्फोट तैयार होता है, जिसे काम कहते हैं।

—प्रश्न और प्रश्न

काम के स्फोट में द्वन्द अपनी चरमता प्राप्त करता है।

—समय और हम

काम स्फोट में एक ओर से नर चेतना और दूसरी ओर से नारी चेतना के रूप में विरोधी अहं चेतनाएँ साम्मुख्य में आती हैं।

—समय और हम

कामजन्य

कृष्ण और राधा के प्रेम में कामजन्य अतृप्ति का प्रश्न ही अपवित्र और अनर्थक लगता है।

—प्रश्न और प्रश्न

क्लेपटोमेनिया स्वयं कामजन्य हो सकता है।

—समय और हम

स्पर्शधर्मिता की कोटि तक पहुँचा हुआ ब्रह्मचर्य ही कामजन्य हमारी समस्याओं के शमन का उपाय है।

—समय, समस्या और सिद्धान्त

कामना

कामना प्रेम के स्पर्श से निष्काम होती है।

—दशार्क

जब कामना द्वारा किसी को ले लेना चाहा है, तब उसे पाया नहीं जा सका है।

—काम, प्रेम और परिवार

जिसने केवल सहा है, ऊपर से अतिरिक्त अपने लिए कुछ नहीं चाहा, ऐसी स्त्री पुरुष की कामनाओं का केन्द्र रही है।

—काम, प्रेम और परिवार

जो काम और कामना से डरता और द्वेष करता है, वह अनीश्वरीय वस्तु [ब्रह्मचर्य] है।

—सोच-विचार

द्वन्द्व से नीचे गहरे में जाकर काम की कामना लुप्त हो जाती है।

—प्रश्न और प्रश्न

परिपूर्ण प्रेम तृष्णा-कामना से आदमी को ऊँचे ले जाता है।

—प्रश्न और प्रश्न

पुरुष स्त्री की कामना के प्रति कठोर कम ही होता है, हो सकता भी कम है।

—काम, प्रेम और परिवार

प्रेम कामना है, तो उस प्रेम में लिप्सा है।

—सोच-विचार

प्रेम में पुरुष स्त्री की कामना इसलिये नहीं करता कि पुरुषत्व स्त्रीत्व को अपनाता रहता है।

—प्रश्न और प्रश्न

प्रेयसी में अप्सरा दीख आए और प्रेमी दिव्य पुरुष प्रतीत हो, तो यह भाव स्थाई इसलिये नहीं हो पाता कि प्रेम के पीछे ही कामना आ उतरती है।

—समय, समस्या और सिद्धान्त

ब्रह्म की चर्या कामना या काम-भाव की वह अनुकृति है, जो नानात्व और पृथकत्व में रुकती नहीं है; उनका समाहार या पार खोजती है।

—समय और हम

मन के द्वार में से कामना बाहर की ओर आती है, तो उपभोग का रूप ले लेती है; जिसकी निष्पत्ति एक ओर मैथुन में, दूसरी ओर अर्जन में होती है।

—समय और हम

कामाकर्षण

कामाकर्षण को, नर-नारी सम्बन्ध को, जब हमने निश्छल सद्‌भाव से स्वीकार किया, तो वही संस्कार बन गया।

—प्रश्न और प्रश्न

कामाकर्षण चर में नहीं, अचर में भी व्याप्त है।

—समय, समस्या और सिद्धान्त

कामाकर्षण सर्वत्र व्याप्त है।

—समय, समस्या और सिद्धान्त

विवाह के अतिरिक्त कामाकर्षण और नर-नारी सम्बन्धों को लेकर जो सवाल और संकट पैदा होते हैं, वे केवल इस कारण कि अनिष्ट समझकर सच के साहस को वहाँ हम साथ नहीं रखते हैं और असत को अपना बैठते हैं।

—प्रश्न और प्रश्न

स्वरति नीचे से सचमुच कट जाती है, तो कामाकर्षण दिव्य हो जाता है, द्वन्द्व तिरोहित हो जाता है।

—अनामस्वामी

कामाचार

कामाचार कभी अहं का शमन नहीं कर पाता।

—समय और हम

कामातुरता

कामातुरता की स्थिति एक है, काम-तृप्ति के बाद की स्थिति बिलकुल उससे उलटी होती है।

—समय, समस्या और सिद्धान्त

कामासक्ति

अर्थासक्ति से जैसे एक बिन्दु पर अर्थ-विरक्ति फलित होती है, उसी तरह कामासक्ति से एक जगह स्वभाववश काम से उपरति उत्पन्न होनी चाहिए।

—समय, समस्या और सिद्धान्त

वेश्यावृत्ति कामासक्ति नहीं, शुद्ध अर्थासक्ति है।

—समय और हम

कामी

कामना से ग्रस्त कामी पुरुष परिस्थिति की मर्यादा से हठात् टकराते रहकर उसे जड़ और जकड़ बना देता है।

—काम, प्रेम और परिवार

कामुक

नितान्त कामुक कोई हो नहीं सकता।

—काम, प्रेम और परिवार

प्रेम को व्यक्तिपरक और कामुक होने का अवकाश नहीं है।

—काम, प्रेम और परिवार

मन हम फटने देते हैं और तन की निकटता के कामुक होते हैं।

—मन्थन

कामुकता

कामना और कामुकता मूल में दोनों एक हैं।

—समय और हम

कामुकता से कोई प्राणी बचा नहीं हो सकता।

—समय और हम

जहाँ देह सम्पर्क की कामुकता है, वहाँ मन के ऐक्य की सम्भावना स्थाई नहीं होती।

—प्रस्तुत प्रश्न

दाम्पत्य सम्बन्ध कामुकता की पूर्ति मात्र के अर्थ नहीं है, उसमें सामाजिक दायित्व का भी सन्निवेश है।

—समय, समस्या और सिद्धान्त

प्रेम ही कामुकता, आर्थिक स्वार्थ और हिंसक महत्त्वाकाँक्षा पर विजय पा सकता है।

—समय और हम

वस्तु के प्रति इच्छा कामना कहलाती है, व्यक्ति के प्रति कामुकता।

—समय और हम

स्त्री-पुरुष के बीच आकर्षण के प्रति हममें भय-संशय का भाव हो, तो उसमें कामुकता उत्पन्न होती है।

—समय, समस्या और सिद्धान्त

कामेन्द्रिय

कामेन्द्रिय और अन्य कर्मेन्द्रियाँ हमारे पास तो हमारे भले के लिए हैं—यह स्वस्थ दृष्टिकोण अपनाए बिना नीति और अध्यात्म के मार्ग पर पहला कदम भी हम नहीं रख सकेंगे।

—प्रश्न और प्रश्न

कामोत्तीर्णता

काम में स्वयं कामोत्तीर्णता के बीज देखे जा सकते हैं।

—समय, समस्या और सिद्धान्त

कामोत्तेजना

राधा-कृष्ण का परस्पर सम्बन्ध केवल कामोत्तेजना का होता, तो उसमें घृणा और हिंसा का भी होना अनिवार्य था।

—काम, प्रेम और परिवार

कामोद्वेग

कामोद्वेग और कामोन्माद के बहुत से उदाहरण उन निराशाओं और विफलताओं में से बनकर सामने आते हैं, जो विवाह और गृहस्थ की सँकरी धारणाओं के कारण घटित होती हैं।

—प्रश्न और प्रश्न

कामोन्माद

कामोद्वेग और कामोन्माद के बहुत से उदाहरण उन निराशाओं और विफलताओं में से बनकर सामने आते हैं, जो विवाह और गृहस्थ की सँकरी धारणाओं के कारण घटित होती हैं।

—प्रश्न और प्रश्न

कामोपभोग

कामोपभोग के द्वारा हम सुख देते या लेते नहीं हैं, बल्कि जो कुछ लिया-दिया जाता है वह एक-दूसरे का उपयोग है।

—प्रश्न और प्रश्न

पदार्थोपभोग और कामोपभोग के सम्बन्धों में विषमता तर्कहीन नहीं है, प्रत्युत् अनिवार्य ही कही जा सकती है।

—प्रश्न और प्रश्न

कामोष्मा

यह समझना कि विवाह के अनन्तर पति-पत्नी के अतिरिक्त शेष सब सम्बन्धों में कामोष्मा समाप्त रहती है, भूल में चलना है।

—समय और हम

कृत्रिम गर्भ निरोध

कृत्रिम गर्भ निरोध के उपाय अनिष्ट इस अर्थ में कि वे कर्म को उसके फल से बचाकर मानो दायित्वहीन मानस को उत्तेजन देना चाहते हैं।

—प्रश्न और प्रश्न

कृत्रिम गर्भ निरोध के उपाय समस्या के किनारे को लेते हैं, मूल में नहीं जाते हैं।

—प्रश्न और प्रश्न

क्षणजीवी

शरीर का जहाँ प्रश्न आया कि भोग क्षणजीवी ही हो पाता है, जो तृप्त और सम्पूर्ण हो ही नहीं सकता।

—समय, समस्या और सिद्धान्त

क्षणानुभूति

देह को पाकर उसमें देह को खो पाना शून्यानुभूति को क्षणानुभूति बना देता है।

—समय, समस्या और सिद्धान्त

खंड प्रेम

खंड प्रेम मनुष्य का सच्चा चरितार्थ नहीं है।

—प्रश्न और प्रश्न

गृहस्थ

अंगीकृत को अपना मानना गृहस्थ की मर्यादा है।

—उपलब्धि

अकसर गृहस्थ की समस्या पैसे की भाषा में निदान और समाधान पा जाती है।

—इतस्तत:

आदर्श गृहस्थ वह है, जो मेहमान को सुख देने में स्वयं कष्ट पाकर कृतार्थता का अनुभव करता है।

—समय और हम

कामोद्वेग और कामोन्माद के बहुत से उदाहरण उन निराशाओं और विफलताओं में से बनकर सामने आते हैं, जो विवाह और गृहस्थ की सँकरी धारणाओं के कारण घटित होती हैं।

—प्रश्न और प्रश्न

गृहस्थ कोई सुख की सेज नहीं, वरन् तप का और साधना का आश्रम है।

—काम, प्रेम और परिवार

गृहस्थ यथार्थ में ब्रह्मचर्य की ही उत्तर परिणति है।

—काम, प्रेम और परिवार

नैतिक भावना ने ही गृहस्थ को आश्रम की उच्चता दी है।

—समय, समस्या और सिद्धान्त

राजा संसार का साधारण गृहस्थ नहीं है।

—निर्मम

वह गृहस्थ निष्फल और दूषित है, जहाँ साधु की अभ्यर्थना नहीं है और अतिथि का सत्कार नहीं है।

—प्रश्न और प्रश्न

विवाह पर गृहस्थ टिकता है, समाज टिकता है।

—इतस्तत:

विवाह में आदमी आदमी पीछे होता है, गृहस्थ पहले रहता है।

—इतस्तत:

विवाह संस्था को स्वत्वमूलक और अधिकारमूलक रूप देना कच्ची नींव पर गृहस्थ को खड़ा करना है।

—समय, समस्या और सिद्धान्त

साधु यदि अलग है और गृहस्थ अलग, तो संयम की वह तीखी रेखा, जो ऐसी फाँक बीच में डालती है, जीवन की चौमुखी सम्पन्नता में बाधा भी बन सकती है।

—इतस्तत:

सर्वोदय में अपरिग्रह भावना इतनी व्याप्त होगी कि व्यवसाय में ही नहीं, गृहस्थ में भी ट्रस्टीशिप का पालन होगा।

—प्रश्न और प्रश्न

गृहस्थ धर्म

गृहस्थ धर्म भारत में इतना प्रधान रहा है कि राष्ट्र धर्म ठीक तरह पनप नहीं पाया है।

—इतस्तत:

गृहस्थाश्रम

काम को विवाह में आमन्त्रित करके हमें गृहस्थ आश्रम प्राप्त होता है।

—इतस्तत:

गृहस्थाश्रम कारागार नहीं है, बल्कि मुक्ति का द्वार होने के लिए है।

—काम, प्रेम और परिवार

विवाह से 'अतिथिदेवो भव' वाला गृहस्थाश्रम भी प्राप्त हो सकता है।

—समय और हम

गृहस्थी

अतिथि देवता का स्थान रखे—यह कल्पना जिस गृहस्थी में साकार होती है, वही है जो उन्नति की गति के साथ न केवल निभती जा सकती है, बल्कि उसकी दिशा को भी सही रख सकती है।

—समय और हम

अश्लीलता यदि वीर्य-व्यय आदि किसी स्थूलता से जोड़ी जाएगी, तो क्या हम यह नहीं देखते कि उससे तो फिर गार्हस्थ्य की नींव ही उखड़ जाएगी।

—साहित्य का श्रेय और प्रेय

आय-व्यय का पट बहुत ही कम गृहस्थियों में आय के और पुरुष के पक्ष में होता है।

—इतस्तत:

गिरस्ती में जो प्यार हिसाब के आँकड़ों में रुंध और बुझ जाता है, क्लब में वही खिल आता है।

—इतस्तत:

गिरस्तियों का टूटना और लोगों के दुखों का बढ़ना इतिहास की प्रगति के लिए आवश्यक होता है।

—साहित्य का श्रेय और प्रेय

गृहस्थी के द्वारा काम को सीमा में लाकर फल में नियुक्त किया जाता है, जब कि प्रेम को उसके द्वारा फिर सब ओर प्रवाहित और विस्तृत किया जाता है।

—प्रश्न और प्रश्न

गृहस्थी चलानी है और पत्नी को भी सन्तुलित मन रखना है, तो पत्नी और प्रेयसी के अनुपात का हिसाब रखना होगा।

—प्रेम और विवाह

गृहस्थी पैसे के हिसाब से चलेगी, तो मेहमान मुसीबत होगा या नहीं तो शिकार होगा।

—समय और हम

गृहस्थी में सबसे बड़ा भय अभाव का है और सबसे बड़ा अभय धन का है।

—इतस्तत:

दोषान्वेषी वृत्ति आ जाने पर गृहस्थी की नैया ठहर नहीं सकती, उसको टूटना या डूबना ही होता है।

—काम, प्रेम और परिवार

धर्म नीति का स्वाभाविक प्रवाह त्यागी से गृहस्थी की ओर, विरागी से व्यवहारी की ओर है।

—मन्थन

पत्नी से गृहस्थी की गाड़ी चलती है।

—प्रेम और विवाह

पश्चिम में आदमी मुसाफिर है, यहाँ गृहस्थी है।

—समय और हम

प्रेम [में] आँख के लिए जो अप्सरा होती है, वही क्या निपट गृहस्थी की चक्की में अपदार्थ नहीं बन जाती?

—काम, प्रेम और परिवार

मध्यवित्त श्रेणी में केवल वे ही गृहस्थियाँ विषमता को झेल पा रही हैं, जो सहयोग और सेवा भावना का पल्ला थामे हुए हैं।

—काम, प्रेम और परिवार

रोष से प्रेरित होकर गृहस्थी को भंग करना समाज के लिए हितकर नहीं हो सकता, और न अन्तत: व्यक्ति के लिए हितकर हो सकता है।

—प्रस्तुत प्रश्न

विनय से उलटी वृत्ति सफल गिरस्ती नहीं दे सकेगी।

—प्रश्न और प्रश्न

सम्पत्तिमूलक पूँजीवादी धारणा के आधार पर चलाई जानेवाली गृहस्थी सामाजिकता में एक स्थापित स्वार्थ की गाँठ बनकर रह जाती और सामाजिक स्वास्थ्य के लिए बाधक बनती है।

—प्रश्न और प्रश्न

स्त्री और पुरुष का वह भाग जिसको अत्यन्त व्यक्तिगत मानने के कारण सामाजिक अर्थ में अनुपादेय और निकृष्ट भी कह सकते हैं, वही गृहस्थी में सिमटकर सीमित हो रहता है।

—काम, प्रेम और परिवार

स्त्री और पुरुष पति-पत्नी बनकर गृहस्थी को अपने लिये जेलखाना बना लें, इसका तो समर्थन नहीं है।

—काम, प्रेम और परिवार

हृदय से चलनेवाली गृहस्थी हो, तो अतिथि देवता होगा।

—समय और हम

गृहिणी

गृहिणी धर्म में ही स्त्री की समुचित परितृप्ति है।

—काम, प्रेम और परिवार

सती गृहिणी का धर्म कोई जकड़बन्द वस्तु नहीं है।

—काम, प्रेम और परिवार

घनिष्ठता

प्रेम के कारण पैसे का आदान-प्रदान बन्धन नहीं पैदा करता, दोनों ओर आनन्द की ही सृष्टि करता और उनके बीच घनिष्ठता लाता है।

—सोच-विचार

घृणा

आकर्षणवाले प्रेम के साथ घृणा भी चलती है।

—काम, प्रेम और परिवार

उलट चला प्रेम घृणा है।

—सोच-विचार

काम में प्रेम है, तो घृणा के साथ-साथ लिपटा हुआ है।

—प्रश्न और प्रश्न

घृणा उसी तरह शक्ति है जैसे प्रेम।

—सोच-विचार

घृणा और प्रेम एक ही सिक्के की दो बाजू हैं।

—समय, समस्या और सिद्धान्त

घृणा और प्रेम दोनों हमारे भीतर पड़े हैं और जो भी है, नष्ट वह कभी नहीं हो सकता है।

—समय और हम

घृणा और प्रेम सम्भोग में भिन्न नहीं होते।

—अनाम स्वामी

घृणा प्रेम को थामती और तीव्र करती है, तो उसी प्रकार प्रेम घृणा को धार देता रहता है।

—समय, समस्या और सिद्धान्त

घृणा भोग को कभी नहीं काट सकती।

—काम, प्रेम और परिवार

दो के भोग-सम्बन्ध में से कलह उपजती है और उस समय आपसी द्वेष और घृणा इतने तीव्र और उत्कट से हो जाते हैं जैसे सदा के लिए प्रणय भाव समाप्त हो गया हो।

—काम, प्रेम और परिवार

पापी को प्रेम करने की राह में ही पाप से घृणा करना सीख लेना होगा।

—समय और हम

पापी से उतना ही प्रेम सम्भव हो सकेगा, जितना पाप के प्रति घृणा होगी।

—समय और हम

प्रेम अपने मूल और अविकल रूप में पराक्रम और पुरुषार्थ के द्वारा प्रकट हो, तो भय और घृणा के आदेश के शस्त्रास्त्र उसके आगे लज्जित हो आएँगे।

—समय, समस्या और सिद्धान्त

प्रेम का विपर्यय ही घृणा है।

—काम, प्रेम और परिवार

प्रेम की शक्ति आदमी की करनी से रुद्ध और क्षुब्ध होकर घृणा बन जाती है।

—सोच-विचार

प्रेम के प्रत्युत्तर में आती हुई घृणा प्रेमिका के चित्त में विष घोल देती हुई दीख सकती है।

—*काम, प्रेम और परिवार*

प्रेम-पात्र के सम्बन्ध में घृणा से मुक्त होने पर ही प्रेम सात्विक होगा।

—*सम्बोधन*

प्रेम वह नहीं जिसका आधार घृणा हो और जिसका परिणाम ग्लानि हो।

—*सम्बोधन*

वह प्रेम जिसे भरने के लिए घृणा आवश्यक है, शुद्ध प्रेम नहीं है।

—*मन्थन*

संकीर्ण संकुचित प्रेम एक हद से नीचे जाकर पाशविक और घृण्य हो जाता है।

—*मन्थन*

जीतने में से हारने की कसक

प्रत्येक काम और भोग सम्बन्ध में यह जो प्राप्ति में से अप्राप्ति की अनुभूति है, जीतने में से हारने की और पाने में से खोने की कसक है, वह कभी मिटती नहीं है।

—*प्रश्न और प्रश्न*

'ढाई आखर प्रेम के'

'ढाई आखर प्रेम के' पढ़कर कोई पंडित अब तक खतम नहीं कर सका।

—*इतस्तत:*

तलाक

तलाक का सहारा लेकर जो विवाह तोड़ पाते हैं, वे सच में सफल और दुखी होते हैं—ऐसा तो माना ही नहीं जा सकता।

—*इतस्तत:*

कानून के जरिए तलाक की राह खोल देने भर से, या उस राह को प्रशस्त बना देने से, उलझन सुलझती या कम नहीं होती है।

—*काम, प्रेम और परिवार*

तिल-तिल मारना

प्रेम खुद को तिल-तिल मारता रहता है।

—*अनन्तर*

तृप्त-काम

विषय भोग में से इन्द्रियाँ तृप्त-काम नहीं होतीं।

—समय और हम

दम्पती

केवल परस्पर पति-पत्नी होकर कोई दम्पती सन्तुष्ट नहीं हो सकते।

—काम, प्रेम और परिवार

झगड़े के बिना दम्पती भी नहीं रह सकते।

—परिप्रेक्ष्य

यदि पति-पत्नी होकर कोई सन्तुष्ट हो सकता है, तो वह ऐसा ही दम्पति है जिसके बीच धर्म के सिवा दूसरा कुछ भी नियामक तत्त्व नहीं है।

—काम, प्रेम और परिवार

राम और सीता आदर्श दम्पती हो सके, इसमें सीता का निर्वासन और अग्नि परीक्षा का व्यवधान भी साधक रूप हुआ।

—काम, प्रेम और परिवार

दाम्पत्य

दाम्पत्य और परिवार ऐसी ही सम्मिलित संस्थाएँ हैं, जिनमें एक के सहयोग से दूसरा सम्पूर्ण होता है।

—प्रस्तुत प्रश्न

दाम्पत्य सम्बन्ध कामुकता की पूर्ति मात्र के अर्थ नहीं है, उसमें सामाजिक दायित्व का भी सन्निवेश है।

—समय, समस्या और सिद्धान्त

दाम्पत्य सम्बन्ध में तनिक निष्कामता साधने पर सात्विकता प्रकट हो सकती है।

— काम, प्रेम और परिवार

व्यक्ति जब तक अपनी प्रकृति में समाजधर्मी नहीं हो जाता, तब तक दाम्पत्य समाज के दखल से बाहर का विषय नहीं हो सकता।

—सोच-विचार

दायित्व

पुरुष-स्त्री से दायित्वशीलता की अपेक्षा रखता है, स्वयं अपने लिये कोई दायित्व नहीं मानता।

—*इतस्ततः*

प्रेम दायित्व नहीं है, किन्तु वही है जो एक को अनेक से जोड़ता है।

—*जड़ की बात*

प्रेम धर्म है और उससे बड़ा कोई दायित्व और कर्तव्य नहीं हो सकता।

—*जड़ की बात*

प्रेम पर कोई दायित्व नहीं होता।

—*विवर्त*

प्रेम से बड़ा कोई दायित्व और कर्तव्य नहीं हो सकता।

—*परिप्रेक्ष्य*

देखा-देखी [वर-कन्या]

जहाँ देखने के मानी [वर-कन्या का] सिर्फ एक-दूसरे की आकृति और रूप देखना भर है, तो वैसा देखना-न-देखना एक-सा है।

—*प्रस्तुत प्रश्न*

वर-कन्या [द्वारा] आपस में देखा-देखी होने ही न पाए, ऐसे आग्रह में कुछ अर्थ नहीं है।

—*प्रस्तुत प्रश्न*

धर्मपत्नी

घर तो मुसीबत है जहाँ मन को तारना, पत्नी को धर्मपत्नी समझना, इत्यादि-इत्यादि अनावश्यक बातें आवश्यक होती हैं।

—*सोच-विचार*

हमारे हिन्दू मत के धर्मपत्नी शब्द से ही प्रकट है कि दूसरे प्रकार की पत्नियों के लिए वहाँ अवकाश था।

—*प्रश्न और प्रश्न*

नारी *देखिए* स्त्री

निर्वस्त्र

सत्य के अमृत से सृष्टि यह लहलहा रही है, लेकिन वह हमें छूता नहीं,

हमको पवित्र और अमर नहीं कर पाता क्योंकि हम पर लिपटाव है और निर्वस्त्र हम हो नहीं पाते।

—इतस्तत:

नैतिक

आध्यात्मिक और नैतिक दृष्टि से जो सही है, सामाजिक से भी उसे सही होना चाहिए।

—समय, समस्या और सिद्धान्त

जीवन नैतिक और औपचारिक के दबाव के कारण अनौपचारिक क्षेत्रों में अश्लील वृत्तियों के साथ मुक्त क्रीड़ा में उतर आना चाहे, तो इसमें विस्मय क्या है।

—इतस्तत:

नैतिक मत-मान्यताएँ पाप के बोध को उपजाती और तीखा करती हैं।

—इतस्तत:

नैतिक वह नहीं है, जो प्रेमहीन है।

—इतस्तत:

नैतिक से व्यक्ति मुक्त नहीं है।

—समय और हम

पितृत्व संस्था का नैतिक और सांस्कृतिक स्थान है, मात्र शारीरिकता से जुड़ा मानने से उस संस्था का अवमूल्यन होता है।

—समय, समस्या और सिद्धान्त

यद्यपि नैतिकता का मैं कायल हूँ, पर बाहर दुनिया में नीति की रेखा कहाँ और कैसे खींची जाए कि नैतिक एक तरफ हो जाए और अनैतिक दूसरी तरफ रह जाए, यह मेरी समझ में नहीं आता।

—परिप्रेक्ष्य

समाज व्यवस्था के लिए हम नैतिक के मान नियत करते और उनसे सहारा पाते हैं।

—समय और हम

नैतिक-अनैतिक

नैतिक-अनैतिक देश-काल-परिस्थिति के अनुसार परिवर्तनीय होता है।

—समय और हम

समाज की अपेक्षा से ही नैतिक-अनैतिक की सृष्टि होती है।

—समय और हम

नैतिक गुण

समझे जानेवाले जीवन-मान की ऊँचाई से और खर्चे की बढ़ाई से आदमी बड़ा नहीं होता है, बड़ा नैतिक गुणों से और सेवा के स्वभाव से हुआ जाता है।

—परिप्रेक्ष्य

नैतिक चारित्र्य

यदि धर्म क्षेत्र की यह मान्यता है कि नैतिक चारित्र्य की आवश्यकता है और आजकल उस ओर दुर्लक्ष्य है, उनका ह्रास है, तो क्या लोक प्रश्नों की ओर उन्हें अधिक तत्पर नहीं होना चाहिए?

—वृत्त विहार 2

नैतिक चेतना

नैतिक चेतना की सबसे गहरी निधि मानव के पास है, [कृत्रिम गर्भ निरोधों का प्रयोग कर] वह उससे विमुख हो जाता है।

—प्रश्न और प्रश्न

नैतिक चेतना युग और परिस्थितियों से बनती है।

—समय और हम

नैतिक प्रवृत्ति

नैतिक प्रवृत्ति जब से आदमी बना, उसके साथ रही है।

—सोच-विचार

नैतिक भावना

नैतिक भावना ने ही गृहस्थ को आश्रम की उच्चता दी है।

—समय, समस्या और सिद्धान्त

शुद्ध नैतिक भावनाओं को खिझाती हुई, उन्हें कुचलती हुई जो वृत्तियाँ सुन्दर की लालसा में बहकना चाहती हैं, वे छलकर विकृति को जन्म दिए बिना रह नहीं सकतीं।

—साहित्य का श्रेय और प्रेय

नैतिक वर्जना

नैतिक वर्जनाओं से शक्ति दबती और बुझती हो, तो यह जीवन-तर्क के प्रतिकूल होगा।

—समय और हम

नैतिक वृत्ति

जीवन में सौन्दर्योन्मुख भावनाओं को नैतिक (शिवरूप) वृत्तियों के विरुद्ध होकर तनिक भी चलने का अधिकार नहीं है।

—साहित्य का श्रेय और प्रेय

नैतिक शिष्टाचार

असत्य के आधार पर नैतिक शिष्टाचार की बहुत ऊँची इमारत खड़ी की जा सकती है।

—साहित्य का श्रेय और प्रेय

नैतिक सभ्यता

आर्थिक सभ्यता आमद के लिहाज से ऊँच-नीच नापती है, नैतिक सभ्यता खर्च की विधि के लिहाज से।

—काम, प्रेम और परिवार

नैतिक साधना

नैतिक साधना हमें मानवता के वह नमूने दे आती है, जो पवित्र हैं पर पीले हैं।

—इतस्तत:

नैतिक स्वास्थ्य

समाज में नैतिक स्वास्थ्य की रक्षा के निमित्त किया इतना भर जा सकता है कि हम अमुक कृति को अमान्य ठहरा दें।

—समय, समस्या और सिद्धान्त

नैतिकता

अगर यह सच है कि शिश्नोदर समस्या हमारे जीवन पर छाई हुई है, तो

उससे बचकर साहित्य को नैतिकता की ओर नहीं भागना होगा।

—साहित्य का श्रेय और प्रेय

अगर समाज के सब व्यक्ति नैतिकता के बारे में जागरूक हैं, तो उस जन-समाज के मध्य कोई रूढ़ शासन-संस्था अनावश्यक हो जाएगी।

—प्रस्तुत प्रश्न

अध्यात्म हर नैतिकता और सामाजिकता का बुनियादी स्रोत है।

—समय, समस्या और सिद्धान्त

असत्य को नैतिकता से लड़ना है, जिससे कि वह प्रेम को उत्तरोत्तर अपना सके।

—समय और हम

असम्भव नहीं है कि नैतिकता पर अतिरिक्त बल दिया गया तो उसी से इधर भोगवाद को प्रेरणा मिल आई हो।

—समय, समस्या और सिद्धान्त

आदर्श में ही हो, तो नैतिकता का एक अनिर्दिष्ट विचार तक बाधक हो सकता है।

—वृत्त विहार 2

कर्म में नैतिकता का प्राण आवश्यक ही है।

—परिप्रेक्ष्य

चेतना में से नैतिकता को और विवेक के काँटे को खतम नहीं किया जा सकता है।

—समय और हम

जब हम स्वयं प्रेम से नैतिकता की धारणा को टकरा रहते हैं, तो फल में असत्यता निकलती है और उसमें नाना ग्रन्थियाँ उत्पन्न होती हैं।

—समय और हम

जिसको दंड कहा जाता है, वह मनुष्य की नैतिकता को अकसर मन्द करता है।

—प्रस्तुत प्रश्न

नियम हैं, इसी में गर्भित है कि नैतिकता की प्रेरणा और आवश्यकता सब जगह समान है।

—प्रश्न और प्रश्न

नैतिकता अपने-आप में कोई स्वतन्त्र मूल्य नहीं है।

—परिप्रेक्ष्य

नैतिकता का अधिष्ठान हृदय है।

—प्रस्तुत प्रश्न

नैतिकता का अर्थ है खंड का सम्पूर्ण के प्रति निवेदन और समर्पण।

—प्रस्तुत प्रश्न

नैतिकता का ऐसा आग्रह जो हर कहीं अनीति सूँघने को व्यग्र रहता है, मुझे लगता है कि एक ही साथ अश्लीलता और दम्भ पैदा किए बिना नहीं रहता।

—इतस्तत:

नैतिकता का ढकना ही ऊपर रहता है, अनैतिकता भीतर फलती-फूलती रहती है।

—प्रश्न और प्रश्न

नैतिकता का मान समाज के अर्थ में सहज आवश्यक जान पड़ता है।

—राष्ट्र और राज्य

नैतिकता की दुहाई देनेवाले लोग सुविधा-प्राप्त लोग हैं।

—परिप्रेक्ष्य

नैतिकता के ढकनों को ऊपर से दाबने से अनैतिकता समाप्त हो जाए, यह असम्भव है।

—इतस्तत:

नैतिकता के दुर्ग के तल में अर्थ-शोषण की प्रणालियाँ हैं, जो भोगाधिकार को क्रय-विक्रय की वस्तु-पदार्थ बना देती हैं।

—समय, समस्या और सिद्धान्त

नैतिकता को अपनी एकांगिता तजनी होगी।

—प्रश्न और प्रश्न

नैतिकता को वाद देकर स्वयं विग्रह का राजकरण आगे नहीं बढ़ता।

—पूर्वोदय

नैतिकता देश-काल पर निर्भर रहती है।

—परिप्रेक्ष्य

नैतिकता परस्पर के विश्वास में से ही फलित होती है।

—समय, समस्या और सिद्धान्त

नैतिकता परार्थ को ही स्वार्थ के समक्ष प्रतिष्ठित करने की चेष्टा करती है।

—समय और हम

नैतिकता प्राणवन्ता के अभाव का नाम नहीं है।

—विहंगावलोकन

नैतिकता बदलती रहती है और देश-काल पर निर्भर करती है।

—परिप्रेक्ष्य

नैतिकता मर्यादा के नाम पर प्रचार की वह रेखा है, जो अन्त तक प्राणी को घेरे रहती है।

—अनाम स्वामी

नैतिकता वह नहीं है, जो सेक्स से मन चुराती है।

—समय, समस्या और सिद्धान्त

नैतिकता समाज-मान्यों द्वारा बनाई और अपनाई गयी चीज है।

—समय और हम

नैतिकता सार्वजनिक अधिकार का मूल है।

—परिप्रेक्ष्य

नैतिकता ही है जिसने विवाह संस्कार का आविष्कार किया है और जिसके कारण मातृत्व और पितृत्व समादृत संस्था का रूप पा सके हैं।

—समय, समस्या और सिद्धान्त

परस्परता ही नीति है, नैतिकता और श्लीलता है।

—समय और हम

पारिवारिक नैतिकता आज टूटती-सी इसलिये जान पड़ती है कि उसने विग्रह अपना प्रेम से माना और ठाना है, असत्य से नहीं।

—समय और हम

पारिवारिक नैतिकता बहुत आवश्यक चीज है, किन्तु उसकी रक्षा प्रेम की रक्षा के साथ ही हो सकती है।

—समय और हम

भाव सदा अपना श्वास नैतिकता में से लेता है।

—समय और हम

भौतिकवाद नैतिकता के अस्तित्व को स्वीकार नहीं करता।

—समय और हम

यद्यपि नैतिकता का मैं कायल हूँ, पर बाहर दुनिया में नीति की रेखा कहाँ और कैसे खींची जाए कि नैतिक एक तरफ हो जाए और अनैतिक दूसरी तरफ रह जाए, यह मेरी समझ में नहीं आता।

—परिप्रेक्ष्य

लैंगिक क्षेत्र में यदि हम अनाचार के दृश्य समाप्त चाहते हैं, तो नैतिकता पर से जकड़ को हटाकर उसमें सह्यता और सहृदयता का सन्निवेश करना होगा।

—प्रेम और विवाह

पति

आदि काल से ही [खरीदारी में] पति से पत्नी की ही प्रमुखता प्रमाणित है और यह व्यक्तित्व का प्रश्न नहीं, स्त्रीत्व का प्रश्न है।

—सोच-विचार

कुमारी अपने को पति में छोड़ने के द्वारा पत्नीत्व धारण करती है।

—काम, प्रेम और परिवार

जिस पत्नी ने अपने सतीत्व के दावे पर पति को अपनी घेरेबन्दी में लेना चाहा उसे सदा पीछे पछताना पड़ा है।

—समय, समस्या और सिद्धान्त

जिस प्रेयसी को उतरकर पत्नी बनना पड़ता है, वह इस अनुभव से नहीं बच सकती है कि अब पति की आँखों में उसका चित्र नहीं है—या तो वे आँखें सूनी हैं या कोई और उनमें आ बसा है।

—प्रेम और विवाह

दुष्ट भी पति होकर सती पत्नी के लिए देवता हो सकता है।

—काम, प्रेम और परिवार

निरी गुणाढ्य भार्या पति के लिए कष्टकर हो सकती है।

—काम, प्रेम और परिवार

पति और पत्नी, प्रेमी और प्रेमिका—ये चारों रूप सभ्यता के आरम्भ से जनमे हैं, तो अन्त तक चलनेवाले हैं।

—प्रेम और विवाह

पति और पत्नी में प्रेमी और प्रेमिका समाप्त नहीं हो पाते।

—इतस्तत:

पति की सम्मान-रक्षा से बड़ी आत्म-रक्षा है।

—सम्बोधन

पति के अनन्तर भी पत्नी के पास देने को अर्घ्य रह ही जाता है।

—काम, प्रेम और परिवार

पति को कोई स्त्री नहीं चाहती।

—जयसन्धि

पति को तो इसलिये द्वार कह सकते हैं कि जिसमें से होकर पत्नी का शेष की ओर—अखिल की ओर—सम्बन्ध बढ़ता और फैलता है।

—काम, प्रेम और परिवार

पति निकृष्ट नहीं होता, वह देवता होता है।

—जयसन्धि

पति पर बन्द होकर तो विवाह पत्नी के लिए कारागार की व्यवस्था का रूप ही बन जाता है।

—काम, प्रेम और परिवार

पति भला प्रेमी हो सकता है!

—इतस्तत:

पति में से अपनी सम्पूर्णता पत्नी नहीं प्राप्त कर सकती।

—काम, प्रेम और परिवार

पत्नी अपनी ओर के स्नेह और विश्वास से पति के व्यक्तित्व में दबी हुई सम्भावनाओं को जगा दे सकती है।

—काम, प्रेम और परिवार

पत्नी अवश्य पति की होती है, पर आत्मा तो परमात्मा की ही हो सकती है।

—काम, प्रेम और परिवार

पत्नी के धर्म में पति का विचार नहीं है, धर्म का ही विचार है।

—विच्छेद

पत्नी को पाकर पुरुष का प्रेम रुक नहीं सकता, न पति का प्रेम जकड़ बन्द होकर रह सकता है।

—कहानी : अनुभव और शिल्प

पत्नी जितना ही पति को स्वतन्त्र रखेगी, उतना ही वह उसका होगा।

—मुक्तिबोध

पत्नी बच्चों की माता हो सकती है, पर उमर आने पर उसकी वत्सलता पति को प्राप्त होती है।

—जयवर्धन

पत्नीत्व का दावा पति पर उस हालत में डालना जब कि वह स्वयं उसे लेने को तैयार नहीं है, स्त्री के लिए शोभनीय नहीं समझा जाएगा।

—काम, प्रेम और परिवार

पुत्र स्त्री को पति से दूर करता है, दोनों में व्यवधान बनता है।

—काम, प्रेम और परिवार

पुरुष पति होने पर देव रूप से नीचे आता और मनुष्य बनता है।

—प्रेम और विवाह

पूँजीपति इतना अधिक पति होता है कि मुनीम नहीं होता।

—समय और हम

माँ का पुत्र ही विवाह होने पर पत्नी का पति होता है।

—समय, समस्या और सिद्धान्त

यह मानने का कोई कारण नहीं है कि स्त्री के जीवन में पति के अतिरिक्त अन्य पुरुषों का सदभाव है ही नहीं अथवा कि पुरुष के लिए अन्य सब स्त्रियाँ लुप्त।

—काम, प्रेम और परिवार

विवाह के आधार को भोग से यज्ञ में बदलने से पति अनेक कैसे हो सकते हैं?

—समय, समस्या और सिद्धान्त

विवाहानान्तर सन्तति सदा विवाहित पति की ही होती है।

—समय, समस्या और सिद्धान्त

सती जितनी पति की होती है, उससे अधिक भगवान की होती है।

—प्रश्न और प्रश्न

स्त्री का समर्पण पति के द्वारा असल में समष्टि-जीवन-रूप परमेश्वर में ही पहुँचता है।

—काम, प्रेम और परिवार

स्त्री माया न जोड़े, तो क्या पति जोड़े!

—सोच-विचार

पति-द्रोह

राधा को महान मान देकर भी भारतीय संस्कृति पति-द्रोह को उकसाने या बढ़ानेवाली नहीं कही जा सकती।

—काम, प्रेम और परिवार

पति-पत्नी

केवल परस्पर पति-पत्नी होकर कोई दम्पती सन्तुष्ट नहीं हो सकते।

—काम, प्रेम और परिवार

जब भोग की आजादी का समर्थन नहीं हो सकता, तब पति-पत्नी के धर्म में यह तो समाया ही हुआ है कि वे एक दूसरे की त्रुटियों के प्रति सहानुभूति रखें और उनको अवकाश देकर चलें।

—काम, प्रेम और परिवार

पति-पत्नी अपना निकृष्ट तो कहीं और समाज-संसार में जाकर डाल नहीं सकते, सो उसको वे एक-दूसरे पर फेंकने को मजबूर होते हैं।

—विच्छेद

पति-पत्नी एक-दूसरे को छोड़ने के प्रश्न का विचार उसी अवस्था में करें, जब दोनों में परस्पर रोष न हो।

—काम, प्रेम और परिवार

पति-पत्नी का भोगाधिकार किसी कानून से समाप्त नहीं हो जाता।

—समय, समस्या और सिद्धान्त

पति-पत्नी के आपसी सम्बन्धों का क्षेत्र केवल उन दो तक ही सीमित नहीं है।

—समय, समस्या और सिद्धान्त

पति-पत्नी के बिना समाज और व्यवस्था की कल्पना नहीं हो पाती।

—इतस्ततः

पति-पत्नी के सम्बन्ध में निर्लज्जता में भी लज्जा नहीं लगती है।

—विच्छेद

पति-पत्नी को इसी अर्थ में परस्पर कृतज्ञ होने का कारण है कि जो सर्वथा अदेय है, जिसे स्वयं निज में अनुभव करने में व्यक्ति को कुंठा का अनुभव होता है, वह भी दूसरी ओर से उसे प्राप्त बनने दिया जाता है।

—काम, प्रेम और परिवार

पति-पत्नी दोनों अपने में व्यक्तित्व हैं और एक मात्रा तक उन्हें स्वतन्त्रता भी अपेक्षित है।

—समय, समस्या और सिद्धान्त

पति-पत्नी दोनों प्रसन्न भाव से जिसमें सहमत हों, उस विवाह [विच्छेद] में दोष नहीं है।

—काम, प्रेम और परिवार

पति-पत्नी परस्पर भोग्य की जगह सेव्य या साधन बने हैं, तो विवाह आध्यात्मिक उत्कर्ष का साधन बन आता है।

—समय, समस्या और सिद्धान्त

पति-पत्नी परस्पर सम्पत्ति नहीं, व्यक्तित्व हैं।

—समय, समस्या और सिद्धान्त

पति-पत्नी सम्बन्ध में निर्लज्जता में भी लज्जा नहीं लगती है।

—विच्छेद

पति-पत्नी सम्बन्ध में परस्पराधिकार की भावना को लेकर प्रेम की हम अप्रतिष्ठा कर चलते हैं।

—काम, प्रेम और परिवार

पति-पत्नी सम्बन्ध वह है, जिसमें एक दूसरे की उत्कृष्टता ही परस्पर प्राप्त नहीं बनती, बल्कि निकृष्टता भी निवेदित होती है।

—काम, प्रेम और परिवार

पति-पत्नी सम्बन्ध विग्रह के बीच सन्धि के लिए स्थाई भूमिका देता है।

—इतस्ततः

पत्नी के धर्म में पति का विचार नहीं है, धर्म का ही विचार है।

—विच्छेद

मैं बिलकुल सम्भव नहीं मानता कि किसी भी पति-पत्नी में विग्रह न हो।

—इतस्ततः

यदि एक-एक में सीमित हैं, तो पति-पत्नी सम्बन्ध के द्वारा ही सीमित हैं।

—समय और हम

यदि पति-पत्नी होकर कोई सन्तुष्ट हो सकता है, तो वह ऐसा ही दम्पती है जिसके बीच धर्म के सिवा दूसरा कुछ भी नियामक तत्त्व नहीं है।

—काम, प्रेम और परिवार

यदि प्रेमी और प्रेमिका तथा पति-पत्नी—ये चारों अनिवार्य हैं, तो वह समाज दर्शन और समाज नीति जो इससे आँख मींचती है, संकट में ही रहनेवाली है।

—इतस्तत:

यदि विवाह एक वह साथ है जो परस्पर के प्रति कर्तव्य की सृष्टि करता है, अधिकारों का निर्माण नहीं करता है, तो पति-पत्नी परस्पर की पूर्णता में सहायक होना अपना कर्तव्य मानेंगे और पहराबन्दी छोड़ देंगे।

—प्रश्न और प्रश्न

यह समझना कि विवाह के अनन्तर पति-पत्नी के अतिरिक्त शेष सब सम्बन्धों में कामोष्मा समाप्त रहती है, भूल में चलना है।

—समय और हम

वर्जन भाव नष्ट हो जाए और पति-पत्नी परस्पर थोड़े भी दुष्प्राप्य और निषिद्ध न रह जाएँ, तो काम का आकर्षण उनके बीच में लुप्त हो जाता है।

—प्रश्न और प्रश्न

विवाह द्वारा स्त्री-पुरुष एक दूसरे के लिए पति-पत्नी होकर सुलभ बनते हैं।

—प्रेम और विवाह

शरीर-संग वाले प्रेम की बुद्धि पति-पत्नी के सिवा अन्य में रखना मर्यादाशील व्यक्ति के लिए उचित नहीं है।

—प्रस्तुत प्रश्न

स्त्री और पुरुष पति-पत्नी बनकर गृहस्थी को अपने लिये जेलखाना बना लें, इसका तो समर्थन नहीं है।

—काम, प्रेम और परिवार

स्त्री-पुरुष—दोनों ओर से पति-पत्नी और प्रेमी-प्रेमिका की जोड़ियाँ बनती और जीती रही हैं।

—प्रेम और विवाह

पति-प्रेम

राधा बनने के लिए [स्त्रियों को] अपने को इतना खोना होगा कि यह भी उन्हें पता न रहे कि पति-प्रेम उनके प्रेम से कुछ अन्यथा वस्तु है।

—काम, प्रेम और परिवार

पतियों की जमात

पूँजीपति को बीच में खत्म किया जा सके तो पतियों की जमात तो गयी, पर पूँजी और उसकी ताकत रह गयी राज्य में केन्द्रित होने के लिए।

—राष्ट्र और राज्य

पतिव्रत

पत्नीव्रत अथवा कि पतिव्रत शब्द को प्रेम के निषेध के रूप में लेने से, मैं समझता हूँ, विवाह संस्था ही गिर जाएगी।

—कहानी : अनुभव और शिल्प

पत्नीव्रत और पतिव्रत को हम इतना अन्तिम कर्तव्य मान लेते हैं कि जैसे उनके समर्थन के लिए झूठा आचरण भी सही हो जाता है।

—प्रश्न और प्रश्न

पत्नी

आदमी में देवता होता है और पत्नी नहीं, प्रेयसी उसे जगाती है।

—मुक्तिबोध

आदि काल से ही [खरीदारी में] पति से पत्नी की ही प्रमुखता प्रमाणित है और यह व्यक्तित्व का प्रश्न नहीं, स्त्रीत्व का प्रश्न है।

—सोच-विचार

एक की पत्नी दूसरे की प्रेयसी बन सकती है या बन जाती है।

—प्रेम और विवाह

कुमारी अपने कौमार्य का समर्पण देकर पत्नी बनती है।

—काम, प्रेम और परिवार

गृहस्थी चलानी है और पत्नी को भी सन्तुलित मन रखना है, तो पत्नी और प्रेयसी के अनुपात का हिसाब रखना होगा।

—प्रेम और विवाह

घर तो मुसीबत है जहाँ मन को तारना, पत्नी को धर्मपत्नी समझना, इत्यादि-इत्यादि अनावश्यक बातें आवश्यक होती हैं।

—सोच-विचार

जिस पत्नी ने अपने सतीत्व के दावे पर पति को अपनी घेरेबन्दी में लेना चाहा उसे सदा पीछे पछताना पड़ा है।

—समय, समस्या और सिद्धान्त

जिस प्रेयसी को उतरकर पत्नी बनना पड़ता है वह इस अनुभव से नहीं बच सकती है कि अब पति की आँखों में उसका चित्र नहीं है—या तो वे आँखें सूनी हैं या कोई और उनमें आ बसा है।

—प्रेम और विवाह

जो विवश नहीं है, जिस प्रेम में उन्माद नहीं है, जिसमें चाह की धार नहीं है—उसको पत्नी कैसे समझ ले कि वह उसका अर्जित है, उसका अपना है, उसका स्वत्व है?

—मास्टर जी

तुम्हारा उतना ही अधिकार उस पर [पत्नी पर] है, जितने तुम उसके प्रति समर्पित हो।

—सम्बोधन

दुष्ट भी पति होकर सती पत्नी के लिए देवता हो सकता है।

—काम, प्रेम और परिवार

निरी गुणाढ्य भार्या पति के लिए कष्टकर हो सकती है।

—काम, प्रेम और परिवार

पति और पत्नी, प्रेमी और प्रेमिका—ये चारों रूप सभ्यता के आरम्भ से जनमे हैं, तो अन्त तक चलनेवाले हैं।

—प्रेम और विवाह

पति और पत्नी में प्रेमी और प्रेमिका समाप्त नहीं हो पाते।

—इतस्तत:

पति के अनन्तर भी पत्नी के पास देने को अर्घ्य रह ही जाता है।

—काम, प्रेम और परिवार

पति को तो इसलिये द्वार कह सकते हैं कि जिसमें से होकर पत्नी का शेष की ओर—अखिल की ओर—सम्बन्ध बढ़ता और फैलता है।

—काम, प्रेम और परिवार

पति नाम का व्यक्ति देवता तो कभी नहीं, फिर कितना भी गुणी एवं रूपवान वह क्यों न हो।

—काम, प्रेम और परिवार

पति पर बन्द होकर तो विवाह पत्नी के लिए कारागार की व्यवस्था का रूप ही बन जाता है।

—काम, प्रेम और परिवार

पति में से अपनी सम्पूर्णता पत्नी नहीं प्राप्त कर सकती।

—काम, प्रेम और परिवार

पत्नी अगर मात्र पत्नी हो, तो भूखी और सूखी रह जाएगी।

—प्रेम और विवाह

पत्नी अपनी ओर के स्नेह और विश्वास से पति के व्यक्तित्व में दबी हुई सम्भावनाओं को जगा दे सकती है।

—काम, प्रेम और परिवार

पत्नी अवश्य पति की होती है, पर आत्मा तो परमात्मा की ही हो सकती है।

—काम, प्रेम और परिवार

पत्नी और परिवार होते ही पैसा सबकुछ हो जाता है।

—अनन्तर

पत्नी के धर्म में पति का विचार नहीं है, धर्म का ही विचार है।

—विच्छेद

पत्नी के साथ प्रेयसी रखोगे तो द्वन्द्व में जीना पड़ेगा।

—प्रेम और विवाह

पत्नी को काम्य और भोग्य मानना यदि स्वीकार है, तो उप-पत्नी को भी किसी-न-किसी चोर-मार्ग से आ ही जाना है।

—काम, प्रेम और परिवार

पत्नी को पाकर पुरुष का प्रेम रुक नहीं सकता, न पति का प्रेम जकड़बन्द होकर रह सकता है।

—कहानी : अनुभव और शिल्प

पत्नी जितना ही पति को स्वतन्त्र रखेगी, उतना ही वह उसका होगा।

—मुक्तिबोध

पत्नी नाम की स्त्री का सौन्दर्य तिजोरी में बन्द रखने को नहीं है।

—काम, प्रेम और परिवार

पत्नी प्रतिभा को चाट जाती है।

—जड़ की बात

पत्नी बच्चों की माता हो सकती है, पर उमर आने पर उसकी वत्सलता पति को प्राप्त होती है।

—जयवर्धन

पत्नी लाख कोशिश करे, पूरक हो नहीं सकती।

—प्रेम और विवाह

पत्नी वह है, जिसके प्रति अपने बुरे अंश को देने से बचाना हमारे लिये अनिवार्य नहीं रह जाता।

—काम, प्रेम और परिवार

पत्नी से गृहस्थी की गाड़ी चलती है।

—प्रेम और विवाह

पत्नी से पहले स्त्री कुछ नहीं होती।

—कल्याणी

पत्नी से बाहर भी कुछ है।

—काम, प्रेम और परिवार

प्रतिभा और पत्नी का योग हो नहीं सकता।

—जड़ की बात

प्रेम पत्नी में नहीं बँधेगा, परिवार में नहीं बँधेगा।

—समय, समस्या और सिद्धान्त

प्रेमिका के लिए प्रेम इसलिये होता है कि वह पत्नी जो नहीं है।

—इतस्तत:

बीबी की और प्रतिभा की दुश्मनी मिट नहीं सकती।

—इतस्तत:

महापुरुष शायद ही हो, जिसकी महापुरुषता में पत्नी का भी समान योग न देखा जा सकता हो।

—समय, समस्या और सिद्धान्त

माँ का पुत्र ही विवाह होने पर पत्नी का पति होता है।

—समय, समस्या और सिद्धान्त

रात के सपने की प्रेयसी दिन के कामधाम की पत्नी के प्रति आपको अधिक परायण भी बना सकती है।

—प्रेम और विवाह

लोग पत्नी के सम्बन्ध में सम्पूर्ण समर्पण की बात करते हैं, लेकिन तथ्य यह है कि वह पूरा नहीं हो पाता।

—प्रेम और विवाह

विवाह कितना भी प्रेम विवाह हो, पत्नी यथार्थ पर आकर निरी स्त्री हो आती है।

—प्रेम और विवाह

विवाह के बाद कोई कन्या पुत्री नहीं रहती, एकदम पत्नी बन जाती है।

—बीमारी

सच सच है और वह यह कि माया जोड़ने की बात में पत्नी की ओट ली जाती है।

—सोच-विचार

पत्नी-प्रेम

पत्नी-प्रेम ही एक समय भोग के प्रति हममें निष्कामता जगा देगा।

—काम, प्रेम और परिवार

पत्नीत्व

कुमारी अपने को पति में छोड़ने के द्वारा पत्नीत्व धारण करती है।

—काम, प्रेम और परिवार

पत्नीत्व का दावा पति पर उस हालत में डालना जब कि वह स्वयं उसे लेने को तैयार नहीं है, स्त्री के लिए शोभनीय नहीं समझा जाएगा।

—काम, प्रेम और परिवार

पत्नीव्रत

पत्नीव्रत अथवा कि पतिव्रत शब्द को प्रेम के निषेध के रूप में लेने से, मैं समझता हूँ, विवाह संस्था ही गिर जाएगी।

—कहानी : अनुभव और शिल्प

पत्नीव्रत और पतिव्रत को हम इतना अन्तिम कर्तव्य मान लेते हैं कि जैसे उनके समर्थन के लिए झूठा आचरण भी सही हो जाता है।

—प्रश्न और प्रश्न

परकीया

सतीत्व पर कितना ही बल दीजिए, परकीया और अभिसारिका का शृंगार सती नारी से बढ़-चढ़कर ही होता रहेगा।

—इतस्तत:

परिवार

अगर मन लक्ष्य और उद्देश्य से भर आए और हाथ सर्जनात्मक श्रम में लग जाएँ, तो नियोजित परिवार आप-से-आप बन जाएगा।

—समय, समस्या और सिद्धान्त

अन्त काल तक भी ऐसा समय नहीं आनेवाला है, जब समूची मानव जाति अपने को एक घटक अनुभव करे और व्यक्ति या परिवार या संस्था के लिए स्वत्व भाव का अवकाश ही न रह जाए।

—समय और हम

आदमी के पास जो तीखी निजता है, परिवार ने उसके जहर को बहुत कुछ चूसकर कम किया है।

—समय और हम

आप परिवार में बाप हैं, तो कमाई आपका पहला धर्म है।

—विहंगावलोकन

एक जगह विवाह, परिवार, मातृत्व आदि का योग मिथ्या, कपट और दम्भ से हुआ है; दूसरी जगह सहजता, सत्यता और स्निग्धता के साथ उन्हें स्वीकार किया गया है।

—समय और हम

कानून की जद में रहते हुए भी पद्धतियाँ निकली हैं कि आदमी अपने परिवार पर दस-बीस-पचास हजार या अधिक भी खर्च कर सकता और शरीर पर लाखों का जेवर पहन सकता है।

—समय और हम

केवल एक-एक के पास अपना स्वत्व हो तो सम्पत्ति नाम की चीज पैदा नहीं होती है, पैदा ही वह परिवार और पारिवारिकता के साथ होता है।

—परिप्रेक्ष्य

क्या परिवार में कोई भी इतना घिरा और बन्द हो सकता है कि बाकी दुनिया से सर्वथा कट जाए ?

—समय, समस्या और सिद्धान्त

गमनशीलता की वृत्ति के साथ परिवार की भावना उतनी शाखा-प्रशाखाएँ नहीं फैला सकती।

—समय और हम

घर का ही नाम विकास क्रम से परिवार, नगर, समाज, जाति, राष्ट्र आदि होता है।

—साहित्य का श्रेय और प्रेय

घर की, परिवार की, विवाह की पवित्रता यदि सुरक्षित है तो इसलिये कि वेश्या अस्तित्व में है।

—दशार्क

जगत को अपनाने के लिए परिवार को पराया बनाना सही नहीं है।

—अकेला

जहाँ सम्बन्धों में हिंसा की जगह अहिंसा हो, वह परिवार टिकेगा।

—समय और हम

जैसे सम्पत्ति सुनिश्चित है और परिवार सुनिश्चित है, सत्ता उस भाँति सुनिश्चित नहीं थी।

—परिप्रेक्ष्य

दाम्पत्य और परिवार ऐसी ही सम्मिलित संस्थाएँ हैं, जिनमें एक के सहयोग से दूसरा सम्पूर्ण होता है।

—प्रस्तुत प्रश्न

धर्म परिवार से ऊपर होता है।

—विच्छेद

नर-नारी का द्वैत और उनके बीच का आकर्षण परिवार को आधार देते हैं।

—समय, समस्या और सिद्धान्त

पत्नी और परिवार होते ही पैसा सबकुछ हो जाता है।

—अनन्तर

परमार्थ में एक ही साथ व्यक्ति की व्यक्तिमत्ता और परिवार की पारिवारिकता को अवकाश है।

—समय और हम

परिवार एक न्यस्त स्वार्थ का गढ़ बन जाता है और बड़े सामाजिक स्वार्थ की राह में वह एक बाधा बन खड़ा होता है, यही उसकी त्रुटि है।

—प्रश्न और प्रश्न

परिवार का ध्यान स्वतन्त्रता के विचार से अलग है।

—समय, समस्या और सिद्धान्त

परिवार का प्रश्न परिवार नियोजन का नहीं है, पारिवारिक विघटन और विभंजन का है।

—समय, समस्या और सिद्धान्त

परिवार का सभ्यता में बहुत योगदान है।

—समय और हम

परिवार की आय में सहायक होने के लिए स्त्रियों को कमाई के लिए बाहर आना हो, तो इसमें कोई दोष नहीं।

—समय, समस्या और सिद्धान्त

परिवार की इकाई के बिना व्यवस्थित समाज की कल्पना दूभर हो आती है।

—प्रेम और विवाह

परिवार की कल्पना यहाँ [भारतीय संस्कृति में] धर्माश्रित है, नितान्त लौकिक और ऐहिक वह नहीं है।

—समय और हम

परिवार की शक्ति इसमें नहीं है कि सबमें समानता हो।

—पूर्वोदय

परिवार के कारण व्यक्ति नागरिक बनता है।

—समय और हम

परिवार के दायरे में सोचने से सोचने की पद्धति में भूल समा जाती है।

—काम, प्रेम और परिवार

परिवार के भीतर जितना अर्थ-विचार नहीं आता, उतना ही ऐक्य रहता है।

—समय और हम

परिवार को मिटाकर समाज नहीं बन सकता और विवाह को मिटाकर परिवार नहीं फल सकता।

—साहित्य का श्रेय और प्रेय

परिवार जितना जो देता है, उतना ही उससे ले सकता है।

—प्रस्तुत प्रश्न

परिवार द्वार है, जहाँ से व्यक्ति बाहर समाज में प्रवेश पाए और जहाँ से फिर समाज का प्रवेश उसके अन्दर हो।

—समय और हम

परिवार निहित-स्वार्थ का गढ़ भी बन सकता है।

—समय, समस्या और सिद्धान्त

परिवार ने व्यक्ति को सहनशीलता, सन्तोष, धैर्य और परस्परावलम्बन का पाठ दिया है।

—समय और हम

परिवार बुनियादी सम्बद्धता पर खड़ा होता है।

—समय, समस्या और सिद्धान्त

परिवार मर्यादाओं से बनता है।

—इतस्तत:

परिवार मिट जाते हैं, समाज बना रहता है।

—मन्थन

परिवार में अगर स्वास्थ्य है, तो वह किसी से अपने लिये नियम की अपेक्षा नहीं रखेगा।

—प्रस्तुत प्रश्न

परिवार में जो एक की दूसरे के साथ प्रयोजनजन्य प्रत्याशाएँ बँध जाती हैं, वे विकास में बाधा भी पहुँचाने लगती हैं।

—प्रस्तुत प्रश्न

परिवार यदि एक स्थापित स्वार्थ का नारा बन जाता है तो समाजवादी नारा, अर्थात सामाजिक स्वार्थ, उसे ढा देगा।

—समय और हम

परिवार वह अधिष्ठान है जिसके द्वारा व्यक्ति आदान-प्रदान में समर्थ होता और इस तरह समाज के प्रति जागृत और उपयोगी होता है।

—समय और हम

परिवार वह प्रयोग है जिससे मानव जाति टिकी है और सभ्यता को विकास का आधार मिला है।

—समय और हम

परिवार व्यक्ति को समाज से काटता है, क्योंकि वह एक सीमित स्वार्थ से उसे जोड़ता है।

—पूर्वोदय

परिवार समाज की संरचना की बुनियादी इकाई है।

—समय, समस्या और सिद्धान्त

परिवार समाज-भवन की ईंट न हो, बल्कि बाधा हो, तो वह कैसे टिकेगा?

—समय और हम

परिवार से आगे भी दुनिया है।

—समय, समस्या और सिद्धान्त

परिवार स्थापित स्वार्थ बनता है और सार्वजनिकता में गाँठ पैदा करता है।

—सुखदा

पश्चिम का समाजवाद व्यक्ति और समाज के प्रश्न के बीच में परिवार को निर्बल बनानेवाला है।

—विच्छेद

पूँजीवाद में परिवारों के स्वार्थ रगड़ में आते हैं और एक दूसरे को क्षति पहुँचाते हैं।

—इतस्तत:

प्रकृत भाव से और परिवार आदि के क्रम से उत्पन्न वृत्त ही सामाजिक वृत्ति के विश्वसनीय आधार बन पाते हैं।

—समय, समस्या और सिद्धान्त

प्रेम की निरन्तर विकसनशीलता के आधार पर परिवार अपने में न्यस्त स्वार्थ अथवा बन्द वृत्त न रह जाएगा, वरन् उसका विस्तार निरन्तर विश्व बन्धुत्व की ओर होता जाएगा।

—समय, समस्या और सिद्धान्त

प्रेम की मौलिकता को हम पहचान सकेंगे, तो विवाह और परिवार की रूढ़बद्धता और घेराबन्दी टूट जाएगी।

—समय, समस्या और सिद्धान्त

प्रेम के बजाय काम को मौलिक मान लेने के कारण परिवार की संस्था स्वार्थ-सम्पत्तिमूलक बनी है।

—समय, समस्या और सिद्धान्त

प्रेम पत्नी में नहीं बँधेगा, परिवार में नहीं बँधेगा।

—समय, समस्या और सिद्धान्त

भोगवृत्ति का आधार रखने से परिवार अर्थ-शक्ति और संग्रह-शक्ति का घर बनता है।

—समय, समस्या और सिद्धान्त

मनुष्य अपने साथ-साथ परिवार को, जाति को, समाज को भी मानता है।

—प्रस्तुत प्रश्न

मनुष्य ही है जो परिवार में और समाज में जन्म लेता है।

—क्रान्ति-कर्म

महत्त्वाकांक्षी व्यक्ति परिवार से बाहर अपने सम्बन्ध फैलाने में दत्त-चित्त रहता है।

—साहित्य का श्रेय और प्रेय

माता-पिता और परिवार से आगे बढ़कर क्रम-क्रम से पुत्र को नागरिक होकर समाज और जाति के लिए भी उपयोगी होना पड़ता है।

—प्रस्तुत प्रश्न

मानव जाति एक परिवार है, उसे एक परिवार होना है।

—वृत्त विहार 3

मानव जाति एक परिवार है—सब जातियों के साहित्य और धर्म में यह पुकार मिल जाएगी।

—परिप्रेक्ष्य

यह तो अकल्याणकर ही है कि मैं परिवार में अपना स्वत्व भाव इतना मानने लगूँ कि धर्माधर्म का विवेक भूल जाऊँ ।

—प्रस्तुत प्रश्न

राजनीति व्यक्ति और परिवार की आत्मीयता को साधने और सराहने के काम में अधूरी सिद्ध होती रही है।

—समय, समस्या और सिद्धान्त

विवाह का प्रयोजन इतना ही था कि समाज में एक व्यवस्था आए और उसकी इकाई के रूप में परिवार को एक अधिष्ठान मिल जाए।

—वृत्त विहार 2

विवाह की पवित्रता और परिवार की मर्यादा भारतीय समाज के मूल में घुले-मिले तत्त्व हैं।

—पूर्वोदय

विवाह/परिवार में भावना कर्तव्य और अर्पण की हो, अधिकार और उपयोग की नहीं।

—समय, समस्या और सिद्धान्त

विवाह में वर-कन्या की स्वतन्त्रता की सफलता मुझे इसमें दीखती है कि वे उसमें माता-पिता को सम्मिलित करते हैं और निर्णय परिवार का होता है, जो उन्हें स्वीकार्य ही नहीं वरन आत्मीय भी जान पड़ता है।

—प्रश्न और प्रश्न

विवाह वह केन्द्रीय संस्था है, जिससे परिवार का निर्माण होता है।

—प्रेम और विवाह

विवाह से परिवार बनता है, जो समाज की इकाई है।

—काम, प्रेम और परिवार

व्यक्ति के लिए समाज का आरम्भ परिवार से ही हो चलता है, उसके बाद जाति-बिरादरी का वृत्त आता है।

—समय, समस्या और सिद्धान्त

व्यक्ति परिवार के लिए जीता और खपता है।

—समय, समस्या और सिद्धान्त

शाखा से तोड़कर फूल को और परिवार से तोड़कर अमुक कन्या को पा लेने की स्पृहा और स्पर्धा नहीं होती।

—प्रश्न और प्रश्न

संस्था परिवार का ही विकसित रूप कब हो पाती है कि जहाँ सिर्फ अपना-पराया समाप्त हो, किन्तु आत्मीयता व्याप्त रहे।

—अनन्तर

सन्तति नियमन की समस्या को परिवार की सीमा में सोचते हैं, तो वह आमदनी बढ़ाने और खर्च घटाने की हो जाती है।

—काम, प्रेम और परिवार

समाज परिवार की इकाई से चलता है।

—प्रश्न और प्रश्न

सामाजिक मूल्य को यदि आर्थिक से नैतिक बनाएँ, तो परिवार की स्वार्थ-केन्द्रितता दूर हो सकती है।

—प्रश्न और प्रश्न

सुसंस्कृत और सम्पन्न परिवारों में प्राण चेतना अपने विकास और व्यंजना के लिए नाना अवसर और दिशाएँ प्राप्त कर लेती है।

—प्रश्न और प्रश्न

स्वत्व और सम्पत्ति की भावना विवाह की बुनियाद होती है और परिवार उसको मजबूत करता है।

—समय, समस्या और सिद्धान्त

हरेक अगर अपने को माने और आजाद माने, तो उस तरह परिवार की एकता कैसे रह पाएगी?

—विच्छेद

परिवार नियोजन

परिवार नियोजन के अकृत्रिम साधनों को इनकार कर कृत्रिम साधनों की शरण लेने से इनसान भोगवाद को पशुता की हद तक ले जाने से डरेगा नहीं।

—समय, समस्या और सिद्धान्त

परिवार नियोजन के अकृत्रिम साधनों को इनकार कर कृत्रिम साधनों की शरण लेने से दायित्व और परिणाम से तब भोग मुक्त हो जाएगा।

—समय, समस्या और सिद्धान्त

परिवार नियोजन के अकृत्रिम साधनों को इनकार कर कृत्रिम साधनों की शरण लेने से भोगाचार को बढ़ावा मिल सकता है।

—समय, समस्या और सिद्धान्त

परिवार नियोजन के अकृत्रिम साधनों को इनकार कर कृत्रिम साधनों की शरण लेने से मनुष्यता जीर्ण होगी और सभ्यता को गहरी क्षति पहुँचेगी।

—समय, समस्या और सिद्धान्त

परिवार नियोजन के कृत्रिम साधन से मनुष्य और मनुष्यता को उन्नत देखा और बनाया नहीं जा सकेगा।

—समय, समस्या और सिद्धान्त

परिवार का प्रश्न परिवार नियोजन का नहीं है, पारिवारिक विघटन और विभंजन का है।

—समय, समस्या और सिद्धान्त

परिवार-रचना

सर्वोदय में समाज-रचना आत्म-रचना है, परिवार-रचना ग्राम-रचना है।

—समय, समस्या और सिद्धान्त

पहराबन्दी

यदि विवाह एक वह साथ है जो परस्पर के प्रति कर्तव्य की सृष्टि करता है, अधिकारों का निर्माण नहीं करता है, तो पति-पत्नी परस्पर की पूर्णता में सहायक होना अपना कर्तव्य मानेंगे और पहराबन्दी छोड़ देंगे।

—प्रश्न और प्रश्न

विवाह की सफलता कर्तव्यता और विवेक के रास्ते से ही प्राप्त हो सकती है, प्रेम की पहरेदारी और घेरेबन्दी से कभी नहीं।

—समय, समस्या और सिद्धान्त

पाने में से खोने की कसक

प्रत्येक काम और भोग सम्बन्ध में यह जो प्राप्ति में से अप्राप्ति की अनुभूति है, जीतने में से हारने की और पाने में से खोने की कसक है, वह कभी मिटती नहीं है।

—प्रश्न और प्रश्न

पारिवारिक आचार

विवाह ने मैथुन को शुभ और सुन्दर में परिणत कर पारिवारिक और सामाजिक आचार की सृष्टि की है।

—समय, समस्या और सिद्धान्त

पितृत्व

नैतिकता ही है जिसने विवाह संस्कार का आविष्कार किया है और जिसके

कारण मातृत्व और पितृत्व समादृत संस्था का रूप पा सके हैं।

—समय, समस्या और सिद्धान्त

पितृत्व की संस्था व्यवस्था का अंग है।

—समय, समस्या और सिद्धान्त

पितृत्व शुद्ध धार्मिक भावना पर आश्रित होगा, तो किसी रागात्मक अभिनिवेश का मिश्रण अनावश्यक हो जाएगा।

—समय, समस्या और सिद्धान्त

पितृत्व संस्था का नैतिक और सांस्कृतिक स्थान है, मात्र शारीरिकता से जुड़ा मानने से उस संस्था का अवमूल्यन होता है।

—समय, समस्या और सिद्धान्त

मातृत्व क्या पितृत्व से निरपेक्ष होकर सम्भव है ?

—समय, समस्या और सिद्धान्त

सृष्टि में पितृत्व इतना अदृश्य है कि संगत तक नहीं दीखता।

—समय, समस्या और सिद्धान्त

पुरुषत्व

जिस पुरुष को अपने पुरुषत्व को स्त्री से बचाने की चेतना और चिन्ता रहती है, वह पुरुषत्व अप्रतिष्ठ है।

—प्रश्न और प्रश्न

प्यार

अपने को प्यार करने की आदत में से शोषण निकलता है।

—समय, समस्या और सिद्धान्त

अपने सम्बन्ध में एक हीन भाव की अनुभूति से प्यार आरम्भ होता है।

—कहानी : अनुभव और शिल्प

अपने से प्यार करने के आधार पर हम जीते हैं।

—इतस्तत:

असुन्दर को प्यार न करने की मन:स्थिति में मनुष्य के तर्क की तलवार और धार पाकर दुधारी हो जाती है।

—आम का पेड़

आदमी जिससे प्यार करता है, पहले उसकी निगाह तक से बचना चाहता है।

—कहानी : अनुभव और शिल्प

ईश्वर प्यार में है, कानून में नहीं है।

—ये दो

कर्तव्य में प्यार नहीं रहता, वह सदा आनन्द में रहता है।

—इतस्तत:

कहानी के लिए एक अकेला प्यार काफी है, फिर सारे दूसरे बोध नष्ट भी हो जाएँ तो कोई हानि नहीं।

—कहानी : अनुभव और शिल्प

क्या हम प्यार में जोर-जब्र करते नहीं हैं या कर नहीं सकते हैं ?

—समय और हम

खूँखार जानवर अपने प्यार को सार्थक करने के लिए ही शिकार को मारता है।

—प्रस्तुत प्रश्न

खूँखार जानवर अपने शिकार को मारता है, लेकिन वही अपने बच्चे को प्यार करता है।

—प्रस्तुत प्रश्न

गिरस्ती में जो प्यार हिसाब के आँकड़ों में रुंध और बुझ जाता है, क्लब में वही खिल आता है।

—इतस्तत:

घृणा के अत्यन्ताभाव में से ही प्यार उत्पन्न होता है।

—कहानी : अनुभव और शिल्प

घृणा को समझें तो वह मूल में अपने प्रति प्यार का ही उत्कट रूप निकलेगा।

—कहानी : अनुभव और शिल्प

जब घृणा असह्य होती है और अपने प्रति हो चलती है, ठीक उसी क्षण प्यार जग उठता है।

—कहानी : अनुभव और शिल्प

जिन्दगी में प्यार के पीछे जाने से बड़ी कोई बात नहीं है, पर उसमें चलना ही चलना है मंजिल नहीं है।

—कहानी की कहानी

जिन्दगी में प्यार से बड़ी कोई बात नहीं है।

—एक पन्द्रह मिनट

पाप को सम्पूर्णता से घृणा कर सकेंगे, तभी यह सम्भव होगा कि पापी को हम प्यार कर सकें।

—समय और हम

प्यार आदमी को देवता बना देता है।

—मृत्यु दंड

प्यार एक प्यास है।

—अमिया, तुम चुप क्यों हो गयीं ?

प्यार कमजोर है, पैसे पर नीलाम चढ़ा तो ताकत हो गया।

—दशार्क

प्यार का और जवानी का तर्क और होता है।

—प्यार का तर्क

प्यार की रक्षा में द्वेष जरूरी हो जाता है।

—इतस्तत:

प्यार की सेज काँटों की होती है।

—जयवर्धन

प्यार को यदि अँधेरे में ही रहना पड़े तो वह इतनी जल्दी खट्टा और कसैला हो जाएगा कि उसमें से द्वेष की लपटें फूट निकलेंगी।

—वे दो

प्यार जो अमृत होता है, वह औरत के पास है।

—दशार्क

प्यार परम सत्य है।

—झमेला

प्यार पाप नहीं इलाज है।

—दशार्क

प्यार प्रकाश चाहता है।

—वे दो

प्यार बीच में से गायब हो जाए, तो आदमी अपने को डूबा-सा अनुभव कैसे न करे ?

—इतस्ततः

प्यार भार बन जाए, तो पाप है।

—दशार्क

प्यार भी युद्ध ही है।

—बीमारी

प्यार में उम्र नहीं होती।

—मृत्यु दंड

प्यार में और युद्ध में सिद्धान्त असंगत है।

—वृत्त विहार 2

प्यार में और युद्ध में हार दोनों जगह हो सकती है और फिर वहाँ के लिए जो संगत रह जाता है, वह सिद्धान्त के सिवा दूसरा कुछ क्या रह जाता है?

—वृत्त विहार 2

प्यार में चलना ही चलना है, मंजिल नहीं है।

—एक पन्द्रह मिनट

प्यार में प्रेमी आस और त्रास एक साथ पाता है।

—कहानी : अनुभव और शिल्प

प्यार में मरकर आदमी अमर होता है।

—जयवर्धन

प्यार में लेकिन को जगह नहीं होती।

—प्यार का तर्क

प्यार में व्यक्ति अनायास निःस्व बनता है।

—कहानी : अनुभव और शिल्प

प्यार में से आदमी कष्ट पाता है और कष्ट देता है।

—जयवर्धन

प्यार में से ही वह सच्ची घृणा की अनिवार्य और अमोघ शक्ति प्राप्त होगी, जिससे हमारे परस्पर सम्बन्धों में आई घृणा अनावश्यक और व्यर्थ हो जाए।

—कहानी : अनुभव और शिल्प

प्यार सचमुच सच से भी बड़ा सच होता है।

—ये दो

प्यार सदा याद में ही धड़कता है।

—सोच-विचार

प्यार सपने से होता है, सच से हो तो उसको सपना कर देता है।

—कहानी की कहानी

प्यार सबकी पहली जरूरत है।

—दशार्क

प्यार सहना है।

—जयवर्धन

प्यार सागर होता है, उसमें से बूँद पानी नहीं पी सकते।

—अमिया, तुम चुप क्यों हो गयीं ?

प्यार से तो ब्याह चलता नहीं है, न सिर्फ एक बार हुए संस्कार के जोर ब्याह आगे चल सकता है।

—मान-रक्षा

फाँसी और युद्ध खतम नहीं हो सकते, परन्तु अपराधी को जज प्यार कर सके—यह तो हो सकता है।

—साहित्य का श्रेय और प्रेय

भावुक प्यार व्यसन होता है।

—अनाम स्वामी

मरने के बाद आदमी का प्यार मात्र ही रह जाता है।

—अकाल पुरुष गाँधी

माँ के प्यार के बिना क्या कोई सिर्फ शिक्षा से बड़ा बना है?

—प्रमिला

'मैं' का प्यार लेकर हम चलते हैं।

—समय, समस्या और सिद्धान्त

विवाह प्यार में बाँधता है।

—सुखदा

संस्कृति वह है जहाँ आदमी प्यार का काम करता है, अहंकार नहीं।

—परिप्रेक्ष्य

सत्याग्रही अहिंसा में शत्रु से डरा नहीं जाता है, उसके आगे झुका नहीं जाता है, उसको प्यार किया जाता है।

—वृत्त विहार 1

सब बीत जाता है, पर प्यार जीता रहता है।

—जयवर्धन

प्यार *और देखिए* **प्रेम**

प्लेटानिक प्रेम

प्लेटानिक प्रेम का कितना भी उपहास उड़ा लीजिए, पर अनुभव से उसकी अनिवार्यता और वास्तविकता को दूर नहीं किया जा सकता है।

—समय, समस्या और सिद्धान्त

प्रणय

दुर्धर्ष का मद गिरेगा, दर्पी दमित होगा, अभिमानी टूटेगा, अगर प्रणय को वह जीवन में अस्वीकार करने की हठ रखेगा।

—प्रश्न और प्रश्न

प्रणय अपनी शक्ति से मूर्त को अमूर्त और अमूर्त को मूर्त बना चलता है।

—स्मृति-पर्व

प्रणय की उत्तरोत्तर प्रेम-रूप साधना ईश्वर-प्राप्ति अथवा ऐक्य-प्राप्ति का साधन अवश्य हो सकती है, बल्कि साधना सम्यक ही वह है।

—प्रश्न और प्रश्न

प्रणय को हम प्रेम में पूर्णता देने की ओर बढ़ सकते हैं, मूल से उसकी अवज्ञा करके किसी तरह नहीं बढ़ सकते।

—प्रस्तुत प्रश्न

प्रणय से जो समस्याएँ उत्पन्न होती हैं, उनका हल प्रेम के सिवा अन्यत्र कहीं नहीं हो सकता।

—प्रस्तुत प्रश्न

प्रत्येक सम्बन्ध सघन होकर प्रणय बन जाता है।

—स्मृति-पर्व

प्रेम स्त्री पुरुष के मध्य होकर प्रणय बनता है।

—प्रश्न और प्रश्न

मान और प्रणय के बीच आँख-मिचौली चला ही करती है।

—समय और हम

मूर्त के लिए ही नहीं अमूर्त के प्रति भी प्रणय होता है।

—ये और वे

यह जो 'मैं मैं' करनेवाला आदमी है, प्रणय से चलता है।

—प्रश्न और प्रश्न

रोमांस की स्थिति में भान जिस पर हम जीते हैं और प्रणय जिसकी ओर हम जीते हैं—इन दोनों में घोर महाभारत मचता है।

—काम, प्रेम और परिवार

वस्तु से हम प्रेम कर सकते हैं, शायद प्रणय नहीं कर सकते।

—प्रश्न और प्रश्न

स्त्री-पुरुष के बीच भी अमुक की अपेक्षा माता-पुत्र, पिता-पुत्री, भाई-बहन के बीच [प्रेम] प्रणय नहीं है।

—प्रश्न और प्रश्न

प्रणय भाव

दो के भोग-सम्बन्ध में से कलह उपजती है और उस समय आपसी द्वेष और घृणा इतने तीव्र और उत्कट से हो जाते हैं जैसे सदा के लिए प्रणय भाव समाप्त हो गया हो।

—काम, प्रेम और परिवार

प्रति-प्रेम

प्रेम कठिन तभी तो होता है, जब प्रति-प्रेम भी हो।

—ये दो

प्रथम दृष्टि का प्रेम

तारों से भरी रात को देखकर कल्पना में ईश्वर झूम आता है, तो इस [प्रथम

दृष्टि के प्रेम की] घटना को देखकर तो मानो वह ईश्वर अनुभूति में ही उतर आता है।

—प्रश्न और प्रश्न

प्रथम दृष्टि का प्रेम गहरे सम्बल का काम देता है और औदार्य में जीवन को उठाता ही चला जाता है, नीचे नहीं गिरने देता।

—प्रश्न और प्रश्न

प्रथम दृष्टि के प्रेम में दोनों जलते हैं और परिणाम में दोनों उजलते भी हैं।

—प्रश्न और प्रश्न

प्रथम दृष्टि में प्रेम हो सकता है, रह सकता है और इस प्रकार स्व-प्रतिष्ठ हो सकता है कि कभी इन दोनों के मिलने का अवसर न आए।

—प्रश्न और प्रश्न

प्रीति *देखिए* **प्रेम**

प्रेम

अन्तरंग प्रेम के अर्घ्यार्पण में सेक्स को अनुपस्थित तो नहीं कहा जा सकता, पर अधिकांश वहाँ सेक्स का अशरीरी रूप ही संगत हुआ करता है।

—समय, समस्या और सिद्धान्त

अकसर प्रेम में अप्रेम का स्वागत नहीं हो पाता।

—प्रश्न और प्रश्न

अगर प्रेम को आप चाहते हैं, तो सारा चाहिए भी उसमें आ जाता है।

—इतस्तत:

अगर मन में प्रेम भरा है तो ऐसे व्यक्ति का आचरण अहिंसक तो कहलाएगा, फिर भी यह दावा नहीं किया जा सकता कि उसको कारण बनाकर कोई प्राणी अपने को दुखी नहीं बना सकता।

—प्रस्तुत प्रश्न

अखंड प्रेम खंड भोग से आगे अखंड योग तक उठता है, उसी को ब्रह्मचर्य का नाम दिया जाता है।

—प्रश्न और प्रश्न

अखंड प्रेम सामाजिक मर्यादाओं से ऊँचा जाता है और स्वयं उन मर्यादाओं को आगे की मर्यादा देता है।

—प्रश्न और प्रश्न

अटूट, अगाध, अपनेक्ष्य प्रेम की सामर्थ्य के कारण ईसा ईसा थे, बुद्ध बुद्ध।

—आम का पेड़

अतीन्द्रिय प्रेम में शरीर को और इन्द्रियों को कृतकामता अनुभव होनी चाहिए।

—काम, प्रेम और परिवार

अन्तरंग प्रेम के अर्घ्यार्पण में सैक्स को अनुपस्थित तो नहीं कहा जा सकता, पर अधिकांश वहाँ सेक्स का अशरीरी रूप ही संगत हुआ करता है।

—समय, समस्या और सिद्धान्त

अपनी आस्था के मूल या ध्रुव को हम चाहे जिस शब्द से अभिहित करें, अन्त में हमारा प्रेम उसी ध्येय की ओर एकाग्र और अभिमुख रहता है।

—समय, समस्या और सिद्धान्त

अपने आभ्यन्तर में हम प्रेम ही हैं।

—काम, प्रेम और परिवार

अपने को देने की कामना की मात्रा तक काम में प्रेम का सत-भाव रहता ही है।

—समय, समस्या और सिद्धान्त

अपने को ही सर्वथा अपने प्रेम का केन्द्र बना लेने से मनुष्य को एक पागलपन प्राप्त हो जाता है।

—इतस्तत:

अपने छोड़े बिना प्रेम प्राप्त नहीं होता।

—काम, प्रेम और परिवार

अपने प्रति निर्मोह दूसरे के प्रति प्रेम की अर्थात अहिंसा की परिभाषा है।

—मन्थन

अपने बीच में हम प्रेम पाते हैं, जिसमें स्व में पर के लिए समर्पण का भाव होता है।

—समय और हम

अपने से बाहर हम प्रेम के प्रसार के लिए आ सकते हैं, अप्रेम चुकाने नहीं।

—परिप्रेक्ष्य

अपनेपन के दायरे में हर कोई प्रेम ही करता है।

--मन्थन

अपूर्ण प्रेम में से काम और कामना पैदा होती है।

—प्रश्न और प्रश्न

अप्रेम को प्रेम में जीतना है; इसका मतलब यही है कि अप्रेम यदि कहीं आरम्भ होता है, तो हम उसका आदर-सत्कार करें।

—काम, प्रेम और परिवार

अमूर्त के साथ प्रगाढ़ प्रेम और भक्ति का सम्बन्ध बनाया जा सकता और उसमें से भरपूर रस पाया जा सकता है।

—समय, समस्या और सिद्धान्त

अर्थ और काम का समाहार प्रेम से अन्यत्र कहीं नहीं है।

—इतस्तत:

असत्य को नैतिकता से लड़ना है, जिससे कि वह प्रेम को उत्तरोत्तर अपना सके।

—समय और हम

असल पुरुषार्थ है प्रेम।

—अनाम स्वामी

असहयोग और सत्याग्रह की जो शक्ति कारगर होती और अन्त:परिवर्तन लाती है, वह प्रेम अथवा अहिंसा की ही है।

—समय, समस्या और सिद्धान्त

अहंकार का उत्तेजन जब हो, तब प्रेम तो भाग ही चुका होता है।

—परिप्रेक्ष्य

अहंचर्या प्रेम में रहती ही नहीं है।

—प्रश्न और प्रश्न

अहिंसा का आरम्भ और उसकी कसौटी वहीं है, जहाँ द्वेष के प्रति भी हमारी ओर से प्रेम है।

—प्रश्न और प्रश्न

अहिंसा का मतलब है निर्वैर और उसकी आत्मा है प्रेम।

—परिप्रेक्ष्य

आँखों में नमी आएगी और मन में प्रेम फूटेगा, तब उच्छृंखलता की जगह चलन में मर्यादा और शील का प्रवेश होगा।

—समय और हम

आकर्षण की स्थिति प्रेम से दोयम है।

—प्रश्न और प्रश्न

आकर्षणवाले प्रेम के साथ घृणा भी चलती है।

—काम, प्रेम और परिवार

आक्रान्ता पैदा होता है, जो अपने दंड से दुनिया का शासन करना शुभ मानता है और स्वयं को प्रेम के शासन से मुक्त मानता है।

—समय और हम

आज चारों ओर राजनीतिक प्रचार के कारण सहानुभूति की मर्यादा रेखाएँ खींच दी गयी हैं और प्रेम दलों में बँट गया है।

—समय, समस्या और सिद्धान्त

आज यह प्रतीति तर्कहीन और विपरीत नहीं मालूम होगी कि दमन प्रेम का नहीं होना है, बल्कि स्वयं दमन के विश्वास का ही शमन होना है।

—समय और हम

आतंक में से प्रेम उत्पन्न नहीं होता।

—सोच-विचार

आत्म निर्भरता के आधार पर ही अन्तस्थ प्रेम चरितार्थता और विस्तारता पा सकता है।

—समय, समस्या और सिद्धान्त

आत्मवान पुरुष प्रेम की निष्ठा से कहीं च्युत नहीं होता है।

—समय, समस्या और सिद्धान्त

आत्मा की मुक्तता प्रेम की डोर यदि बाँधती है, तो उसी के द्वारा वह अहंबन्ध को खोलती भी है।

—समय, समस्या और सिद्धान्त

आत्मा की मुक्तता प्रेम की मुक्तता है।

—समय, समस्या और सिद्धान्त

आत्मा की स्वतन्त्रता प्रेम में दूसरे की स्वतन्त्रता में बाधा नहीं उपस्थित करती।

—समय, समस्या और सिद्धान्त

आत्यन्तिक भाव से आग्रहहीन प्रेम ईश्वर-प्रेम है।

—काम, प्रेम और परिवार

'आदमी प्रेम करता है'—यह भाषा ओछी लगती है।

—प्रश्न और प्रश्न

आदमी प्रेम में खोकर अपने का पाता है।

—सोच-विचार

'आदमी प्रेम में है'—यह भाषा समीचीन और वैज्ञानिक है।

—प्रश्न और प्रश्न

आदिकाल से चले आते हुए झगड़े-बखेड़ों के कारण क्या प्रेम पर किसी का भी दावा चल सकता है?

—समय, समस्या और सिद्धान्त

आपसी प्रेम को ब्रह्म प्रेम के विरोध में देखना बहुत बड़ा मिथ्यावाद है।

—प्रश्न और प्रश्न

आयु के साथ प्रेम में अन्तर आता दीखता है।

—समय, समस्या और सिद्धान्त

आयु के साथ प्रेम में अन्तर न आए, तो आयु की ही सार्थकता समाप्त हो जाती है।

—समय, समस्या और सिद्धान्त

आसक्त लोलुप भोग-वासना के पीछे प्रेम-प्रेरणा नहीं [होती]।

—समय, समस्या और सिद्धान्त

आस्तिक्य चरितार्थ प्रेम में होता है।

—समय और हम

आस्था वह प्रेम है, जो व्यक्तिगत नहीं निर्वैयक्तिक है।

—इतस्तत:

इन्द्रियाँ प्रेम की व्याप्ति में बाधा होती हैं।

—अनाम स्वामी

इन्द्रियातीत होकर ही प्रेम सघन हो सकता है।

—काम, प्रेम और परिवार

इस और उस के बीच जो प्रवहमान रहकर दोनों को एकता में मिलाए रखता है, दो को एक रखता है, वह प्रेम है।

—प्रश्न और प्रश्न

ईश्वर के प्रेम में मनुष्य का प्रेम बाधक होता है।

—मेरे भटकाव

ईश्वर को प्रेम के रूप में ले सकूँ तब तो ठीक, अन्यथा वह तक मेरे लिये सर्वथा और सहज अनावश्यक हो रहता है।

—प्रश्न और प्रश्न

ईश्वर प्रेम और मनुष्य के प्रेम में विग्रह हो आया करता है।

—मेरे भटकाव

ईश्वर प्रेम है और प्रेम प्रवंचना है।

—कल्याणी

ईसा की छाती में मरते समय जो प्रेम भरा हुआ था, वह क्या व्यर्थ गया?

—सोच-विचार

ईसा की स्मृति में से और उसके उपदेश में से और उसके प्रेम में से वह रौ आई कि मनुष्यता मिलती चली गयी और सत्ताएँ उखड़ती चली गयीं।

—सोच-विचार

ईसा प्रेम की पीड़ा में सबकुछ सहते चले गये।

—समय, समस्या और सिद्धान्त

उत्पादन सब प्रेम के श्रम से होता है।

—पूर्वोदय

उपन्यास से तो प्रेम की सघन व्यथा की माँग ही हो सकती है।

—साहित्य का श्रेय और प्रेय

उपलब्धि प्रेम द्वारा जो होती है, काम द्वारा वही असम्भवप्राय बन जाती है।

—प्रश्न और प्रश्न

उलट चला प्रेम घृणा है।

—सोच-विचार

एक ओर अनिच्छा है, तो क्या प्रेम सार्थक होने का हठ करके क्रूरता ही न बन जाएगा ?

—काम, प्रेम और परिवार

एक प्रेम ही है, जो अपने को न मानकर दूसरे को भी क्रमश: होने-होने की सुविधा और क्षमता दे सकता है।

—प्रश्न और प्रश्न

एक सहज औदार्य और अनासक्त कर्तव्यशीलता और उपरामता जो पार्वती को प्राप्त हुई थी, सो क्या उसका स्रोत देवदास का वियुक्त प्रेम ही न था।

—प्रश्न और प्रश्न

एक ही व्यक्ति में सुन्दरता होती अथवा गुण होते, तो अमुक एक के सिवा दूसरे के लिए प्रेम पाना या करना असम्भव हो जाता।

—काम, प्रेम और परिवार

एकांगी दृष्टि प्रीति की दृष्टि नहीं, भय की दृष्टि है।

—साहित्य का श्रेय और प्रेय

एकांगी प्रेम—जो प्रतिदान चाहता है, पर पाता नहीं है।

—प्रश्न और प्रश्न

एकांगी प्रेम—जो बिना शर्त है और इसलिये अपेक्षा और कामना से उत्तीर्ण है।

—प्रश्न और प्रश्न

ऐसा तो शायद सौ में एक भी न होगा जो प्रेम को शरीर पर ले ही नहीं, मन तक ही रोक जाए।

—काम, प्रेम और परिवार

ऐसे क्षण सभी को प्राप्त होते हैं जब प्रेम निजता से जड़ित नहीं होता, बल्कि निजत्व जिसमें डूबकर रह जाता है।

—काम, प्रेम और परिवार

कबीर की बानी में मुझे प्रेम के माहात्म्य का गान सुन पड़ता है।

—साहित्य का श्रेय और प्रेय

कब्जा करने की भावना नितान्त प्रेम में नहीं होती, अहंकृत प्रेम में होती है।

—काम, प्रेम और परिवार

करुणा प्रेम से भिन्न है।

—सोच-विचार

कर्तव्य भावना को सुला देना प्रेम के जागरण के लिए आवश्यक नहीं है।

—प्रस्तुत प्रश्न

कला की सृष्टि प्रेम में से है।

—साहित्य का श्रेय और प्रेय

कला के लिए सत्य प्रेम ही है।

—साहित्य का श्रेय और प्रेय

कलुषित-कुत्सित प्रेम कुछ नहीं होता।

—साहित्य का श्रेय और प्रेय

कवि प्रेम के आदर्श पर पहरा दिए सजग बैठा है।

—परिप्रेक्ष्य

कष्ट सदा भगवान के भेजे प्रेम में से आता है।

—अनाम स्वामी

कहानी में प्रेम और सहानुभूति को अन्य में बाँटना पड़ता है।

—समय और हम

कानून में भाव हक का है, प्रेम का नहीं।

—फाँसी

काम आंशिक प्रेम की विवशता में से प्रस्फुटित होता है।

—समय, समस्या और सिद्धान्त

काम का इलाज प्रेम है।

—समय और हम

काम का हल केवल प्रेम है।

—प्रश्न और प्रश्न

काम के स्पर्श से प्रेम सृजनशील बन जाता है।

—समय, समस्या और सिद्धान्त

काम को अनन्त गुणित करने से भी फल में प्रेम नहीं प्राप्त होगा।

—समय और हम

काम खंडित है, प्रेम अखंड है।

—प्रश्न और प्रश्न

काम प्रेम का वह रूप है, जो स्वार्थ से संपृक्त है।

—वृत्त विहार 3

काम प्रेम विकास में बाधक नहीं है।

—समय, समस्या और सिद्धान्त

काम भी पुरुषार्थ है तो इसलिये कि प्रेम तत्त्व रह जाए, रति कट जाए।

—अनाम स्वामी

काम-भोग में रस जो और जितना है, वह प्रेम के निमित्त से है।

—समय, समस्या और सिद्धान्त

काम में प्रेम की मात्रा बढ़ती जाती है, तो जिसको काम की लिप्सा और लालसा कहते हैं वह अरुचिकर और हेय प्रतीत होने लगती है।

—समय, समस्या और सिद्धान्त

काम में प्रेम है तो घृणा के साथ-साथ लिपटा हुआ है।

—प्रश्न और प्रश्न

काम में भी अभिव्यक्ति प्रेम की होती है।

-समय, समस्या और सिद्धान्त

काम में से जब कि आनन्द और शक्ति का व्यय होता है, तब प्रेम में उनका संचय होता जा सकता है।

—प्रश्न और प्रश्न

काम यदि मुक्ति में बाधा है तो वह बाधा काम को ही समाप्त करने की चेष्टा में से दूर नहीं हो सकती, बल्कि काम में अन्तर्भूत प्रेम की मात्रा बढ़ाते जाने से ही उसे दूर किया जा सकता है।

—समय, समस्या और सिद्धान्त

काम विज्ञान की ओर से सोचनेवाले [काम की] बाढ़ की निविड़ता को तोड़ देना और प्रेम को मुक्त बना डालना चाहते हैं।

—प्रश्न और प्रश्न

कामना प्रेम के स्पर्श से निष्काम होती है।

—दशार्क

काल का काम है बैठा-बैठा प्रेम द्वारा छोड़े हुए गड्ढे को भरना।

—बं गँवार

काल को चुनौती देता हुआ जो जीता रहता है, वह तो प्रेम है।

—परिप्रेक्ष्य

किसी के प्रेम को यह अधिकार नहीं है कि वह दूसरे की ओर से अमुक प्रभाव या परिणाम प्राप्त करना चाहे।

—काम, प्रेम और परिवार

कुछ भय है जिसे भगाने के लिए प्रीति के आवेग का आग्रह है।

—इतस्तत:

कुटुम्ब के अस्तित्व के लिए जरूरी है कि उसके द्वार पर स्वागत और हृदय में अतिथि के लिए प्रेम हो।

—परिप्रेक्ष्य

कुटुम्बी या संसारी प्रेम, अथवा लौकिक दायित्व की समस्याएँ, उसी ध्रुव की अपेक्षा में उचित समाधान पा सकेंगी जिसे सत्य कहते हैं।

—समय, समस्या और सिद्धान्त

कृष्ण और राधा के प्रेम में कामजन्य अतृप्ति का प्रश्न ही अपवित्र और अनर्थक लगता है।

—प्रश्न और प्रश्न

कृष्ण में प्रेम निर्जीव होकर नहीं, मानवीय होकर प्रकटा था।

—काम, प्रेम और परिवार

क्या उसे [कन्या को] अनिवार्य चाह नहीं हो आती उस प्रेम की जो उसके रूप, उसके यौवन, उसके अन्तस्थ स्त्रीत्व की माँग के उत्तर में विवश होकर उसमें खिंचा चला आए जैसे आग में पतंग।

—मास्टर जी

क्या प्रेम को ही ईश्वर नहीं माना गया है?

—समय, समस्या और सिद्धान्त

क्या प्रेमी वही नहीं, जिन्हें वियोग संयोग से भी प्रिय हो?

—काम, प्रेम और परिवार

क्या साहित्य का कुछ और धर्म हो सकता है [प्रेम के धर्म के सिवाय]?

—साहित्य का श्रेय और प्रेय

क्रान्ति यदि और कोई सतत है कि जिसका क्रम भंग नहीं होता, तो वह प्रेम की अहिंसात्मक क्रान्ति ही है।

—समय, समस्या और सिद्धान्त

क्रोध और दुश्मनी के नीचे प्रेम की धार तो बहती और व्यथा में सहती रह सकती है।

—साहित्य का श्रेय और प्रेय

खंड का प्रेम राग-द्वेष के चक्र से बनता है।

—प्रश्न और प्रश्न

खंड का सम्पूर्णता से बिछोह प्रेम को अनिवार्य बनाता है।

—प्रस्तुत प्रश्न

खंड के प्रति प्रेम पूर्ण इसलिये नहीं हो सकता कि वहाँ अर्पण पूरा लिया नहीं जा सकता।

—प्रश्न और प्रश्न

खंड को जब हम प्रेम करते हैं, तो दूसरे खंड के प्रति उसमें अप्रेम समाया रहता है।

—प्रश्न और प्रश्न

खंड प्रेम मनुष्य का सच्चा चरितार्थ नहीं है।

—प्रश्न और प्रश्न

गम्भीर आदान-प्रदान में भाषा का माध्यम बीच में न होने के कारण अपने से ऊपर जाति के मानव का प्रेम चिरस्थाई होता है।

—उपलब्धि

गाँधी का ब्रह्मचर्य प्रेम से स्निग्ध और सम्मोहनीय रहा होगा।

—समय और हम

गाँधी में सेवा यदि व्यक्ति की थी, तो प्रेम एक मात्र सत्य का था।

—समय और हम

गृहस्थी के द्वारा काम को सीमा में लाकर फल में नियुक्त किया जाता है, जब कि प्रेम को उसके द्वारा फिर सब ओर प्रवाहित और विस्तृत किया जाता है।

—प्रश्न और प्रश्न

घाव खाया हुआ प्रेम सामान्यतया हिंसक हो चलता है, हत्या और अपघात तक पहुँच जाता है।

—प्रश्न और प्रश्न

घृणा उसी तरह शक्ति है जैसे प्रेम।

—सोच-विचार

घृणा और प्रेम एक ही सिक्के की दो बाजू हैं।

—समय, समस्या और सिद्धान्त

घृणा और प्रेम दोनों हमारे भीतर पड़े हैं और जो भी है, नष्ट वह कभी नहीं हो सकते हैं।

—समय और हम

घृणा और प्रेम सम्भोग में भिन्न नहीं होते।

—अनाम स्वामी

घृणा को यदि सही जगह पर लगाएँ, तो प्रेम भी फिर सही जगह के लिए शेष और मुक्त हो जाएगा।

—समय और हम

घृणा प्रेम को थामती और तीव्र करती है, तो उसी प्रकार प्रेम घृणा को धार देता रहता है।

—समय, समस्या और सिद्धान्त

घृणा में भी ताकत है, पर प्रेम में पड़ी खटास के सिवा घृणा कोई दूसरी चीज है नहीं।

—समय, समस्या और सिद्धान्त

चाहे-अनचाहे हमारा प्रेम विशिष्ट व्यक्ति पर न रुककर निर्विशिष्ट समष्टि में ही जाता है।

—काम, प्रेम और परिवार

जब और जहाँ तक वैयक्तिक तल से उत्तीर्ण प्रेम है, वहीं तक मैथुन है।

—काम, प्रेम और परिवार

जब किसी में इतना प्रेम नहीं जो घर में फैला रह सके, तो वह आदमी कैसा!

—तमाशा

जब तक प्रेम हो, मन में एकध्यानता रहती है।

—समय, समस्या और सिद्धान्त

जब दो विशाल संगठन आमने-सामने मुठभेड़ में जीते हों, तब यदि तीसरा नितान्त न्याय, सत्य और प्रेम का बल केवल दृढ़-प्राण होकर खड़ा हो जाए, तो स्थिति में एकदम अन्तर ला सकता है।

—समय और हम

जब प्रेम दो शरीरों को मिलाता है, तब वह मोह कहलाता है।

—मन्थन

जब हम स्वयं प्रेम से नैतिकता की धारणा को टकरा रहे होते हैं, तो फल में असत्यता निकलती है और उसमें नाना ग्रन्थियाँ उत्पन्न होती हैं।

—समय और हम

जहाँ अधिकार है, वहाँ ही प्रेम के न रहने की सम्भावना हो जाती है।

—काम, प्रेम और परिवार

जहाँ अभिन्नता पाने की कोशिश है और भिन्नता की अनुभूति है, वहाँ प्रेम का सम्बन्ध है।

—कहानी : अनुभव और शिल्प

जहाँ जीव और जड़ की पृथकता है, वहाँ ही प्रेम की आवश्यकता है।

—प्रस्तुत प्रश्न

जहाँ तक प्रेम भावनात्मक है, वहाँ तक कोई भी स्त्री या पुरुष प्रेम के क्षेत्र से बाहर क्यों समझा जाना चाहिए ?

—प्रस्तुत प्रश्न

जहाँ नियन्त्रण है, वहाँ प्रेम के माथे अप्रेम भी है।

—साहित्य का श्रेय और प्रेय

जहाँ प्रेम की स्वतन्त्रता है, वहाँ द्वेष और हिंसा और जोर-जबरदस्ती की भी स्वतन्त्रता को होना होगा।

—काम, प्रेम और परिवार

जहाँ प्रेम है और धर्म है, वहाँ शासन शब्द ओछा मालूम होता है।

—प्रस्तुत प्रश्न

जहाँ फल की चाहना है, उस प्रेम में अप्रेम भी है।

—प्रस्तुत प्रश्न

जहाँ व्यक्ति का कुल इतना प्रधान है कि प्रेम को व्यर्थ करता है, वह समाज जीर्ण है।

—जयसन्धि

जहाँ समर्पण अपने-आप में ही इष्ट और पूर्ण है, वह प्रेम सचमुच निष्काम होता है।

—प्रश्न और प्रश्न

जाने-अनजाने हम प्रेम उसको करते हैं, जो सामायिक तौर पर सही, हमें आदर्श से तत्सम दीख आता है।

—काम, प्रेम और परिवार

जिनको शीर्ष और केन्द्र में लेकर तीव्र प्रेम और तीव्र द्वेष जगत को मथता हुआ ऊपर आ उठता है, वे मानो परमेश्वर की ओर से मानवता के आत्म-

मन्थन के निमित्त भेजे हुए अवतारी पुरुष ही होते हैं।

—अकाल पुरुष गाँधी

जिनको हम वासना में पड़ा मानते हैं, वे भी असल में वापस जड़ता की तरफ नहीं, बल्कि प्रेम की ओर ही उठने को छटपटा रहे हैं।

—काम, प्रेम और परिवार

जिन्दगी में प्यार के पीछे जाने से बड़ी कोई बात नहीं है, पर उसमें चलना ही चलना है मंजिल नहीं है।

—कहानी की कहानी

जिस दृढ़ता को सर्वशः प्रेम का बल धारण नहीं कर रहा है, जो एक ही साथ मृदु भी नहीं है, वह धार्मिक दृढ़ता नहीं है।

—मन्थन

जिस प्रेम को साहित्य पाठक की रागात्मक वृत्तियों के आगे प्रत्यक्ष कर उठाता है, वह फिर उत्तरोत्तर शिव और सत्य के सिवा कुछ दूसरा है ही नहीं।

—साहित्य का श्रेय और प्रेय

जिस प्रेम पर विवाह सचमुच टिका रह सकता है, वह व्यक्ति-प्रेम नहीं धर्म-प्रेम हुआ करता है।

—प्रश्न और प्रश्न

जिस प्रेम में अपनी और अपने की कुर्बानी हो, वह प्रेम तो बिरलों के हाथ आया।

—पूर्वोदय

जिसका प्रेम ईश्वर में है, उसका आग्रह भी सत्य में है।

—काम, प्रेम और परिवार

जिसके उपलक्ष्य से हमारा स्वप्न हमारे निकट सचित्र होता है, जिसके उपलक्ष्य से मानो हम अपनी सीमा से मुक्त होते हैं, अपनी क्षुद्रता को विशालता में उठता अनुभव करते हैं, उसकी ओर बलात हम प्रेम से खिंचते हैं।

—काम, प्रेम और परिवार

जिसके सचमुच संयत होने की आवश्यकता है, वह प्रेम नहीं अहं है।

—समय और हम

जिसको जान लेते हैं, उसे हम प्रेम नहीं करते।

—साहित्य का श्रेय और प्रेय

जिसमें घृणा नहीं, उस प्रेम में सम्भोग असम्भव है।

—अनाम स्वामी

जिसमें निजता न रहे, ऐसा काम निष्काम होकर प्रेम बन जाता है।

—समय, समस्या और सिद्धान्त

जिसमें मोह जितना ही कम है, घृणा-वासना जितनी ही कम है, वह उतना ही श्रेष्ठतर प्रेम है।

—मन्थन

जिसमें विरह की स्वीकृति है और उसको तोड़ने की हठ नहीं है, वह प्रेम अपने ही बल से निष्काम होता जाता है।

—प्रश्न और प्रश्न

जिसमें सम्पूर्ण चेतना भाग दे और भाग ले, वही समग्र प्रेम है।

—काम, प्रेम और परिवार

जिससे प्रेम किया जाए, भगवान उसी में हो रहता है।

—साहित्य का श्रेय और प्रेय

जिसे जड़ कहते हैं, शायद प्रेम वहाँ भी सोया है।

—इतस्ततः

जिसे स्नेह और प्रेम कहते हैं, मानो वह समष्टि की ओर से आया ऐसा झोंका होता है कि अहं के साथ शिथिल और स्फुरित हो जाता और इस तरह व्यक्तित्व अपने-आप प्रसार पाने लगता है।

—समय और हम

जीव का जीवन प्रेम है।

—परिप्रेक्ष्य

जीवन को प्रेम से छुट्टी नहीं मिल सकती।

—साहित्य का श्रेय और प्रेय

जीवन प्रेम के बिना अशक्य है, उसी प्रकार युद्ध के बिना भी वह सम्भव नहीं हो पाता है।

—समय, समस्या और सिद्धान्त

जीवन प्रेम है और प्रेम का भी नियम परिवर्तन है।

—विवर्त

जीवन-प्रेरणा के मूल स्रोत का नाम प्रेम है और उसके प्रति स्वागत और समर्पण का भाव ही इष्ट है।

—समय और हम

जीवनानुभूति प्रेम की अनुभूति से भिन्न नहीं है।

—समय, समस्या और सिद्धान्त

जैसे कि आदमी प्रेम में अपने को खोकर पाता है, वैसे ही निकम्मा दिखलाकर पैसे के असली मूल्य को पहचाना और बताया जा सकेगा।

—सोच-विचार

जो दूसरे से मौत माँगने जाता है, वह प्रेम नहीं है।

—अनन्तर

जो प्रेम उत्सर्ग में अपनी तृप्ति और सिद्धि पाता रहा है, उसी ने प्रकाश और प्रभाव दिया है।

—प्रश्न और प्रश्न

जो प्रेम का ही है; जो प्रेम को अपने देश, अपने धर्म, अपनी जाति में बाँधकर नहीं रख सकता है, बल्कि स्व से पर और इतर के लिए भी जिसके पास प्रेम-से-प्रेम है; ऐसा साहित्यिक एक तरह विश्व नागरिक ही है।

—प्रश्न और प्रश्न

जो प्रेम की पीड़ा में से निकलता है, वह कर्म अनधिकृत कभी नहीं हो सकता।

—काम, प्रेम और परिवार

जो प्रेम के ढाई अक्षर पढ़ लेता है, वह पंडित नहीं साहित्यिक होता है।

—साहित्य का श्रेय और प्रेय

जो प्रेम चोट लेता और देता है, अपेक्षा और दावा रखता है, वह उतना ही स्वार्थ से लिप्त है।

—प्रश्न और प्रश्न

जो प्रेम निरपेक्ष होकर दान की तरह दिया जाता है, उसके स्वीकार पर रहना यौवन का अपमान भी हो सकता है।

—मास्टर जी

जो प्रेम भोग है, वह श्रमहीन है और स्वार्थमय है।

—पूर्वोदय

जो प्रेम से नहीं लड़ा जाता, वह युद्ध खरा नहीं है।

—मन्थन

जो बस चाम की आँख जितनी दूर तक देखता है, वह सचमुच प्रेम नहीं है।

—प्रस्तुत प्रश्न

जो भाव के मूर्त अथवा विज्ञान के अमूर्त शब्दों का सहारा पकड़कर मानव प्रेम से अर्थात नर-नारी प्रेम से सहसा उत्तीर्ण और असम्पृक्त हो रहना चाहते हैं, वे भूल में हैं।

—समय, समस्या और सिद्धान्त

जो महाशक्ति तमाम जगत और जीवन के व्यापार को चला रही है, उसके सही इंगित के लिए हमारे पास एक संवेद्य संज्ञा है—प्रेम।

—प्रेम और विवाह

जो मुँह से बोलता है, प्रेम नहीं है।

—अनन्तर

जो विवश नहीं है, जिस प्रेम में उन्माद नहीं है, जिसमें चाह की धार नहीं है-उसको पत्नी कैसे समझ ले कि वह उसका अर्जित है, उसका अपना है, उसका स्वत्व है?

—मास्टर जी

ज्ञान दूसरे पर जाता है, प्रेम दूसरे में जाता है।

—समय और हम

ज्ञान में उसे चाहे न जाने, पर अनुभव में प्रेम जाने बिना कोई रह नहीं सकता।

—इतस्तत:

'ढाई अच्छर प्रेम के पढ़े सो पंडित होय'—यह बात निरी कल्पना मुझे नहीं मालूम होती है।

—साहित्य का श्रेय और प्रेय

तन की उपलब्धि में मन के प्रेम के लिए संकट ही रहता है।

—काम, प्रेम और परिवार

तारों से भरी रात को देखकर कल्पना में ईश्वर झूम आता है, तो इस [प्रथम दृष्टि के प्रेम की] घटना को देखकर तो मानो वह ईश्वर अनुभूति में ही उतर आता है।

—प्रश्न और प्रश्न

तीखा होने से प्रेम अनायास अतीन्द्रिय बनता है।

—काम, प्रेम और परिवार

दर्प से वियुक्त और प्रेम से सर्वथा युक्त व्यक्ति हो जाए, तो उसके अहं की आवश्यकता मानो समष्टि की चिन्ता बन जाएगी।

—समय और हम

दुख जो उठा सकता है, प्रेम की राह में उसका कोई नहीं बिगाड़ सकता कुछ।

—दशार्क

दुनिया स्त्री-पुरुष प्रेम नहीं है, वह और भी बहुत कुछ है।

—स्मृति-पर्व

दुर्धर्ष योद्धा हर जगह प्रेम के प्रार्थी और अपने को हद तक झुकाने को आतुर होते हैं।

—समय और हम

देश और काल की संकीर्णता से जो प्रेम जितना अबाधित होता जाएगा, वह उतना ही सूक्ष्म और अहिंसक होगा।

—प्रस्तुत प्रश्न

दैहिक वृत्तियाँ प्रेम को स्थूल रूप देकर एक प्रकार से परिमाण में बाँधती हैं।

—मन्थन

द्वन्द्व में मान और प्रेम—किसका बल हममें प्रबल सिद्ध होता है, यही प्रश्न रहता है।

—समय, समस्या और सिद्धान्त

द्वेष विकृत प्रेम है।

—साहित्य का श्रेय और प्रेय

द्वैत है तो ही प्रेम सम्भव है।

—समय, समस्या और सिद्धान्त

धर्म के विषय में ललकार से अधिक प्रेम उपयोगी है।

—मन्थन

धर्मों का सार प्रेम है।

—मेरे भटकाव

धार्मिक साहित्य प्रेम के उत्स में से ही खिलता है।

—साहित्य का श्रेय और प्रेय

नवीनता का प्रेम नवीन नहीं है, एकदम पुरातन है।

—इतस्तत:

नियोजन के प्रयोजन को लाँघकर जब विवाह स्वयं प्रेम से अनबन बना बैठता है, तब जीवन-शक्ति का ह्रास होता है।

—समय और हम

निरपेक्ष सत्य प्रेम में से मिलता है, क्योंकि प्रेम स्वरूप ही यज्ञ है।

—क्रान्ति—कर्म

निराग्रही प्रेम ही अन्त में जीत सकता है।

—काम, प्रेम और परिवार

निराग्रही प्रेम ही सत्याग्रही होता है।

—काम, प्रेम और परिवार

निरे प्रेम को अपनाकर जो रह गया—वह साहित्य व्यसनात्मक हो गया, रोमांटिसिज्म की तरह बहक गया।

—परिप्रेक्ष्य

निर्ममता, असंलग्नता उसी अनुपात में व्यक्ति को प्राप्त होती है कि जितना गम्भीर और कठिन उसका अन्तस्थ प्रेम होता है।

—कहानी : अनुभव और शिल्प

निर्वैयक्तिक होकर काम ही प्रेम बन जाता है।

—अनाम स्वामी

निस्संग प्रेम ही निभ सकता है।

—प्रस्तुत प्रश्न

नीति-अनीति, सत-असत, प्रेम और वैर का संघर्ष ही मौलिक है।

—परिप्रेक्ष्य

नीति का उद्गम स्वयं निछावर प्रेम है।

—इतस्तत:

पति-पत्नी सम्बन्ध में परस्पराधिकार की भावना को लेकर प्रेम की हम अप्रतिष्ठा कर चलते हैं।

—काम, प्रेम और परिवार

पत्नी को पाकर पुरुष का प्रेम रुक नहीं सकता, न पति का प्रेम जकड़बन्द होकर रह सकता है।

—कहानी : अनुभव और शिल्प

पत्नीव्रत अथवा कि पतिव्रत शब्द को प्रेम के निषेध के रूप में लेने से, मैं समझता हूँ, विवाह संस्था ही गिर जाएगी।

—कहानी : अनुभव और शिल्प

परमेश्वर की ओर से जो प्रेम की शक्ति सिरजी गयी है, सो आदमी के हाथ आकर गड़बड़ी ही कर रही है, रचना नहीं कर पा रही है।

—इतस्तत:

परस्पराकर्षण का तत्त्व व्यक्तियों की परस्परता में आकर प्रेम और काम का रूप धारण करता है।

—वृत्त विहार 3

परिपूर्ण प्रेम की निर्भीकता और निर्लोभता के समक्ष दुर्दान्त-से-दुर्दान्त आक्रान्ता परास्त हो सकता है।

—समय और हम

परिपूर्ण प्रेम तृष्णा-कामना से आदमी को ऊँचे ले जाता है।

—प्रश्न और प्रश्न

परिपूर्ण प्रेम यदि पुरानी मर्यादाओं का अतिक्रमण करता है, तो नयी मर्यादाओं की सृष्टि करता है।

—काम, प्रेम और परिवार

पापी को प्रेम करने की राह में ही पाप से घृणा करना सीख लेना होगा।

—समय और हम

पापी से उतना ही प्रेम सम्भव हो सकेगा, जितना पाप के प्रति घृणा होगी।

—समय और हम

पारिवारिक नैतिकता आज टूटती-सी इसलिये जान पड़ती है कि उसने विग्रह अपना प्रेम से माना और ठाना है, असत्य से नहीं।

—समय और हम

पारिवारिक नैतिकता बहुत आवश्यक चीज है, किन्तु उसकी रक्षा प्रेम की रक्षा के साथ ही हो सकती है।

—समय और हम

पुरुष एक नारी के प्रेम की प्राप्ति तक ही अपना प्रयोजन रखता है, प्राप्त होते ही उसे छोड़कर दूसरे के आकर्षण के जाल में उलझता है।

—काम, प्रेम और परिवार

पुरुष की कठोरता भी स्त्री की कोमलता की ओर प्रेम से उमड़कर कठोर कम यद्यपि तेजस्वी अधिक हो जाती है।

—प्रस्तुत प्रश्न

पुरुषार्थ की सफलता इसी में मानी जा सकती है कि व्यक्ति प्रेम से इतना तत्सम हो जाए कि अलग से उसे काम की आवश्यकता ही न अनुभव हो।

—प्रश्न और प्रश्न

पैसे के अधिकार से बड़ा प्रेम का अधिकार होता है।

—साहित्य का श्रेय और प्रेय

प्रणय की उत्तरोत्तर प्रेम-रूप साधना ईश्वर-प्राप्ति अथवा ऐक्य-प्राप्ति का साधन अवश्य हो सकती है, बल्कि साधना सम्यक् ही वह है।

—प्रश्न और प्रश्न

प्रणय को हम प्रेम में पूर्णता देने की ओर बढ़ सकते हैं, मूल से उसकी अवज्ञा करके किसी तरह नहीं बढ़ सकते।

—प्रस्तुत प्रश्न

प्रणय से जो समस्याएँ उत्पन्न होती हैं, उनका हल प्रेम के सिवा अन्यत्र कहीं नहीं हो सकता।

—प्रस्तुत प्रश्न

प्रतिभाशाली लोग स्त्री-प्रेम के विषय में कुछ दुर्भागी होते हैं।

—प्रस्तुत प्रश्न

प्रत्येक जीवन में अनिवार्य है—एक के प्रति प्रेम, दूसरे के प्रति भोग।

—काम प्रेम और परिवार

प्रत्येक प्रेम उत्कट और सघन बनकर सहज भाव से इन्द्रियातीत होता जाता है।

—प्रश्न और प्रश्न

प्रत्येक व्यक्ति अपने प्रेम की सार्थकता तरह-तरह के सम्बन्धों से प्राप्त करता है।

—काम प्रेम और परिवार

प्रत्येक स्व में इतर की एक मूलभूत प्यास रहती है, जिसको प्रेम कहते हैं।

—समय, समस्या और सिद्धान्त

[प्रथम मिलन के] प्रेम की छाप की गहराई ही है, जो एक को दूसरे के निकट नहीं आने देती।

—प्रश्न और प्रश्न

प्रथम दृष्टि का प्रेम गहरे सम्बल का काम देता है और औदार्य में जीवन को उठाता ही चला जाता है, नीचे नहीं गिरने देता।

—प्रश्न और प्रश्न

प्रथम दृष्टि के प्रेम में दोनों जलते हैं और परिणाम में दोनों उजलते भी हैं।

—प्रश्न और प्रश्न

प्रथम दृष्टि में प्रेम हो सकता है, रह सकता है और इस प्रकार स्व-प्रतिष्ठ हो सकता है कि कभी इन दोनों के मिलने का अवसर न आए।

—प्रश्न और प्रश्न

प्रभाव का विचार करना हो, तो अन्त में घृणा को ही प्रेम का प्रभाव अपनाना है।

—काम प्रेम और परिवार

प्रहार के उत्तर में भी उमड़कर जानेवाला प्रेम बधिक के हाथों घात स्वीकार कर लेता है, फिर भी अस्त या विपर्यस नहीं होता है।

—प्रश्न और प्रश्न

प्रार्थना और कुछ नहीं उस प्रेम का प्रवाह है, जिसमें प्रेमास्पद को पकड़ा नहीं जाता प्रत्युत मुक्त रहने दिया जाता है।

—समय, समस्या और सिद्धान्त

प्रीति की मुस्कराहट जहाँ नहीं, वैसे कर्म की तपस्या गाँधी की नहीं।

—सुखदा

प्रीति के हाथों प्रकृति संस्कृति की साधिका हो जाती है।

—प्रश्न और प्रश्न

प्रीति से अतिरिक्त नीति एक मिथ्याचार और दम्भाचार हो सकती है।

—परिप्रेक्ष्य

प्रेम अखिल-व्याप्त तत्त्व है।

—प्रेम और विवाह

प्रेम अगम, अगोचर में से आता है।

—प्रेम की बात

प्रेम अच्छा है तो क्या एक भर के लिए ही अच्छा है ?

—मुक्त प्रयोग

प्रेम अद्वैत तक जा सकता है और उस अद्वैत भाव को ला सकता है।

—समय और हम

प्रेम अनिवार्य और अनिरोध्य है।

—समय, समस्या और सिद्धान्त

प्रेम अनिवार्य है तो युद्ध भी अनिवार्य है।

—सोच-विचार

प्रेम अनिष्ट नहीं होता।

—जयवर्धन

प्रेम अनुभव में सब जानते हैं।

—इतस्तत:

प्रेम अन्धा इसी अर्थ में है कि वह वह देखता है, जो आँख नहीं देख सकती है।

—प्रस्तुत प्रश्न

प्रेम अपना नियम स्वयं है।

—दशार्क

प्रेम अपनी अधिकता में से अनायास अतीन्द्रिय होता जाता है।

—प्रश्न और प्रश्न

प्रेम अपनी उत्कटता से ही विरह की सृष्टि करता है।

—प्रश्न और प्रश्न

प्रेम अपनी तीव्रता और परिपक्वता में अर्पण देकर तुष्ट होता है।

—समय, समस्या और सिद्धान्त

प्रेम अपनी शक्ति से सौन्दर्य उत्पन्न कर सकता है।

—आम का पेड़

प्रेम अपने-आप में अभय-प्रधान है।

—कहानी : अनुभव और शिल्प

प्रेम अपने आप को चरितार्थ और फलितार्थ करता जाए, इसी में से भय-संशय और भवता की बाधा का निवारण हो सकता है।

—समय, समस्या और सिद्धान्त

प्रेम अपने को दे डालने की आतुरता के सिवा क्या है।

—पूर्वोदय

प्रेम अपने परिपाक में स्थूल से सूक्ष्म की ओर उठता जाता है।

—समय, समस्या और सिद्धान्त

प्रेम अपने मूल और अविकल रूप में पराक्रम और पुरुषार्थ के द्वारा प्रकट हो, तो भय और घृणा के आदेश के शस्त्रास्त्र उसके आगे लज्जित हो जाएँगे।

—समय, समस्या और सिद्धान्त

प्रेम अपने में से ही विरह की सृष्टि करता है।

—जयवर्धन

प्रेम अपने से दूरी बनाता है।

—काम, प्रेम और परिवार

प्रेम अपराधी को परिपूर्ण मिलेगा तो अपराध को रंच मात्र प्रश्रय उससे प्राप्त नहीं होगा, बल्कि अपराध की जड़ें उससे गलेंगी और अपराध भाव ही सर्वथा के लिए निर्मूल हो सकेगा।

—समय और हम

प्रेम अप्रेम के लिए स्वयं बन्धनों की सृष्टि करता है।

—प्रश्न और प्रश्न

प्रेम-अप्रेम दोनों से मिलकर जो चीज बनती है, उसे काम कहते हैं।

—प्रश्न और प्रश्न

प्रेम अमुक में इस क्षण तृप्त होता लगता है, तो अगले क्षण अतृप्त हो जाता है।

—इतस्तत:

प्रेम अहं के विसर्जन का नाम है।

—कहानी : अनुभव और शिल्प

प्रेम आक्रमणशील हो सकता है।

—समय और हम

प्रेम आत्मता में से उदय पाता है।

—समय और हम

प्रेम आप ही काम को जीतता है।

—जयवर्धन

प्रेम आसक्ति और अहं से मिश्रित होने के कारण चंचल और अस्थिर व्यवहार करता है।

—काम, प्रेम और परिवार

प्रेम आसमानी है और आसमान का मूल्य धरती से अधिक ही है।

—प्रश्न और प्रश्न

प्रेम और करुणा में से ही निकला असहयोग अन्ततः पाप से जुटाकर पापी को साधु बना सकता है।

—समय, समस्या और सिद्धान्त

प्रेम और कर्तव्य को साथ मिलाए बिना कोई भी स्थिति असम्भव-सी हो जाती है।

—प्रस्तुत प्रश्न

प्रेम और काम के प्रश्नों को एक तरफ करके जीवन को सम्पूर्णता में समझना सम्भव नहीं होगा।

—वृत्त विहार 3

प्रेम और मर्यादा में किंचित संघर्ष अनिवार्य चलता ही है।

—काम, प्रेम और परिवार

प्रेम और विवाह का विग्रह जब धर्म बना दिया जाता है, तो यह भूल ही होती है।

—प्रश्न और प्रश्न

प्रेम और विवाह के विग्रह में कोई समाप्त नहीं हो पाता।

—प्रश्न और प्रश्न

प्रेम और विश्वास के सद्भाव पर विवाह संस्था की बाहरी रोकथाम अनावश्यक होती जाएगी।

—काम, प्रेम और परिवार

प्रेम इन्द्रियातीत होकर ही सघन हो सकता है।

—काम, प्रेम और परिवार

प्रेम इसके सिवा क्या है कि अन्य के सत्कार में हम सहर्ष स्व को नकार

जाते हैं और अपने को मिटाने की चेष्टा में से मानो जी आते हैं।

—समय, समस्या और सिद्धान्त

प्रेम इसलिये है कि वह सीमा में नहीं है।

—समय और हम

प्रेम ईश्वर है।

—इतस्ततः

प्रेम उच्छृंखल नहीं हो सकता।

—दशार्क

प्रेम उस परस्पराकर्षक तत्त्व के लिए सगुण संज्ञा है जिस पर सचराचर समस्त सृष्टि टिकी है।

—प्रेम और विवाह

प्रेम उसी का नाम है, जो बाहर दृश्य में से सब दोषों को हर लेता है और वहाँ सौन्दर्य और दिव्यत्व की सृष्टि कर देता है।

—समय और हम

प्रेम एक को अनेक से जोड़ता है।

—परिप्रेक्ष्य

प्रेम एक निरन्तर आहुति है, जिसमें पल-पल जलना पड़ता है।

—व्यतीत

प्रेम और काम के प्रश्नों को एक तरफ करके जीवन को सम्पूर्णता में समझना सम्भव नहीं होगा।

—वृत्त विहार 3

प्रेम और युद्ध में सब जायज है।

—वृत्त विहार 1

प्रेम कठिन तभी तो होता है, जब प्रति-प्रेम भी हो।

—ये दो

प्रेम कभी भी असामाजिक हो सकता नहीं है।

—कहानी : अनुभव और शिल्प

प्रेम कर्तव्य नहीं है, भुक्तता है।

—प्रश्न और प्रश्न

प्रेम कर्महीन होकर क्या कभी सार्थक हो सका है ?

—काम, प्रेम और परिवार

प्रेम कर्तव्य है।

—प्रस्तुत प्रश्न

प्रेम कहते ही उसे हैं, जहाँ अहं अपने लिये तनिक भी अवकाश नहीं चाहता।

—प्रश्न और प्रश्न

प्रेम कहीं एक उपलक्ष्य पर टिका नहीं रहता।

—समय, समस्या और सिद्धान्त

प्रेम कहीं एक ठौर टिककर बँध नहीं पाता है।

—इतस्तत:

प्रेम कहीं-कहीं वह भी है, जो स्वयं अपने में से परिवर्तन की सृष्टि करता है और अपने में ही फिर उन्हें समाहित कर लेता है।

—विवर्त

प्रेम का अधिकार मर्यादित नहीं किया जा सकता।

—प्रस्तुत प्रश्न

प्रेम का अनुपात और वेग सघन और तीव्रतर हो, तो अपनी ओर लेने का भाव वहाँ क्षीण से क्षीणतर होता हुआ समाप्त हो सकता है।

—समय, समस्या और सिद्धान्त

प्रेम का अपना कोई स्वतन्त्र अस्तित्व हो नहीं सकता।

—प्रश्न और प्रश्न

प्रेम का आचरण विश्व-प्रेम और भगवत्-प्रेम के रूप में भले न दिखाई दे, यत्किंचित हमें स्वार्थ के विसर्जन की ओर ले जाता है।

—समय, समस्या और सिद्धान्त

प्रेम का आधार चंचल रहा है।

—इतस्तत:

प्रेम का इनकार अपने से इनकार है।

—ध्रुव-यात्रा

प्रेम का इनकार नहीं हो सकेगा।

—सोच-विचार

प्रेम का उत्स राजनीतिक विचार के उत्स से गहरा है।

—समय, समस्या और सिद्धान्त

प्रेम का एक समग्र जीवन-दर्शन है।

—समय और हम

प्रेम का ऐश्वर्य बाहर से आपकी आँखों को चमत्कृत नहीं करता, जितना कि भीतर हृदय में उसकी महिमा का शनैः-शनैः उद्‌घाटन होता जाता है।

—समय और हम

प्रेम का निमित्त हर हिंसा की घटना के नीचे देखा जा सकता है।

—समय, समस्या और सिद्धान्त

प्रेम का नियम है कि असमर्थ को वस्तु-जगत की अधिक सुविधा चाहिए।

—पूर्वोदय

प्रेम का पार किसी ने नहीं पाया।

—इतस्ततः

प्रेम का प्रचार किसने नहीं किया।

—पूर्वोदय

प्रेम का प्रमाण हमारे ही भीतर गर्भित पड़ा है।

—समय, समस्या और सिद्धान्त

प्रेम का मार्ग आसान नहीं होता है।

—प्रश्न और प्रश्न

प्रेम का मार्ग बलिदान का मार्ग है।

—प्रश्न और प्रश्न

प्रेम का रास्ता खतरे का रास्ता है।

—मन्थन

प्रेम का विपर्यय ही घृणा है।

—काम, प्रेम और परिवार

प्रेम का योग नहीं तो बौद्धिकता जड़ता है और बन्धन है।

—ये और वे

प्रेम का सत्य केवल वैयक्तिक नहीं है।

—परिप्रेक्ष्य

प्रेम का हक मनुष्य का कोई छीन नहीं सकता।

—परिप्रेक्ष्य

प्रेम कामना है, तो उस प्रेम में लिप्सा है।

—सोच-विचार

प्रेम काल को काटता और मानस को परिपूर्णता देता है।

—प्रश्न और प्रश्न

प्रेम किन्हीं दो में बन्द या समाप्त नहीं हो जाता।

—समय, समस्या और सिद्धान्त

प्रेम किया नहीं जाता, प्रेम में हुआ भर जाता है।

—प्रश्न और प्रश्न

प्रेम की अटूट, अमित प्यास लेकर ही प्राणी पैदा होता है।

—समय, समस्या और सिद्धान्त

प्रेम की अनिवार्यता को लेकर जीवन स्रष्ट होता है।

—परिप्रेक्ष्य

प्रेम की अनुभूति तभी, जब अपने स्वत्व को पर में खो देने को आतुर हों।

—समय और हम

प्रेम की अभीष्ट यात्रा सर्वोपलब्धि से पहले नहीं रुकती।

—समय, समस्या और सिद्धान्त

प्रेम की अवस्था में क्या दो में कोई परतन्त्र अनुभव कर रहा होता है!

—समय, समस्या और सिद्धान्त

प्रेम की अवस्था में मन पर दंड या दबाव जैसा कुछ नहीं डालना पड़ता।

—समय, समस्या और सिद्धान्त

प्रेम की आग के तेज से ही कर्म का बन्धन क्षार होता है।

—प्रस्तुत प्रश्न

प्रेम की आँखों से जिसको दिव्य निहार लिया था, पर क्रमश: जब वह दृश्य सौन्दर्य निकटता प्राप्त करता है और दृष्टि का प्रेम कम हो चलता है, तो दिव्य ही मर्त्य निकल आता है।

—समय, समस्या और सिद्धान्त

प्रेम की आत्मिकता में सेक्स की शारीरिकता असंगत और तिरोहित हो आती है।

—समय, समस्या और सिद्धान्त

प्रेम की और सहानुभूति की माँग करना हमेशा गलत होता है।

—प्रश्न और प्रश्न

प्रेम की गति निराली है।

—सोच-विचार

प्रेम की गतिशीलता और विचरणशीलता से उनको निराशा होती है, जो टिकाव और ठहराव का उसमें आरोपण चाहते हैं।

—समय, समस्या और सिद्धान्त

प्रेम की गवेषणा और उपलब्धि में मनुष्य काम चेष्टा से उत्तीर्णता भी प्राप्त कर सकता है।

—समय, समस्या और सिद्धान्त

प्रेम की चरम सीमा वहाँ है, जहाँ व्यक्ति तन्मय हो जाता है।

—मन्थन

प्रेम की चर्या ही ब्रह्मचर्य की चर्या हो सकती है।

—व्यतीत

प्रेम की जगह कोई नीति भर नहीं सकती।

—अनन्तर

प्रेम की निरन्तर विकसनशीलता के आधार पर परिवार अपने में न्यस्त स्वार्थ अथवा बन्द वृत्त न रह जाएगा, वरन् उसका विस्तार निरन्तर विश्व बन्धुत्व की ओर होता जाएगा।

—समय, समस्या और सिद्धान्त

प्रेम की परिपूर्णता को सहना आसान नहीं है।

—समय, समस्या और सिद्धान्त

प्रेम की पूर्णता में आनन्द से मर्यादा दूर नहीं हो पाती।

—काम, प्रेम और परिवार

प्रेम की पूर्णता में द्वैत नहीं रहता।

—काम, प्रेम और परिवार

प्रेम की पूर्णता में भाव से बुद्धि अलग नहीं रहती।

—काम, प्रेम और परिवार

प्रेम की पूर्णता से पहले काम की मुक्ति अवश्य नहीं है, फिर भी जो सम्भव है वह काम का मर्यादाशील उपयोग है।

—प्रश्न और प्रश्न

प्रेम की प्रकृति ही आकर्षण है।

—प्रस्तुत प्रश्न

प्रेम की प्रगाढ़ता की महिमा है कि भक्ति की और भगवान की सृष्टि हो आती है।

—प्रेम और विवाह

प्रेम की प्रगाढ़ता ही अनायास जब उपासना बनती है, तो उपलब्धि अधिक सुगम और सुनिश्चित है।

—समय, समस्या और सिद्धान्त

प्रेम की प्रगाढ़ता ही भक्ति है।

—समय, समस्या और सिद्धान्त

प्रेम की प्रभा प्रतिभा से बिलकुल दूसरी चीज है।

—समय और हम

प्रेम की प्रवृत्ति क्षणिक नहीं है, शाश्वतिक है।

—दशार्क

प्रेम की प्रेरणा में से अमित संघर्ष की शक्ति प्राप्त की जा सकती है।

—वृत्त विहार 3

प्रेम की बात प्रेम से अलग चीज है।

—प्यार का तर्क

प्रेम की भाषा में समुपलब्धि सघन है।

—समय, समस्या और सिद्धान्त

प्रेम की भाषा मौन है।

—अनाम स्वामी

प्रेम की महिमा से बढ़कर मेरे मन में कुछ भी और नहीं ठहर सकता।

—प्रश्न और प्रश्न

प्रेम की मौलिकता को हम पहचान सकेंगे, तो विवाह और परिवार की रूढ़बद्धता और घेराबन्दी टूट जाएगी।

—समय, समस्या और सिद्धान्त

प्रेम की युद्ध लीला के वर्णन में कवि अपने स्वप्न और दार्शनिक अपने तत्त्व खींचते और खोजते हैं।

—काम, प्रेम और परिवार

प्रेम की युद्ध लीला में जीवन का सारा सत्य अपने चरम मर्म में प्रस्फुटित होता है।

—काम, प्रेम और परिवार

प्रेम की राह दूभर है।

—साहित्य का श्रेय और प्रेय

प्रेम की वह एकता जो सबको अभेद से आच्छन्न कर देती है, साहित्य के लिए पर्याप्त नहीं है।

—समय और हम

प्रेम की विभूति को इनकार जो करे, उसे क्या नास्तिक ही नहीं कहना चाहिए?

—समय, समस्या और सिद्धान्त

प्रेम की व्यथा में ही श्रद्धा है और अभागा है वह जो बुद्धि तर्क पर छितराकर उस श्रद्धा के रहस्य को अधिगत कर लेना चाहता है।

—समय, समस्या और सिद्धान्त

प्रेम की व्यवस्था में से प्रेरणा-प्राप्त कर्म स्वल्प होकर भी महान हो सकता है।

—काम, प्रेम और परिवार

प्रेम की शक्ति अपरम्पार है।

—समय और हम

प्रेम की शक्ति अपौरुषेय है।

—समय, समस्या और सिद्धान्त

प्रेम की शक्ति आदमी की करनी से रुद्ध और क्षुब्ध होकर घृणा बन जाती है।

—सोच-विचार

प्रेम की शक्ति ही हमें उत्तीर्णता की ओर ले जा सकती है।

—समय, समस्या और सिद्धान्त

प्रेम की समग्रता के लिए शरीर-भोग की आवश्यकता है।

—काम, प्रेम और परिवार

प्रेम की सर्वत्र उपस्थिति से सब सम्बन्धों में एक सम-सामान्यता है।

—काम, प्रेम और परिवार

प्रेम की स्वतन्त्रता मनुष्य की विशेषता है।

—मन्थन

प्रेम की हालत में सन्दर्भ से किसी को तोड़ने की लालसा नहीं रहती है।

—प्रश्न और प्रश्न

प्रेम कृत्य में नहीं होता, भाव में होता है।

—परिप्रेक्ष्य

प्रेम के अतिरिक्त कहीं आस्था की पूर्ति नहीं।

—इतस्तत:

प्रेम के अभाव में कर्तव्य निरा बोझ हो जाता है।

—प्रश्न और प्रश्न

प्रेम के अभाव में जीवन आनन्द से हीन होकर भार बन जाता है।

—प्रश्न और प्रश्न

प्रेम के आग्रह से रखा गया या फैलाया गया सत्य कितना भी असामाजिक दिखे, मूलतः सामाजिकता की बुनियाद को वह मजबूत करता और लोगों के मनों को मिलाता है।

—परिप्रेक्ष्य

प्रेम के उत्कर्ष पर से जब नित्य प्रति की यथार्थता पर आकर गिरना होता है, तब मानो मोह भंग होता है।

—प्रश्न और प्रश्न

प्रेम के ओर पर छोर पर 'मैं' के दो ठूँठ रहते हैं।

—अनाम स्वामी

प्रेम के कारण पैसे का आदान-प्रदान बन्धन नहीं पैदा करता, दोनों ओर आनन्द की ही सृष्टि करता और उनके बीच घनिष्ठता लाता है।

—सोच-विचार

प्रेम के कारण रुपये के आने-जाने में न देनेवाले को देने का, न लेनेवाले को ही अपने लेने का पता रहता है।

—सोच-विचार

प्रेम के जागरण के लिए कर्तव्य-भावना को सुला देना आवश्यक नहीं।

—प्रस्तुत प्रश्न

प्रेम के नाते बड़ा-छोटा और ऊँच-नीच भी यदि हो, तो जीवन को समृद्ध और सम्पन्न करता जान पड़ेगा।

—समय और हम

प्रेम के नाम पर लिया जानेवाला विलास का आशय विवाह की सार्थकता नहीं है।

—प्रस्तुत प्रश्न

प्रेम के निमित्त से विवाह की सृष्टि है।

—ध्रुव-यात्रा

प्रेम के नियम के भंग के दंड से कोई बच नहीं सकता।

—साहित्य का श्रेय और प्रेय

प्रेम के पास पैसे को आना पड़ेगा, अगर स्त्री अपने प्रेम के सम्मुख होकर पैसे से विमुखता साध ले।

—दशार्क

प्रेम के पुरुषों ने अनेक पापियों को दर्शन-स्पर्श मात्र से बदलकर सहसा स्वस्थ कर दिया।

—समय और हम

प्रेम के प्रति प्रेम सामान्य नियम है।

—प्रश्न और प्रश्न

प्रेम के प्रत्युत्तर में आती हुई घृणा प्रेमिका के चित्त में विष घोल देती हुई दीख सकती है।

—काम, प्रेम और परिवार

प्रेम के प्राथमिक स्वीकार के आधार पर ही हमको अपने समाज-नियमन की धारणा को खड़ा करना है।

—समय और हम

प्रेम के बजाय काम को मौलिक मान लेने के कारण परिवार की संस्था स्वार्थ-सम्पत्तिमूलक बनी है।

—समय, समस्या और सिद्धान्त

प्रेम के बल के आगे पूँजी का बल हारा ही रखा है।

—प्रस्तुत प्रश्न

प्रेम के बिना जीवन हो नहीं सकता।

—समय, समस्या और सिद्धान्त

प्रेम के भरोसे साहित्यकार रहेगा, उससे अतिरिक्त कुछ भी और भरोसा नहीं चाहेगा, तो उसके शब्द में शक्ति आएगी।

—प्रश्न और प्रश्न

प्रेम के भार को उठाने के बजाय मौत उससे बच निकलने का उपाय है।

—प्रस्तुत प्रश्न

प्रेम के रास्ते पर सीधा चलने और उसी को सीधा सिद्ध करने के लिए जवानी आती है।

—वे दो

प्रेम के लिए दो की दुई को सहना मुश्किल होता है।

—प्रस्तुत प्रश्न

प्रेम के लिए व्यष्टि तो उपलक्ष ही है, लक्ष पार है।

—इतस्तत:

प्रेम के विकार में से व्याधि है, तो उसके संस्कार में से उपचार भी है।

—समय, समस्या और सिद्धान्त

प्रेम के विवाह में आगे प्रेम नहीं रहता।

—इतस्तत:

प्रेम के विस्तार के लिए ही विवाह द्वारा एक गृहस्थरूपी सामाजिक केन्द्र की सुविधा की जाती है।

—प्रश्न और प्रश्न

प्रेम के व्यवहार में स्वेच्छारिता के लिए स्थान नहीं बचता।

—प्रश्न और प्रश्न

प्रेम के शीर्ष पर किसी मर्यादा को नहीं रखा जा सकता।

—प्रश्न और प्रश्न

प्रेम के साथ जोर का मेल नहीं है।

—समय और हम

प्रेम के साथ मुक्त से अतिरिक्त और व्यवहार करना मूर्खता करना है।

—समय और हम

प्रेम के सिवा दुख-से-दुख है।

—प्रश्न और प्रश्न

प्रेम के हर इतिहास में जान पड़ेगा कि प्रेम जहाँ होता दीखता है, लक्ष्य उसका परे होता है।

—काम, प्रेम और परिवार

प्रेम को अहिंसा कह सकते हैं, लेकिन सत्य के बिना सब अधूरा है—यह पाठ गाँधी की मृत्यु से अमोघ बन जाता है।

—समय और हम

प्रेम को कष्ट चमकाता है और पीड़ा दमकाती है।

—दशार्क

प्रेम को कसने के लिए उपयोगिता कसौटी नहीं है।

—कहानी : अनुभव और शिल्प

प्रेम को काम की व्यक्तिमत्ता का आधार आवश्यक बना रहता है।

—समय, समस्या और सिद्धान्त

प्रेम को कौन भूल पाता है।

—जयवर्धन

प्रेम को जिन्होंने समझा और साधा है, उन्होंने उसके समग्र वास्तव रूप को आध्यात्मिक और निष्काम कहा है।

—समय, समस्या और सिद्धान्त

प्रेम को तो सब जानते हैं।

—इतस्तत:

प्रेम को बाँधना हवा को पेड़ से बाँधना जैसा ही उपहासास्पद कृत्य है।

—समय, समस्या और सिद्धान्त

प्रेम को मन के गहरे में रखकर जो युद्ध और संघर्ष करता है, वह टिका रह जाता है।

—प्रश्न और प्रश्न

प्रेम को व्यक्तिपरक और कामुक होने का अवकाश नहीं है।

—काम, प्रेम और परिवार

प्रेम की समष्टि एक बिन्दु में समाई दिखाई देती है।

—साहित्य का श्रेय और प्रेय

प्रेम को सौन्दर्य की आवश्यकता नहीं है।

—आम का पेड़

प्रेम को स्वतन्त्र प्रतिष्ठा दी जा सकती है और उसे समाज-मर्यादा से उत्तीर्ण भी देखा जा सकता है।

—काम, प्रेम और परिवार

प्रेम को स्वयं जो आधारान्तर की आवश्यकता होती देखी जाती है, सो इस कारण कि उसका उपलक्ष्य ही उपलब्ध हो पाता है, स्वयं लक्ष्य तो सदा पार रहता है।

—समय, समस्या और सिद्धान्त

प्रेम को हम एक से उठाकर समस्त में यदि फैला देते हैं, तो इसमें काम की हानि नहीं होती वरन् परम काम्य की समुपलब्धि होती है।

—प्रश्न और प्रश्न

प्रेम को हमेशा ही बाँटना पड़ता है।

—समय, समस्या और सिद्धान्त

प्रेम कोई तत्त्व नहीं है, सिद्धान्त नहीं है, विचार नहीं है।

—प्रश्न और प्रश्न

प्रेम क्षण को भी शाश्वत बनाता है।

—काम, प्रेम और परिवार

प्रेम खंडन में अथवा अमुक स्तर में रहकर तुष्ट क्यों हो जाना चाहिए ?

—काम, प्रेम और परिवार

प्रेम खुद को तिल-तिल मारता रहता है।

—अनन्तर

प्रेम गड्ढा छोड़ जाता है।

—बं गँवार

प्रेम घना होता जाए, तो मन आत्मा के साथ सहज भाव से चलने लगता है।

—काम, प्रेम और परिवार

प्रेम चंचल जो दीखता है, तो इस कारण कि हम उसके बिन्दु को स्थिर मानना चाहते हैं।

—समय, समस्या और सिद्धान्त

प्रेम चाहता नहीं है, बस स्वीकार कर लेता है।

—मुक्तिबोध

प्रेम चिन्मय होकर कहीं बँध कैसे सकता है?

—समय, समस्या और सिद्धान्त

प्रेम चेहरे से होता है, ज्ञान से नहीं।

—वह चेहरा

प्रेम जड़ तत्त्व नहीं है।

—कहानी : अनुभव और शिल्प

प्रेम जब कि धर्म है, लिप्सा अधर्म है।

—सोच-विचार

प्रेम जब भोग में लिथड़ आता है, तो हम अचरज में पड़ जाते हैं कि उसकी दिव्यता वीभत्सता में कब कैसे बदल आई?

—समय, समस्या और सिद्धान्त

प्रेम जब हृदय की और भावना की सच्चाई है, तब कर्मेन्द्रियाँ अहंकारजन्य बुद्धि से अनुमति लेकर चल पड़ती हैं।

—पूर्वोदय

प्रेम जहाँ बरसता है, उसकी असुन्दरता और उसके गुण-दोष मिटाकर उसे कमनीय सर्व-सुन्दर बना छोड़ता है।

—आम का पेड़

प्रेम जाने किस नियम से चलता है।

—सोच-विचार

प्रेम जितना समग्र होगा, उतना ही गहरा जाएगा।

—प्रश्न और प्रश्न

प्रेम जीवन का मर्म है।

—प्रश्न और प्रश्न

प्रेम जो असत में सत और अभाव में आनन्द सृष्ट करता है, अनन्त कथा का स्रोत है और अतल है और अक्षय है।

—एक पन्द्रह मिनट

प्रेम जो असत में सत और अभाव में आनन्द सृष्ट करता है; स्मरण जो काल के अनन्त गह्वर से चीर निकालकर मृत को अमृत करता है; जो निराकार को

आकार और अरूप को रूप देता है; जिससे मन एक होता और व्यवधान मिट जाता है—जिसमें यह सब है और उत्तरोत्तर होता रहता है वही दिक्कालहीन मानव मन और उसकी विरह व्यथा ही क्या वह मर्म नहीं है, जो अनन्त कथा का स्रोत है और अतल है और अक्षय है।

—कहानी की कहानी

प्रेम जो उपलक्ष नहीं, लक्ष की ओर एकाग्र है, सहज अडिग बनता है।

—इतस्तत:

प्रेम जो एक पुरुषार्थ है, परीक्षा है, सो इसी कारण कि इस सबके प्रति उसमें से सह्यता प्राप्त होती है।

—समय और हम

प्रेम जो निखिल के प्रति है, वह विवाह से टकराएगा नहीं।

—कहानी : अनुभव और शिल्प

प्रेम जो बेशर्त होगा, ईर्ष्या का शिकार क्यों होगा ?

—समय, समस्या और सिद्धान्त

प्रेम जो मुक्त न हो, उसकी कल्पना ही नहीं की जा सकती।

—समय और हम

प्रेम जो स्त्री का सर्वस्व है, पुरुष के लिए उतना ही संग्रहणीय नहीं है।

—काम, प्रेम और परिवार

प्रेम ठीक है क्योंकि उसमें जिम्मेवारी नहीं है।

—प्रणय-दंश

प्रेम तत्काल को पारकर जितना चिरस्थाई और शरीर के प्रतिबन्ध को लाँघकर जितना अखिलव्यापी और सूक्ष्मजीवी होता है, उतना ही सत्य के अनुरूप अर्थात स्वस्थ, गम्भीर और आनन्दमय होता है।

—साहित्य का श्रेय और प्रेय

प्रेम तभी तक सम्भव और कार्यकारी है, जब तक स्व के लिए कुछ पर भी हो।

—परिप्रेक्ष्य

प्रेम तलवार की धार पर चलता है।

—प्रश्न और प्रश्न

प्रेम तो असम्भव को सम्भव बना देता है।

—प्रस्तुत प्रश्न

प्रेम तो हर एक के पास है।

—इतस्ततः

प्रेम दबता है, तब हिंसा का कारण बनता है।

—जयवर्धन

प्रेम दहनशील नहीं होता, वह शान्त और शीतल होता है।

—प्रश्न और प्रश्न

प्रेम दायित्व नहीं है, किन्तु वही है जो एक को अनेक से जोड़ता है।

—जड़ की बात

प्रेम दुख है।

—फाँसी

प्रेम दो में एक को देखता है।

—प्रस्तुत प्रश्न

प्रेम द्वन्द्व की व्यथा में से निकलता है।

—समय और हम

प्रेम द्वारा काम की संकीर्णता में उदात्तता का प्रवेश होता है।

—समय, समस्या और सिद्धान्त

प्रेम धर्म है और उससे बड़ा कोई दायित्व और कर्तव्य नहीं हो सकता।

—जड़ की बात

प्रेम नर-नारी में सीमित नहीं है।

—प्रश्न और प्रश्न

प्रेम नहीं होगा, तो काम होगा।

—समय और हम

प्रेम निर्वैयक्तिक है।

—प्रश्न और प्रश्न

प्रेम निष्क्रिय और निश्चेष्ट हो जाएगा, अगर उसे अव्यक्त सत्य से ही जोड़ेंगे और व्यक्त व्यक्ति से तोड़ लेंगे।

—समय, समस्या और सिद्धान्त

प्रेम पत्नी में नहीं बँधेगा, परिवार में नहीं बँधेगा।

—समय, समस्या और सिद्धान्त

प्रेम पर आदमी का वश नहीं।

—प्रेम की बात

प्रेम पर कोई दायित्व नहीं होता।

—विवर्त

प्रेम पर जिम्मेदारी कोई नहीं आनी चाहिए।

—इतस्तत:

प्रेम पर बन्धन बनकर आनेवाला विवाह अधिक काल टिक नहीं सकेगा।

—इतस्तत:

प्रेम परमेश्वर से मिला है।

—समय और हम

प्रेम परिपूर्ण भाव से देखता है और परिपूर्णता देता है।

—प्रश्न और प्रश्न

प्रेम-पात्र के सम्बन्ध में घृणा से मुक्त होने पर ही प्रेम सात्विक होगा।

—सम्बोधन

प्रेम पाना फिर सब कुछ प' जाना है।

—काम, प्रेम और परिवार

प्रेम पीछे द्वेष को जन्म दे रहता है।

—काम, प्रेम और परिवार

प्रेम पुरुषार्थ है और उसके लिए सबको अपने में न्यूनाधिक अवशिष्ट बचे हुए अहंकार से लड़ते जाना है।

—समय, समस्या और सिद्धान्त

प्रेम प्रभु का वही प्रसाद है, जिसकी क्षमता से हमारी इन्द्रियाँ रूपाकारमय होकर फैली हुई इस समस्त सृष्टि में उस अरूप की दिव्यच्छटा का दर्शन कर आती हैं।

—समय, समस्या और सिद्धान्त

प्रेम प्राप्त से आगे भागता जाता है।

—प्रश्न और प्रश्न

प्रेम प्रेम तब है, जब दोनों ओर अभाव है।

—बं गँवार

प्रेम प्रेमास्पद के प्रति अपनी हीनता का स्वेच्छित स्वीकार ही नहीं है, तो और क्या है ?

—समय, समस्या और सिद्धान्त

प्रेम बन्दी बनकर रह नहीं सकता है।

—समय, समस्या और सिद्धान्त

प्रेम बिना किसी का सहारा लेकर स्वयं-सिद्ध स्थित रहनेवाली वस्तु है।

—आम का पेड़

प्रेम बुद्धि-विवेक से ऊपर है।

—समय, समस्या और सिद्धान्त

प्रेम भक्ति में सार्थक होता है।

—अनाम स्वामी

प्रेम भय से मुक्ति पाने का सच्चा उपाय है।

—समय, समस्या और सिद्धान्त

प्रेम भरपूर होते-होते इतना आत्मिक हो आता है कि आलम्बन की उसे आवश्यकता नहीं रहती।

—काम, प्रेम और परिवार

प्रेम भला कभी मुखर हुआ है।

—साहित्य का श्रेय और प्रेय

प्रेम भागवत और वाह्य शक्ति है।

—प्रश्न और प्रश्न

प्रेम भावात्मक तत्त्व है।

—समय, समस्या और सिद्धान्त

प्रेम भीगा-भीगा नहीं होता, वह कठोर हो सकता है।

—अनाम स्वामी

प्रेम मन की एकता चाहता है।

—मन्थन

प्रेम मनुष्य और मनुष्यता के विश्वास से आरम्भ होता है।

—समय, समस्या और सिद्धान्त

प्रेम मनुष्य के पास ईश्वर-प्रदत्त अमूल्य विभूति है।

—समय, समस्या और सिद्धान्त

प्रेम मनुष्यता की मूल पूँजी है।

—समय और हम

प्रेम मनुष्यों को फाड़ता नहीं, मिलाता है।

—मन्थन

प्रेम मर सकता नहीं, प्राणी उसके बिना अवश्य मर जाता है।

—प्रश्न और प्रश्न

प्रेम मर्यादा की सृष्टि करता है, मर्यादा को तोड़ता नहीं है।

—प्रश्न और प्रश्न

प्रेम मर्यादाशील होता है।

—काम, प्रेम और परिवार

प्रेम महान होता है विरह की वेदना से।

—दशार्क

प्रेम मानसिक तक ही ठीक है, क्योंकि उससे दो के बीच कोई सामाजिक और सांसारिक सम्बन्ध की नींव नहीं पड़ती।

—प्रणय-दंश

प्रेम मुक्त ही हो सकता है।

—समय और हम

प्रेम मुक्त है और हर बन्धन उसे अप्रेम में परिणत कर दे सकता है।

—समय, समस्या और सिद्धान्त

प्रेम मुझको उसमें और उसको मुझमें पहुँचा देने का साधन है।

—प्रश्न और प्रश्न

प्रेम मूक सेवा में सफल होता है।

—साहित्य का श्रेय और प्रेय

प्रेम मूल में वह [आकर्षण का] दर्द ही है और उसमें अनन्त सह्यता है।

—प्रश्न और प्रश्न

प्रेम मूल में काम के सिवा क्या है ?

—विहंगावलोकन

प्रेम मूल में पीड़ा का ही नाम है।

—समय, समस्या और सिद्धान्त

प्रेम में अगर प्रकृतिवश कोई पिता बन जाता है, तो इसमें समाज का क्या इजारा है।

—मुक्त प्रयोग

प्रेम में अनायास काम खुल जाता है, उसका दंश तीखा नहीं रह जाता है।

—प्रश्न और प्रश्न

प्रेम में अनिवार्यत: ऐक्यानुभूति होती है।

—प्रश्न और प्रश्न

प्रेम में अप्रेम मिलने से काम की सृष्टि होती है।

—प्रश्न और प्रश्न

प्रेम में अशेष दान अनिवार्य है।

—काम, प्रेम और परिवार

प्रेम में असम्भव भी सम्भव हो जाता है।

—प्रश्न और प्रश्न

प्रेम में अहं को गलना और मरना पड़ता है।

—अनाम स्वामी

प्रेम में अहं विगलित हो जाता है।

—प्रश्न और प्रश्न

प्रेम [में] आँख के लिए जो अप्सरा होती है, वही क्या निपट गृहस्थी की चक्की में अपदार्थ नहीं बन जाती।

—काम, प्रेम और परिवार

प्रेम में आत्मा के तल पर परस्पर पृथकता जो नहीं रहती, उससे वहाँ की मुक्तता सबको मुक्त करती है।

—समय, समस्या और सिद्धान्त

प्रेम में आदमी स्वेच्छापूर्वक अपना मन दूसरे को दे रहता है और स्वयं हल्का होकर धन्यता का अनुभव करता है।

—समय, समस्या और सिद्धान्त

प्रेम में आसक्ति है, इसलिये विज्ञान अप्रेम है।

—वि-ज्ञान

प्रेम में इतना निश्शेष आत्मार्पण हो सकता है कि अनायास ईश्वर भक्ति का फल मिल जाए।

—प्रश्न और प्रश्न

प्रेम में इतनी शक्ति है कि वह एकान्त पैदा कर लेता है।

—साहित्य का श्रेय और प्रेय

प्रेम में उत्सर्ग है।

—मन्थन

प्रेम में एक का होकर मानो व्यक्ति भरपूर हो आता है।

—समय, समस्या और सिद्धान्त

प्रेम में काम ऐसे परितृप्त और परिपूर्ण होता है कि उसे अपने होने तक का चेत नहीं रहता।

—प्रश्न और प्रश्न

प्रेम में काम का वर्जन नहीं है।

—प्रश्न और प्रश्न

प्रेम में काम की उद्धतता और उद्विग्नता के लिए अवकाश नहीं रहता।

—प्रश्न और प्रश्न

प्रेम में काम को अपनी परिपूर्णता प्राप्त होती है।

—प्रश्न और प्रश्न

प्रेम में काम निषिद्ध नहीं होता है, बल्कि ऊर्जस्व बनता है।

—समय, समस्या और सिद्धान्त

प्रेम में कुछ अनुचित नहीं रहता।

—वृत्त विहार 2

प्रेम में कृपण उदात्त बनता है और स्वार्थी भी सर्वदानी हो जाता है।

—प्रश्न और प्रश्न

प्रेम में चाह विद्यमान है, जहाँ पीड़ा की स्वीकृति के अतिरिक्त कुछ माँग भी है।

—सोच-विचार

प्रेम में जो उत्सर्ग होता है, वह अन्त में धर्माचरण ही सिद्ध है।

—मेरे भटकाव

प्रेम में जो सुख मालूम होता है सो इसी कारण कि उसमें अहं भाव हमसे छूटता और पर के प्रति विसर्जन का भाव जागता है।

—परिप्रेक्ष्य

प्रेम में दया कब होती है!

—यथावत

प्रेम में दिया ही जाता है, उसी में कृतार्थता अनुभव होती है।

—अनाम स्वामी

प्रेम में दूसरे का अधिकार अपनी स्वतन्त्रता की अनुभूति को बढ़ाता लगता है।

—समय, समस्या और सिद्धान्त

प्रेम में दो में परस्पर उपभोग ही नहीं है, एक-दूसरे की चिन्ता और विचार भी है।

—प्रश्न और प्रश्न

प्रेम में दोनों ओर की अहन्ताओं को चुनौती मिलती है।

—अनाम स्वामी

प्रेम में दोनों को एक-दूसरे की अधीनता प्रिय हो जाती है।

—समय, समस्या और सिद्धान्त

प्रेम में द्वन्द्व से ऐक्य की तड़प अधिक होती है।

—समय और हम

प्रेम में नियम नहीं होता।

—प्रेम की बात

प्रेम में पड़कर अकसर बात सूझती ही नहीं; फिर भी आदमी है कि प्रेम सहता नहीं, उसकी बात करता है।

—प्यार का तर्क

प्रेम में परमात्मा के हवाले अपने को छोड़ देने का नाम सत्याग्रह है।

—अकाल पुरुष गाँधी

प्रेम में से परस्परता का सृजन होता है, किन्तु उसी में से एकात्म सिद्धि के पूर्व संघर्ष की भी सृष्टि होती है।

—वृत्त विहार 3

प्रेम में पराधीनता नहीं है।

—प्रश्न और प्रश्न

प्रेम में पर्याप्त विश्वास के तत्त्व रहते हैं।

—समय, समस्या और सिद्धान्त

प्रेम में पुरुष स्त्री की कामना इसलिये नहीं करता कि पुरुषत्व स्त्रीत्व को अपनाता रहता है।

—प्रश्न और प्रश्न

प्रेम में प्रतिदान की अपेक्षा नहीं है, वह बेशर्त है।

—समय, समस्या और सिद्धान्त

प्रेम में बल होगा तो निराधार में से आधार उसे प्राप्त हो जाएगा।

—आम का पेड़

प्रेम में बाँक-फेर की जगह नहीं रहती।

—तपोभूमि

प्रेम में भय और दंड की यथावश्यक मात्रा भी समा सकती है।

—समय और हम

प्रेम में भय को स्थान नहीं है।

—काम, प्रेम और परिवार

प्रेम से भय खाने की आवश्यकता नहीं है।

—समय, समस्या और सिद्धान्त

प्रेम में भोग आप ही पराभृत और निवृत्त हो जाता है।

—समय, समस्या और सिद्धान्त

प्रेम में भोगांश ही सार्थक रह गया और शेष व्यर्थ बन गया है।

—समय, समस्या और सिद्धान्त

प्रेम में मन अनायास एकाग्र हो आता है।

—समय, समस्या और सिद्धान्त

प्रेम में मर्यादाएँ टूटती हैं।

—प्रश्न और प्रश्न

प्रेम में मर्यादाएँ टूटती इसलिये हैं कि वे जड़ हो गयी हुई होती हैं।

—प्रश्न और प्रश्न

प्रेम में मानसिकता की मात्रा इतनी होती जा सकती है कि वह अशरीरी तक हो जाए।

—समय, समस्या और सिद्धान्त

प्रेम में मानो कर्तव्य का अवकाश ही नहीं रहता है।

—समय, समस्या और सिद्धान्त

प्रेम में मानो पुरुष में आवश्यक नारी का सहज समावेश होने लगता है।

—प्रश्न और प्रश्न

प्रेम में मुक्ति है।

—दशार्क

प्रेम में मृत्यु भी प्रिय हो जाती है।

—विहंगावलोकन

प्रेम में यदि विसर्जन है, तो काम में आग्रह होता है।

—प्रश्न और प्रश्न

प्रेम में युद्ध गर्भित है।

—सोच-विचार

प्रेम में वेदना है।

—सोच-विचार

प्रेम में व्यक्ति अनायास विस्तार पाता है।

—समय और हम

प्रेम में व्यक्ति अपने को अन्य की दिशा में खिंचता हुआ पाता है और उसमें एक सार्थकता और धन्यता भी अनुभव करता है।

—समय, समस्या और सिद्धान्त

प्रेम में व्यक्ति अपने सर्वस्व का दान कर देता है।

—सोच-विचार

प्रेम में व्यक्ति बन्धनहीन नहीं, वरन् बन्धनमुक्त होता है।

—प्रश्न और प्रश्न

प्रेम में व्यक्ति सेवक बनता है।

—समय और हम

प्रेम में सहने की सामर्थ्य चाहिए।

—सोच-विचार

प्रेम में साहचर्य अनिवार्य नहीं।

—प्रेम और विवाह

प्रेम में सुख की अनुभूति है।

—प्रश्न और प्रश्न

प्रेम में सुख नहीं, पर जो दुख है सुख के सुख से बड़ा है।

—जयवर्धन

प्रेम में से एकात्म सिद्धि के पूर्व संघर्ष की भी सृष्टि होती है।

—वृत्त विहार 3

प्रेम में से निर्द्वन्द्वता से अधिक दायित्वशीलता आती है।

—प्रश्न और प्रश्न

प्रेम में से परस्परता का सृजन होता है, किन्तु उसी में से एकात्म सिद्धि के पूर्व संघर्ष की भी सृष्टि होती है।

—वृत्त विहार 3

प्रेम में से मानव की सृष्टि है।

—क्रान्ति-कर्म

प्रेम में से विसर्जन की सृष्टि होती है।

—वृत्त विहार 3

प्रेम में से ही वह तमाम सृष्टि होती है जिसको साहित्य, धर्म, दर्शन, कला इत्यादि कहा जाता है।

—प्रश्न और प्रश्न

प्रेम में सौम्यता और ऋजुता की इतनी मात्रा होती है कि सहसा किसी को स्तब्ध और स्तिमित नहीं करती है।

—समय और हम

प्रेम में स्थिरता नहीं होती, पर जो होता है वह कहीं मूल्यवान है।

—अनाम स्वामी

प्रेम में स्पर्धा का मिश्रण हो, तभी मैथुन सम्भव है।

—अनाम स्वामी

प्रेम मे स्पर्धापूर्वक कुछ भी तोड़ा नहीं जाता है, वहाँ सब कुछ जल कर आप ही राह दे देता है।

—काम, प्रेम और परिवार

प्रेम में स्व और पर दोनों की समान रक्षा है।

—कहानी : अनुभव और शिल्प

प्रेम में हम अपने को नीचे और प्रेम-पात्र को ऊँचे पर रखकर सन्तोष पाते हैं।

—समय और हम

प्रेम में हम असीम का स्पर्श पाते हैं।

—प्रश्न और प्रश्न

प्रेम में हम खुलते हैं

—प्रश्न और प्रश्न

प्रेम में हम दूसरे के निमित्त अपना अर्पण देते हैं।

—समय, समस्या और सिद्धान्त

प्रेम में हमारी सीमा हम पर से खिसक रहती है।

—प्रश्न और प्रश्न

प्रेम में हमें अपनी ही उत्कृष्टि और मुक्ति अनुभव होती है।

—प्रश्न और प्रश्न

प्रेम में ही आदमी अपनी मुक्ति पाएगा।

—समय और हम

प्रेम मौन होता है, तब अहंकार की खरखराहट प्रखर और प्रगल्भ होती है।

—सोच-विचार

प्रेम यथार्थ पर प्रहार नहीं है।

—प्रश्न और प्रश्न

प्रेम यदि किसी में भोगरूप में है और योग तक नहीं उठ पा रहा है, तो कौन जानता है कि इसमें निमित्त हम-तुम नहीं हैं ।

—काम, प्रेम और परिवार

प्रेम यदि गहरा है, तो मुखर नहीं है।

—साहित्य का श्रेय और प्रेय

प्रेम यदि मानव में समग्र और संयुक्त हो सके, तो उससे समाधान मिलना चाहिए।

—इतस्तत:

प्रेम रहते तो आदमी बोझ होता नहीं है।

—इतस्तत:

प्रेम वस्तु और व्यक्ति-निर्भर न रहने के कारण समस्या उत्पन्न नहीं करता है।

—समय, समस्या और सिद्धान्त

प्रेम वस्तु या व्यक्ति से होता है, तो पकड़ में आ जाता है।

—इतस्तत:

प्रेम वह अर्थकारी और कार्यकारी है जो प्रेम पात्र को दूर नहीं रहने देता, बल्कि खींचकर हाथ में ले लेता है।

—प्रश्न और प्रश्न

प्रेम वह जो स्व-पर में एकात्मता की अनुभूति जगा आता है।

—समय, समस्या और सिद्धान्त

प्रेम वह नहीं जिसका आधार घृणा हो और जिसका परिणाम ग्लानि हो।

—सम्बोधन

प्रेम वह नहीं है जो बाँधता है, वह जो है मुक्त करता है।

—अनाम स्वामी

प्रेम वह भयावह है, जिसमें अभाव नहीं तृप्ति है।

—ब गँवार

प्रेम वह भी कहाता है, जो दवा जतलाता है।

—प्रश्न और प्रश्न

प्रेम वह भी होता है, जो प्राप्ति तक नहीं चाहता।

—प्रश्न और प्रश्न

प्रेम वह है जहाँ देने के जवाब में लेने की भावना ही नहीं।

—सोच-विचार

प्रेम वह होता है जो भीतर से फूटकर बाहर छा जाता है और जहाँ बरसता है उसकी असुन्दरता और गुण-दोष मिटाकर उसे कमनीय सर्व सुन्दर बना छोड़ता है।

—आम का पेड़

प्रेम वास्तव में वही है, जो शाश्वत है।

—समय, समस्या और सिद्धान्त

प्रेम विरह और वियोग में भी संयोग की सृष्टि कर लेता है।

—समय, समस्या और सिद्धान्त

प्रेम विरह को प्राप्ति से भर सकता है और समष्टि को प्रेम-पात्र के मिस से प्रेममय बना दे सकता है।

—प्रश्न और प्रश्न

प्रेम विरह में फलता है, मिलने में सूखता है।

—अनाम स्वामी

प्रेम विरह में व्यक्ति को परिपूर्ण करता है।

—जयवर्धन

प्रेम विवाह में घिर रहने के लिए नहीं है।

—जयवर्धन

प्रेम विवाह में समाप्त नहीं होता।

—प्रश्न और प्रश्न

प्रेम विवेक-निर्मित कर्तव्यता का अंग नहीं है।

—समय, समस्या और सिद्धान्त

प्रेम विह्वलता ही नहीं देता, अतुलित सामर्थ्य और सन्तुलन भी देता है।

—जयवर्धन

प्रेम विश्वास के अतिरिक्त दूसरे किसी बन्धन के पक्ष में नहीं है।

—काम, प्रेम और परिवार

प्रेम व्यक्ति से नहीं होता, व्यक्ति के उपलक्ष्य से होता है।

—काम, प्रेम और परिवार

प्रेम व्यक्तिमत्ता के विगलन से शुरू होता है।

—समय और हम

प्रेम व्यथा और पीड़ा में से उपजता है।

—समय, समस्या और सिद्धान्त

प्रेम शत्रुता में अधिक खिलता है।

—अनाम स्वामी

प्रेम सच्चा वही है, जो शर्त नहीं रखता।

—प्रश्न और प्रश्न

प्रेम सघन और सम्पूर्ण होगा तो प्रेम-पात्र का हमें अपने भीतर अभाव उतना न होगा, जितना कि सतत भाव जान पड़ेगा।

—प्रश्न और प्रश्न

प्रेम सत तत्त्व है।

—आम का पेड़

प्रेम सदा उदार है और वह कभी एक में रुक नहीं सकता।

—प्रेम और विवाह

प्रेम सदा ही सामाजिक है।

—कहानी : अनुभव और शिल्प

प्रेम सब सिद्धान्तों, धर्मों, मतों, वादों से बड़ा है, क्योंकि वह अपने में (एक्सक्लूसिव) है नहीं।

—प्रश्न और प्रश्न

प्रेम सम्पूर्ण सम्बन्ध की सृष्टि करता है।

—समय और हम

प्रेम सम्बन्ध में सिद्धान्त बनाने की अनिवार्यता नहीं है।

—काम, प्रेम और परिवार

प्रेम सम्भव तभी होता है, जब हम में स्व का भाव है।

—समय और हम

प्रेम सर्वथा निर्विकार सत्यानुरूपी नहीं होता।

—साहित्य का श्रेय और प्रेय

प्रेम सर्वव्याप्त हुए बिना एक नहीं हो सकता है।

—समय, समस्या और सिद्धान्त

प्रेम सार्थक, सचेष्ट और सम्भव वही होगा, जिसमें परस्परता का स्वीकार और सत्कार होगा।

—समय, समस्या और सिद्धान्त

प्रेम सीमा को कैसे सह सकता है?

—समय, समस्या और सिद्धान्त

प्रेम से अलग जो भी कोई अपने पास दूसरा सिद्धान्त रखता है, वह भूलता है और बहकता है।

—इतस्ततः

प्रेम से और जीवन्त शक्ति क्या है ?

—मन्थन

प्रेम से च्युत होना सिद्धान्त नहीं है।

—प्रस्तुत प्रश्न

प्रेम से जो आप-से-आप होता है, प्रयत्न से वही दुर्गम बनता है।

—समय, समस्या और सिद्धान्त

प्रेम से देखने पर दोषी अपने दोष के कारण नहीं, बल्कि और भी कारण प्रेम का पात्र हो जाएगा।

—मन्थन

प्रेम से प्राप्त हुई प्रेरणा अगर दूर तक काम करती दीखे, तो यह तर्क-संगत ही है।

—समय, समस्या और सिद्धान्त

प्रेम से बड़ा कर्तव्य नहीं होता।

—सुखदा

प्रेम से बड़ा कोई दायित्व और कर्तव्य नहीं हो सकता।

—परिप्रेक्ष्य

प्रेम से बड़ी शक्ति मानव संसार में दूसरी है नहीं।

—समय, समस्या और सिद्धान्त

प्रेम से बाहर होकर साहित्य के अर्थ में कुछ भी जानने योग्य बाकी नहीं रहता।

—साहित्य का श्रेय और प्रेय

प्रेम से बुद्धि हारती है।

—समय, समस्या और सिद्धान्त

प्रेम से भय खाने की आवश्यकता नहीं है।

—समय, समस्या और सिद्धान्त

प्रेम से योग बनता है, लेकिन काम के कारण उसमें वियोग भी सम्मिलित होने लगता है।

—समय, समस्या और सिद्धान्त

प्रेम से लोगे तो जज की जजी का आतंक और ओट एकदम शून्य हो जाएँगी और जज नाम के आदमी की असलियत आँखों के लिए रह जाएगी।

—मन्थन

प्रेम से समय हारता है।

—जयवर्धन

प्रेम से समाज-मर्यादा का स्थान नियत होता है, समाप्त नहीं होता।

—काम, प्रेम और परिवार

प्रेम से सर्वथा रीता कोई हो नहीं सकता।

—इतस्ततः

प्रेम से सहानुभूति का विस्तार होता है।

—सोच-विचार

प्रेम से ही अपराध वृत्ति को जीता जा सकता है।

—पाजेब

प्रेम सेवा भाव जगाए और सेवा कार्य सुझाए बिना रह ही नहीं सकता।

—काम, प्रेम और परिवार

प्रेम स्त्री पुरुष के मध्य होकर प्रणय बनता है।

—प्रश्न और प्रश्न

प्रेम स्व-पर में एकता ला देता है, जब कि ज्ञान द्वैत को आवश्यक रखता है।

—समय और हम

प्रेम स्वप्न रचता है और भोग तोड़ देता है।

—प्रश्न और प्रश्न

प्रेम स्वयं अपनी व्यथा सहना सिखाता है।

—काम, प्रेम और परिवार

प्रेम स्वयं अपनी ही सघनता द्वारा वासना से उत्तीर्णता दिलाता चला जाता है।

—समय, समस्या और सिद्धान्त

प्रेम स्वयं परम नियम है।

—प्रश्न और प्रश्न

प्रेम स्वयं पवित्र है, पर विवाह से वह व्रत हो जाता है।

—पूर्ववृत्त

प्रेम स्वयं ही मन की गहरी अभिलाषा है और मन की चंचलता वहाँ आकर समाप्त हो जाती है।

—समय, समस्या और सिद्धान्त

प्रेम स्वयंभव है।

—काम, प्रेम और परिवार

प्रेम स्वाभाविक है और परिणाम में माता द्वारा सन्तति का प्राप्त होना भी उतना ही नैसर्गिक है।

—समय, समस्या और सिद्धान्त

प्रेम हम करते नहीं हैं, कर सकते नहीं हैं, प्रेम में हो भर सकते हैं।

—दशार्क

प्रेम हम में अप्रेम के साथ रहा करता है।

—प्रश्न और प्रश्न

प्रेम हर आदर्श और नीति के बाद से अधिक विश्वसनीय है।

—समय और हम

प्रेम हिसाब नहीं जानता।

—प्रेम और विवाह

प्रेम ही कामुकता, आर्थिक स्वार्थ और हिंसक महत्त्वाकाँक्षा पर विजय पा सकता है।

—समय और हम

प्रेम ही जिसकी कठोरता और आवश्यकता को धारण नहीं किए हुए है वह कथन, चाहे उत्तर किसी से भी न बन पड़े, सत्य नहीं है।

—मन्थन

प्रेम ही ब्रह्मचर्य है।

—अनाम स्वामी

प्रेम ही मूल तत्त्व है।

—दशार्क

प्रेम ही वह दिव्य आकर्षण है, जो मर्त्य को दिव्य और क्षुद्र को विराट बनाता है।

—समय, समस्या और सिद्धान्त

प्रेम ही है, जिसमें से सार्थकता और धन्यता की अनुभूति मिलती है।

—समय, समस्या और सिद्धान्त

प्रेम है [जहाँ] वहाँ भविष्य सुरक्षित है।

—इतस्तत:

प्रेम हो तो पैसा, शास्त्र-प्रतिष्ठा की पूँजी अपने-आप छोटी और ओछी रह जाती है।

—प्रश्न और प्रश्न

प्रेमचन्द ने अपनी कृति में जो चिरस्थाई और व्यथाशील प्रेम का बीज रख दिया है वह निरा सामायिक नहीं है, उसमें स्थायित्व है।

—साहित्य का श्रेय और प्रेय

प्रेमावस्था में सामंजस्य-ही-सामंजस्य दीखता है।

—काम, प्रेम और परिवार

प्रेमिका के लिए प्रेम इसलिये होता है कि वह पत्नी जो नहीं है।

—इतस्तत:

प्रेयसी में अप्सरा दीख आए और प्रेमी दिव्य पुरुष प्रतीत हो, तो यह भाव स्थाई इसलिये नहीं हो पाता कि प्रेम के पीछे ही कामना आ उतरती है।

—समय, समस्या और सिद्धान्त

फल प्रेम का चाहते हैं, तो बीज भी तो प्रेम का ही बोना होगा।

—प्रस्तुत प्रश्न

बन्धन प्रेम तोड़ने में है।

—सम्बोधन

बाकी हर कुछ से एक से दो होते हैं, प्रेम से दो से एक होते हैं।

—प्रश्न और प्रश्न

बाहर मन के कोई एक हो जिसके प्रति उसमें अनुराग अथवा प्रेम हो आए, तो एकाग्रता सहज हो आएगी।

—समय, समस्या और सिद्धान्त

बीच में काँटेदार तार दो पड़ोसियों के प्रेम को महफूज नहीं बना सकता।

—सोच-विचार

बुद्धि को उसकी कमसिनी में गहने लादकर और कच्चे प्रेम के उपहार देकर अहंकारिणी बनाने का सामान कोई यदि करता है, तो वह उसका मान नहीं अपमान करता है।

—साहित्य का श्रेय और प्रेय

बुद्धि प्रेम को जब तक अस्वीकारती जाती है, तब तक वह धन्यता से वंचित रहती और अपने को प्रतारित रखती है।

—समय, समस्या और सिद्धान्त

बुद्धि प्रेम से हार को स्वीकारती है, तो वही बुद्धि की कृतकृत्यता है।

—समय, समस्या और सिद्धान्त

बेशर्त प्रेम परिवार के वृत्त से घिरा नहीं रहता और सच्चे अर्थ में उसे सार्वजनिक और सार्वजनीन कहा जा सकता है।

—समय, समस्या और सिद्धान्त

बेशर्त प्रेम में अधिकार भावना होगी, मोहासक्ति न होगी।

—समय, समस्या और सिद्धान्त

ब्रह्म की चर्या माने हुए नियम से चलने के लिए विवश इसलिये नहीं होती कि वह प्रेम के परम नियम से चलती है।

—प्रश्न और प्रश्न

ब्रह्म की चर्या में काम की ज्वाला की नाना शिखाएँ एक प्रेम की लौ बनकर रह जाती हैं।

—समय और हम

ब्रह्म वह जो सर्वव्याप्त है, उसके लिए प्रेम भी सर्वव्याप्तिवाला चाहिए।

—समय, समस्या और सिद्धान्त

ब्रह्मचर्य परस्पर प्रेम और विश्वास की पूर्णता की ओर उठने का प्रयास ही है।

—समय, समस्या और सिद्धान्त

ब्रह्मचर्य में काम का उन्मूलन नहीं होता, ऊर्जस्वन होता है और इतना कि काम का प्रेम में रूपान्तर हो जाता है।

—प्रश्न और प्रश्न

ब्रह्मचर्य शब्द प्रेम से उलटा नहीं है।

—प्रश्न और प्रश्न

ब्रह्मचर्य शब्द में समग्र प्रेम की ही व्याख्या है।

—प्रश्न और प्रश्न

ब्रह्मचारी का चलन शुद्ध प्रेम से बनता है।

—प्रश्न और प्रश्न

भक्ति और प्रेम को शरीर द्वारा प्रकट होकर अनायास कर्म का रूप मिल जाता है।

—काम, प्रेम और परिवार

भिन्नता ही सत्यता हो, तो प्रेम की कोई आवश्यकता नहीं रहती है।

—समय, समस्या और सिद्धान्त

भोग कभी सहज हो ही नहीं सकता, प्रेम ही सहज हो सकता है।

—प्रेम और विवाह

भोग का शमन निग्रह में नहीं है, बल्कि प्रेम में हैं।

—प्रश्न और प्रश्न

भोग को सीमित किया जा सकता है, पर प्रेम को तो विस्तृत ही करते जाना होगा।

—समय, समस्या और सिद्धान्त

भोग में विराग तभी सम्भव है, जब आधार में प्रेम हो।

—काम, प्रेम और परिवार

भोगमुक्त प्रेम में सुख-दुख में विपरीतता का सम्बन्ध नहीं रहता है।

—प्रश्न और प्रश्न

भोग से व्यक्तियों के बीच अन्तर बढ़ता है और संयम से उनमें प्रेम दृढ़ होता है।

—मन्थन

मन में नहीं, मन के प्रेम में ही प्रिय की उपलब्धि है।

—काम, प्रेम और परिवार

मनुष्य का जब सब कुछ हार रहता है, तब प्रेम में परमात्मा के हवाले अपने को छोड़ देने का नाम सत्याग्रह है।

—समय और हम

मनुष्य की पूरी चरितार्थता अखंड प्रेम में है, जिसको ब्रह्मचर्य कहते हैं।

—प्रश्न और प्रश्न

मनुष्य को लाँघकर जो प्रेम ईश्वर की ओर उछलता है, वह निष्काम होता हो कि न होता हो, अन्ततः निस्तेज और निश्चेष्ट अवश्य हो जाता है।

—समय, समस्या और सिद्धान्त

मनुष्य में प्रेम देने और प्रेम पाने की माँग भी है।

—प्रस्तुत प्रश्न

मनुष्य में सदा ही वह अतिरिक्त मात्रा प्रेम की बची रहती है, जो काम में परिणत नहीं हो पाती।

—प्रश्न और प्रश्न

मनोविज्ञान अपनी शास्त्रीयता से खिन्न हो चला है और प्रेम के आगे ज्ञान को हीन अनुभव करने लगा है।

—समय और हम

महान त्याग और बलिदान जिस प्रेम में से निकला है, वह भोगात्मक नहीं देखा जाता।

—प्रश्न और प्रश्न

महान प्रेम अपने में से संयोग की सृष्टि करता रहता है।

—काम, प्रेम और परिवार

महान प्रेम भावुक नहीं होता।

—अनाम स्वामी

महान प्रेम को मर्यादा में घिरने की जरूरत नहीं रहती।

—काम, प्रेम और परिवार

महान प्रेम स्वयं मर्यादा बनाता है।

—काम, प्रेम और परिवार

महान विचारक और नेता वह होगा, जो घट-घट व्यापी प्रेम की शक्ति को मन के कैदखाने में से मुक्त करेगा।

—इतस्तत:

मान और प्रेम दोनों ही भाव हमारे भीतर हैं।

—समय, समस्या और सिद्धान्त

मानव प्रेम के साथ जो घृणा चलती है, वह एक प्रकार से वृत्त को पूरा करने के लिए है।

—मन्थन

मानव प्रेम शत-प्रतिशत शुद्ध हो नहीं सकता।

—प्रश्न और प्रश्न

मानव विकास की साधना यह है कि प्रेम में पीड़ा अधिकाधिक सही जाए और लिप्सा कम-से-कम रह जाए।

—सोच-विचार

मारने की हिंसा को भी प्रेम की अहिंसा ही सम्भव बनाती है।

—प्रस्तुत प्रश्न

मिथुन योग में हिंसा भाव में मानो प्रेम की कृतार्थता अनुभव होती है।

—समय और हम

मुक्त प्रेम अधिकतर मुक्त बलात्कार का रूप ले बैठता है।

—समय और हम

मुक्त प्रेम मुक्त बलात्कार का रूप नहीं लेता और ना ही ले सकता है।

—समय और हम

मुक्ति केवल प्रेम दे सकता है।

—प्रश्न और प्रश्न

मुक्ति प्रेम में से ही सम्भव है।

—समय और हम

मूल्य का स्थान तो प्रेम का ही रहेगा, जिसमें से त्याग और उत्सर्ग आता है।

—समय, समस्या और सिद्धान्त

मैथुन तृप्ति-रूप है, प्रेम अभाव-रूप है।

—सोच-विचार

मैथुन देहज है, प्रेम उत्तरोत्तर देहातीत।

—सोच-विचार

यदि कष्ट हम स्वयं अपनी ओर ले लेते हैं और दूसरे का मान रखते हैं, दूसरे को सेव्य और साध्य तक बनने देते हैं, स्वयं साधन अथवा निमित्त बनते हैं, तो यह प्रेम है और इसमें अहिंसा है।

—समय, समस्या और सिद्धान्त

यदि प्रेम का आधार न हो, तो काम निरन्तर दो के बीच कलह की परिस्थिति बनाए रखता है।

—प्रश्न और प्रश्न

यदि मूल में प्रेम की प्रेरणा नहीं है, तो शिव और सुन्दर की समस्त आराधना भ्रान्त है।

—साहित्य का श्रेय और प्रेय

यह अनिवार्य है कि प्रेम रुके नहीं, बँधे नहीं, ठहरे नहीं, आगे बढ़ता और फैलता ही चला जाए।

—इतस्तत:

यह जो पृथक् सापेक्ष अस्तित्व अथवा अस्मित्व हम सबको प्राप्त है, जिस पर हमारा सम्पूर्ण व्यापार चलता है, प्रेम हमें उसके पार का दर्शन देता है।

—प्रश्न और प्रश्न

यह मनुष्य का ही हक है कि कोई उस पर प्रहार करे, तो बदले में वह प्रहार न दे प्रेम दे।

—मन्थन

यह मिथ्या का ही चमत्कार है कि वह शत्रु के रूप में प्रेम को समक्ष कर देता है और स्वयं इस तरह अपने लिये ओट बना लेता है।

—समय और हम

यह सूत्र नाहक है कि प्रेम से चलना चाहिए, क्योंकि जीवन में सूत्र नहीं व्याख्या चलती है।

—इतस्तत:

युग–युग से राधा के नाम में या प्रेम में अजस्र प्रेरणा रहती चली आई है, तो वह प्रेम अपार्थिव नहीं, बल्कि समग्र रूप से प्राणवन्त ही रहा होगा।

—काम, प्रेम और परिवार

युद्ध और प्रेम में कोई अनुकूलता नहीं दिखती।

—समय, समस्या और सिद्धान्त

युद्ध का काम प्रेम से नहीं चलता

—वृत्त विहार 1

युद्ध धर्म है तो तभी जब वह धर्म युद्ध हो, अर्थात वह प्रेम से लड़ा जाए।

—मन्थन

युद्ध में और प्रेम में सब जायज है।

—विहंगावलोकन

यौन की सम्पूर्णता को प्रेम चाहे कह लीजिए, काम नहीं कह सकते।

—समय, समस्या और सिद्धान्त

राज प्रेम का स्वर्ग से पहले कैसे हो सकता है?

—इतस्तत:

राधा-कृष्ण के संयुक्त नाम को इतनी महिमा और गरिमा यदि मिली कि भारतीय जैसी सहस्त्राब्दियों को झेलती हुई एक अवच्छिन्न सांस्कृतिक परम्परा उसको मूर्द्धन्य रखकर ही प्राणवन्त रहती चली आई, तो अवश्य उसके मूल में समग्र प्रेम का आधार होना चाहिए।

—काम, प्रेम और परिवार

राधा के प्रेम की वृत्ति को एकांगी मानना कठिन है।

—काम, प्रेम और परिवार

राधा के प्रेम को अपवित्र तो कह ही नहीं सकते, पर पवित्र से वह इतना अधिक है कि पवित्र कहकर भी चुप बैठा नहीं जा सकता।

—काम, प्रेम और परिवार

राधा के प्रेम में इतनी समग्रता थी कि उसे प्रेयसी-प्रेम का नाम देकर सही तौर पर व्यक्त नहीं कर सकते।

—काम, प्रेम और परिवार

राधा के प्रेम में समाज-मर्यादा राई-रत्ती भी रखी गयी दीखती है!

—काम, प्रेम और परिवार

राधा बनने के लिए [स्त्रियों को] अपने को इतना खोना होगा कि यह भी उन्हें पता न रहे कि पति-प्रेम उनके प्रेम से कुछ अन्यथा वस्तु है।

—काम, प्रेम और परिवार

लेखक का मूल्य प्रेम है, समाज का मूल्य पैसा है।

—इतस्तत:

लौकिक सब प्रेम स्वार्थहुति और स्वार्थ-पूर्ति के मिश्रण हैं।

—काम, प्रेम और परिवार

वय पाकर क्या कन्या माता और पिता के सहज प्रेम से बाहर नहीं बढ़ चलती।

—मास्टर जी

वस्तु से हम प्रेम कर सकते है शायद प्रणय नहीं कर सकते।

—प्रश्न और प्रश्न

वह उपाय अनिष्ट है, निष्फल है, जहाँ प्रेम की बढ़वारी के लिए घृणा को कुचलकर नष्ट करना ही जरूरी समझा जाता है।

—समय और हम

वह प्रेम क्या जो बाहरी सौन्दर्य पर टिका रहे।

—आम का पेड़

वह प्रेम जिसे भरने के लिए घृणा आवश्यक है, शुद्ध प्रेम नहीं है।

—मन्थन

वह प्रेम भयावह है, जिसमें अभाव नहीं तृप्ति है।

—बं गँवार

वह समझ की बात जो समझ से परे है, उस तक प्रेम ही पहुँच सकता है।

—ध्रुव-यात्रा

वह समाज जहाँ व्यक्ति का कल इतना प्रधान है कि प्रेम को व्यर्थ करता है, वह समाज जीर्ण है।

—जयसन्धि

वार्धक्य आने तक व्यक्ति निरपेक्ष और निराग्रही प्रेम का मूल्य समझ जाता है।

—समय, समस्या और सिद्धान्त

वासना की संकीर्णता और विषमता के भय से प्रेम की श्रद्धा को तजने की कभी आवश्यकता नहीं होनी चाहिए।

—समय, समस्या और सिद्धान्त

वासना भोगप्रधान है, प्रेम में योग है।

—समय, समस्या और सिद्धान्त

वासना व्यक्ति का स्व नहीं है—स्वस्थ प्रेम के पास यह देख लेने की सहज अन्तर्दृष्टि होती है।

—काम, प्रेम और परिवार

वासना से डरकर प्रेम का तिरस्कार या बहिष्कार जीवन-घातक हो सकता है।

—समय, समस्या और सिद्धान्त

विकासशील प्रेम सदा अहिंसोन्मुख होगा।

—प्रस्तुत प्रश्न

विरह में प्रेम व्यक्ति को परिपूर्ण करता है।

—जयवर्धन

विरह में से उपलब्धि पानेवाला प्रेम मानवातीत और इन्द्रियातीत है।

—प्रश्न और प्रश्न

विरागी पुरुष में प्रेम इतना अखंड होकर रहता है कि उसे अलग-अलग स्त्रियों के प्रति अलग-अलग रूप नहीं लेने होते।

—काम, प्रेम और परिवार

विराट की शाश्वत अनन्त महिमा और हमारी क्षणजीवी अपार लघुता—जो इन दोनों को परस्पर सह्य और सम्भव बनाता है, वही प्रेम है।

—साहित्य का श्रेय और प्रेय

विवाह आदि सम्बन्धों में प्रेम को नियोजित करके फलप्रद बनाया जाता है।

—समय और हम

विवाह और प्रेम के द्वन्द्व में से तरह-तरह की समस्याएँ पैदा होती हैं।

—काम, प्रेम और परिवार

विवाह और प्रेम को जहाँ अनायास या आयासपूर्वक मिला दिया जाता है, वहाँ भी विपत्ति टलती बिलकुल नहीं दीखती।

—इतस्तत:

विवाह और प्रेम दोनों अनिवार्य हैं और दोनों अनमिल।

—इतस्तत:

विवाह और प्रेम में भी सहज समन्वय हो सकता है।

—समय और हम

विवाह की सफलता कर्तव्यता और विवेक के रास्ते से ही प्राप्त हो सकती है, प्रेम की पहरेदारी और घेरेबन्दी से कभी नहीं।

—समय, समस्या और सिद्धान्त

विवाह के अनन्तर भी प्रेम समानान्तर चल सकता है।

—प्रश्न और प्रश्न

विवाह को प्रेम का इनकार बनाना विवाह को ही न समझना है।

—प्रश्न और प्रश्न

विवाह प्रेम के प्रवाह पर अवरोध डालकर केवल समस्या उत्पन्न करता है।

—पूर्वोदय

विवाह प्रेम को अधिष्ठान देने के लिए है, परिवृत्त बनने के लिए नहीं।

—प्रेम और विवाह

विवाह प्रेम को प्रतिष्ठित करने के बजाय जब खंडित करता है, तो वह अपने पाँव पर स्वयं कुल्हाड़ी मारता है।

—समय और हम

विवाह प्रेम से टकराएगा, तो उसकी कुशल नहीं है।

—समय और हम

विवाह में प्रेम (आकाँक्षा) का आग्रह उतना अनिवार्य नहीं, जितना माता-पिता, गुरुजन, बन्धु-बान्धव का सहयोग और आशीर्वाद है।

—काम, प्रेम और परिवार

विवाह में भी काम पर अंकुश आता है, प्रेम पर बन्धन नहीं आता।

—प्रश्न और प्रश्न

विवाह वह विधि है, जिससे प्रेम से प्राप्त हुई शक्ति को उपयोग में लेकर हम समाज की और सृष्टि की रचना करते हैं।

—प्रश्न और प्रश्न

[विवाह] विच्छेद नहीं चाहनेवाला दूसरे में अपने प्रेम को लादने में क्या सफल हो सकता है?

—काम, प्रेम और परिवार

विवाह सामाजिक है प्रेम नैसर्गिक।

—प्रेम और विवाह

विवाह से वास्तव में उस केन्द्र की सृष्टि होती है, जहाँ से प्रेम अपने निमित्त स्वरूप और विस्तार पाए।

—समय, समस्या और सिद्धान्त

वेश्या वह नहीं जो अनेक को प्रेम करती है।

—समय और हम

वैयक्तिक तल से उत्तीर्ण प्रेम का नाम ही ब्रह्मचर्य है।

—काम, प्रेम और परिवार

व्यक्ति अपने को प्रेम के हाथ में नहीं देता, अपने को प्रेम करनेवाला मानता है।

—काम, प्रेम और परिवार

व्यक्ति के नाम-रूप के पार जब हम रूपातीत की अनुभूति पाते हैं, तन के पार मन और मन के पार आत्म को देखते हैं, या हमारी अभिलाषा और

अभीप्सा उस गहराई तक जाती है, उस अवस्था के भावन को प्रेम कहा जा सकता है।

—प्रश्न और प्रश्न

व्यक्ति के भीतर का सत्य प्रेम से मिलता है।

—साहित्य का श्रेय और प्रेय

व्यक्ति को प्रेम करना काफी नहीं है, ईश्वर प्रेम भी उसके साथ जरूरी शर्त है।

—काम, प्रेम और परिवार

व्यक्ति को साधारणतया जो प्रेम प्राप्त है, उसके साथ अप्रेम अवश्यम्भावी है।

—मन्थन

व्यक्ति यदि विराट बनता [है] तो निश्चय ही भोग से नहीं बनता है, उस प्रेम से बनता है जो व्यथा को सर्वस्व स्वीकार करके भोग से उत्तीर्ण बना रहता है।

—प्रश्न और प्रश्न

व्यक्ति सब ओर से अपने समग्र प्रेम की परिपूर्णता खोजता और लेता है।

—काम, प्रेम और परिवार

व्यक्तियों का आपसी प्रेम अपने भीतर अप्रेम यानी अहंकार के तत्त्व भी लिये चलता है।

—काम, प्रेम और परिवार

व्यक्तियों की परस्परता में आकर परस्पराकर्षण का तत्त्व प्रेम और काम का रूप धारण करता है।

—वृत्त विहार 3

व्यथायुक्त प्रेम कितना भी निन्दित और लांछित हो, लेकिन जीवन को सौम्यता, शुचिता और समर्थता ही देगा।

—प्रश्न और प्रश्न

व्यष्टि और समष्टि की पृथकता को परस्पर सह्य बनानेवाला है प्रेम।

—प्रस्तुत प्रश्न

शक्ति के पद पर बैठकर व्यक्ति को अपने प्रेम को सुखाते रहना होता है।

—काल-धर्म

शक्ति संघर्ष में से खर्च होती है, प्रेम में से उत्पन्न होती है।

—प्रश्न और प्रश्न

शरीर, इन्द्रिय और मन समेत हम चलते और चल सकते हैं, तो प्रेम के ही पीछे।

—साहित्य का श्रेय और प्रेय

शरीर निरपेक्षता के कारण प्रेम परस्परता में बन्द नहीं होता है, बल्कि सदा सर्व के प्रति गतिशील और विस्तरणशील रहता है।

—समय, समस्या और सिद्धान्त

शरीर रहने से यदि प्रेम में वासना का स्पर्श अथवा दिशा का संकेत भी समा जाता है, तो उसमें अनुचित क्या है?

—समय, समस्या और सिद्धान्त

शरीर-शास्त्रविद् हुए बिना भी जैसे प्रेम के बल से माता-पिता बनकर शिशु सृष्टि की जा सकती है, वैसे ही बिना टैकनीक की मदद के साहित्य सिरजा जा सकता है।

—साहित्य का श्रेय और प्रेय

शरीर-संग वाले प्रेम की बुद्धि पति-पत्नी के सिवा अन्य में रखना मर्यादाशील व्यक्ति के लिए उचित नहीं है।

—प्रस्तुत प्रश्न

शासन की जगह वहाँ होती है, जहाँ प्रेम की जगह नहीं।

—तमाशा

शुद्ध न्याय प्रेम का नियम पालता है।

—पूर्वोदय

शुद्ध प्रेम सत्य की भाँति आदर्श है, अप्राप्य है।

—मन्थन

शुद्ध प्रेम है, जिसे अपने से अतिरिक्त किसी और अवलम्बन की आवश्यकता न हो।

—मन्थन

श्लाघनीयता किसी समाज मर्यादा के ध्यान में से सीता जी को नहीं प्राप्त

हुई, वह विशुद्ध प्रेम की सघनता में से ही उन्हें सिद्ध हुई हो सकती है।

—काम, प्रेम और परिवार

श्रद्धा मौत को प्रेम भी कर सकती है।

—मन्थन

श्रम के बिना प्रेम विलास हो जाता है, यज्ञ नहीं रहता।

—पूर्वोदय

संकीर्ण संकुचित प्रेम एक हद से नीचे जाकर पाशविक और घृण्य हो जाता है।

—मन्थन

संग की आसक्ति जिस प्रेम में है, उसके निभने के लिए समाज में अवकाश कैसे हो सकता है ?

—प्रस्तुत प्रश्न

संयम अपनी मर्यादा का अतिक्रमण करके जब प्रेम को अपनी अधीनता में डालना चाहता है; तो स्वयं ही टूटता है, प्रेम का कुछ बिगाड़ नहीं पाता।

—समय और हम

संयम और प्रेम की परस्पर पूरक स्थिति को समझकर जो व्यवहार किया जाएगा, उसमें प्रेम सहज भाव से अपार्थिव होता जाएगा।

—इतस्तत:

संयम का काम यह है कि भगीरथ बनकर प्रेम को धारण करे और अपनी कुशलता से उसे तट देकर आगे की ओर प्रवाह में उसे वेग दे।

—समय और हम

संयम की अतिवादिता ने यह भ्रम पैदा कर दिया है कि प्रेम नाश करता है, संयम रक्षा करता है।

—समय और हम

संयम की यह अमर्यादा है कि वह प्रेम को अपने अधीन ले।

—समय और हम

संयम जलाने लग जाता है और दुनिया में मानो प्रलय मचा देता है, जब वह प्रेम के अधीन नहीं होता।

—समय और हम

संयम जिसे कहते हैं, प्रेम की गहनता और अभिलाषा में वह सहज साध्य होता है।

—काम, प्रेम और परिवार

संयम प्रेम में हारता है।

—जयवर्धन

संयम रक्षा करता यदि जान पड़ता है, तो इसीलिये कि वह प्रेम के अधीन हो पाता है।

—समय और हम

संयम स्वयं प्रेम में से निस्सृत होता है।

—काम, प्रेम और परिवार

सम्वेदना, सहृदयता, करुणा, प्रेम आदि वे हृदयगत तत्त्व हैं, जिनके बिना भी मानव जीवन की कल्पना नहीं हो सकती।

—समय, समस्या और सिद्धान्त

संसार प्रेम पर टिका है।

—इतस्तत:

सच्चा प्रेम दो स्वाधीन व्यक्तियों के बीच में ही सम्भव है।

—प्रस्तुत प्रश्न

सच्चा सम्बन्ध प्रेम का, भ्रातृत्व का और आनन्द का है।

—मन्थन

सघन प्रेम का ही नाम आस्था है।

—समय, समस्या और सिद्धान्त

सत्य और न्याय को लेकर आप प्रेम की भावुकता में पड़कर अतिशय क्षमाशील और कातर बन जा सकते हैं।

—समय, समस्या और सिद्धान्त

सत्य से च्युत होकर प्रेम भावुक भर रह जाता है, सामर्थ्य उसमें से नष्ट हो जाती है।

—परिप्रेक्ष्य

सत्य हर मन में बसा प्रेम और तन में रचा श्रम है।

—वृत्त विहार 1

सब उलझन-झमेलों के नीचे और पार प्रेम अपनी व्यथा द्वारा परस्पर उपलब्धि को यथाकिंचित सम्पन्न करता ही है।

—*काम, प्रेम और परिवार*

सब नियमों के ऊपर और भीतर जो शक्ति काम कर रही है, वही प्रेम है।

—*प्रश्न और प्रश्न*

सबसे पक्की निडरता प्रेम में से आती है।

—*समय और हम*

सभी शक्तियाँ प्रेम की रूपान्तर हैं।

—*सोच-विचार*

सभ्यता प्रेम पर संशय करती है।

—*इतस्तत:*

समग्र प्रेम में वेग और आतुरता नहीं होती।

—*प्रश्न और प्रश्न*

समग्र प्रेम में संशय रहता ही नहीं, मानो उपलब्धि का भरपूर रस रहता है।

—*प्रश्न और प्रश्न*

समझे जानेवाले यथार्थ का प्रेम साहित्य के लिए सबसे बड़ा खतरा है।

—*समय और हम*

समय पर विवाह न होने से हम व्यभिचार से तभी बच पाएँगे, जब विवाह या प्रेम के हक को अपना नहीं मानेंगे, भाग्य का मानेंगे।

—*प्रश्न और प्रश्न*

समस्त सृष्टि के चक्र को थामनेवाला तत्त्व है—प्रेम।

—*विहंगावलोकन*

समाज का रूप मनुष्य की भीड़ को प्रेम और उसमें से उदय पायी हुई मर्यादाओं के सबब मिल पाता है।

—*समय, समस्या और सिद्धान्त*

समूह से—सबसे प्रेम वही कर सकता है, जो एक से प्रेम करने में समर्थ है।

—*समय और हम*

सम्पूर्ण संयुक्तता ईश्वर और प्रेम में से ही प्राप्त हो सकती है।

—समय और हम

सम्बन्ध सब प्रेम से उगते हैं।

—परिप्रेक्ष्य

सर्वथा वासनामुक्त प्रेम अशरीरी है।

—समय, समस्या और सिद्धान्त

सहयोग और असहयोग में चुनाव का सवाल अगर भीतर प्रेम की सघन व्यथा हो, तो बुद्धि के समक्ष उस रूप में कभी उपस्थित ही नहीं होगा, भीतर से ही उसका सहज निर्णय प्राप्त होता जाएगा।

—समय, समस्या और सिद्धान्त

सांस्कृतिक और मानवीय विचार किसी तरह प्रेम से बचकर अप्रेम और द्वेष के समर्थन तक नहीं पहुँच सकता।

—समय और हम

सामंजस्य की समस्या प्रेम पूर्व नहीं होती, प्राप्ति के अनन्तर होती है।

—काम, प्रेम और परिवार

सामाजिक सदाचार की संकरी और विषम मान्यताओं में प्रेम का प्रवाह रुकता है।

—सम्बोधन

सामाजिकता वही सच्ची, जो पड़ोसी के प्रेम से आरम्भ होती है।

—मन्थन

सामान्य नर-नारियों के बीच यह जो अनन्त काल से अजस्र और अनवरत जीवन प्रवाह चला आ रहा है, जिससे प्रत्येक अपने समय पर मरता है किन्तु अपने पीछे अपनी सृष्टि भी छोड़ जाता है— परस्परता के बीच प्रेम के आकर्षण से और भोग के मिलन से सम्भव होता है।

—प्रश्न और प्रश्न

साम्य का आधार मत्सर की जगह प्रेम होने के कारण निगाह यह नहीं रहेगी कि कोई हमसे बड़ा या ऊपर क्यों है, बल्कि यह होगी कि कोई हमसे छोटा या नीचा न रह जाए।

—समय, समस्या और सिद्धान्त

सार और अर्थ जीवन का है प्रेम।

—प्रश्न और प्रश्न

सारा जानना और सारा करना: प्रेम को देने और पाने के लिए हैं।

—जड़ की बात

साहित्य अकेली प्रेम की व्यथा में से उपजता है।

—साहित्य का श्रेय और प्रेय

साहित्य का सर्वस्व सबके बीच का प्रेम ही है, वही उसका यथार्थ भी है।

—कहानी : अनुभव और शिल्प

साहित्य की पूँजी प्रेम से दूसरी नहीं है।

—प्रश्न और प्रश्न

साहित्य में प्रेम की अभिव्यक्ति स्वाभाविक गति से होती है।

—परिप्रेक्ष्य

साहित्यिक रचनाओं में यदि प्रेम की अनिवार्यता का निदर्शन और समर्थन हो और समाज-नियमन और समाज-दंडन का उतना समर्थन न दिखाई दे, तो केवल उस कारण उन रचनाओं को हीन और बहिष्करणीय नहीं मानना होगा।

—समय और हम

सेक्स द्वारा प्रेम समाप्त नहीं हो सकता।

—प्रश्न और प्रश्न

सेक्स में प्रेम का कुछ अंश ही काम में आता है और उसी मात्रा तक जिस तक अप्रेम का मिश्रण उसे मिल जाता है।

—प्रश्न और प्रश्न

सौन्दर्य की अनुभूति जहाँ है, वहाँ प्रेम नहीं है—क्या यह सिद्ध किया जा सकता है?

—कहानी : अनुभव और शिल्प

सौन्दर्य को समझने के लिए प्रेम चाहिए।

—आम का पेड़

स्त्री और पुरुष के बीच जो प्रेम और विश्वास की जगह अप्रेम और अविश्वास को स्थान देता है, वह कभी ब्रह्मचारी नहीं हो सकता।

—समय, समस्या और सिद्धान्त

स्त्री का प्रेम प्राप्ति से आरम्भ होता है, पुरुष का वहाँ समाप्त होता है।

—काम, प्रेम और परिवार

स्त्री को प्रेम की सफलता में से कर्तत्व मिलता है, जब कि पुरुष का कर्तत्व उस सफलता पर समाप्त होता है।

—काम, प्रेम और परिवार

स्त्री-पुरुष अगर एक दूसरे के लिए ऐसे उपलक्ष्य रहते हैं कि जो लक्ष्य के प्रतिरूप और प्रतीक होकर स्वयं से मानो अतीत हो आएँ, तो यही प्रेम दिव्यता प्राप्त करता चला जाता है।

—समय, समस्या और सिद्धान्त

स्त्री-पुरुष के बीच का हर प्रेम वासनामूलक और इसलिये अशुद्ध होता है—यह कहना एक अपेक्षा से सर्वथा अवैज्ञानिक नहीं है।

—समय, समस्या और सिद्धान्त

स्त्री-पुरुष के बीच भय-संशय प्रेम को असम्भव बनाता है।

—समय, समस्या और सिद्धान्त

स्त्री-पुरुष के बीच भी अमुक की अपेक्षा माता-पुत्र, पिता-पुत्री, भाई-बहन के बीच [प्रेम] प्रणय नहीं है।

—प्रश्न और प्रश्न

स्त्री-पुरुष के बीच शक्ति तो मूल प्रेम ही है, पर प्रवाह में सिरों पर व्यक्तियों के स्वत्व के साथ मिलकर प्रेम कुछ काम का रूप भी लेने को विवश होता है।

—समय, समस्या और सिद्धान्त

स्त्री-पुरुष के मध्य शुद्ध प्रेम के संचरण की साधना अथवा सिद्धि अशक्यप्राय जैसी लगती है।

—समय, समस्या और सिद्धान्त

स्थूल गणित कुछ भी बताता हो, प्रेम का सद्भाव दोनों ओर व्याप्त है तो वह गणित झूठा पड़ जाता है।

—समय, समस्या और सिद्धान्त

स्नेह और प्रेम का सघन और निस्स्व रूप ही भक्ति है।

—स्मृति-पर्व

स्वत्वाधिकार का दावा होते ही प्रेम परस्पर दुर्लभ हो जाता है।

—समय, समस्या और सिद्धान्त

स्वयं प्रेम में भोग का इलाज पड़ा है।

—प्रेम और विवाह

स्वाभिमान में हम बन्द होते हैं, मुक्त होते हैं प्रेम में।

—समय और हम

स्वासक्ति और स्वाहुति में काम और प्रेम दोनों अनमिल और विरोधी भाव हैं।

—समय, समस्या और सिद्धान्त

हम क्षण-क्षण में रहने के कारण प्रेम को भी क्षणबद्ध रखने की चाह से मुक्त नहीं होते।

—समय, समस्या और सिद्धान्त,

हम प्रेम के भोग को चाहते हैं, उसके अध्यवसाय को नहीं चाहते।

—परावर्तन

हम प्रेम को अपना नहीं मानते, अपने को ही उसका मान सकते हैं।

—व्यतीत

हम निरन्तर इन्द्रियार्थ नहीं रहते, ऐसे क्षण सभी को प्राप्त होते हैं जब एक प्रकार के अतीन्द्रिय प्रेम की अनुभूति होती है।

—काम, प्रेम और परिवार

हम लाख चाहें, प्रेम बन्धन में नहीं बँध सकता है।

—समय और हम

हम सुन्दरता से निरपेक्ष होकर प्रेम कहाँ करते हैं!

—आम का पेड़

हमने प्रेम को खानों में बाँट दिया है और शरीर जहाँ उपस्थित है, वहाँ [प्रेम] अपवित्र और अनुपस्थित है।

—काम, प्रेम और परिवार

हमने विवाह संस्था को भोग-आधिपत्य की धारणा पर खड़ा किया है, इसलिये विवाह को सदा ही प्रेम की खरोंच में आना पड़ता है।

—प्रेम और विवाह

हमारा प्रेम दूसरे से क्या कराएगा—यह प्रश्न ही नहीं उठता।

—काम, प्रेम और परिवार

हमारा प्रेम हमको विस्तृति देगा, इसलिये प्रसन्नता देगा—इतना ही यथेष्ट है।

—काम, प्रेम और परिवार

हमारा समाज का संगठन इस आधार पर खड़ा हुआ है कि हम प्रेम के प्रेम तत्त्व को तो सुरक्षित रख सकें, पर उसके साथ चलनेवाले स्वत्व और ईर्ष्या आदि भावों के अनिष्ट से यथासम्भव बच सकें।

—सोच-विचार

हमारी मर्यादा का तकाजा है कि प्रेम और विवाह दो समानान्तर रेखाओं में चलें।

—मन्थन

हर प्रेम सहायक है।

—काम, प्रेम और परिवार

हर सीमित प्रेम में अहं सक्रिय होता ही है।

—समय, समस्या और सिद्धान्त

हरेक के लिए यदि अपना-अपना स्व और स्वार्थ ही यथार्थ हो जाता है, तो फिर बीच में से उनके प्रेम तिरोहित हो जाता है।

—कहानी : अनुभव और शिल्प

हिन्दी उनकी साधना के बल पर कायम रहेगी, जिन्होंने अपने अन्तस्थ प्रेम का सारा रस निचोड़कर उसमें रख दिया है।

—सोच-विचार

हिंसा में प्रेरणा के तौर पर जो तत्त्व काम करता है, वह भी प्रेम ही है।

—प्रस्तुत प्रश्न

हिन्दी और उर्दू दोनों भाषाओं के साहित्य में अहंकार ही नहीं है, बल्कि प्रेम भी है।

—सोच-विचार

हिन्दुत्व का, या इस्लाम का, या न्यायप्रियता का, या समत्वाकांक्षी का प्रेम अपने-आप में श्रेयस्कर ही है।

—वृत्त विहार 1

हिसाब-किताब और प्रेम का बुनियादी झगड़ा है।

—प्रेम और विवाह

हीनता और मुक्तता में यदि अन्तर है, तो प्रेम के ही कारण है।

—प्रश्न और प्रश्न

हीनता की स्वीकृति प्रेम है।

—बाँग्लादेश : एक यक्ष प्रश्न

हो नहीं सकता कि विधाता व्यर्थ हो, विधान व्यर्थ हो और जीवन चलते-चलते प्रेम की गंगा के कूल तक न पहुँच जाए।

—समय और हम

प्रेम *और देखिए*

अखंड प्रेम
आग्रहहीन प्रेम
खंड प्रेम
प्यार
प्लेटॉनिक प्रेम
प्रथम दृष्टि का प्रेम
वासनामुक्त प्रेम
व्यथायुक्त प्रेम
सकाम प्रेम
समग्र प्रेम
समानान्तर प्रेम
सम्पूर्ण प्रेम

प्रेम-अप्रेम

प्रेम-अप्रेम दोनों से मिलकर जो चीज बनती है, उसे काम कहते हैं।

—प्रश्न और प्रश्न

व्यक्तियों का आपसी प्रेम अपने भीतर अप्रेम यानी अहंकार के तत्त्व भी लिये चलता है।

—काम, प्रेम और परिवार

प्रेम और कर्तव्य

प्रेम और कर्तव्य को साथ मिलाए बिना कोई भी स्थिति असम्भव-सी हो जाती है।

—प्रस्तुत प्रश्न

प्रेम और शान्ति

इस्लाम के प्रसार में यों युद्ध मिल जाएँ, पर प्रेम और शान्ति उसकी प्रतिज्ञा में हैं।

—समय, समस्या और सिद्धान्त

प्रेम का आचरण

प्रेम का आचरण विश्व-प्रेम और भगवत्-प्रेम के रूप में भले न दिखाई दे, यत्किंचित हमें स्वार्थ के विसर्जन की ओर ले जाता है।

—समय, समस्या और सिद्धान्त

प्रेम की लौ

जब तक आदमी जीता है, प्रेम की लौ में जलता ही रहता है।

—समय, समस्या और सिद्धान्त

प्रेम-तत्त्व

प्रेम-तत्त्व की अनिवार्यता भोग और योग दोनों जगह है।

—समय, समस्या और सिद्धान्त

सहानुभूति के द्वारा हम प्रेम तत्त्व की आवश्यकता की स्वीकृति की ओर ही बढ़ते हैं।

—समय, समस्या और सिद्धान्त

हमारा समाज का संगठन इस आधार पर खड़ा हुआ है कि हम प्रेम के प्रेम तत्त्व को तो सुरक्षित रख सकें, पर उसके साथ चलनेवाले स्वत्व और ईर्ष्या आदि भावों के अनिष्ट से यथासम्भव बच सकें।

—सोच-विचार

प्रेम-दान

चेतन प्राणी की असमर्थता का अर्थ अपने चहुँओर प्रेम दान की अक्षमता है।

—साहित्य का श्रेय और प्रेय

स्ट्रगल फॉर एक्जिसटेन्स जैविक है, मानवीय का आरम्भ आत्म-दान और प्रेम-दान से होता है।

—समय और हम

प्रेम-पात्र

आँखें ही अपने लिये अलग-अलग प्रेम-पात्र ढूँढ़ लेती हैं।

—काम, प्रेम और परिवार

प्रेम पात्र के सम्बन्ध में घृणा से मुक्त होने पर ही प्रेम सात्विक होगा।

—सम्बोधन

प्रेम में हम अपने को नीचे और प्रेम-पात्र को ऊँचे पर रखकर सन्तोष पाते हैं।

—समय और हम

प्रेम विरह को प्राप्ति से भर सकता है और समष्टि को प्रेम-पात्र के मिस से प्रेममय बना दे सकता है।

—प्रश्न और प्रश्न

प्रेम सघन और सम्पूर्ण होगा तो प्रेम-पात्र का हमें अपने भीतर अभाव उतना न होगा, जितना कि सतत भाव जान पड़ेगा।

—प्रश्न और प्रश्न

वह अर्थकारी और कार्यकारी है जो प्रेम पात्र को दूर नहीं रहने देता, बल्कि खींचकर हाथ में ले लेता है।

—प्रश्न और प्रश्न

सौन्दर्य की कमनीयता प्राप्ति के अनन्तर उड़ जाती है और प्रेम-पात्र में कई प्रकार का अनगढ़पन उभरा हुआ सामने दीखने लगता है।

—काम, प्रेम और परिवार

प्रेम भावना

जहाँ सत्यशील प्रेम भावना नहीं, वहाँ ही असत्य है।

—साहित्य का श्रेय और प्रेय

प्रेम में परिपूर्णता

प्रेम में काम को अपनी परिपूर्णता प्राप्त होती है।

—प्रश्न और प्रश्न

प्रेम-रूप साधना

प्रणय की उत्तरोत्तर प्रेम-रूप साधना ईश्वर-प्राप्ति अथवा ऐक्य-प्राप्ति का साधन अवश्य हो सकती है, बल्कि साधना सम्यक् ही वह है।

—प्रश्न और प्रश्न

प्रेम-विमुख

जो प्रेम-विमुख है, ऐसा पढ़ना-लिखना सब त्याज्य है।

—साहित्य का श्रेय और प्रेय

प्रेम विवाह

प्रेम की आँखों में देखकर हमने जिसे जो जाना था, विवाह के अनन्तर उसी में कुछ और दीखने लग जाता है और भावों में एक उतार आने लगता है।

—प्रश्न और प्रश्न

प्रेम विवाह करना मानो आसमान पर धरती को टाँगने जैसा हो जाता है।

—सुनीता

प्रेम विवाह टूटने में दोष प्रेम का नहीं है, दोष विवाह द्वारा उसे बाँधकर यह समझ लेने का है कि वह चिरस्थाई रहेगा।

—समय, समस्या और सिद्धान्त

प्रेम विवाह नियमतः विफल ही हो सकते हैं।

—प्रेम और विवाह

प्रेम विवाह में पीछे फिर सामंजस्य की जगह असामंजस्य इतना उत्कट और विषम होता देखा गया है, जिसकी हद नहीं।

—काम, प्रेम और परिवार

प्रेम विवाह सफल नहीं होते, सफल नहीं हो सकते।

—काम, प्रेम और परिवार

प्रेमाश्रित विवाह में प्रश्न का उपचार देखना गहरा भ्रम पोसना है।

—प्रेम और विवाह

विवाह कितना भी प्रेम विवाह हो, पत्नी यथार्थ पर आकर निरी स्त्री हो आती है।

—प्रेम और विवाह

प्रेम शक्ति

अपने भीतर की प्रेम शक्ति का अकुंठित दान ही साहित्य के पास एक अस्त्र है, जो अमोघ है।

—साहित्य का श्रेय और प्रेय

प्रेम सम्बन्ध

प्रेम सम्बन्ध में सिद्धान्त बनाने की अनिवार्यता नहीं है।

—काम, प्रेम और परिवार

प्रेमाचार

ऐसा कोई प्रेमाचार नहीं जिसमें अहं का समर्पण न हो।

—समय और हम

प्रेमिका

क्या यह अकसर ही देखने में नहीं आ जाता कि जो दुर्दान्त किसी प्रकार नहीं माना है, वह माँ के एक आँसू अथवा प्रेमिका की एक रूठन से द्रवित और कुमार्ग से विरत हो गया है।

—समय, समस्या और सिद्धान्त

जो वयस्का होकर नवीना दीखना चाहती हैं, माता बनकर भी प्रेमिका बनने का प्रयास करती हैं, वे स्त्रीत्व की शोभा नहीं कहलातीं।

—काम, प्रेम और परिवार

प्रेमिका के लिए प्रेम इसलिये होता है कि वह पत्नी जो नहीं है।

—इतस्तत:

प्रेमी और प्रेमिका जब विगलित होकर सहानुभूति में आँसू बहा उठते हैं, तब उन दोनों के शरीर भी परम कृतार्थता और तृप्ति लाभ का अनुभव करते हैं।

—काम, प्रेम और परिवार

प्रेमी-प्रेमिका शरीर की एकता के प्यासे होते हैं।

—मन्थन

यदि प्रेमी और प्रेमिका तथा पति-पत्नी—ये चारों अनिवार्य हैं, तो वह समाज दर्शन और समाज नीति जो इससे आँख मींचती है, संकट में ही रहनेवाली है।

—इतस्तत:

यह तो समाज का चलन है, समाज का विधान नहीं, जहाँ प्रेमी और प्रेमिका को यथार्थ के रूप में ग्रहण किया जाता है।

—इतस्तत:

प्रेमी

प्रेमी एक रंगीन ख्वाब है, जो आँखों की वजह से बाहर आ जाता है।

—इतस्तत:

प्रेमी और प्रेमिका जब विगलित होकर सहानुभूति में आँसू बहा उठते हैं, तब उन दोनों के शरीर भी परम कृतार्थता और तृप्ति लाभ का अनुभव करते हैं।

—काम, प्रेम और परिवार

प्रेमी और प्रेयसी-प्रतिष्ठा में भोग की स्वच्छन्दता का डर व्यर्थ और भ्रम है।

—प्रेम और विवाह

प्रेमी-प्रेमिका शरीर की एकता के प्यासे होते हैं।

—मन्थन

यदि प्रेमी और प्रेमिका तथा पति-पत्नी—ये चारों अनिवार्य हैं, तो वह समाज दर्शन और समाज नीति जो इससे आँख मींचती है, संकट में ही रहने वाली है।

—इतस्तत:

यह तो समाज का चलन है, समाज का विधान नहीं, जहाँ प्रेमी और प्रेमिका को यथार्थ के रूप में ग्रहण किया जाता है।

—इतस्तत:

रोमांस की अवस्था में प्रेमी और प्रेयसी एक दूसरे के लिए प्रतीकवत होते हैं, वे तत्काल और परस्पर के लिए दिव्य रूप ले उठते हैं।

—समय, समस्या और सिद्धान्त

सच्चे प्रेमी को विरह भी मधुर प्रतीत होता है।

—मन्थन

प्रेमी-प्रेमिका

प्रेमी-प्रेमिका शरीर की एकता के प्यासे होते हैं।

—मन्थन

विवाह की सुरक्षा के नाते प्रेमी-प्रेमिका को लांछित किया जा सकता है, दंडित किया जा सकता है, खत्म तक किया जा सकता है, लेकिन फिर भी प्रेमी-प्रेमिकाओं का अस्तित्व सम्भव बनता है।

—प्रश्न और प्रश्न

स्त्री-पुरुष—दोनों ओर से पति-पत्नी और प्रेमी-प्रेमिका की जोड़ियाँ बनती और जीती रही हैं।

—प्रेम और विवाह

प्रेमोत्सर्ग

साहित्य प्रेमोत्सर्ग की शक्ति देता है।

—साहित्य का श्रेय और प्रेय

प्रेयसी

किसी पुरुष की किसी प्रेयसी में अन्य सुन्दरियाँ कठिनता से ही सौन्दर्य देख पाती हैं।

—व्यतीत

जिस प्रेयसी को उतरकर पत्नी बनना पड़ता है वह इस अनुभव से नहीं बच सकती है कि अब पति की आँखों में उसका चित्र नहीं है—या तो वे आँखें सूनी हैं या कोई और उनमें आ बसा है।

—प्रेम और विवाह

जो आश्वासन समाज पुरुष को दे सकता है, वह प्रेयसी नहीं दे सकती।

—अमिया, तुम चुप क्यों हो गयीं ?

पत्नी के साथ प्रेयसी रखोगे तो द्वन्द्व में जीना पड़ेगा।

—प्रेम और विवाह

प्रेयसी बनाकर जिस पर पुरुष अपना सब कुछ वार देने को लाचार हो पड़ा है, दुख को उसके सिवा भला वह और कहाँ डालने जाए ?

—काम, प्रेम और परिवार

प्रेयसी में अप्सरा दीख आए और प्रेमी दिव्य पुरुष प्रतीत हो, तो यह भाव स्थाई इसलिये नहीं हो पाता कि प्रेम के पीछे ही कामना आ उतरती है।

—समय, समस्या और सिद्धान्त

प्रेयसी से प्राप्त होनेवाली दिव्यता लेखक को मुक्ति देती है और उसी दिव्यता के सूत्र उसकी रचना में देवत्व के कण प्रस्फुटित करते हैं।

—प्रेम और विवाह

भोग पर आधारित विवाह सीमित होता है, उसमें सम्पूर्णता की कमी होती है—उसी सम्पूर्णता की तलाश प्रेयसी में होती है।

—प्रेम और विवाह

रात के सपने की प्रेयसी दिन के कामधाम की पत्नी के प्रति आपको अधिक परायण भी बना सकती है।

—प्रेम और विवाह

राधा के प्रेम में इतनी समग्रता थी कि उसे प्रेयसी-प्रेम का नाम देकर सही तौर पर व्यक्त नहीं कर सकते।

—काम, प्रेम और परिवार

रोमांस की अवस्था में प्रेमी और प्रेयसी एक-दूसरे के लिए प्रतीकवत होते हैं, वे तत्काल और परस्पर के लिए दिव्य रूप ले उठते हैं।

—समय, समस्या और सिद्धान्त

स्त्री पुरुष के लिए प्रेयसी हुए बिना नहीं रह सकती।

—काम, प्रेम और परिवार

स्त्री प्रेयसी बनती है, इसी से दासी बन सकती है।

—काम, प्रेम और परिवार

प्रेयसी-प्रेम

राधा के प्रेम में इतनी समग्रता थी कि उसे प्रेयसी-प्रेम का नाम देकर सही तौर पर व्यक्त नहीं कर सकते।

—काम, प्रेम और परिवार

बलात्कार

अपरिग्रह जीवन की सफलता और परिपूर्णता का द्योतक है, न कि किसी कृच्छ्रता या बलात्कार का।

—समय, समस्या और सिद्धान्त

आदर्श बना देने से संयम बलात्कार या अत्याचार में भी परिणत हो सकता है।

—समय, समस्या और सिद्धान्त

कट्टरता में मनुष्य अपनी अन्त:प्रकृति के साथ बलात्कार करता और उस बल-प्रयोग में एक गौरव अनुभव करता है।

—समय और हम

काम चर्या में कुछ-न-कुछ बलात्कार सदा ही होता है।

—समय और हम

प्रशासन की दृढ़ता एक प्रकार का बलात्कार ही है।

—वृत्त विहार 3

बलात्कार में दो विपरीत वृत्तियाँ, अधीन कर लेने और अधीन हो जाने की, दोनों ओर से अपनी चरमावस्था में युक्त नहीं हो पातीं।

—समय और हम

मुक्त प्रेम अधिकतर मुक्त बलात्कार का रूप ले बैठता है।

—समय और हम

मुक्त प्रेम मुक्त बलात्कार का रूप नहीं लेता और नहीं ले सकता है।

—समय और हम

मुक्त बलात्कार पशु तक में सम्भव नहीं है।

—समय और हम

मुक्त बलात्कार मनुष्य समाज में दीखता है तो यह इसलिये नहीं कि वह पशु के समान मुक्त बन जाता है, बल्कि इसलिये कि नाना बन्धनों की सृष्टि करके वह सहज काम को तीव्र वासना में परिणत कर लेता है।

—समय और हम

लूट और बलात्कार युद्ध के अवश्यम्भावी सहयोगी हुआ करते हैं।

—समय और हम

बलात्कारी

बलात्कारी मुक्त प्रेमी नहीं है, वह नाना कुंठाओं से अवरुद्ध प्राणी हुआ करता है।

—समय और हम

बहुपत्नीत्व

बहुपतित्व और बहुपत्नीत्व दोनों ही जगह काम वासना को किसी-न-किसी प्रकार सामाजिक नियम द्वारा नियुक्त किया गया है, उसको उन्मुक्त छोड़ा नहीं गया है।

—प्रश्न और प्रश्न

बहुपत्नीत्व प्रथा में से काम का बँटवारा नहीं देखना चाहिए, प्रभुता की भूख और वासना का परिचय मात्र वहाँ से लेना चाहिए।

—प्रश्न और प्रश्न

बहू

बहू होकर कोई लाएबिलिटी भले हो, संगिनी होकर एसेट हो जाती है।

—अनन्तर

बीबी *देखिए* **पत्नी**

ब्रह्मचर्य

अखंड प्रेम खंड भोग से आगे अखंड योग तक उठता है, उसी को ब्रह्मचर्य का नाम दिया जाता है।

—प्रश्न और प्रश्न

गाँधी का ब्रह्मचर्य प्रेम से स्निग्ध और सम्मोहनीय रहा होगा।

—समय और हम

गाँधी का ब्रह्मचर्य स्त्री को निमन्त्रण देता था और उसके लिए परम अभ्यर्थनीय और वरणीय होता था।

—समय और हम

गृहस्थ यथार्थ में ब्रह्मचर्य की ही उत्तर परिणति है।

—काम, प्रेम और परिवार

जब स्त्री और पुरुष एक-दूसरे को अपने में सतत और नित्य भाव से धारण कर पाते हैं, तब मानो वह स्थिति आती है जिसे ब्रह्मचर्य कहते हैं।

—समय और हम

जो काम और कामना से डरता और द्वेष करता है वह अनीश्वरीय वस्तु [ब्रह्मचर्य] है।

—सोच-विचार

नर को नरत्व के और नारी को नारीत्व के घेरे में कैद रखने के रूप में जो ब्रह्मचर्य की रक्षा देखते हैं, वे सत्य को नहीं देखना चाहते।

—सोच-विचार

प्रेम की चर्या ही ब्रह्मचर्य की चर्या हो सकती है।

—व्यतीत

ब्रह्मचर्य उस ऐक्य भाव को सातत्य की साधना है, जो काम-भोग के चरम क्षण में हठात त्रासानन्द के रूप में अनुभूत हो आती है।

—समय, समस्या और सिद्धान्त

ब्रह्मचर्य का उपदेश स्त्री और पुरुष के प्रश्न के समाधान के लिए काफी नहीं है।

—सोच-विचार

ब्रह्मचर्य का वह अभ्यास जिसमें हठपूर्वक काम और इन्द्रिय का निषेध है, पहले से हारा हुआ रखा है।

—प्रश्न और प्रश्न

ब्रह्मचर्य की सिद्धि तब तक नहीं है जब तक पुरुष और स्त्री में अपने-अपने लिये केवल पुरुष और केवल स्त्री होने का भाव है।

—समय और हम

ब्रह्मचर्य को सामने रखकर विवाह का आदेश है।

—प्रस्तुत प्रश्न

ब्रह्मचर्य परस्पर प्रेम और विश्वास की पूर्णता की ओर उठने का प्रयास ही है।

—समय, समस्या और सिद्धान्त

ब्रह्मचर्य में काम का उन्मूलन नहीं होता, ऊर्जस्वन होता है और इतना कि काम का प्रेम में रूपान्तर हो जाता है।

—प्रश्न और प्रश्न

ब्रह्मचर्य विवाह द्वारा भी साध्य है।

—प्रस्तुत प्रश्न

ब्रह्मचर्य शब्द में समग्र प्रेम की ही व्याख्या है।

—प्रश्न और प्रश्न

मनुष्य की पूरी चरितार्थता अखंड प्रेम में है, जिसको ब्रह्मचर्य कहते हैं।

—प्रश्न और प्रश्न

मैथुन प्राणी की प्रकृति है, पर ब्रह्मचर्य मनुष्य की विशेषता है।

—अनाम स्वामी

विवाह से आगे संयम की कल्पना ब्रह्मचर्य तक भी गयी है।

—समय, समस्या और सिद्धान्त

वीर्य-रक्षण उपादेय है ही पर लक्षण के रूप में, और तो और वह ब्रह्मचर्य का लक्षण भी नहीं कहा जा सकता।

—साहित्य का श्रेय और प्रेय

स्त्री के इनकार पर पुरुष का ब्रह्मचर्य और पुरुष के इनकार पर स्त्री का सतीत्व टिक सकता हो, तो इनकार ही सत्य बन जाता है।

—प्रश्न और प्रश्न

स्त्री-देह के प्रति घृणा और तिरस्कार की भावना के आधार पर ब्रह्मचर्य को पुष्ट बनाने की कोशिश की गयी है।

—सोच-विचार

स्पर्शधर्मिता की कोटि तक पहुँचा हुआ ब्रह्मचर्य ही कामजन्य हमारी समस्याओं के शमन का उपाय है।

—समय, समस्या और सिद्धान्त

ब्रह्मचर्या

जैसे कि आज शून्य ठोस से अधिक महत्त्व और वस्तुत्व पा सका है, वैसे ही भोग-चर्या से ब्रह्मचर्या में अधिक सरसता और वास्तविकता देखी जा सकती है।

—प्रश्न और प्रश्न

ब्रह्मचारी

जो ब्रह्मचारी समझे जाने के मोह के कारण विवाह से मुँह मोड़ते हैं, वे अपना या समाज का लाभ नहीं करते।

—प्रस्तुत प्रश्न

ब्रह्मचारी का चलन शुद्ध प्रेम से बनता है।

—प्रश्न और प्रश्न

ब्रह्मचारी का भोग-भाव निखिल के प्रति खुला है।

—प्रश्न और प्रश्न

स्त्री और पुरुष के बीच जो प्रेम और विश्वास की जगह अप्रेम और अविश्वास को स्थान देता है, वह कभी ब्रह्मचारी नहीं हो सकता।

—समय, समस्या और सिद्धान्त

स्त्री के स्त्री ही होने का पता जिसे न चले—ऐसा शायद कोई ब्रह्मचारी ही हो सकता हो, तो गाँधी वैसे ब्रह्मचारी न थे।

—अकाल पुरुष गाँधी

भोग

अहं की दृष्टि से भोग को मुक्त कर्म अथवा अकर्म कहना सम्भव नहीं है।

—प्रश्न और प्रश्न

अकामकामी व्यक्तियों में भोग और योग की भिन्नता तक नहीं रहती।

—समय, समस्या और सिद्धान्त

अनिवार्य है कि भोग में दो ही परस्पर के लिए रह जाएँ, शेष असंख्य अनन्त से कट जाएँ।

—प्रश्न और प्रश्न

अपने को न सहार जाने के कारण प्राणी भोग में प्रवृत्त होता है।

—अनाम स्वामी

अभावमूलक वह राग जो द्वेष के बिना चलता ही नहीं, उसी की परिणति भोग है।

—अनाम स्वामी

अहन्ता में हर कुछ और हर कोई गैर बनता है और सबके साथ सम्बन्ध तब स्वार्थ का और भोग का बनता है।

—सोच-विचार

आकर्षण जहाँ है, वहाँ उसका भोग ही है कर्तृत्व नहीं है।

—प्रश्न और प्रश्न

आकार-प्रकार के फर्क में आदमी के सुख-दुख या सृजन-शक्ति के भाव या भोग में कोई अन्तर नहीं आ जाता है।

—समय, समस्या और सिद्धान्त

आत्मा को वस्तु से, योग को भोग से, स्रष्टा को सृष्टि से, आत्मता को वस्तुता से न्यूनाधिक कहने में कुछ सार नहीं है।

—समय, समस्या और सिद्धान्त

आदमी अब अपने प्रति अकुंठित भाव से जी सकता है और हर भोग के लिए स्वच्छन्द बन सकता है।

—समय, समस्या और सिद्धान्त

आदमी समाज के अन्याय को धर्म की कीमिया से अपना भोग और फिर उसी को अपना सुख-भाग्य मानकर जिया करता है।

—जड़ की बात

आनन्द मात्र भोग क्यों नहीं है ?

—काम, प्रेम और परिवार

आस्तिक के सिद्धान्त का भोग सर्वथा श्रद्धा को सहन करना पड़ता है।

—समय, समस्या और सिद्धान्त

ईश्वरपूर्वक भोग योग ही है।

—काम, प्रेम और परिवार

उजरत और कीमत देकर जब भोग के लिए नारी को प्राप्त करते हैं, तभी तो उसे वेश्या कहते हैं।

—समय और हम

उपलब्ध शरीर के भोग में मिलनेवाला रस कहीं उस परोक्ष के ध्यान से आता है, जो कल्पना के अतिरिक्त सर्वथा अनुपस्थित है।

—समय, समस्या और सिद्धान्त

एक का जो सम्बन्ध सर्व से होगा, वह सम-योग में संयोग कहलाएगा अर्थात योग भोग का इनकार होने के बजाय उसका प्रकृष्ट और परिणत रूप है।

—समय, समस्या और सिद्धान्त

एक साथ दो स्त्रियों या दो पुरुषों के साथ भोग सम्भव नहीं है।

—प्रश्न और प्रश्न

कर्ता स्वयं में कोई अन्तिम घटक नहीं है, न फल का भोग किसी एक तक सीमित रह जाता है।

—समय, समस्या और सिद्धान्त

कर्म मात्र को जगत भाषा में भोग कहा जा सकता है, क्योंकि उसमें इन्द्रियों का योग आवश्यक भी है।

—काम, प्रेम और परिवार

काम में व्यक्ति झपटकर भोग लेना चाहता है, यज्ञ में कहीं बिछकर मिट जाना चाहता है।

—काम, प्रेम और परिवार

कितना ही भोगे, कोई-न-कोई साध रह ही जाएगी।

—काम, प्रेम और परिवार

केवल भोग में से चाह की एकाग्रता नहीं पैदा होती।

—समय और हम

घृणा भोग को कभी नहीं काट सकती।

—काम, प्रेम और परिवार

जब-जब धर्म ने, नीति ने, अध्यात्म ने भोग से डरकर पाषाणता की उपासना की; तभी देखा गया कि नीचे से भोग ही नहीं, पर भोगवाद भी जन्म पा रहा है।

—समय, समस्या और सिद्धान्त

जब उन्नति को हम भोग, भूख और अधिकार की भाषाओं में समझेंगे, तब तक भीषणता उत्तरोत्तर वीभत्सता की ओर बढ़ती जाएगी।

—समय और हम

जब भोग की आजादी का समर्थन नहीं हो सकता, तब पति-पत्नी के धर्म में यह तो समाया ही हुआ है कि वे एक दूसरे की त्रुटियों के प्रति सहानुभूति रखें और उनको अवकाश देकर चलें।

—काम, प्रेम और परिवार

जहाँ भोग और विलास है, वहीं चारों तरफ ऊँची दीवारें खींचने की कोशिश है।

—मन्थन

जिस दर्शन और भाव के अधीन हमारी अर्थ नीति और राजनीति चल रही है, उससे सेक्स और भोग की निश्चय ही युक्त से अधिक प्रतिष्ठा है।

—समय और हम

जीव मात्र में भूख और भोग मिलेगा।

—समय और हम

जीविका में व्यक्ति का सम्बन्ध वस्तु से आता है, भोग में अन्य व्यक्ति से।

—प्रश्न और प्रश्न

जैनेन्द्र [साहित्य] का ही नहीं, सारे साहित्य का ही इष्ट आत्म-भोग है।

—कहानी : अनुभव और शिल्प

जो अश्लील है वहाँ या तो चुनौती के साथ भोग पक्ष में शरीर का निरंकुश वर्णन होगा, नहीं तो शील के एक आडम्बर के नीचे लाग-लपेट के साथ वैसा कुतूहल पैदा करने की वृत्ति होगी।

—साहित्य का श्रेय और प्रेय

जो परस्पर भोग के आधिपत्य पर आश्रित है, वह विवाह सम्पत्तिमूलक है।

—समय, समस्या और सिद्धान्त

जो प्रेम भोग है, वह श्रमहीन है और स्वार्थमय है।

—पूर्वोदय

डर भोग का हो सकता है, संयम का भी हो सकता है।

—समय, समस्या और सिद्धान्त

त्याग एक के लिए है और भोग दूसरे के लिए, तो संयम की वह तीखी रेखा जो ऐसी फाँक बीच में डालती है जीवन की चौमुखी सम्पन्नता में बाधा भी बन सकती है।

—इतस्तत:

त्याग और भोग की जो दो दिशाएँ निर्दिष्ट की जाती हैं, अखंड चेतना में उनका अन्तर समाप्त हुआ-सा लगता है।

—समय, समस्या और सिद्धान्त

दुख को अपना भाग और भोग मानकर चित्त को अविचलित भाव से कर्तव्यरत रखा जा सके, तो दुख व्यक्तित्व को पोषण और परिपाक देता है।

—समय, समस्या और सिद्धान्त

देने के रस के स्वाद को भोग क्यों न कहें ?

—काम, प्रेम और परिवार

धर्म की श्वास से भोग भी न्याय होता है।

—साहित्य का श्रेय और प्रेय

ध्येयवाद जो तप में तृप्ति खोजता है, ट्रस्टी शब्द में भोग के प्रवेश के लिए द्वार खुला देखता है।

—पूर्वोदय

निग्रह के नाम पर आदमी जितना दुर्दान्त और भीषण हो सकता है, भोग के नाम पर वह खतरा उतना नहीं रहता है।

—प्रश्न और प्रश्न

निर्विषयक भोग ही इन्द्रियों को संतृप्ति दे सकता है।

—समय और हम

पकड़ने से त्याग-रूप भी भोग-रूप हो जाता है।

—मन्थन

पत्नी-प्रेम ही एक समय भोग के प्रति हममें निष्कामता जगा देगा।

—काम, प्रेम और परिवार

पर के प्रति सम्बन्ध का आरम्भ भूख और भोग में रूप पाता है।

—समय और हम

'पर' में यदि उपयोग बुद्धि की अपेक्षा और साथ प्रतिभाव भी होने लगे, तो भोग इसमें टूटता नहीं है, बल्कि और सम्पन्न और सरस हो आता है।

—समय, समस्या और सिद्धान्त

परस्पर भोग वर्तमान है, तब तक वहाँ घृणा के बीज भी वर्तमान हैं।

—काम, प्रेम और परिवार

परिवार नियोजन के अकृत्रिम साधनों को इनकार कर कृत्रिम साधनों की शरण लेने से दायित्व और परिणाम से तब भोग मुक्त हो जाएगा।

—समय, समस्या और सिद्धान्त

पश्चिम की सभ्यता भले साम्पत्तिक हो, उसकी जड़ें भोग में ही ईमानदार हैं।

—अनाम स्वामी

पुरुष की चरम परिणति समष्टिगत भोग में है।

—काम, प्रेम और परिवार

पुरुषार्थ की मन्दता में ही भोग सम्भव है।

—अनाम स्वामी

प्रतिफल की दृष्टि से अपने व्यय में जितनी दूर के भोग की जगह उपयोग का हमारा नाता है, उतना ही उस व्यय को हम उपार्जन या इन्वैस्टमैन्ट का रूप देते हैं।

—सोच-विचार

प्रत्येक जीवन में अनिवार्य है—एक के प्रति प्रेम, दूसरे के प्रति भोग।

—काम, प्रेम और परिवार

प्राप्त भोग नहीं, बल्कि प्राप्य भूख में भी हमारा प्रकाशन होता है।

—समय और हम

प्रेम जब भोग में लिथड़ आता है, तो हम अचरज में पड़ जाते हैं कि उसकी दिव्यता वीभत्सता में कब कैसे बदल आई?

—समय, समस्या और सिद्धान्त

प्रेम-तत्त्व की अनिवार्यता भोग और योग दोनों जगह है।

—समय, समस्या और सिद्धान्त

प्रेम में भोग आप ही पराभृत और निवृत्त हो जाता है।

—समय, समस्या और सिद्धान्त

प्रेम यदि किसी में भोगरूप में है और योग तक नहीं उठ पा रहा है, तो कौन जानता है कि इसमें निमित्त हम-तुम नहीं हैं ।

—काम, प्रेम और परिवार

प्रेम स्वप्न रचता है और भोग तोड़ देता है।

—प्रश्न और प्रश्न

बन्धन में घुटकर योग भोग हो जाता है।

—काम, प्रेम और परिवार

बाजार में पैसे देकर जिसका भोग खरीदा जाता है, उसी को जीवन संगिनी बनाने की कल्पना से क्यों आदमी कतराता है ?

—समय, समस्या और सिद्धान्त

बिना पकड़े भोग भी त्याग-रूप बनता और मुक्तिसाधक हो जाता है।

—मन्थन

भाव-भोग में संकीर्णता नहीं है, उन्मुक्तता है।

—प्रश्न और प्रश्न

भूख और भोग की यदि अनिवार्यता है तो इस कारण कि एक अपने में सही नहीं है, सत्य परस्परता है।

—प्रश्न और प्रश्न

भूख और भोग के साथ जो नाना प्रकार की वासनाओं की लपेटें लग जाती हैं, वे मानव, मानव मन को शेष जीव-जन्तु से अलग करती हैं।

—समय और हम

भूख और भोग—दोनों जीवनारम्भ में हमको प्राप्त होते हैं।

—समय और हम

भूख के प्रश्न को जैसे राज्य-व्यवस्था सीधे अपने हाथ में ले सकती है, वैसे भोग के प्रश्न को नहीं।

—प्रश्न और प्रश्न

भूख भोग के स्वाद को बढ़ा देती है और श्रम-संयम के नाते भूख हमारे लिये स्वस्थ और सहज हो आती है।

—समय, समस्या और सिद्धान्त

भोग अनिवार्य वितृष्णा को, विक्रिया को जन्म देता है।

—काम, प्रेम और परिवार

भोग अपने स्वभाव में ही अधूरा है।

—काम, प्रेम और परिवार

भोग आवश्यक है—इसका मतलब यह नहीं कि होना चाहिए।

—काम, प्रेम और परिवार

भोग उसकी आकांक्षा है जो प्रेय है और योग उसके विरोध में श्रेय का अभ्यासी है।

—समय, समस्या और सिद्धान्त

भोग ऊपर दीखता है, इसलिये वहाँ आँखें जल्दी जाती हैं।

—समय, समस्या और सिद्धान्त

भोग एक को दूसरे से जोड़ता है, लेकिन बाकी सब दूसरों से तोड़ता है।

—प्रश्न और प्रश्न

भोग और योग—इन दोनों तत्त्वों के तनाव में टकराते हुए व्यक्ति को चलना पड़ता है।

—काम, प्रेम और परिवार

भोग कभी सहज हो ही नहीं सकता, प्रेम ही सहज हो सकता है।

—प्रेम और विवाह

भोग का आनन्द छल है।

—काम, प्रेम और परिवार

भोग का फल ऐक्य नहीं, अनैक्य होता है।

—मन्थन

भोग का शमन निग्रह में नहीं है, बल्कि प्रेम में है।

—प्रश्न और प्रश्न

भोग का यह वश ही नहीं कि वह योग की आवश्यकता पैदा न करे।

—काम, प्रेम और परिवार

भोग की अदम्यता के कारण योग की सारी बातें व्यर्थ हैं—यह मानना अपनी हत्या करना है।

—प्रश्न और प्रश्न

भोग की आजादी [समाज में] अव्यवस्था उपजाएगी।

—काम, प्रेम और परिवार

भोग की आतुरता उसी भोग के सत्व को क्षीण करती है।

—समय, समस्या और सिद्धान्त

भोग की आसक्ति और योग की अनासक्ति में यह अन्तर नहीं है कि एक जगह आनन्द है, दूसरी जगह उसका अभाव।

—काम, प्रेम और परिवार

भोग की एक सीमा है।

—प्रश्न और प्रश्न

भोग की मर्यादा के पार जब हम निकल जाते हैं, तो मानो योग में आ जाते हैं।

—प्रश्न और प्रश्न

भोग की मर्यादा है कि उसमें एक समय एक के साथ एक का ही सम्बन्ध सम्भावनीय है।

—समय, समस्या और सिद्धान्त

भोग की वितृष्णा भोग्य समझे गये व्यक्ति के प्रति प्रेम भाव बढ़ाने में सहायक होनी चाहिए।

—काम, प्रेम और परिवार

भोग के कारण ही योग को अनिवार्य कहा जाता है।

—प्रश्न और प्रश्न

भोग के प्रश्न में व्यक्ति का नहीं, व्यक्ति के विनियोग का प्रश्न आता है।

—प्रश्न और प्रश्न

भोग के लिए संसार नहीं है।

—प्रस्तुत प्रश्न

भोग के विरोध में अध्यात्म के नाम पर साधना खड़ी हुई।

—समय, समस्या और सिद्धान्त

भोग के साथ एक प्रतिक्रिया भी चला करती है।

—काम, प्रेम और परिवार

भोग के साथ मानव के मानस में योग का उदय होता है।

—प्रश्न और प्रश्न

भोग को अनर्थक तो नास्तिक ही मान सकता है।

—समय, समस्या और सिद्धान्त

भोग को ऊपर संयम अथवा दंड से दबाए रखने से व्यक्ति या समाज की समस्याओं को कभी समाधान प्राप्त नहीं हो सकेगा।

—समय, समस्या और सिद्धान्त

भोग को कितना भी बढ़ाते चले जाइए, अतृप्ति समाप्त नहीं हो सकती।

—प्रश्न और प्रश्न

भोग को नष्ट करके कोई योग साधेगा—यह भ्रान्त धारणा है।

—काम, प्रेम और परिवार

भोग को शरीर तक सीमित समझना उस भोग द्वारा प्राप्त होनेवाले रस की प्रकृति को न समझना जैसा हो जाएगा।

—समय, समस्या और सिद्धान्त

भोग को शारीरिकता पहनाकर उसके रमण में से मालूम होता है कि व्यर्थता ही मिली है।

—समय, समस्या और सिद्धान्त

भोग को 'स्व-रति' से विमुक्त करके देखिए, तो क्या वही योग नहीं हो जाएगा?

—समय, समस्या और सिद्धान्त

भोग को सीमित किया जा सकता है, पर प्रेम को तो विस्तृत ही करते जाना होगा।

—समय, समस्या और सिद्धान्त

भोग जब आत्म के साथ लग जाता है, तो उसकी अनिष्टता समाप्त हो जाती है।

—पूर्वोदय

भोग जीवन विकास के लिए आवश्यक क्यों है ?

—काम, प्रेम और परिवार

भोग द्वारा भय से मुक्ति पाने का उपाय स्थाई नहीं होता।

—समय, समस्या और सिद्धान्त

भोग पर आधारित विवाह सीमित होता है, उसमें सम्पूर्णता की कमी होती है—उसी सम्पूर्णता की तलाश प्रेयसी में होती है।

—प्रेम और विवाह

भोग भी कर्तव्य में ही समाया हुआ है।

—प्रस्तुत प्रश्न

भोग, भूख और अधिकार की तरफ लोलुपता सदा रही है और रह सकती है।

—समय और हम

भोग, भूख और अधिकार के क्षेत्र में कोई अनुत्तरदायिता, अनुशासनहीनता, कोई विडम्बना और भ्रष्टाचार पर्याप्त भीषण नहीं समझा जा सकता।

—समय और हम

भोग मन से भोगा जाए और शरीर से उसे बरजा जाए, तो इस तरह व्यक्तित्व में फटाव आ जाता है और व्यक्तित्व के तेज का नाश होता है।

—प्रश्न और प्रश्न

भोग मर्यादा का अतिक्रमण नहीं कर सकता।

—प्रश्न और प्रश्न

भोग में आदमी खुलता नहीं, इसीलिये विवाह द्वारा भोग पर ही सीमा आती है।

—काम, प्रेम और परिवार

भोग में एक अन्य एक को ही प्राप्त कर सकता है।

—प्रश्न और प्रश्न

भोग में एक-न-एक से ही सम्बद्धता सम्भव है।

—समय और हम

भोग में एक प्रकार का आग्रह विद्यमान रहता है।

—काम, प्रेम और परिवार

भोग में तृष्णा रखने से भोग का आनन्द नहीं मिल पाता।

—प्रस्तुत प्रश्न

भोग में दो के स्वत्व आपस में लीन होकर एक परस्परत्व का निर्माण कर आते हैं।

—समय, समस्या और सिद्धान्त

भोग में दो शरीर अपनी पृथकता सहन न करने के कारण मिलते हैं।

—मन्थन

भोग में भी स्व से बाहर आना होता है।

—समय, समस्या और सिद्धान्त

भोग में यदि रस है, तो क्या उसकी अपूर्णता योग में पूर्ण नहीं हो जाती है।

—समय, समस्या और सिद्धान्त

भोग में राग रुकता है और चेतना में गाँठ पड़ती है।

—मन्थन

भोग में विराग तभी सम्भव है, जब आधार में प्रेम हो।

—काम, प्रेम और परिवार

भोग में सदा ही अभाव है, योग में सब भर जाता है।

—काम, प्रेम और परिवार

भोग में समर्पण सम्पूर्ण होता ही नहीं।

—काम, प्रेम और परिवार

भोग में से एक दिन योग निकलने ही वाला है।

—काम, प्रेम और परिवार

भोग में स्नेह की सह्यता नहीं स्नेह की समाप्ति है।

—कल्याणी

भोग में स्व अपने को खोने का अवसर पाता है।

—समय, समस्या और सिद्धान्त

भोग में स्व का निवारण और संवरण मात्र होता है।

—प्रश्न और प्रश्न

भोग में हम प्राप्त से चिपटते हैं और त्याग से बचते हैं।

—मन्थन

भोग में हिंसा का स्वाद अनिवार्य है।

—प्रेम और विवाह

भोग में ही तृप्ति मिलती है ऐसा नहीं है, बल्कि वहाँ शायद अतृप्ति अधिक मिलती है।

—काम, प्रेम और परिवार

भोग में होकर क्या मृत्यु को भुलाया जा सकता है!

—दर्शन की राह

भोग से अधिक जीवन-कर्म है।

—बाहुबली

भोग से अधिक सत्य है—मृत्यु।

—दर्शन की राह

भोग से इनकार पर योग को नहीं खड़ा किया जा सकता है।

—समय, समस्या और सिद्धान्त

भोग से योग तक धर्म का वितान है।

—समय, समस्या और सिद्धान्त

भोग से योग तक वर्जनीय यदि है तो केवल वह जो जीवन विमुख है और ऊर्ध्वगामी ऊर्जा का जहाँ हठात् अविश्वास और अपवाद होता है।

—समय, समस्या और सिद्धान्त

भोग से योग तक समस्त प्राणोर्जा का आह्वान और सत्कार है।

—समय, समस्या और सिद्धान्त

भोग से व्यक्तियों के बीच अन्तर बढ़ता है और संयम से उनमें प्रेम दृढ़ होता है।

—मन्थन

भोग सम्भोग नहीं है, वह तो सन्ताप है।

—साहित्य का श्रेय और प्रेय

भोग स्वयं घृणा को जन्म देता है।

—काम, प्रेम और परिवार

भोग हमारी न्यूनता का द्योतक है।

—काम, प्रेम और परिवार

भोगी जैसे भोग को इष्ट मान लेता है, त्यागी वैसे ही त्याग को स्वयं में इष्ट मानकर त्याग का लोलुप और संग्रही बनता है।

—प्रश्न और प्रश्न

भोगों को हम नहीं भोगते, भोग खुद हमें भोग लेते हैं।

—समय, समस्या और सिद्धान्त

मन की चंचलता व्यथा और पीड़ा का भोग पाकर मन्द होती और वहाँ एक गहरे अभाव का बोध जगा आती है।

—समय, समस्या और सिद्धान्त

मन के आवेग भूख और भोग के रूप में प्रकट होते हैं।

—समय और हम

मन से भूख और भोग दोनों जुड़े हैं।

—समय और हम

मनुष्य में भोग है और निरर्थक नहीं है।

—समय, समस्या और सिद्धान्त

यज्ञ में भोग का सुख नहीं है, त्याग का ही आनन्द है।

—समय, समस्या और सिद्धान्त

यदि कोई किसी को दुख देता है, तो वह अपने दुख के भाग और भोग में से ही दे सकता है।

—समय और हम

यदि व्यर्थ सन्तति का प्रश्न है, तो वह इस कारण कि हमने अपने बीच दूसरी अन्य व्यर्थताओं को पैदा कर लिया है जो रस को चूस गयी हैं और जिसके कारण भोग-सम्भोग में स्वस्थता और बलिष्ठता का लोप हो गया है।

—समय, समस्या और सिद्धान्त

योग और भोग दोनों वृत्तियाँ हर व्यक्ति के व्यवहार में प्रकटतः देखी जा सकती हैं।

—समय, समस्या और सिद्धान्त

योग में भोग का तमाम सत्यांश समाया रहता है, केवल मिथ्यांश नहीं।

—काम, प्रेम और परिवार

योग स्वयं ही सम्पूर्ण भोग है।

—काम, प्रेम और परिवार

राजनीतिक स्वतन्त्रता प्रत्यक्ष भोग में आ जाने पर अन्तिम और स्पृहणीय नहीं रहती।

—सोच-विचार

रोमांस जब कि शक्ति देता है, तब भोग उसका क्षय करता है।

—काम, प्रेम और परिवार

रोमांस स्वयं में सूक्ष्म भोग है, स्थूल भोग उसके पीछे खिंचा क्यों न आए!

—काम, प्रेम और परिवार

विकासशील स्वतन्त्रता भोग की मर्यादा को स्वेच्छा भाव से अपनाकर आगे बढ़ती है।

—काम, प्रेम और परिवार

विच्छेद [विवाह] अनिवार्य हो आए, लेकिन विच्छेद की माँग भोग की माँग है।

—काम, प्रेम और परिवार

विषय भोग में से इन्द्रियाँ तृप्त-काम नहीं होतीं।

—समय और हम

विवाह का आधार भोग नहीं विसर्जन है।

—प्रस्तुत प्रश्न

विवाह की भूमिका ही भोग से यज्ञ में परिणत हो जाती है।

—समय, समस्या और सिद्धान्त

विवाह के आधार को भोग से यज्ञ में बदलने से पति अनेक कैसे हो सकते हैं?

—समय, समस्या और सिद्धान्त

विवाह भोग की सुविधा देने के निमित्त ही हो, तो उस संस्कार में कोई अर्थ नहीं रहता।

—काम, प्रेम और परिवार

विवाह यदि मात्र भोग के एकाधिकार पर आश्रित हो, तो उसके बीच में ग्रन्थियाँ पड़े बिना न रहेंगी।

—समय, समस्या और सिद्धान्त

विवाह विच्छेद अनिवार्य हो आए, लेकिन विच्छेद की माँग भोग की माँग है।

—काम, प्रेम और परिवार

विवेकहीन होकर भोग तो दुख ही पैदा करता है।

—प्रस्तुत प्रश्न

विश्वास में अहन्ताएँ अपने-अपने विश्वासों को ललकारों में बदल लिया करती हैं और जहाँ से योग आना चाहिए, वहाँ से फाड़नेवाले भोग का उद्दीपन प्राप्त किया करती हैं।

—समय, समस्या और सिद्धान्त

विषय भोग में से इन्द्रियाँ तृप्त-काम नहीं होतीं।

—समय और हम

व्यक्ति यदि विराट बनता [है] तो निश्चय ही भोग से नहीं बनता है, उस प्रेम से बनता है, जो व्यथा को सर्वस्व स्वीकार करके भोग से उत्तीर्ण बना रहता है।

—प्रश्न और प्रश्न

व्यक्तिपरक होकर जो भोग है, निर्वैयक्तिक में वही योग हो जाता है।

—समय और हम

शक्ति का तर्क ही यह है कि सबको बराबर उसका भोग नहीं मिलता।

—वृत्त विहार 1

शरीर का जहाँ प्रश्न आया कि भोग क्षणजीवी ही हो पाता है, जो तृप्त और सम्पूर्ण हो ही नहीं सकता।

—समय, समस्या और सिद्धान्त

शरीर जब मन के साथ और मन आत्मा के साथ चलता है, तब शरीर में अपने लिए एकान्त भोग का आग्रह नहीं पैदा होता।

—काम, प्रेम और परिवार

शारीरिकता और मानसिकता के मात्रा भेद से ही भोग और योग को पहचाना जा सकता है।

—समय, समस्या और सिद्धान्त

शुद्ध और स्वस्थ रूप योग है, तो भोग उसी का विकृत और रुग्ण रूप है।

—समय, समस्या और सिद्धान्त

संकट उपस्थित तब होता है जब भोग, भूख और अधिकार की लोलुपता में गर्व और गौरव का भाव पैदा हो जाता है।

—समय और हम

संयम भोग को गाम्भीर्य और गरिमा दे आता है।

—समय, समस्या और सिद्धान्त

सच्चा भोगी वह नहीं है, जो भोग में तृष्णा रखता है।

—प्रस्तुत प्रश्न

सन्तोष का भोग से विरोध है।

—काम, प्रेम और परिवार

सबकी भूख के बीच कुछ का भोग आप ही भारी हो जाता है और खुद को खलने लगता है

—प्रस्तुत प्रश्न

सांसारिक व्यवहार को स्वार्थ और भोग की प्रेरणा के बजाय निष्काम सेवा की भावना से चलाएँ, यही तो संस्कारिता है।

—परिप्रेक्ष्य

सामान्य नर-नारियों के बीच यह जो अनन्त काल से अजस्त्र और अनवरत जीवन प्रवाह चला आ रहा है, जिससे प्रत्येक अपने समय पर मरता है किन्तु अपने पीछे अपनी सृष्टि भी छोड़ जाता है—परस्परता के बीच प्रेम के आकर्षण से और भोग के मिलन से सम्भव होता है।

—प्रश्न और प्रश्न

साहित्य से यदि कोई लेखक या पाठक सचमुच कायिक या यथार्थ भोग पाने की आकांक्षा रखते हों, तो वह प्रत्याशा अन्त में विडम्बना ही सिद्ध होनेवाली है।

—कहानी : अनुभव और शिल्प

सिर्फ इतने अन्तर से कि निग्रह स्वयं में सम्भव है और भोग में पर एवं परस्पर आता है, दोनों को अहं की दृष्टि से बहुत अधिक भिन्न भूमिका पर नहीं रखा जा सकता है।

—प्रश्न और प्रश्न

सीधे भूख और भोग को मानव विचार में ज्यों-का-त्यों लेना अर्थकर नहीं है।

—समय और हम

स्व शेष का भोग पाकर मानो अपने में विराटता साधन करता है।

—समय, समस्या और सिद्धान्त

स्वत्व जहाँ से है और जब तक है भय, भूख और भोग उसके साथ हैं।

—समय और हम

स्वयं प्रेम में भोग का इलाज पड़ा है।

—प्रेम और विवाह

स्वाद भोग में होता है।

—मन्थन

स्वाधीन की प्रवृत्ति भोग से अधिक सेवा में होती है।

—काम, प्रेम और परिवार

स्वीकारता की भाषा का आशय होगा—काम में से निष्काम, भोग में से योग, जगत में से मुक्ति, इन्द्रियों में से अतीन्द्रियता।

—समय और हम

हमने विवाह संस्था को भोग-आधिपत्य की धारणा पर खड़ा किया है, इसलिये विवाह को सदा ही प्रेम की खरोंच में आना पड़ता है।

—प्रेम और विवाह

हर एक भोग में उत्सर्ग अनिवार्य है।

—प्रस्तुत प्रश्न

भोग और योग

व्यक्तिपरक होकर जो भोग है, निर्वैयक्तिक में वही योग हो जाता है।

—समय और हम

शारीरिकता और मानसिकता के मात्रा भेद से ही भोग और योग को पहचाना जा सकता है।

—समय, समस्या और सिद्धान्त

भोग चर्या

जैसे कि आज शून्य ठोस से अधिक महत्त्व और वस्तुत्व पा सका है, वैसे ही भोग चर्या से ब्रह्मचर्या में अधिक सरसता और वास्तविकता देखी जा सकती है।

—प्रश्न और प्रश्न

भोग पक्ष

जो अश्लील है वहाँ या तो चुनौती के साथ भोग पक्ष में शरीर का निरंकुश वर्णन होगा, नहीं तो शील के एक आडम्बर के नीचे लाग-लपेट के साथ वैसा कुतूहल पैदा करने की वृत्ति होगी।

—साहित्य का श्रेय और प्रेय

भोग-भाव

ब्रह्मचारी का भोग-भाव निखिल के प्रति खुला है।

—प्रश्न और प्रश्न

भोग-वासना

आसक्त लोलुप भोग-वासना के पीछे प्रेम-प्रेरणा नहीं [होती]।

—समय, समस्या और सिद्धान्त

भोग-विलास

जहाँ भोग और विलास है, वहीं चारों तरफ ऊँची दीवारें खींचने की कोशिश है।

—मन्थन

भोग-विवाह

इसमें क्या उस पुरुष का कोई विकास हुआ कहा जा सकता है, जिसने अनेकानेक भोग-विवाह किए हैं।

—प्रस्तुत प्रश्न

भोग शक्ति

सन्तति निग्रह के कृत्रिम उपायों द्वारा अपनी भोग शक्ति कायम रखना उचित है।

—साहित्य का श्रेय और प्रेय

भोग-सम्बन्ध

एक साथ दो स्त्रियों या दो पुरुषों के साथ भोग सम्भव नहीं है।

—प्रश्न और प्रश्न

दो के भोग-सम्बन्ध में से कलह उपजती है और उस समय आपसी द्वेष और घृणा इतने तीव्र और उत्कट से हो जाते हैं जैसे सदा के लिए प्रणय भाव समाप्त हो गया हो।

—काम, प्रेम और परिवार

प्रत्येक काम और भोग सम्बन्ध में यह जो प्राप्ति में से अप्राप्ति की अनुभूति है, जीतने में से हारने की और पाने में से खोने की कसक है, वह कभी मिटती नहीं है।

—प्रश्न और प्रश्न

स्त्री-पुरुष के बीच का भोग सम्बन्ध कुछ वही अवस्था है, जहाँ दोनों एक-दूसरे से अपनी-अपनी तृप्ति चाहते हैं और छीनते-नोंचते हैं।

—काम, प्रेम और परिवार

भोग-सम्भोग

यदि व्यर्थ सन्तति का प्रश्न है, तो वह इस कारण कि हमने अपने बीच दूसरी अन्य व्यर्थताओं को पैदा कर लिया है, जो रस को चूस गयी हैं और जिसके कारण भोग-सम्भोग में स्वस्थता और बलिष्ठता का लोप हो गया है।

—समय, समस्या और सिद्धान्त

भोग ही भोग

क्या कोई काल था जब भोग-ही-भोग था, उससे इतर या ऊपर कुछ था ही नहीं?

—समय, समस्या और सिद्धान्त

भोगना

अमुक को पा लेना, भोग लेना चाहते हैं, फिर वह वस्तु हो या व्यक्ति, तो इसमें स्वप्रेम अर्थात अप्रेम मिला होता है।

—प्रश्न और प्रश्न

काम में व्यक्ति झपटकर भोग लेना चाहता है, यज्ञ में कहीं बिछकर मिट जाना चाहता है।

—काम, प्रेम और परिवार

किसी के वश में दुख देना नहीं है, सबका वश उनके भोगने में ही है।

—काम, प्रेम और परिवार

भूख अपने को खा नहीं सकती, भोगने के लिए भी अन्यत्व की जरूरत होती है।

—समय और हम

भोगमुक्त प्रेम

भोगमुक्त प्रेम में सुख-दुख में विपरीतता का सम्बन्ध नहीं रहता है।

—प्रश्न और प्रश्न

भोगमूलक

भोगमूलक होकर विवाह की सफलता असम्भव है।

—काम, प्रेम और परिवार

वे सब आन्दोलन जो मुख्यता से अधिकार की चेतना को लेकर चलते और चलाए जाते हैं और जिनमें कर्तव्य की भावना उतनी ही प्रमुख और सजग नहीं है, वे न्यूनाधिक भोगमूलक हैं और लिप्सा के आधार पर खड़े हुए हैं।

—सोच-विचार

स्त्री-पुरुष के नैसर्गिक सम्बन्ध को विवाह की भोग-मूलक धारणा ने अर्थाश्रित करके उसे क्रय-विक्रय के बाजार में ला पटका है और व्यभिचार बना दिया है।

—समय, समस्या और सिद्धान्त

भोगवाद

जब-जब धर्म ने, नीति ने, अध्यात्म ने भोग से डरकर पाषाणता की उपासना की; तभी देखा गया कि नीचे से भोग ही नहीं, पर भोगवाद भी जन्म पा रहा है।

—समय, समस्या और सिद्धान्त

परिवार नियोजन के अकृत्रिम साधनों को इनकार कर कृत्रिम साधनों की शरण लेने से इनसान भोगवाद को पशुता की हद तक ले जाने से डरेगा नहीं।

—समय, समस्या और सिद्धान्त

भोगवाद और तपवाद की राहें अलग-अलग दीखती हों, पर हठ दोनों में एक हैं।

—समय, समस्या और सिद्धान्त

भोगवाद की निन्दा कीजिए और आप देखेंगे कि उससे उसी वाद को ताकत मिल रही है।

—समय, समस्या और सिद्धान्त

भोगवाद की मनमानी नीतिवाद की ज्यादती के कारण भी उपजी हो सकती है।

—समय, समस्या और सिद्धान्त

भोगवाद बहुत सतही वस्तु है।

—समय, समस्या और सिद्धान्त

भोगवाद में ऊब और अवसाद की प्रेरणा काम करती है।

—समय, समस्या और सिद्धान्त

भोगवाद में शरीर से हम वह पा लेना चाहते हैं, जो शरीर दे नहीं सकता।

—समय, समस्या और सिद्धान्त

भोगवृत्ति

भोगवृत्ति का आधार रखने से परिवार अर्थ शक्ति और संग्रह शक्ति का घर बनता है।

—समय, समस्या और सिद्धान्त

भोगाकांक्षा

पदार्थों की भोगाकांक्षा में आत्यन्तिक भाव से लिपट जाने के कारण व्यक्ति में घोर आत्म-द्वन्द्व पैदा होता है।

—समय, समस्या और सिद्धान्त

भय सदा भोगाकांक्षा में से उत्पन्न होता है।

—समय, समस्या और सिद्धान्त

भोगाकांक्षा की आजादी बन्धन उपजाती है।

—काम, प्रेम और परिवार

स्त्री और पुरुष परस्पर भोगाकांक्षा में आकृष्ट हो के अपनी-अपनी समग्रता और स्वस्थता को ही नहीं खोज रहे हैं—यह कौन कह सकता है?

—समय, समस्या और सिद्धान्त

लालसा, वासना, भोगाकांक्षा आदि शब्दों में अरुचि की कितनी भी ध्वनि डाल दी गयी हो, लेकिन इतना तो है कि वहाँ निज में से कुछ अन्य की ओर जाता है।

—समय, समस्या और सिद्धान्त

भोगाचार

एक ओर कठिन काया क्लेश और कृच्छ तपश्चरण और दूसरी ओर उलंग भोगाचार का व्यासंग—इन दोनों अतियों के सिरे एक दूसरे को थामे रहते हैं।

—समय, समस्या और सिद्धान्त

दुर्धर्षता दुर्धर्ष पुरुषों के भोगाचार में से स्नान करके पुनः-पुनः हठीली और निर्मम बना करती है।

—समय, समस्या और सिद्धान्त

परिवार नियोजन के अकृत्रिम साधनों को इनकार कर कृत्रिम साधनों की शरण लेने से भोगाचार को बढ़ावा मिल सकता है।

—समय, समस्या और सिद्धान्त

बुद्धि के स्वैरिणी हो जाने से नकार और भोगाचार की ओर प्रवृत्ति होती है।

—काम, प्रेम और परिवार

शासित को असहाय और शासक को स्वच्छन्द ही अनुभव करने दिया गया तो दोनों के बीच का बैर और बिचौली खाई में जीनेवालों का भोगाचार बढ़ने ही वाला है।

—पूर्वोदय

भोगात्मक

महान त्याग और बलिदान जिस प्रेम में से निकला है, वह भोगात्मक नहीं देखा जाता।

—प्रश्न और प्रश्न

भोगाधिकार

नैतिकता के दुर्ग के तल में अर्थ-शोषण की प्रणालियाँ हैं, जो भोगाधिकार को क्रय-विक्रय की वस्तु-पदार्थ बना देती हैं।

—समय, समस्या और सिद्धान्त

पति-पत्नी का भोगाधिकार किसी कानून से समाप्त नहीं हो जाता।

—समय, समस्या और सिद्धान्त

भोगाधिकार जैसा जब कुछ रहेगा ही नहीं, तो व्यभिचार का प्रश्न भी नहीं रह जाएगा।

—समय, समस्या और सिद्धान्त

स्वत्वाधिकार और भोगाधिकार पर खड़ा आज का विवाह संशय का सहारा लेता है और सुरक्षा की दुश्चिन्ता उपजाता है।

—समय, समस्या और सिद्धान्त

भोगानन्द

भोगानन्द असल में ब्रह्मानन्द की अपेक्षा तुच्छ ही है।

—समय, समस्या और सिद्धान्त

भोगानन्द क्षणिक होता है।

—समय, समस्या और सिद्धान्त

भोगानन्द ब्रह्मानन्द की तुलना में अत्यन्त स्वल्प होता है।

—कहानी : अनुभव और शिल्प

भोगी

कृष्ण भोगी नहीं थे।

—समय और हम

भोगी जैसे भोग को इष्ट मान लेता है, त्यागी वैसे ही त्याग को स्वयं में इष्ट मानकर त्याग का लोलुप और संग्रही बनता है।

—प्रश्न और प्रश्न

भोगी-से-भोगी भी किन्हीं-न-किन्हीं की अपेक्षा अपने में तटस्थ वृत्ति रखता है।

—सोच-विचार

सच्चा भोगी वह नहीं है, जो भोग में तृष्णा रखता है।

—प्रस्तुत प्रश्न

भोगोन्मुख

रूस मर्यादिता और अमरीका भोगोन्मुखता के तटों को व्यक्त करते हैं।

—समय और हम

विवाह में वृत्ति यदि भोगोन्मुख रखी जाएगी, तो निश्चय ही वह सफलता में सबसे बड़ी बाधा बन जानेवाली है।

—काम, प्रेम और परिवार

भोगोपकरण

जिन अति सम्पन्न देशों में स्त्री प्रमुखता से भोगोपकरण बन आई है, वहाँ नारी के समाज व्यवस्था के शीर्ष तक पहुँचने की सम्भावना ही कैसे हो सकती है।

—समय, समस्या और सिद्धान्त

भोगोपभोग

अगर दीखनेवाला पदार्थ ही सच है, तो उसका भोगोपभोग जीवन का चरितार्थ बनता है।

—पूर्वोदय

कुछ लोग समाज में ऐसे हुए बिना नहीं रह सकते जो वर्तमानता से तुष्ट न हों, उसी के भोगोपभोग में न बीतें, बल्कि जो भविष्य के स्वप्न से बेचैन हों और समाज की वर्तमानता को उनके अनुकूल ढालने के लिए विवश हों।

—समय, समस्या और सिद्धान्त

फलासक्ति की व्याप्ति ऐहिक भोगोपभोग तक रह जाती है।

—समय, समस्या और सिद्धान्त

भोगोपभोग की वृत्ति में सच्ची सामाजिकता का बीज नहीं है।

—पूर्वोदय

यदि हम प्रभुता आत्मा की मानें और देह के अस्तित्व को आनुषंगिक ही स्वीकार करें, तो दैहिक भोगोभोग के साधन बढ़ाते जाना हमारा लक्ष्य कभी न होगा।

—समय, समस्या और सिद्धान्त

यह कहाँ प्रमाणित है कि प्रशासक में पद-प्रतिष्ठा की अथवा भोगापभोग की लालसा कम होती है।

—समय, समस्या और सिद्धान्त

भोग्य

पति-पत्नी परस्पर भोग्य की जगह सेव्य या साधन बनते हैं, तो विवाह आध्यात्मिक उत्कर्ष का साधन बन आता है।

—समय, समस्या और सिद्धान्त

पत्नी को काम्य और भोग्य मानना यदि स्वीकार है, तो उप-पत्नी को भी किसी-न-किसी चोर मार्ग से आ ही जाना है।

—काम, प्रेम और परिवार

भोग्य पत्नी की रक्षा में ही अपभोग्या वेश्या को बनना पड़ जाता है।

—समय, समस्या और सिद्धान्त

भोग्य पर स्वत्वाधिकार का आग्रह पशु में प्रबल देखा जाता है।

—समय, समस्या और सिद्धान्त

स्त्री भोग्य है, इसलिये पुण्य भी है।

—समय, समस्या और सिद्धान्त

भोग्य-बुद्धि

जो विवाहिता है, उसी में भोग्य-बुद्धि रखने की इजाजत समाज की ओर से पुरुष को है।

—प्रस्तुत प्रश्न

भोग्या

व्यक्ति और व्यक्ति के बीच पैसा ही यदि सम्बन्ध का नियमन और निर्माण करता है, तो स्त्री का सहयोगिनी और सहचारिणी का रूप गौण पड़ता और क्रीता और भोग्या का रूप उभरने लगता है।

—समय, समस्या और सिद्धान्त

मर्यादा

अखंड प्रेम सामाजिक मर्यादाओं से ऊँचा जाता है और स्वयं उन मर्यादाओं को आगे की मर्यादा देता है।

—प्रश्न और प्रश्न

अमर्यादित अधिकार जब सम्भव नहीं दीखा, तब मर्यादा के रूप में [विवाह] संस्था पैदा की गयी।

—प्रस्तुत प्रश्न

आँखों में नमी आएगी और मन में प्रेम फूटेगा, तब उच्छृंखलता की जगह चलन में मर्यादा और शील का प्रवेश होगा।

—समय और हम

आज चारों ओर राजनीतिक प्रचार के कारण सहानुभूति की मर्यादा रेखाएँ खींच दी गयी हैं और प्रेम दलों में बँट गया है।

—समय, समस्या और सिद्धान्त

आपसी सम्बन्धों में जितनी गहराई, ऊँचाई और घनता होगी, उसमें मर्यादा और व्यवस्था होगी, उतना ही समाज विकसित समझा जाएगा।

—पूर्वोदय

उच्छृंखलता वह है, जहाँ भाव की तेजी अर्थ की मर्यादा को पीछे छोड़ रहती

और भावना की निर्वैयक्तिकता वासना की निजता बन रहती है।

—साहित्य का श्रेय और प्रेय

काम-भोग की यह मर्यादा है कि वह एक के पार नहीं जाता।

—समय, समस्या और सिद्धान्त

जिस अंश में स्त्री-पुरुष अपनी-अपनी मर्यादाओं से विकास-क्रम में ऊँचे उठते जाएँगे, वैसे-ही-वैसे उनमें कर्तव्य भेद की मर्यादाएँ कम होती जाएँगी।

—प्रस्तुत प्रश्न

जीवन विकासशील है और इसलिये उन तत्त्वों से विवाह शून्य नहीं हो सकता, जो मर्यादाओं के आर-पार प्रवाहित होते और इस प्रकार स्वयं मर्यादाओं की मर्यादिता को स्पष्ट करते रहते हैं।

—समय और हम

परिवार मर्यादाओं से बनता है।

—इतस्तत:

प्रेम और मर्यादा में किंचित संघर्ष अनिवार्य चलता ही है।

—काम, प्रेम और परिवार

प्रेम का अधिकार मर्यादित नहीं किया जा सकता।

—प्रस्तुत प्रश्न

प्रेम की पूर्णता में आनन्द से मर्यादा दूर नहीं हो पाती।

—काम, प्रेम और परिवार

प्रेम के शीर्ष पर किसी मर्यादा को नहीं रखा जा सकता।

—प्रश्न और प्रश्न

प्रेम मर्यादा की सृष्टि करता है, मर्यादा को तोड़ता नहीं है।

—प्रश्न और प्रश्न

प्रेम में मर्यादाएँ टूटती हैं।

—प्रश्न और प्रश्न

प्रेम में मर्यादाएँ टूटती इसलिये हैं कि वे जड़ हो गयी हुई होती हैं।

—प्रश्न और प्रश्न

प्रेम से समाज-मर्यादा का स्थान नियत होता है, समाप्त नहीं होता।

—काम, प्रेम और परिवार

प्रेय और श्रेय के अन्तर को पार करना मन के लिए सम्भव इसलिये नहीं है कि उस पर ऐसी ही मर्यादा है।

—समय, समस्या और सिद्धान्त

भोग की मर्यादा के पार जब हम निकल जाते हैं, तो मानो योग में आ जाते हैं।

—प्रश्न और प्रश्न

भोग की मर्यादा है कि उसमें एक समय एक के साथ एक का ही सम्बन्ध सम्भावनीय है।

—समय, समस्या और सिद्धान्त

भोग मर्यादा का अतिक्रमण नहीं कर सकता।

—प्रश्न और प्रश्न

मर्यादा के पालने से ज्यादा उसे लाँघने में महत्त्व बढ़ जाता है।

—परिप्रेक्ष्य

विवाह एक संस्कार और मर्यादा है।

—काम, प्रेम और परिवार

विवाह की और दूसरी तरह की मर्यादाएँ काम को उपयुक्त बनाती हैं, अनर्गल नहीं बनातीं।

—प्रश्न और प्रश्न

विवाह की पवित्रता और परिवार की मर्यादा भारतीय समाज के मूल में घुले-मिले तत्त्व हैं।

—पूर्वोदय

विवाह की मर्यादा स्वयं विवाह की परिधि से आगे नहीं जाती।

—काम, प्रेम और परिवार

विवाह को हम पूँजीवाद, कानूनवाद, राज्यवाद सभी प्रकार के सहारों से टिकाए रखते हैं और ऐसे अपने बीच मर्यादाएँ बनाए रखते हैं।

—समय और हम

विवाह वह उद्योग है, जो स्त्री-पुरुष सम्बन्ध में मर्यादा लाता है।

—समय, समस्या और सिद्धान्त

व्यभिचार शब्द पर अधिक बोझ डालने से मर्यादा की लकीरें इतनी गहरी खरोंच डालती हैं कि स्वयं मर्यादाएँ क्षत-विक्षत हो जाती हैं।

—समय और हम

संयम अपनी मर्यादा का अतिक्रमण करके जब प्रेम को अपनी अधीनता में डालना चाहता है तो स्वयं ही टूटता है, प्रेम का कुछ बिगाड़ नहीं पाता।

—समय और हम

सम्बन्धों में एक मर्यादा तो होनी चाहिए।

—बीऽट्रिस

हमारी मर्यादा का तकाजा है कि प्रेम और विवाह दो समानान्तर रेखाओं में चलें।

—मन्थन

माँ

क्या यह अकसर ही देखने में नहीं आ जाता कि जो दुर्दान्त किसी प्रकार नहीं माना है, वह माँ के एक आँसू अथवा प्रेमिका की एक रूठन से द्रवित और कुमार्ग से विरत हो गया है।

—समय, समस्या और सिद्धान्त

पुत्र तब तक शान्ति नहीं पा सकता है, जब तक कि माँ से माँगने और पाने का अर्थात छोटे बनने का अधिकार उसके पास सुरक्षित न हो।

—पूर्वोदय

पूत कपूत हो, माँ तो माँ ही होती है।

—मन्थन

बच्चे के विकास में माँ का दूध और खून लगता है, पर उस प्रक्रिया में हिंसा की जगह अहिंसा आती है।

—समय, समस्या और सिद्धान्त

बालक माँ को ही न सताएगा, तो अपना त्रास निकालने कहाँ जाएगा!

—काम, प्रेम और परिवार

मन यह माँ का ही है, जो कन्या को बरबस अपने ही हाथों से ठेलकर आँसू पीता और आशीष देता हुआ माँ बनने के लिए परे कर देता है।

—मान-रक्षा

माँ का पुत्र ही विवाह होने पर पत्नी का पति होता है।

—समय, समस्या और सिद्धान्त

[माँ की] कलप और तड़प शिशु के उपलक्ष्य से हो, पर तमाम ब्रह्मांड में वह प्राप्त और व्याप्त होती है।

—समय, समस्या और सिद्धान्त

माँ के प्यार के बिना क्या कोई सिर्फ शिक्षा से बड़ा बना है?

—प्रमिला

माँ न बनी, तो स्त्री होना अकारथ है।

—मान-रक्षा

मुन्सिफ के लिए जो मुजरिम है, माँ के लिए वही बेटा है।

—समय और हम

स्त्री जाति की माँ है और हर अवस्था में भक्ति की अधिकारिणी है।

—व्यतीत

माँ *और देखिए* **माता**

माँ-बाप *देखिए* **माता-पिता**

माता

कमाई का चक्कर दो माताओं का मातृत्व छीनकर दोनों को बिक्री की वस्तु बनाता है।

—काम, प्रेम और परिवार

काल जगत यदि सृष्टि में प्रतिबिम्बित है, तो इतनी ही मात्रा और विधा में कि जितनी माता की प्रकृति में समाहित हो आता है।

—समय, समस्या और सिद्धान्त

कृतार्थता के लिए स्त्री को माता बनने के अतिरिक्त कुछ और चाहिए।

—दशार्क

जहाँ स्त्री में माता-भगिनी की बुद्धि है, वहाँ अश्लीलता नहीं है चाहे वहाँ शारीरिक नग्नता का जिक्र भी क्यों न आए।

—साहित्य का श्रेय और प्रेय

जो वयस्का होकर नवीना दीखना चाहती हैं, माता बनकर भी प्रेमिका बनने का प्रयास करती हैं, वे स्त्रीत्व की शोभा नहीं कहलातीं।

—काम, प्रेम और परिवार

पत्नी बच्चों की माता हो सकती है, पर उमर आने पर उसकी वत्सलता पति को प्राप्त होती है।

—जयवर्धन

पुरुष स्त्री से तभी उत्तीर्ण हो सकता है, जब वह किसी-न-किसी प्रकार कुछ स्वयं भी किंचित माता बने।

—इतस्तत:

प्रेम स्वाभाविक है और परिणाम में माता द्वारा सन्तति का प्राप्त होना भी उतना ही नैसर्गिक है।

—समय, समस्या और सिद्धान्त

बहन और माता का सम्बन्ध औपचारिक होता है।

—काम, प्रेम और परिवार

भारत एक बौद्धिक संज्ञा है, किन्तु माता के रूप में हम उसे मिथ बना लेते हैं।

—समय और हम

माता अपने शिशु की रक्षा-चिन्ता में क्रूर तक हो सकती है।

—काम, प्रेम और परिवार

माता के पास बालक के लिए हित कामना के सिवाय कुछ भी नहीं है।

—मन्थन

माता को, पिता को, सभी को तजा जा सकता है, पर अपने स्वधर्म को तो नहीं छोड़ा जा सकता।

—प्रस्तुत प्रश्न

माता घर में है और सीमित है; जो मंच पर है और सार्वजनिक है, उसकी उपयोगिता उतनी ही विस्तृत है।

—इतस्तत:

माता तब तक तृप्त नहीं हो सकती, जब तक पुत्र को उससे अधिक न मिले।

—पूर्वोदय

माता न भी बने, तो भी स्त्री स्त्री है।

—प्रस्तुत प्रश्न

माता बनकर स्त्री प्रियतमा कम होती है—पुरुषानुरक्ति में वह इसको चाहे यातना बना ले, लेकिन इसमें वह अपने साथ अन्याय करती है।

—काम, प्रेम और परिवार

माता शिशु को जन्म देती है, तो वह स्वयं उसका पुनर्जन्म होता है।

—चालीस रुपये

सृष्टि माता-पिता की कृति नहीं है, केवल उनके द्वारा हुई अनन्य की अभिव्यक्ति है।

—साहित्य का श्रेय और प्रेय

स्त्री तो साफ ही पुरुष के अभाव में माता हो नहीं सकती।

—इतस्तत:

स्त्री मुक्ति नहीं पा सकती, अन्यथा उसके लिए माता बनने का विधान न होता।

—मुक्ति

स्त्री शब्द में जो ध्वनि आती है वह कन्या, माता और बहन जैसे नातों में मानो हमारी निगाह से एकदम नीचे रह जाती है।

—सोच-विचार

माता-पिता

अपनी तृष्णाकुल आकांक्षाओं से लुब्ध होकर हम यदि माता-पिता की इच्छाओं का, चाहे फिर वे इच्छाएँ अर्थ-लालसा से विकृत ही हों, विरोध करेंगे; तो उससे यह कहना कठिन होगा कि हमने बुराई का विरोध अच्छाई से किया है।

—प्रस्तुत प्रश्न

आत्म-मोह नहीं है, तो वर-कन्या के माता-पिता की इच्छा पर अपने को कुरबान कर देने का हक नहीं रहता।

—प्रस्तुत प्रश्न

एक माता-पिता की सन्तति समान नहीं हो पाती।

—साहित्य का श्रेय और प्रेय

जन्म के साथ ही माता-पिता आदि के द्वारा शिशु सम्बद्धता के बीच स्थापित हो जाता है।

—समय, समस्या और सिद्धान्त

जीना माता-पिता से मिलता है—यह माना जा सके, तो माँ-बाप को उसे लेने का भी हक पहुँचेगा।

—सोच-विचार

माँ-बाप नये जीवन के कर्ता नहीं, करण (माध्यम) ही हैं।

—सोच-विचार

माता-पिता और परिवार से आगे बढ़कर क्रम-क्रम से पुत्र को नागरिक होकर समाज और जाति के लिए भी उपयोगी होना पड़ता है।

—प्रस्तुत प्रश्न

माता-पिता की आँखें अगर खुली हैं, तो भावी वर-वधू अपनी आँखें बन्द कर सकते हैं।

—काम, प्रेम और परिवार

विवाह में प्रेम (आकांक्षा) का आग्रह उतना अनिवार्य नहीं, जितना माता-पिता, गुरुजन, बन्धु-बान्धव का सहयोग और आशीर्वाद है।

—काम, प्रेम और परिवार

विवाह में वर-कन्या की स्वतन्त्रता की सफलता मुझे इसमें दीखती है कि वे उसमें माता-पिता को सम्मिलित करते हैं और निर्णय परिवार का होता है, जो उन्हें स्वीकार्य ही नहीं वरन् आत्मीय भी जान पड़ता है।

—प्रश्न और प्रश्न

शरीर-शास्त्रविद् हुए बिना भी जैसे प्रेम के बल से माता-पिता बनकर शिशु सृष्टि की जा सकती है, वैसे ही बिना टैकनीक की मदद के साहित्य सिरजा जा सकता है।

—साहित्य का श्रेय और प्रेय

होने का हक खुद व्यक्ति से, माता-पिता से या देश-राजा से प्राप्त नहीं होता।

—सोच-विचार

मातृत्व

एक जगह विवाह, परिवार, मातृत्व आदि का योग मिथ्या, कपट और दम्भ से हुआ है; दूसरी जगह सहजता, सत्यता और स्निग्धता के साथ उन्हें स्वीकार किया गया है।

—समय और हम

कमाई का चक्कर दो माताओं का मातृत्व छीनकर दोनों को बिक्री की वस्तु बनाता है।

—काम, प्रेम और परिवार

जो किसी भी कारण से, मान से, आन से, सिद्धान्त से, किसी भी बहाने से अपने को सन्तान से विहीन रखता है, उसकी गति नहीं है।

—मान-रक्षा

नैतिकता ही है जिसने विवाह संस्कार का आविष्कार किया है और जिसके कारण मातृत्व और पितृत्व समादृत संस्था का रूप पा सके हैं।

—समय, समस्या और सिद्धान्त

मातृत्व एक दायित्व है और स्त्री को वह रूप के ब्याज से ही मिलता है।

—काम, प्रेम और परिवार

मातृत्व का इतना मान क्यों?

—काम, प्रेम और परिवार

मातृत्व क्या पितृत्व से निरपेक्ष होकर सम्भव है?

—समय, समस्या और सिद्धान्त

मातृत्व से खून में से भी दूध बन आता है।

—काम, प्रेम और परिवार

मातृत्व हम समझ सकते हैं, वात्सल्य समझ सकते हैं, पर क्या इस शर्त पर कि उसका दायित्व हमें न उठाना पड़े ?

—काम, प्रेम और परिवार

मूलाधिकार स्त्री का कि वह उपकरण की भाँति पुरुष को पाए और उसके द्वारा अपने मातृत्व की सार्थकता को पा ले।

—अनाम स्वामी

स्त्री और पुरुष में यदि प्रकृति की ओर से यह विभाजन है कि मातृत्व से पुरुष वंचित रहे, तो क्या पुरुष को हक आता है कि वह प्रकृति पर पक्षपात का दोष डाले।

—समय, समस्या और सिद्धान्त

स्त्री का स्वरूप है सतीत्व और मातृत्व।

—काम, प्रेम और परिवार

मानव प्रेम

अनुभूति में आने के लिए मानव-प्रेम में दिशा की सृष्टि हो आती है।

—समय, समस्या और सिद्धान्त

जो भाव के मूर्त अथवा विज्ञान के अमूर्त शब्दों का सहारा पकड़कर मानव प्रेम से अर्थात नर-नारी प्रेम से सहसा उत्तीर्ण और असम्पृक्त हो रहना चाहते हैं, वे भूल में हैं।

—समय, समस्या और सिद्धान्त

मानव प्रेम की मर्यादा से मुक्ति नहीं है, इसलिये जाने-अनजाने वहाँ वासना की मात्रा भी है।

—समय, समस्या और सिद्धान्त

मानव प्रेम सदा ही अधूरा है, इसलिये वह कम अभ्यर्थनीय नहीं हो जाता।

—समय, समस्या और सिद्धान्त

यदि ईश्वर न हो जिसके प्रति हमारा रोमांस अमर भाव से चल सके, तो मानव प्रेम अवश्य उलझन उपस्थित करेगा।

—काम, प्रेम और परिवार

मिथुन/मैथुन

अकेलेपन को दूर करने के लिए दुकेलापन आता है, जिसको संस्कृत में मिथुन कहते हैं।

—प्रश्न और प्रश्न

काम मन से और द्वन्द्व से उत्पन्न होता है और इसलिये मिथुन और मैथुन में ही उसकी सिद्धि है।

—समय और हम

जब और जहाँ तक वैयक्तिक तल से उत्तीर्ण प्रेम है, वहीं तक मैथुन है।

—काम, प्रेम और परिवार

दो एकत्व जब परस्पर निछावर होकर मैथुन दृष्टि करते हैं, तब एकत्व सर्वत्र के प्रति अपना अर्पण करके यज्ञ की सृष्टि करता है।

—प्रश्न और प्रश्न

द्विभाव ही तो मैथुन उपजाता है।

—काम, प्रेम और परिवार

प्रेम में स्पर्धा का मिश्रण हो, तभी मैथुन सम्भव है।

—अनाम स्वामी

मन के द्वार में से कामना बाहर की ओर आती है, तो उपभोग का रूप ले

लेती है; जिसकी निष्पत्ति एक ओर मैथुन में, दूसरी ओर अर्जन में होती है।

—समय और हम

मिथुन केवल दो के योग में से अपनी कृतकामना पा लेता है।

—समय, समस्या और सिद्धान्त

मिथुन योग में क्षण के लिए ही सही, समस्त द्वैत नष्ट हो रहता है।

—समय और हम

मिथुन योग में धर्माधर्म, हिंसा-अहिंसा आदि विचार-अविचार का द्वैत भी नहीं रहता।

—समय और हम

मिथुन योग में हम प्रकृति के हाथ मानो वहाँ खिलौना मात्र रह जाते हैं।

—समय और हम

मिथुनाचार में पुरुष को कोई फलाकांक्षा नहीं है।

—काम, प्रेम और परिवार

मैथुन अथ हो सकता है, इति वहाँ नहीं है।

—समय, समस्या और सिद्धान्त

मैथुन अभिमान से दूसरे सिरे की ओर की प्रक्रिया है।

—समय और हम

मैथुन तृप्ति-रूप है, प्रेम अभाव-रूप है।

—सोच-विचार

मैथुन देहज है, प्रेम उत्तरोत्तर देहातीत।

—सोच-विचार

मैथुन द्वारा भगवद्स्वरूप शिशु प्राप्त होता है और मैथुन में से ही पाप का दबाव भी उपजता है।

—समय, समस्या और सिद्धान्त

मैथुन निर्वैयक्तिक भूमिका पर साधारणतया सम्भव नहीं रह जाना चाहिए।

—काम, प्रेम और परिवार

मैथुन प्रकृतिगत है।

—सोच-विचार

मैथुन प्राणी की प्रकृति है, पर ब्रह्मचर्य मनुष्य की विशेषता है।

—अनाम स्वामी

मैथुन में दूसरे की अपेक्षा है।

—समय, समस्या और सिद्धान्त

मैथुन में से समस्याएँ प्राप्त होती हैं।

—समय, समस्या और सिद्धान्त

मैथुन से व्यक्तित्व में दर्प दलन होता और सामंजस्य आता है।

—समय और हम

मैथुन से सृष्टि है।

—समय और हम

विवाह ने मैथुन को अपनी ओर से सज्जा और संस्कारिता दी है।

—समय, समस्या और सिद्धान्त

विवाह ने मैथुन को शुभ और सुन्दर में परिणत कर पारिवारिक और सामाजिक आचार की सृष्टि की है।

—समय, समस्या और सिद्धान्त

विवाह में मैथुन की स्वीकृति ही पाप भाव को नष्ट कर देती है।

—काम, प्रेम और परिवार

समस्याएँ एक में से नहीं, मैथुन में से प्राप्त होती हैं।

—समय, समस्या और सिद्धान्त

हत्या और मैथुन आसक्ति में ही बन पाते हैं, इसलिये वे कभी धर्म्य नहीं हैं।

—समय और हम

हत्या और मैथुन सकाम प्रेरणा के बिना शायद ही सम्भव हो पाते हैं।

—समय और हम

मैथुनी

बुद्धिशालियों में मैथुनी विवशता सीमा तक पहुँच जाती है।

—समय और हम

सृष्टि मैथुनी है और इससे कोई बचाव नहीं है।

—प्रेम और विवाह

यौन

मिथुन भाव को यौन से जड़ित और सीमित मानना भ्रान्ति पोसना है।

—समय, समस्या और सिद्धान्त

यौन की सम्पूर्णता को प्रेम चाहे कह लीजिए, काम नहीं कह सकते।

—समय, समस्या और सिद्धान्त

यौन शब्द दैहिक बोध देता है।

—प्रश्न और प्रश्न

यौन शारीरिक और वैयक्तिक अभिव्यक्ति है उसकी, जो अन्यथा अखिल में व्याप्त है।

—समय, समस्या और सिद्धान्त

यौन सम्बन्ध में अर्पण अत्यधिक उत्कट होकर भी मानो दोनों ओर अस्मिताओं का आग्रह फिर-फिर सिर उठा आता है।

—प्रश्न और प्रश्न

यौन सम्बन्ध में दोनों ओर दो अस्तित्व बने रहते हैं।

—प्रश्न और प्रश्न

यौवन

क्या उसे [कन्या को] अनिवार्य चाह नहीं हो आती उस प्रेम की जो उसके रूप, उसके यौवन, उसके अन्तस्थ स्त्रीत्व की माँग के उत्तर में विवश होकर उसमें खिंचा चला आए जैसे आग में पतंग।

—मास्टर जी

जो प्रेम निरपेक्ष होकर दान की तरह दिया जाता है, उसके स्वीकार पर रहना यौवन का अपमान भी हो सकता है।

—मास्टर जी

यौवन बीतते-बीतते आदमी अपने को चुका हुआ अनुभव करता है।

—राजीव और भाभी

रज-वीर्य संयोग

रज-वीर्य संयोग शुद्ध रूप से भौतिक और दैहिक प्रक्रिया है।

—समय और हम

रति

काम भी पुरुषार्थ है तो इसलिये कि प्रेम तत्त्व रह जाए, रति कट जाए।

—अनाम स्वामी

रोमांस

आस्था की अपूर्णता के कारण रोमांस उड़ जाता है।

—समय, समस्या और सिद्धान्त

कल्पना के बिना रोमांस नहीं।

—काम, प्रेम और परिवार

कल्पना को प्रेमचन्द उठने देते हैं, पर रोमांस तक नहीं उठने देते।

—साहित्य का श्रेय और प्रेय

केवल रोमांस एक बचकानी उद्दामता ला सकता है।

—समय, समस्या और सिद्धान्त

जिन्स के आते ही रोमांस में मानो वेग की तीक्ष्णता आ जाती है।

—काम, प्रेम और परिवार

त्रिकालस्थाई रोमांस ईश्वर-प्रेम है।

—काम, प्रेम और परिवार

त्रिकालस्थाई रोमांस सदा मिला हुआ है, फिर भी सदा मिलने को शेष रहता है।

—काम, प्रेम और परिवार

प्राप्ति का प्रयत्न अनिवार्य भाव से न चले, तो रोमांस न टिक सकता, न हो सकता है।

—काम, प्रेम और परिवार

बिना कल्पना के रोमांस होता ही नहीं।

--काम, प्रेम और परिवार

मैं रोमांस के बिना साहित्य की कल्पना ही नहीं कर सकता।

—कहानी : अनुभव और शिल्प

यदि ईश्वर न हो जिसके प्रति हमारा रोमांस अमर भाव से चल सके, तो मानव प्रेम अवश्य उलझन उपस्थित करेगा।

—काम, प्रेम और परिवार

रोमांस का सम्बन्ध सजीव है, कृत्रिम नहीं।

—साहित्य का श्रेय और प्रेय

रोमांस उस अवस्था तक चलता है, जहाँ हमारा अहं एक निर्वैयक्तिक भाव से स्फूर्त होता है।

—काम, प्रेम और परिवार

रोमांस की अवस्था को कोई नियम, कोई तर्क बूझ नहीं सकता।

—काम, प्रेम और परिवार

रोमांस की अवस्था में प्रेमी और प्रेयसी एक दूसरे के लिए प्रतीकवत् होते हैं, वे तत्काल और परस्पर के लिए दिव्य रूप ले उठते हैं।

—समय, समस्या और सिद्धान्त

रोमांस की अवस्था में सब विचित्रता, सब विरोधाभास सम्भाव्य है।

—समय, समस्या और सिद्धान्त

रोमांस की शुरूआत में आप अँगुली छूकर काँप जाते हैं।

—प्रेम और विवाह

रोमांस की स्थिति में भान जिस पर हम जीते हैं और प्रणय जिसकी ओर हम जीते हैं—इन दोनों में घोर महाभारत मचता है।

—काम, प्रेम और परिवार

रोमांस को अग्राह्य मानना अपने को ह्रस्व मानना है।

—काम, प्रेम और परिवार

रोमांस जब कि शक्ति देता है, तब भोग उसका क्षय करता है।

—काम, प्रेम और परिवार

रोमांस जिसको लुभाता है, उसी को खाता है।

—पूर्वोदय

रोमांस में अवस्था-जैसी चीज लगभग होती ही नहीं।

—काम, प्रेम और परिवार

रोमांस में इच्छा की तीव्रता लज्जा का संकोच बनाती है।

—काम, प्रेम और परिवार

रोमांस में क्षण में मन आकाश-पाताल दोनों को छू लेता है।

—काम, प्रेम और परिवार

रोमांस में जी की 'हाँ' मुँह से 'नहीं' कहलाती है।

—काम, प्रेम और परिवार

रोमांस में मन, बुद्धि और इन्द्रियों का सूत्र जैसे झनझना उठता है और उनकी ताकत मानो क्षण में सहस्र बार टूटकर सहस्र बार जुड़ती है।

—काम, प्रेम और परिवार

रोमांस विस्फोटक होता है।

—पूर्वोदय

रोमांस शब्द में रस है और इससे अधिक सच यह है कि वह रस है।

—काम, प्रेम और परिवार

रोमांस शब्द समूचा रसमय है।

—काम, प्रेम और परिवार

रोमांस सूक्ष्म है, इससे विकार मुक्त भी है।

—काम, प्रेम और परिवार

रोमांस स्वयं में सूक्ष्म भोग है, स्थूल भोग उसके पीछे खिंचा क्यों न आए!

—काम, प्रेम और परिवार

रोमांस हवाई रहकर चुप बैठता नहीं, वह जिन्सी (दैहिक) बनना चाहता है।

—काम, प्रेम और परिवार

सबसे बड़ा यथार्थ यह है कि जन और जनता रोमांस पर जिया करते हैं।

—अनन्तर

स्त्री-पुरुष का परस्पर आकर्षण रोमांस का पहला और अनिवार्य आस्वाद है।

—समय, समस्या और सिद्धान्त

स्वप्न के प्रति लेखक का सम्बन्ध स्पृहा और आशा का हो सकता है, जिसमें से साहित्य में रोमांस का स्पर्श आता है।

—समय, समस्या और सिद्धान्त

हर आदर्शवाद एक रोमांस है।

—काम, प्रेम और परिवार

लड़ना-झगड़ना/लड़ाई

अप्रेम है तो हम लड़ ही नहीं सकते।

—परिप्रेक्ष्य

स्त्री और पुरुष का भेद भेद होकर तो कष्टकर ही था और उसमें भिन्न होकर स्त्री-पुरुष आपस में अब भी जूझ रहे हैं, लड़ रहे हैं और मिल रहे हैं और फिर लड़ रहे हैं।

—सोच-विचार

स्त्री पुरुष के प्रति और पुरुष स्त्री के प्रति सहज समर्पित नहीं होते, जाने कितनी लड़ाई पहले अपने साथ उन्हें लड़नी पड़ती है।

—प्रश्न और प्रश्न

लाग-लपेट

जो अश्लील है वहाँ या तो चुनौती के साथ भोग पक्ष में शरीर का निरंकुश वर्णन होगा नहीं तो शील के एक आडम्बर के नीचे लाग-लपेट के साथ वैसा कुतूहल पैदा करने की वृत्ति होगी।

—साहित्य का श्रेय और प्रेय

लिप्सा

प्रेम जब कि धर्म है, लिप्सा अधर्म है।

—सोच-विचार

लोलुप आसक्ति/लोलुपता

काम को जब हम सहज और प्रकृत रूप में स्वीकार नहीं करते हैं, बल्कि लोलुप आसक्ति से उसमें अतिरिक्त चस्का और जायका डालने के लिए साथ छल-छद्म जोड़ देते हैं; तब अश्लीलता उपज आती है।

—समय, समस्या और सिद्धान्त

जहाँ लोलुप-लालसा मात्र है, किसी दायित्वशीलता का परस्पर अभाव है, वहाँ यदि मनुष्य को जुगुप्सा का अनुभव हो और अश्लीलता दुर्गन्ध दे आए, तो उसमें अन्यथा क्या है ?

—समय, समस्या और सिद्धान्त

पुरुष की लोलुपता में भी उसके प्रति सहानुभूति रखी जा सकती है।

—काम, प्रेम और परिवार

भोग, भूख और अधिकार की तरफ लोलुपता सदा रही है और रह सकती है।

—समय और हम

लोलुपता एक जगह अच्छी लगती है, दूसरी जगह वह बुरी लगती है।

—काम, प्रेम और परिवार

संकट उपस्थित तब होता है जब भोग, भूख और अधिकार की लोलुपता में गर्व और गौरव का भाव पैदा हो जाता है।

—समय और हम

वर-कन्या/वर-वधू

आत्म-मोह नहीं है, तो वर-कन्या के माता-पिता की इच्छा पर अपने को कुरबान कर देने का हक नहीं रहता।

—प्रस्तुत प्रश्न

जहाँ देखने के मानी [वर-कन्या का] सिर्फ एक-दूसरे की आकृति और रूप देखना भर है, तो वैसा देखना-न देखना एक-सा है।

—प्रस्तुत प्रश्न

माता-पिता की आँखें अगर खुली हैं, तो भावी वर-वधू अपनी आँखें बन्द कर सकते हैं।

—काम, प्रेम और परिवार

वर-कन्या और बुजुर्गों के बीच कोई शंका-संकोच अथवा किसी विशेष आकर्षण का भाव वर्तमान नहीं रहता।

—प्रस्तुत प्रश्न

वर-वधू के चुनाव में गुण-कर्म-स्वभाव परस्पर विषम नहीं होने चाहिए।

—प्रस्तुत प्रश्न

सविनय अवज्ञा [वर-वधू द्वारा] में जरूरी तौर पर अपेक्षाकृत एक सामाजिक कर्तव्य का उल्लंघन आ जाता है।

—प्रस्तुत प्रश्न

वशीकरण मन्त्र

वासना का वशीकरण मन्त्र सहानुभूति है।

—काम, प्रेम और परिवार

वासना

अपनी इच्छा के लिए हम दूसरे का उपयोग लेते हैं, उसको अपना आखेट और विषय बनाते हैं, तो वासना है और उसमें हिंसा है।

—समय, समस्या और सिद्धान्त

अपनी वासना को जब कि व्यक्ति गर्हणीय समझकर पीछे भी रोक सकता है, तब दूसरे की वासना के प्रति अवज्ञाशील होकर चलना उचित नहीं होता।

—काम, प्रेम और परिवार

अपने में नियम और दूसरे पर नियन्त्रण चाहने की भावना वासना है।

—साहित्य का श्रेय और प्रेय

अर्पण की जगह आहरण की वृत्ति वासना की सूचक है।

—समय, समस्या और सिद्धान्त

आत्मा के अर्पण में वासना का स्वीकरण आवश्यक नहीं रहता।

—काम, प्रेम और परिवार

आदिम वासनाओं [भूख और भोग] का जब हम समाज के सन्दर्भ में ऐसे नियोजन करते हैं कि उसमें से हिंसा नहीं सामाजिकता अर्थात अहिंसा फलित होती है, तो प्रकृत संस्कृत हो रहता है और जो यों अनर्थ था, सार्थकता की सृष्टि करनेवाला हो जाता है।

—प्रश्न और प्रश्न

आरम्भ में हर नवीनता वासना के साथ आकर पड़ती और संहारक होकर प्रकट होती है।

—समय और हम

इन्द्रियों का कोई व्यापार वासना से अस्पष्ट नहीं कहा जा सकता।

—काम, प्रेम और परिवार

उच्छृंखलता वह है, जहाँ भाव की तेजी अर्थ की मर्यादा को पीछे छोड़ रहती और भावना की निर्वैयक्तिकता वासना की निजता बन रहती है।

—साहित्य का श्रेय और प्रेय

उस आकर्षण को जिसे अन्यथा वासना कहकर निषिद्ध बना दिया जाता है, विवाह के अभिषेक से मानो हम मन्त्रपूत धर्म्य और वरेण्य बना लेते हैं।

—समय, समस्या और सिद्धान्त

ऊपरी इच्छा-वासना के साथ तद्गत व्यक्ति नहीं है—सहानुभूति की आँख यह सहज भाव से देख पाती है।

—काम, प्रेम और परिवार

काम अथवा वासना में स्व पर में युक्त बनता है, पर स्व में आ मिलता है।

—समय, समस्या और सिद्धान्त

काम वासना से छुट्टी विरले व्यक्ति को मिलती है।

—प्रस्तुत प्रश्न

कामना कहो या वासना कहो, वह अपने से बाहर के प्रति जाने की इच्छा और चेष्टा का नाम है।

—समय, समस्या और सिद्धान्त

कृत्रिम गर्भ निरोध से सहायता मिलेगी कि व्यक्ति वासना से ऊँचा न उठे और काम तृप्ति में ही रमा रह जाए।

—प्रश्न और प्रश्न

खंडन वासना के बिना भी सम्भव मालूम होता है।

—प्रस्तुत प्रश्न

खंडित करने की इच्छा में वासना आ जाती है।

—प्रस्तुत प्रश्न

जब तक देह है, इन्द्रियाँ हैं, वासना से पूरी तरह छुटकारा है ही नहीं।

—समय, समस्या और सिद्धान्त

जब सम्बन्धों का आशय और समर्थन अपने में मान रखा जाता है, तो वहाँ काम और वासना का उदय होता है।

—समय, समस्या और सिद्धान्त

जय-विजय की वासना और चेष्टा का अवकाश विवाहित अवस्था में कम होता है।

—समय और हम

जितना आदमी का व्यवहार जड़ शरीर की वासनाओं से बँधा नहीं, बल्कि चैतन्य आत्मरूप होगा, उतना ही वह स्वस्थ है यानी धर्मयुक्त है।

—मन्थन

जिनको हम वासना में पड़ा मानते हैं, वे भी असल में वापस जड़ता की तरफ नहीं, बल्कि प्रेम की ओर ही उठने को छटपटा रहे हैं।

—काम, प्रेम और परिवार

जिसको निरासक्त व्यक्ति कहें, उसके समक्ष वासना मानो खुलकर उसी तरह स्वस्थ होने का अवकाश पाती है जैसे कोई सील और गन्ध से भरी जगह सूरज की धूप के आगे खुली रहने पर।

—काम, प्रेम और परिवार

जिसको वासना कहें, वह नितान्त रोग ही नहीं है।

—समय, समस्या और सिद्धान्त

जिसको हम वासना कहते हैं उसे अपने से तोड़कर सत्य से, ईश्वर से जोड़ दें तो वही शुभ हो आएगी।

—काम, प्रेम और परिवार

जिसमें मोह जितना ही कम है, घृणा-वासना जितनी ही कम है, वह उतना ही श्रेष्ठतर प्रेम है।

—मन्थन

जो परिस्थिति समस्या बनती है, वह आदमी के मन में बसी परस्पर विषय-विमुख वासनाओं, कामनाओं के ताने-बाने की उलझी बुनावट से बुनी होती है।

—समय, समस्या और सिद्धान्त

दमित इच्छाएँ, वासनाएँ सपनों में आकार लेती हैं।

—समय और हम

दमित वासना एक बिन्दु पर पहुँचकर तपस्या के अहं मद को अपने विस्फोट से ऐसा खंड-खंड कर डालती है कि तपस्वी फिर टिक नहीं पाता, खील-खील हो जाता है।

—समय, समस्या और सिद्धान्त

दमित वासना निःशेष नहीं होती, बल्कि अवसर की ताक में रहती है।

—समय, समस्या और सिद्धान्त

दुर्लभ प्रजातियों में जागृति होती है तो वासना को लेकर, अन्यथा जड़ता ही उन पर छाई रहती है।

—साहित्य का श्रेय और प्रेय

दूसरे की वासना का निषेध करके ही उससे आत्मीय सम्बन्ध स्थापित किया जा सकता है।

—काम, प्रेम और परिवार

द्वैतात्मक इस जगत में वासना से पार नहीं है।

—समय, समस्या और सिद्धान्त

धार्मिक की समझ में नहीं आता कि सुख, समृद्धि और शान्ति धन पर जोर

देने से और वासना को खुली छूट देने से कैसे पार पड़ सकती है।

—मन्थन

निरासक्त भाव यदि व्यक्ति का है, तो उसकी वासना को स्थान देने में हर्ज नहीं।

—काम, प्रेम और परिवार

पाप की वासना को नीति की धारणा से दबाते हैं, तो संयम कहा जाता है।

—जड़ की बात

पेट की भूख में से उतनी जटिलताएँ नहीं निकलती हैं, जितनी वासना की क्लिष्टताएँ रसना के स्वाद में से बन आती हैं।

—समय और हम

पैसे के जोर से प्राप्त सम्बद्धता स्त्रीत्व के प्रति पौरुष में प्रभुता की वासना लाती है।

—समय और हम

प्राणों में कुछ ह्रास अनुभव होता है, तभी द्वेष और हिंसा की वासना सम्भव हो सकती है।

—मन्थन

प्रेम स्वयं अपनी ही सघनता द्वारा वासना से उत्तीर्णता दिलाता चला जाता है।

—समय, समस्या और सिद्धान्त

प्रेरणा की उन्मुखता स्व से सर्व की ओर हो, तो उसे वासना नहीं भावना कहेंगे।

—समय, समस्या और सिद्धान्त

बहुपत्नीत्व प्रथा में से काम का बँटवारा नहीं देखना चाहिए, प्रभुता की भूख और वासना का परिचय मात्र वहाँ से लेना चाहिए।

—प्रश्न और प्रश्न

बीती घटनाओं के प्रति हममें वासना शेष नहीं रहती, केवल भावना रहती है।

—स्मृति-पर्व

बुरा काम वही है, जो अपनेपन की वासना में से किया जाता है।

—प्रश्न और प्रश्न

भावना को वासना बनाना होता है तो अधिकांश दमन या अपमान की चोट या उसके भय से।

—काम, प्रेम और परिवार

भावना जब कि व्यक्ति को व्यापक करती है, तब वासना उसे सीमित बनाती है।

—साहित्य का श्रेय और प्रेय

भावना से अलग धारणा में या कि वासना से अलग भावना में [लेखक] की स्थिति नहीं है।

—साहित्य का श्रेय और प्रेय

भाषा की सृष्टि उस स्थल पर हुई कि जब प्राणी निजता की वासना से उठकर परस्परता की भावना के तट तक आया।

—साहित्य का श्रेय और प्रेय

भीमोद्योग वह धरती है, जिस पर वासनाओं की खेती होती है।

—पूर्वोदय

भूख और भोग के साथ जो नाना प्रकार की वासनाओं की लपेटें लग जाती हैं, वह मानव मानव मन को शेष जीव-जन्तु से अलग करती हैं।

—समय और हम

मन का कुछ ही भाग हमारी समझी जानेवाली इच्छाओं और वासनाओं से जुड़ा रहता है।

—काम, प्रेम और परिवार

मानव कृत परिस्थिति प्रकार-प्रकार की वासनाओं, आकांक्षाओं और भावनाओं के तुमुल से तैयार होती है।

—समय, समस्या और सिद्धान्त

मानव प्रेम की मर्यादा से मुक्ति नहीं है, इसलिये जाने-अनजाने वहाँ वासना की मात्रा भी है।

—समय, समस्या और सिद्धान्त

माया में से रस खींचकर, देश और काल के प्रति क्षण और प्रति पग बदलते जाते हुए मतों और वासनाओं को आधार बनाकर, सामायिकता की लहर पर नाचती हुई जो कृति हमें लुभाने आती है, वह आज हमें लुभा ले सही पर कल हमें ही उसकी याद भूल जाएगी।

—साहित्य का श्रेय और प्रेय

मुक्त बलात्कार मनुष्य समाज में दीखता है तो यह इसलिये नहीं कि वह पशु के समान मुक्त बन जाता है, बल्कि इसलिये कि नाना बन्धनों की सृष्टि करके वह सहज काम को तीव्र वासना में परिणत कर लेता है।

—समय और हम

मुक्ति की दिशा में भी पुरुषार्थ के रूप में वासना सहायक है।

—समय, समस्या और सिद्धान्त

यदि चेतना अस्मिता के अधीन रहे, तो फिर लाख चेष्टा पर भी हम इस वासना से छूट नहीं सकते कि अपनी प्रधानता के लिए सब दूसरों का साथ लें।

—समय और हम

यदि अहं से वासना का जन्म, तो आत्म से भावना का उदय होता है।

—समय, समस्या और सिद्धान्त

लेने की वासना जीने की कमी का प्रमाण है।

—समय और हम

वस्त्र वासना पर आवरण है।

—पूर्वोदय

वह ज्ञान या विज्ञान, जिसकी अभिमुखता अहं की ओर है; अन्त में व्यक्ति को वासना के बन्धन में घेरता, सीमा से मुक्ति नहीं देता [है]।

—समय, समस्या और सिद्धान्त

वह प्रवृत्ति असाहित्यिक है, जो तुलनात्मक वासनाओं से विचलित होती है।

—समय और हम

वादवाली प्रगति में मनुष्य के लिए अपनी वासनाओं के नियम और संयम का धर्म स्पष्ट स्वीकृत नहीं है।

—साहित्य का श्रेय और प्रेय

वासना और वात्सल्य में एक को अशुद्ध और दूसरे को शुद्ध कहने का रिवाज समाज व्यवहार के लिए उपयोगी होता है।

—समय, समस्या और सिद्धान्त

वासना और वेदना से मुक्त बनकर स्रष्टा की स्थिति ही नहीं रह जाती।

—समय और हम

वासना का इलाज दूसरी ओर का हठ या अभिमान नहीं है।

—काम, प्रेम और परिवार

वासना का झोंका आता है, लेकिन निकलकर चला जाता है।

—इतस्तत:

वासना का वशीकरण मन्त्र सहानुभूति है।

—काम, प्रेम और परिवार

वासना किसमें नहीं होती, वह मानव का हक है।

—स्मृति-पर्व

वासना की संकीर्णता और विषमता के भय से प्रेम की श्रद्धा को तजने की कभी आवश्यकता नहीं होनी चाहिए।

—समय, समस्या और सिद्धान्त

वासना के वेग और दबाव में से बुद्धि की प्रेरणा सचेष्ट होती है।

—समय और हम

वासना को अभिलाषा में अवश्य परिणत किया जा सकता है।

—काम, प्रेम और परिवार

वासना को पूरी तरह चोट खाने से बचाना सम्भव नहीं है।

—काम, प्रेम और परिवार

वासना को मुट्ठी में बाँधने की चेष्टा से हीरा यदि कोयला बन आए, तो इसमें फिर आश्चर्य क्यों मानना चाहिए ?

—समय, समस्या और सिद्धान्त

वासना द्वैत के सम्वाद बिना सम्भव नहीं है।

—समय, समस्या और सिद्धान्त

वासना नसैनी है, जिससे ऊपर की ओर चढ़ना ही पड़ता है।

—समय, समस्या और सिद्धान्त

वासना भोगप्रधान है, प्रेम में योग है।

—समय, समस्या और सिद्धान्त

वासना में इतर की स्वीकृति है।

—समय, समस्या और सिद्धान्त

वासना में सीमा है।

—समय, समस्या और सिद्धान्त

वासना या कामना हमको अन्य के प्रति उन्मुख करती है।

—समय, समस्या और सिद्धान्त

वासना वैयक्तिक है, उससे समाज नहीं बनता।

—साहित्य का श्रेय और प्रेय

वासना व्यक्ति का स्व नहीं है—स्वस्थ प्रेम के पास यह देख लेने की सहज अन्तर्दृष्टि होती है।

—काम, प्रेम और परिवार

वासना व्यक्ति को स्व के घेरे से बाहर लाती है।

—समय, समस्या और सिद्धान्त

वासना सर्वथा परिहार्य नहीं है।

—समय, समस्या और सिद्धान्त

वासना सहानुभूति के आधार पर जी पाती है।

—काम, प्रेम और परिवार

वासना सारी अप्रेम में से बनती है।

—वि-ज्ञान

वासना से डरकर प्रेम का तिरस्कार या बहिष्कार जीवन-घातक हो सकता है।

—समय, समस्या और सिद्धान्त

वासना से डरकर विकल और विह्वल होने से क्या मिलेगा ?

—समय, समस्या और सिद्धान्त

वासना से पीड़ित होकर पशु में अद्‌भुत पराक्रम दीख आ सकता है, किन्तु यह पुरुष के लिए ही सम्भव है कि वह आत्मोत्सर्ग और आत्म-विसर्जन में पराक्रम कर दिखाए।

—परिप्रेक्ष्य

वासना से पूरा छुटकारा देह रहते तो है नहीं।

—समय, समस्या और सिद्धान्त

वासना स्वयं अपने में इस तरह उफनाई रहती है कि वह दूसरी ओर के हठ या अभिमान के आघात से बच सके, इसकी बहुत कम सम्भावना है।

—काम, प्रेम और परिवार

वासना स्वग्रस्तता से हमको उबारती है।

—समय, समस्या और सिद्धान्त

वासना हमको अहं के वृत्त से बाहर लाती और सम्बद्धता से विस्तृत करती है।

—समय, समस्या और सिद्धान्त

वासनाओं के वशीभूत होकर जो अहंकृत दौड़-धूप की जा रही है, उपन्यास उसकी तो व्यर्थता ही प्रकटाता है।

—साहित्य का श्रेय और प्रेय

वासनाओं से जुड़ा मन हमारे व्यक्तित्व का बहुत थोड़ा ही भाग है।

—काम, प्रेम और परिवार

विकार पड़ता है, तब भावना वासना में रूपान्तरित हो जाती है।

—काम, प्रेम और परिवार

वेग के लोग किसी अन्धी वासना के प्रतीक होते हैं।

—अकाल पुरुष गाँधी

व्यक्तिगत हिंसा में वासना की तीव्रता होती है।

—प्रस्तुत प्रश्न

व्यक्तियों से अमुक कर्म करा लेने की वासना राजसिक होती है।

—प्रश्न और प्रश्न

व्यवसाय व्यसन और वासना से निरपेक्ष होता है।

—वृत्त विहार 2

व्यसन और वासना तक रहकर तो वेश्या समाज में खप जाने का उपकरण बनी रहती है।

—वृत्त विहार 2

शरीर रहने से यदि प्रेम में वासना का स्पर्श अथवा दिशा का संकेत भी यदि समा जाता है, तो उसमें अनुचित क्या है ?

—समय, समस्या और सिद्धान्त

सच्ची आत्मीयता के लिए परस्पर की वासना का निषेध बहुत कुछ अनिवार्य होता है।

—काम, प्रेम और परिवार

सत्ता और धनाकांक्षा के पीछे वह मौलिक प्रेरणा नहीं होती, प्रतिक्रियात्मक और प्रतिघातात्मक वासना होती है।

—समय, समस्या और सिद्धान्त

समाज विकास इच्छा-वासनाओं द्वारा चलनेवाले व्यक्तियों के कृत्यों द्वारा ही अपने को सम्पन्न करता गया।

—प्रस्तुत प्रश्न

सम्राट युद्ध जीतता हो, वासनाओं को ऋषि जीतता है।

—जयवर्धन

साधक अनुभव करता है कि वासनाओं में उसका सच्चा स्व ही नहीं है और वह वासना रस को अनायास छोड़ता चलता है।

—साहित्य का श्रेय और प्रेय

सारी वासना का पूर्वरूप भावना है।

—काम, प्रेम और परिवार

सृजनशील कला वासना का सात्विक रूप है।

—प्रस्तुत प्रश्न

सृष्टि वहाँ से है, जहाँ वासना और भावना में पृथकता नहीं रह जाती।

—इतस्तत:

स्त्री-पुरुष के बीच का हर प्रेम वासनामूलक और इसलिये अशुद्ध होता है—यह कहना एक अपेक्षा से सर्वथा अवैज्ञानिक नहीं है।

—समय, समस्या और सिद्धान्त

स्व की ओर उन्मुख होने की प्रेरणा वासनात्मक हो जाती है।

—समय, समस्या और सिद्धान्त

स्व और सत के बीच की सम्बन्धता में खिंचाव का अनुभव स्व की ओर ही है, तो उसे वासना कहा जाएगा।

—समय, समस्या और सिद्धान्त

हमारी भावनाएँ और वासनाएँ एक-दूसरे को केवल घेरती दीखती हैं, एक-दूसरे से निर्माण वे नहीं पाती हैं।

—समय, समस्या और सिद्धान्त

वासना और वात्सल्य

वासना और वात्सल्य में एक को अशुद्ध और दूसरे को शुद्ध कहने का रिवाज

समाज व्यवहार के लिए उपयोगी होता है।

—समय, समस्या और सिद्धान्त

वासनामुक्त प्रेम

सर्वथा वासनामुक्त प्रेम अशरीरी है।

—समय, समस्या और सिद्धान्त

वासनाहीन

द्रष्टा वासनाहीन है, वेदनाहीन भी है।

—समय और हम

विधवा

परित्यक्ता एवं विधवा आदि के लिए ठीक वही नियम नहीं चल सकेगा, जो गृहलक्ष्मी सधवा के लिए।

—काम, प्रेम और परिवार

विधवा विवाह

विधवा विवाह के प्रश्न को सहानुभूति के द्वारा ही समझा और छुआ जा सकता है।

—प्रश्न और प्रश्न

विरह

पीड़ा ऐसा विरह है कि उसी में उसकी परिणति और तृप्ति है।

—समय और हम

विरह में जो सुख और संयोग की अनुभूति है, वह कभी समाप्त नहीं हो सकती है।

—प्रश्न और प्रश्न

विष और विरह उसे [अहंकार को] काटने की औषध हैं।

—काम, प्रेम और परिवार

सच्चे प्रेमी को विरह भी मधुर प्रतीत होता है।

—मन्थन

विवाह

अकेला और जीविकाहीन व्यक्ति विवाह भी कैसे कर सकता है ?

—समय और हम

अगर हम [विवाह में] प्रवेश करने से पूर्व यह श्रद्धा मन में भर सकें कि इस मार्ग का संसार पर अन्त नहीं है, तो उसमें भय के समर्थन का कोई कारण शेष नहीं रहता।

—काम, प्रेम और परिवार

अधिक-से-अधिक सोच-समझकर किया गया विवाह ही सुख-सन्तोषदायक होगा, इसका कोई कारण नहीं है।

—प्रश्न और प्रश्न

अधिकांश लोग विवाह से विमुख इसलिये होते हैं कि विवाह को ऊँचा धर्म नहीं माना जाता है।

—प्रश्न और प्रश्न

अधिकार को संयत करने की आवश्यकता [विवाह] संस्था के जन्म का कारण है।

—प्रस्तुत प्रश्न

अपनी सन्तान के विवाह के समय न देना असम्भव है और देना हृदय की ओर से अनिवार्य ही होता है।

—प्रश्न और प्रश्न

अमर्यादित अधिकार जब सम्भव नहीं दीखा, तब मर्यादा के रूप में [विवाह] संस्था पैदा की गयी।

—प्रस्तुत प्रश्न

अहं ही जिसका केन्द्र हो, वह विवाह खींचतान से छुटकारा नहीं पानेवाला है।

—प्रश्न और प्रश्न

अहंग्रस्त के लिए विवाह धर्म है।

—अनन्तर

अहन्ता की ग्रन्थि पुष्ट होने पर विवाह का सम्बन्ध सफल नहीं हो सकता।

—समय, समस्या और सिद्धान्त

ईर्ष्या, द्वेष और अधिकार के जोर से विवाह की सीमा को सुरक्षित रखने का यत्न ठीक नहीं है।

—प्रश्न और प्रश्न

उठता-उठता आदमी विवाह से नीचे आ पड़ता है।

—इतस्तत:

उत्कट और दृढ़ भावनावाला व्यक्ति विवाह से अपने लिये बल ही प्राप्त कर सकता है।

—काम, प्रेम और परिवार

उस आकर्षण को जिसे अन्यथा वासना कहकर निषिद्ध बना दिया जाता है, विवाह के अभिषेक से मानो हम मन्त्रपूत धर्म्य और वरेण्य बना लेते हैं।

—समय, समस्या और सिद्धान्त

एक अनजान कन्या दूसरे बिलकुल अनजान कुमार के साथ कुछ ही क्षणों में, [दोनों] जिस महा-अद्‌भुत मन्त्र के उच्चार द्वारा आपस में ऐसे हो जाते हैं कि वे किसी भी ओर से दो शेष न रहें, अभिन्न जीवन हो जाएँ, उसको विवाह कहते हैं।

—क्या हो?

एक जगह विवाह, परिवार, मातृत्व आदि का योग मिथ्या, कपट और दम्भ से हुआ है; दूसरी जगह सहजता, सत्यता और स्निग्धता के साथ उन्हें स्वीकार किया गया है।

—समय और हम

एक बार हुए संस्कार के जोर विवाह आगे नहीं चल सकता।

—मान-रक्षा

काम को विवाह में आमन्त्रित करके हमें गृहस्थ आश्रम प्राप्त होता है।

—इतस्तत:

कामोद्वेग और कामोन्माद के बहुत से उदाहरण उन निराशाओं और विफलताओं में से बनकर सामने आते हैं, जो विवाह और गृहस्थ की सँकरी धारणाओं के कारण घटित होती हैं।

—प्रश्न और प्रश्न

घर की, परिवार की, विवाह की पवित्रता यदि सुरक्षित है, तो इसलिये कि वेश्या अस्तित्व में है।

—दशार्क

जहाँ मन आ गया, वहीं विवाह करने के आग्रह में अधिकांश स्वैर वृत्ति ही होती है।

—प्रश्न और प्रश्न

जिस प्रेम पर विवाह सचमुच टिका रह सकता है, वह व्यक्ति-प्रेम नहीं धर्म-प्रेम हुआ करता है।

—प्रश्न और प्रश्न

जिसने मन की भक्ति और स्नेह को एकनिष्ठा के साथ अमुक एक ध्येय की ओर उन्मुख बन उमड़ते रहने और झरते रहने का उपाय प्रस्तुत कर दिया वह मनुष्य की अनुपम कृति है—विवाह।

—क्या हो ?

जीवन में [विवाह की] जगह आकर एक मन्जिल पूरी और दूसरी आरम्भ होती है।

—सुखदा

जीवन विकासशील है और इसलिये उन तत्त्वों से विवाह शून्य नहीं हो सकता, जो मर्यादाओं के आर-पार प्रवाहित होते और इस प्रकार स्वयं मर्यादाओं की मर्यादिता को स्पष्ट करते रहते हैं।

—समय और हम

जो परस्पर भोग के आधिपत्य पर आश्रित है, वह विवाह सम्पत्तिमूलक है।

—समय, समस्या और सिद्धान्त

जो ब्रह्मचारी समझे जाने के मोह के कारण विवाह से मुँह मोड़ते हैं, वे अपना या समाज का लाभ नहीं करते।

—प्रस्तुत प्रश्न

तलाक का सहारा लेकर जो विवाह तोड़ पाते हैं, वे सच में सफल और दुखी होते हैं—ऐसा तो माना ही नहीं जा सकता।

—इतस्तत:

दो के आकर्षण को जब व्यवस्था में नियोजित करते और उसे सामाजिक अनुमति की मोहर देते हैं, तो उसे विवाह कहते हैं।

—प्रश्न और प्रश्न

धर्मपूर्वक ही विवाह को सफल बनाया जा सकता है।

—काम, प्रेम और परिवार

नियोजन के प्रयोजन को लाँघकर जब विवाह स्वयं प्रेम से अनबन बना बैठता है, तब जीवन-शक्ति का ह्रास होता है।

—समय और हम

पति-पत्नी परस्पर भोग्य की जगह सेव्य या साधन बनते हैं, तो विवाह आध्यात्मिक उत्कर्ष का साधन बन आता है।

—समय, समस्या और सिद्धान्त

पति पर बन्द होकर तो विवाह पत्नी के लिए कारागार की व्यवस्था का रूप ही बन जाता है।

—काम, प्रेम और परिवार

परिवार को मिटाकर समाज नहीं बन सकता और विवाह को मिटाकर परिवार नहीं फल सकता।

—साहित्य का श्रेय और प्रेय

पश्चिम में विवाह अटूट तो है ही नहीं, बल्कि काफी सटूट है।

—सोच-विचार

पश्चिम में विवाह धार्मिक संस्था है ही नहीं, वह सुविधा की संस्था है।

—काम, प्रेम और परिवार

पुरुषार्थ के हाथ में क्योंकि एक ही सिरा है, और वह स्वयं का, इसलिये विवाह के क्षेत्र में व्यक्ति अधिकांश आखेट ढूँढ़ने, पाने और पाकर फिर खोने और फिर ढूँढ़ने में भटका रह जाता है, कभी भी कृतार्थ नहीं हो पाता।

—प्रश्न और प्रश्न

प्यार से तो ब्याह चलता नहीं है, न सिर्फ एक बार हुए संस्कार के जोर ब्याह आगे चल सकता है।

—मान-रक्षा

प्रतिभावाला मरेगा, अगर शादी करेगा।

—जड़ की बात

प्रत्येक विवाह में से किंचित निराशा और विग्रह को जन्म मिलना अपरिहार्य है।

—काम, प्रेम और परिवार

प्रेम और विवाह का विग्रह जब धर्म बना दिया जाता है, तो यह भूल ही होती है।

—प्रश्न और प्रश्न

प्रेम और विवाह के विग्रह में कोई समाप्त नहीं हो पाता।

—प्रश्न और प्रश्न

प्रेम और विश्वास के सद्‌भाव पर विवाह संस्था की बाहरी रोकथाम अनावश्यक होती जाएगी।

—काम, प्रेम और परिवार

प्रेम की आँखों में देखकर हमने जिसे जो जाना था, विवाह के अनन्तर उसी में कुछ और दीखने लग जाता है और भावों में एक उतार आने लगता है।

—प्रश्न और प्रश्न

प्रेम की मौलिकता को हम पहचान सकेंगे, तो विवाह और परिवार की रूढ़बद्धता और घेराबन्दी टूट जाएगी।

—समय, समस्या और सिद्धान्त

प्रेम के नाम पर लिया जानेवाला विलास का आशय विवाह की सार्थकता नहीं है।

—प्रस्तुत प्रश्न

प्रेम के निमित्त से विवाह की सृष्टि है।

—ध्रुव-यात्रा

प्रेम के विवाह में आगे प्रेम नहीं रहता।

—इतस्तत:

प्रेम के विस्तार के लिए ही विवाह द्वारा एक गृहस्थरूपी सामाजिक केन्द्र की सुविधा की जाती है।

—प्रश्न और प्रश्न

प्रेम जो निखिल के प्रति है, वह विवाह से टकराएगा नहीं।

—कहानी : अनुभव और शिल्प

प्रेम पर बन्धन बनकर आनेवाला विवाह अधिक काल टिक नहीं सकेगा।

—इतस्तत:

प्रेम विवाह टूटने में दोष प्रेम का नहीं है, दोष विवाह द्वारा उसे बाँधकर यह समझ लेने का है कि वह चिरस्थाई रहेगा।

—समय, समस्या और सिद्धान्त

प्रेम विवाह में घिर रहने के लिए नहीं है।

—जयवर्धन

प्रेम विवाह में समाप्त नहीं होता।

—प्रश्न और प्रश्न

प्रेम स्वयं पवित्र है, पर विवाह से वह व्रत हो जाता है।

—पूर्ववृत्त

प्रेमाश्रित विवाह में प्रश्न का उपचार देखना गहरा भ्रम पोसना है।

—प्रेम और विवाह

ब्रह्मचर्य को सामने रखकर विवाह का आदेश है।

—प्रस्तुत प्रश्न

वाह्य आकर्षण के अतिरिक्त भी विवाह की सामाजिक परिधि से बाहर जाने [सम्बन्ध विच्छेद] की आवश्यकता के कारण हो सकते हैं।

—प्रस्तुत प्रश्न

भोग पर आधारित विवाह सीमित होता है, उसमें सम्पूर्णता की कमी होती है—उसी सम्पूर्णता की तलाश प्रेयसी में होती है।

—प्रेम और विवाह

भोग में आदमी खुलता नहीं, इसीलिये विवाह द्वारा भोग पर ही सीमा आती है।

—काम, प्रेम और परिवार

भोगमूलक होकर विवाह की सफलता असम्भव है।

—काम, प्रेम और परिवार

मन का विवाह असली है।

—मुक्त प्रयोग

मनुष्य और मनुष्य के बीच सम्बन्ध की दृष्टि से विवाह से सुन्दरतर युग-युग में मनुष्य ने दूसरी कृति नहीं प्रस्तुत की।

—क्या हो?

मर्यादा समाज कीं विवाह के अतिरिक्त क्या है ?

—काम, प्रेम और परिवार

माँ का पुत्र ही विवाह होने पर पत्नी का पति होता है।

—समय, समस्या और सिद्धान्त

मैं नहीं मानता कि रुचिगत ऐसा कोई कारण हो सकता है, जो एक बार विवाह में बँधकर उनके बिछुड़ने को औचित्य दे।

—प्रस्तुत प्रश्न

यदि विवाह एक वह साथ है जो परस्पर के प्रति कर्तव्य की सृष्टि करता है, अधिकारों का निर्माण नहीं करता है, तो पति-पत्नी परस्पर की पूर्णता में सहायक होना अपना कर्तव्य मानेंगे और पहराबन्दी छोड़ देंगे।

—प्रश्न और प्रश्न

यदि विवाह एक संस्कार है, तो विवेक की उसमें आवश्यकता है।

—काम, प्रेम और परिवार

यदि सम्पत्तिमूलक भाव को नीचे से समाप्त कर दिया जाए और शुद्ध यज्ञ पर विवाह की प्रतिष्ठा हो, तो समाज में इससे प्रवाहशीलता आएगी और गति खुल जाएगी।

—समय, समस्या और सिद्धान्त

यह जबरदस्त लाँछन है हमारी समाज व्यवस्था पर कि सुयोग्य कन्याएँ केवल अर्थाभाव के कारण योग्य वर और विवाह न पा सकें।

—प्रश्न और प्रश्न

यह समझना कि विवाह के अनन्तर पति पत्नी के अतिरिक्त शेष सब सम्बन्धों में कामोष्मा समाप्त रहती है, भूल में चलना है।

—समय और हम

यही क्यों बड़ी दुर्घटना है कि विवाह से पूर्व, या उसके बिना, सृष्टि हो?

—प्रणय-दंश

लोग ईर्ष्या के जोर से विवाह का निर्वाह करते हैं।

—प्रेम और विवाह

वह विधान जो विवाह में अनन्तर प्रेमी और प्रेमिका के लिए कहीं अवकाश नहीं रहने देता है, बार-बार टूटता है।

—इतस्ततः

वह विवाह ही है, जो हमें संसार में पहुँचने का रास्ता देता है।

—काम, प्रेम और परिवार

विवाह अगर अहंकार के समर्थन में काम में लाया जाता है, और लाया जा रहा है, तो यह आदमी के भीतर घुसे हुए अहंकार का दोष है।

—प्रस्तुत प्रश्न

विवाह अधिकारों का निर्माण नहीं करता है।

—प्रश्न और प्रश्न

विवाह अपनी व्यवस्था में मनुष्य ने सिरजा है और मूल धन के सदुपयोग

की विधि का रूप है।

—समय और हम

विवाह अभी सांसारिक प्रपंच विस्तार का केन्द्र मात्र है।

—समय, समस्या और सिद्धान्त

विवाह अभी स्त्री-पुरुष के आपसी अधिकार-भाव का नाम है।

—समय, समस्या और सिद्धान्त

विवाह अहंकार के समर्थन के लिए नहीं है।

—प्रश्न और प्रश्न

विवाह आदि सम्बन्धों में प्रेम को नियोजित करके फलप्रद बनाया जाता है।

—समय और हम

विवाह इच्छानुसारी बनाते हैं, तो समाज व्यवस्था शिथिल होती है।

—प्रश्न और प्रश्न

विवाह इतना अधिक घटित तथ्य बन जाता है कि स्वप्न की माँग उससे पूरी नहीं होती।

—प्रश्न और प्रश्न

विवाह उत्तरोत्तर अपरिग्रही धारणा तक उठता जाएगा।

—प्रश्न और प्रश्न

विवाह एक दायित्व है।

—प्रश्न और प्रश्न

विवाह एक संस्कार और मर्यादा है।

—काम, प्रेम और परिवार

विवाह और प्रेम के द्वन्द्व में से तरह-तरह की समस्याएँ पैदा होती हैं।

—काम, प्रेम और परिवार

विवाह और व्यभिचार की युग्म-दृष्टि है समाज।

—प्रेम और विवाह

विवाह करते हम हैं, होता भगवान के यहाँ है।

—व्यतीत

विवाह का आधार भोग नहीं, विसर्जन है।

—प्रस्तुत प्रश्न

विवाह का धर्म सबसे कठिन धर्म है।

—विच्छेद

विवाह का नयापन छः महीने भी पुराना हुआ कि विवाह एक तथ्य बन जाता है।

—प्रश्न और प्रश्न

विवाह का प्रचलन सभी जातियों में है।

—समय और हम

विवाह का प्रयोजन इतना ही था कि समाज में एक व्यवस्था आए और उसकी इकाई के रूप में परिवार को एक अधिष्ठान मिल जाए।

—वृत्त विहार 2

विवाह का प्रश्न जो कि मुक्त स्नेह का होना चाहिए, अर्थ-व्यवस्था और समाज-व्यवस्था के दोष के कारण क्रय-विक्रय का बन जाता है।

—प्रश्न और प्रश्न

विवाह का मतलब कानूनी जकड़ से बन्द उस कारागार का नहीं बन जाना चाहिए, जो आदमी को खोलता नहीं उसको बन्द रखता है।

—काम, प्रेम और परिवार

विवाह का लक्ष्य सम्भोग-परिणाम या संयम ही है।

—प्रस्तुत प्रश्न

विवाह का सार वय की नवीनता में नहीं, अधिकता में मिलता है।

—जयवर्धन

विवाह का स्वतन्त्र अस्तित्व नहीं है।

—ध्रुव-यात्रा

विवाह कानूनी व्यवस्था की सुविधा मात्र का सम्बन्ध नहीं है, वरन् अन्तःकरण से स्वीकृत हार्दिक सम्बन्ध भी है।

—समय, समस्या और सिद्धान्त

विवाह कितना भी प्रेम विवाह हो, पत्नी यथार्थ पर आकर निरी स्त्री हो आती है।

—प्रेम और विवाह

विवाह की और दूसरी तरह की मर्यादाएँ काम को उपयुक्त बनाती हैं, अनर्गल नहीं बनातीं।

—प्रश्न और प्रश्न

विवाह की धुरी पर लोक जीवन आश्रित है।

—समय, समस्या और सिद्धान्त

विवाह की पवित्रता और परिवार की मर्यादा भारतीय समाज के मूल में घुले-मिले तत्त्व हैं।

—पूर्वोदय

विवाह की बात तो दुकानदारी की है।

—ध्रुव-यात्रा

विवाह की भूमिका ही भोग से यज्ञ में परिणत हो जाती है।

—समय, समस्या और सिद्धान्त

विवाह की मर्यादा स्वयं विवाह की परिधि से आगे नहीं जाती।

—काम, प्रेम और परिवार

विवाह की वैधता के भीतर भी सेक्स में एक वर्जन भाव काम करता ही रहता है।

—प्रश्न और प्रश्न

विवाह की व्यवस्था प्रेम को संरक्षित, सफल और उपयुक्त करने के लिए है, उससे अधिक अधिकार उसको देना प्रेम पर उस संस्था को लाद देना जैसा हो जाएगा।

—समय, समस्या और सिद्धान्त

विवाह की सफलता कर्तव्यता और विवेक के रास्ते से ही प्राप्त हो सकती है, प्रेम की पहरेदारी और घेरेबन्दी से कभी नहीं।

—समय, समस्या और सिद्धान्त

विवाह की सफलता येन-केन-प्रकारेण धन संग्रह में समझी जाती है।

—समय, समस्या और सिद्धान्त

विवाह की सीमा को सुरक्षित रखने के यत्न में झूठ और व्यभिचार को जन्म मिलता है।

—प्रश्न और प्रश्न

विवाह की सुरक्षा के नाते प्रेमी-प्रेमिका को लांछित किया जा सकता है, दंडित किया जा सकता है, खतम तक किया जा सकता है, लेकिन फिर भी प्रेमी-प्रेमिकाओं का अस्तित्व सम्भव बनता है।

—प्रश्न और प्रश्न

विवाह के अतिरिक्त कामाकर्षण और नर-नारी सम्बन्धों को लेकर जो सवाल और संकट पैदा होते हैं, वे केवल इस कारण कि अनिष्ट समझकर सच के साहस को वहाँ हम साथ नहीं रखते हैं और असत को अपना बैठते हैं।

—प्रश्न और प्रश्न

विवाह के अनन्तर उत्सर्गशील, स्वप्निल और उदात्त भावों की क्रीड़ा के लिए अवकाश समाप्त नहीं हो जाना चाहिए।

—काम, प्रेम और परिवार

विवाह के अनन्तर दोनों [स्त्री-पुरुष] को नव-नवाविष्कार करते रहना होता है।

—प्रश्न और प्रश्न

विवाह के अनन्तर भी समानान्तर प्रेम चल सकता है।

—प्रश्न और प्रश्न

विवाह के आधार को भोग से यज्ञ में बदलने से पति अनेक कैसे हो सकते हैं?

—समय, समस्या और सिद्धान्त

विवाह के किसी एक रूप पर रुककर इतिहास कैसे चल सकता है!

—इतस्तत:

विवाह के बाद कोई कन्या पुत्री नहीं रहती, एकदम पत्नी बन जाती है।

—बीमारी

विवाह के बाद व्यक्ति निरा व्यक्ति नहीं है, वह नागरिक भी है।

—सुखदा

विवाह के मामले में पुरुषार्थ से अधिक आदमी अपने को भाग्य के हाथ में दे, तो अधिक उपयुक्त होगा।

—प्रश्न और प्रश्न

विवाह के वर्तमान रूप ने सारा ध्यान विवाहेतर सम्बन्धों पर केन्द्रित कर दिया है।

—समय, समस्या और सिद्धान्त

विवाह के संस्कार से स्त्री-पुरुष का सम्भोग धर्म बन जाता है।

—समय, समस्या और सिद्धान्त

विवाह के साथ-ही-साथ क्या व्यभिचार शब्द का बन आना भी आवश्यक नहीं हो गया?

—समय, समस्या और सिद्धान्त

विवाह केवल शारीरिक कारण से नहीं, बल्कि अधिक सामाजिक कारण से अपरिहार्य है।

—प्रश्न और प्रश्न

विवाह को केवल दो का निजी सम्बन्ध समझना गलत होगा।

—काम, प्रेम और परिवार

विवाह को प्रेम का इनकार बनाना विवाह को ही न समझना है।

—प्रश्न और प्रश्न

विवाह को यदि कर्तव्य का आधार मिल जाता है, मनमानेपन से उसको छुटकारा मिलता है, तो उसमें मजबूती आती है और समाज की व्यवस्था में आसानी होती है।

—प्रश्न और प्रश्न

विवाह को स्वत्वमूलक आधार देने और उसकी रक्षा में ईर्ष्या-द्वेष आदि को उचित ठहराने में स्वयं विवाह की ही हानि है।

—समय और हम

विवाह को हम पूँजीवाद, कानूनवाद, राज्यवाद सभी प्रकार के सहारों से टिकाए रखते हैं और ऐसे अपने बीच मर्यादाएँ बनाए रखते हैं।

—समय और हम

विवाह जो स्वयं से स्वयं को छीनता है, आगे नहीं टिकनेवाला है।

—इतस्तत:

विवाह घेराबन्दी नहीं है।

—प्रश्न और प्रश्न

विवाह दायित्व की संस्था है, उसमें एक स्थिरता है।

—वृत्त विहार 1

विवाह दो का वह मिलन है, जो विहित बन गया है।

—प्रश्न और प्रश्न

विवाह दो के सम्बन्ध को उन दो के ही आनन्द का विषय नहीं रहने देता, उसे सार्वजनिक अभिनन्दन और प्रसन्नता का बना देता है।

—अनाम स्वामी

विवाह दो समझदार व्यक्तियों के बीच में हो, तभी वह विवाह है।

—प्रस्तुत प्रश्न

विवाह द्वारा स्त्री-पुरुष एक दूसरे के लिए पति-पत्नी होकर सुलभ बनते हैं।

—प्रेम और विवाह

विवाह धरती की चीज है।

—प्रश्न और प्रश्न

विवाह निर्धारण में अत्यन्त जागृत बुद्धि भी चूक सकती है।

—काम, प्रेम और परिवार

विवाह ने मैथुन को अपनी ओर से सज्जा और संस्कारिता दी है।

—समय, समस्या और सिद्धान्त

विवाह ने मैथुन को शुभ और सुन्दर में परिणत कर पारिवारिक और सामाजिक आचार की सृष्टि की है।

—समय, समस्या और सिद्धान्त

विवाह पर गृहस्थ टिकता है, समाज टिकता है।

—इतस्तत:

विवाह परस्पर के प्रति कर्तव्य की सृष्टि करता है।

—प्रश्न और प्रश्न

विवाह परिग्रहशीलता और स्वार्थ साधना का स्थापित गढ़ है।

—समय, समस्या और सिद्धान्त

विवाह में भावना कर्तव्य और अर्पण की हो, अधिकार और उपयोग की नहीं।

—समय, समस्या और सिद्धान्त

विवाह पश्चिम में धर्म का नहीं, सुविधा का प्रश्न है।

—समय, समस्या और सिद्धान्त

विवाह पूर्व [वर-कन्या का] परस्पर परिचय निषिद्ध नहीं है, बल्कि उपयोगी ही है।

—प्रस्तुत प्रश्न

विवाह पैसे से चलता है।

—मान-रक्षा

विवाह प्यार में बाँधता है।

—सुखदा

विवाह प्रकृति का मात्र खिलौना नहीं है।

—समय, समस्या और सिद्धान्त

विवाह प्रेम के प्रवाह पर अवरोध डालकर केवल समस्या उत्पन्न करता है।

—पूर्वोदय

विवाह प्रेम को अधिष्ठान देने के लिए है, परिवृत्त बनने के लिए नहीं।

—प्रेम और विवाह

विवाह प्रेम को प्रतिष्ठित करने के बजाय जब खंडित करता है, तो वह अपने पाँव पर स्वयं कुल्हाड़ी मारता है।

—समय और हम

विवाह प्रेम से टकराएगा, तो उसकी कुशल नहीं है।

—समय और हम

विवाह बोझ ही नहीं झुकाए, उमंग भी होता है कि और उभारे।

—परख

विवाह भोग की सुविधा देने के निमित्त ही हो, तो उस संस्कार में कोई अर्थ नहीं रहता।

—काम, प्रेम और परिवार

विवाह में अपने को देकर व्यक्ति फिर समाज-समष्टि के प्रति अर्पित होने की राह पा जाता है।

—समय, समस्या और सिद्धान्त

विवाह में आदमी आदमी पीछे होता है, गृहस्थ पहले रहता है।

—इतस्तत:

विवाह में काम वृत्ति के लिए रोक भी है और छूट भी है।

—प्रस्तुत प्रश्न

विवाह में किसी विवशता का प्रश्न नहीं रहता, परस्पर धर्म-बुद्धिपूर्ण कृतार्थता

का ही सम्बन्ध वह हो जाता है।

—समय, समस्या और सिद्धान्त

विवाह में परस्पर का अधिपतित्व और स्वामित्व मिलता है, यह धारणा उत्तरोत्तर लुप्त हो जानी चाहिए।

—प्रश्न और प्रश्न

विवाह में प्रेम (आकांक्षा) का आग्रह उतना अनिवार्य नहीं, जितना माता-पिता, गुरुजन, बन्धु-बान्धव का सहयोग और आशीर्वाद है।

—काम, प्रेम और परिवार

विवाह में भी काम पर अंकुश आता है, प्रेम पर बन्धन नहीं आता।

—प्रश्न और प्रश्न

विवाह में मिले अपने साथी को शारीरिक सम्बन्ध में स्वच्छन्द देख पाना क्या मानव प्रकृति को सहन होगा?

—समय, समस्या और सिद्धान्त

विवाह में मैथुन की स्वीकृति ही पाप भाव को नष्ट कर देती है।

—काम, प्रेम और परिवार

विवाह में वर-कन्या की स्वतन्त्रता की सफलता मुझे इसमें दीखती है कि वे उसमें माता-पिता को सम्मिलित करते हैं और निर्णय परिवार का होता है, जो उन्हें स्वीकार्य ही नहीं वरन् आत्मीय भी जान पड़ता है।

—प्रश्न और प्रश्न

विवाह में विधि और प्रकार का अन्तर है।

—समय और हम

विवाह में वृत्ति यदि भोगोन्मुख रखी जाएगी, तो निश्चय ही वह सफलता में सबसे बड़ी बाधा बन जानेवाली है।

—काम, प्रेम और परिवार

विवाह में सम्भोग की छूट है, किन्तु वहाँ सम्भोग लक्ष्य-रूप नहीं है।

—प्रस्तुत प्रश्न

विवाह में से काम का उपचार होता है।

—समय और हम

विवाह में हिसाब आवश्यक है।

—प्रश्न और प्रश्न

विवाह यदि अधिकार नहीं है, तो है क्या?

—मृत्यु दंड

विवाह यदि मात्र भोग के एकाधिकार पर आश्रित हो, तो उसके बीच में ग्रन्थियाँ पड़े बिना न रहेंगी।

—समय, समस्या और सिद्धान्त

विवाह रेखा बनाता है कि जिससे व्यभिचार की सृष्टि और पहचान होती है।

—दशार्क

विवाह वह उद्योग है, जो स्त्री-पुरुष सम्बन्ध में मर्यादा लाता है।

—समय, समस्या और सिद्धान्त

विवाह वह केन्द्रीय संस्था है, जिससे परिवार का निर्माण होता है।

—प्रेम और विवाह

विवाह वह विधि है, जिससे प्रेम से प्राप्त हुई शक्ति को उपयोग में लेकर हम समाज की और सृष्टि की रचना करते हैं।

—प्रश्न और प्रश्न

विवाह विधि को निष्पन्न करनेवाली जो रीतियाँ और जो मन्त्र हैं, उनमें मनुष्य की हीन वृत्ति नहीं, बल्कि उत्कर्ष वृत्ति ही व्यक्त हुई है।

—प्रस्तुत प्रश्न

विवाह व्यक्तिगत तृप्ति का प्रश्न ही नहीं है, वह तो समाज-गत धर्म का प्रश्न है।

—प्रस्तुत प्रश्न

विवाह सम्भोग के लिए नहीं है, सम्भोग को संयत करने के लिए है।

—प्रस्तुत प्रश्न

विवाह संस्था अब सम्पत्तिमूलक नहीं रह सकती है।

—प्रश्न और प्रश्न

विवाह समर्पण का सम्बन्ध है।

—प्रस्तुत प्रश्न

विवाह समाज की सुविधा से नियमित होता है।

—जयवर्धन

विवाह समाज-भावना के उसी स्तर तक उठ सकता है, जिस तक हमारा

दूसरा व्यवहार उठा हुआ हो।

—समय और हम

विवाह समूचे सामाजिक जीवन की रीढ़ है।

—समय, समस्या और सिद्धान्त

विवाह सामाजिक कर्म है सही, लेकिन विवाह होता तो व्यक्तियों का है।

—प्रस्तुत प्रश्न

विवाह सामाजिक है, प्रेम नैसर्गिक।

—प्रेम और विवाह

विवाह से अतिथिदेवो भववाला गृहस्थाश्रम भी प्राप्त हो सकता है।

—समय और हम

विवाह से आगे संयम की कल्पना ब्रह्मचर्य तक भी गयी है।

—समय, समस्या और सिद्धान्त

विवाह से उत्तीर्णतर कोई आस्था है, तो वह भी विवाह में से प्राप्त होगी।

—इतस्तत:

विवाह से निभाव जिनका नहीं है, वे उसकी आवश्यकता में बार-बार पड़ेंगे, बार-बार टकराएँगे और कभी उत्तीर्ण न हो पाएँगे।

—इतस्तत:

विवाह से परिवार बनता है, जो समाज की इकाई है।

—काम, प्रेम और परिवार

विवाह से बचना दायित्व से बचना है।

—प्रश्न और प्रश्न

विवाह से वास्तव में उस केन्द्र की सृष्टि होती है, जहाँ से प्रेम अपने निमित्त स्वरूप और विस्तार पाए।

—समय, समस्या और सिद्धान्त

विवाह से व्यक्तित्व का और स्वातन्त्र्य का अपहरण होता है।

—अनाम स्वामी

विवाह से सामाजिकता का आयाम खुलता है।

—समय, समस्या और सिद्धान्त

विवाह स्वप्न को सीमित नहीं करता है।

—प्रश्न और प्रश्न

विवाह स्वयं प्रमाण है कि मनुष्य पशुवत नहीं है।

—समय, समस्या और सिद्धान्त

विवाह हमारे गठन की केन्द्रीय संस्था है।

—समय, समस्या और सिद्धान्त

विवाह हो जाने के कारण और स्त्रियों में मैं सौन्दर्य न देख सकूँ, तो मैं समझता हूँ यह अर्थ करना विवाह का अपमान है।

—कहानी : अनुभव और शिल्प

विवाह होता है और औरत-मर्द के दरम्यान जो एक दूसरे को देने के लिए है, वह इस रिश्ते में खतम हो जाता है।

—मृत्यु दंड

विवाहार्थी को जिसमें विवाह की सुविधा से वंचित रहना पड़े, वह समाज व्यवस्था सदोष है।

—प्रश्न और प्रश्न

विवाहेत्तर सम्बन्ध विवाह की मौजूदगी में नहीं हैं या कम हैं, यह मानना भ्रम पोसना है।

—समय, समस्या और सिद्धान्त

व्यक्ति यदि दावेदार कम और विनम्र विशेष बने, तो विवाह अधिक सफल होगा।

—प्रश्न और प्रश्न

व्यवस्था एक और एक को लेकर विवाह द्वारा घर की इकाई का निर्माण करती है और ऐसे ही समाज को सम्भव बनाती है।

—प्रेम और विवाह

शारीरिक सौन्दर्य की परवाह करना न विवाह से पहले, न विवाह के बाद पाप है।

—प्रस्तुत प्रश्न

सकाम प्रेम के जो झकोरे आते हैं, वे आकाश की अनन्तता में अपने लिये अवकाश भी पा जाते हैं; पर विवाह को वे तोड़ या उखाड़ नहीं पाते हैं।

—प्रश्न और प्रश्न

समय पर विवाह न होने से हम व्यभिचार से तभी बच पाएँगे, जब विवाह या प्रेम के हक को अपना नहीं मानेंगे, भाग्य का मानेंगे।

—प्रश्न और प्रश्न

समाज की ओर से विहित और विवाहित होने के कारण परस्पर प्रजोत्पादन में सत्य का स्वीकार है।

—साहित्य का श्रेय और प्रेय

समाज की मर्यादा विवाह के अतिरिक्त दूसरी और क्या है ?

—काम, प्रेम और परिवार

समाज के रूप में आते ही व्यवस्था के लिए विवाह की आवश्यकता है।

—समय और हम

सारा समाज और सारी सभ्यता विवाह के कारण अर्थ-केन्द्रित बन आई है।

—समय, समस्या और सिद्धान्त

सौन्दर्य में देवत्व जगाने की जो क्षमता है, उसका उपयोग विवाह से सीमित या असमाप्त नहीं होना चाहिए।

—काम, प्रेम और परिवार

स्त्री-पुरुष के नैसर्गिक सम्बन्ध को विवाह की भोग-मूलक धारणा ने अर्थाश्रित करके उसे क्रय-विक्रय के बाजार में ला पटका है और व्यभिचार बना दिया है।

—समय, समस्या और सिद्धान्त

स्त्री-पुरुष के समाजगत कर्तव्य एवं उनकी मर्यादित प्रवृत्ति की पूर्ति की राह में विवाह आता है।

—प्रस्तुत प्रश्न

स्त्री पुरुष में जो परस्पर [ता] की माँग है, वह विवाह की संस्था से कभी भस्कर पूरी नहीं हो सकी।

—वृत्त विहार 2

स्त्री समझदारी के लिहाज से विवाह एक जगह चाह सकती है, फिर चाहे आकर्षण दूसरी ओर का भी हो।

—काम, प्रेम और परिवार

स्वत्व और सम्पत्ति की भावना विवाह की बुनियाद होती है और परिवार उसको मजबूत करता है।

—समय, समस्या और सिद्धान्त

स्वत्वाधिकार और भोगाधिकार पर खड़ा आज का विवाह संशय का सहारा लेता है और सुरक्षा की दुश्चिन्ता उपजाता है।

—समय, समस्या और सिद्धान्त

स्वावलम्बी हुए बिना विवाह पाँव की बेड़ी है।

—प्रण और परिणाम

हमारे जीवन व्यापार और समाज व्यवहार में धर्म-बुद्धि का ह्रास होता रहा है। तो कारण विवाह में प्रविष्ट द्विधा है।

—समय, समस्या और सिद्धान्त

विवाह और प्रेम

विवाह और प्रेम को जहाँ अनायास या आयासपूर्वक मिला दिया जाता है, वहाँ भी विपत्ति टलती बिलकुल नहीं दीखती।

—इतस्तत:

विवाह और प्रेम दोनों अनिवार्य हैं और दोनों अनमिल।

—इतस्तत:

विवाह और प्रेम में भी सहज समन्वय हो सकता है।

—समय और हम

हमारी मर्यादा का तकाजा है कि प्रेम और विवाह दो समानान्तर रेखाओं में चलें।

—मन्थन

विवाह विच्छेद

जहाँ प्रेरणा सद्‌भावना की है, विषय-सेवन की नहीं है, वहाँ [सम्बन्ध] विच्छेद अनुचित नहीं है।

—प्रस्तुत प्रश्न

जिस क्षण से दबाव होने लग जाएगा, उसी क्षण से [विवाह] विच्छेद के समर्थन का भी आरम्भ मान लिया जाना चाहिए।

—काम, प्रेम और परिवार

पति-पत्नी एक दूसरे को छोड़ने के प्रश्न का विचार उसी अवस्था में करें, जब दोनों में परस्पर रोष न हो।

—काम, प्रेम और परिवार

पति-पत्नी दोनों प्रसन्न भाव से जिसमें सहमत हों, उस विवाह [विच्छेद] में दोष नहीं है।

—काम, प्रेम और परिवार

वाह्य आकर्षण के अतिरिक्त भी विवाह की सामाजिक परिधि से बाहर जाने [सम्बन्ध विच्छेद] की आवश्यकता के कारण हो सकते हैं।

—प्रस्तुत प्रश्न

विचार पूर्वक और सद्भावपूर्वक दो मिले हुए व्यक्ति अलग भी हो सकते हैं।

—प्रस्तुत प्रश्न

विच्छेद [विवाह] अनिवार्य हो आए, लेकिन विच्छेद की माँग भोग की माँग है।

—काम, प्रेम और परिवार

विवाह विच्छेद अनिवार्य नहीं है।

—काम, प्रेम और परिवार

[विवाह] विच्छेद के मामलों में दोनों ओर भाव प्रसन्न नहीं, खिन्न रहता है।

—काम, प्रेम और परिवार

[विवाह] विच्छेद नहीं चाहनेवाला दूसरे में अपने प्रेम को लादने में क्या सफल हो सकता है ?

—काम, प्रेम और परिवार

[विवाह] विच्छेद हो सकता है, विच्छेद का आन्दोलन नहीं होना चाहिए।

—काम, प्रेम और परिवार

[विवाह] सम्बन्ध छोड़ना पड़ ही रहा है तो किसी के कहने न कहने का परिणाम ही क्या होगा।

—प्रस्तुत प्रश्न

विवाह संस्कार

नैतिकता ही है जिसने विवाह संस्कार का आविष्कार किया है और जिसके कारण मातृत्व और पितृत्व समादृत संस्था का रूप पा सके हैं।

—समय, समस्या और सिद्धान्त

विवाह संस्था

पत्नीव्रत अथवा कि पतिव्रत शब्द को प्रेम के निषेध के रूप में लेने से, मैं समझता हूँ, विवाह संस्था ही गिर जाएगी।

—कहानी : अनुभव और शिल्प

प्रेम और विश्वास के सद्‌भाव पर विवाह संस्था की बाहरी रोकथाम अनावश्यक होती जाएगी।

—काम, प्रेम और परिवार

विवाह संस्था को स्वत्वमूलक और अधिकारमूलक रूप देना कच्ची नींव पर गृहस्थी को खड़ा करना है।

—समय, समस्या और सिद्धान्त

विवाह संस्था बुर्जुआ है, अर्थबन्ध पर आश्रित है।

—जड़ की बात

साम्पत्तिक आधार पर खड़ी विवाह संस्था समय की गति का साथ नहीं दे सकती।

—समय, समस्या और सिद्धान्त

हमने विवाह संस्था को भोग-आधिपत्य की धारणा पर खड़ा किया है, इसलिये बिवाह को सदा ही प्रेम की खरोंच में आना पड़ता है।

—प्रेम और विवाह

विवाह सम्बन्ध

विवाह सम्बन्ध व्यक्ति को बन्द कर देता है, यह समझने का कारण नहीं है।

—काम, प्रेम और परिवार

सामाजिक प्रणालियाँ काम सम्बन्ध और विवाह सम्बन्ध को सहज नहीं रहने देती हैं।

—प्रश्न और प्रश्न

विवाहार्थी

विवाहार्थी को जिसमें विवाह की सुविधा से वंचित रहना पड़े, वह समाज व्यवस्था सदोष है।

—प्रश्न और प्रश्न

विवाहित

जय-विजय की वासना और चेष्टा का अवकाश विवाहित अवस्था में कम होता है।

—समय और हम

समाज की ओर से विहित और विवाहित होने के कारण परस्पर प्रजोत्पादन में सत्य का स्वीकार है।

—साहित्य का श्रेय और प्रेय

विवाहित आचार

विवाहित आचार की जिस धारणा को हमने प्रतिष्ठित किया है, वह स्वयं व्यभिचार को उत्तेजना देती है।

—समय, समस्या और सिद्धान्त

विवाहिता

जो विवाहिता है, उसी में भोग्य-बुद्धि रखने की इजाजत समाज की ओर से पुरुष को है।

—प्रस्तुत प्रश्न

विवाहेतर सम्बन्ध

विवाह के वर्तमान रूप ने सारा ध्यान विवाहेतर सम्बन्धों पर केन्द्रित कर दिया है।

—समय, समस्या और सिद्धान्त

विवाहेतर सम्बन्ध विवाह की मौजूदगी में नहीं हैं या कम हैं, यह मानना भ्रम पोसना है।

—समय, समस्या और सिद्धान्त

विषय-तृप्ति का साधन

सती बनाने के निमित्त से घर के परदे में बन्द रखकर हम स्त्री को विषय-तृप्ति का साधन बना डालते हैं।

—अनाम स्वामी

विषय भोग

विषय भोग में से इन्द्रियाँ तृप्त-काम नहीं होतीं।

—*समय और हम*

विषय-सेवन

जहाँ प्रेरणा सद्‌भावना की है, विषय-सेवन की नहीं है, वहाँ [सम्बन्ध] विच्छेद अनुचित नहीं है।

—*प्रस्तुत प्रश्न*

वीर्य

ओज और तेज, शौर्य और वीर्य है, जो विजेताओं को आक्रान्ता बनाता है।

—*समय और हम*

देह से या वीर्य से अश्लीलता का सम्बन्ध नहीं, मन के मैल से उसका सम्बन्ध है।

—*साहित्य का श्रेय और प्रेय*

शक्ति और वीर्य हमारे पास नहीं है, यन्त्रों के पास है—यह भ्रम हमारा ही पैदा किया हुआ है।

—*समय और हम*

वीर्य-दमन

अगर वीर्य दमन को श्लीलता की कसौटी माना जाएगा, तो उससे व्यवहार सँभलेगा नहीं, बल्कि उलटे गड़बड़ में पड़ जाएगा।

—*साहित्य का श्रेय और प्रेय*

वीर्य रक्षण

अश्लीलता के प्रसंग में वीर्य रक्षण एकदम असंगत ही है।

—*साहित्य का श्रेय और प्रेय*

वीर्य रक्षण उपादेय है ही पर लक्षण के रूप में, और तो और वह ब्रह्मचर्य का लक्षण भी नहीं कहा जा सकता।

—*साहित्य का श्रेय और प्रेय*

वीर्य-वमन

वीर्य-वमन शब्द किसी मानसिक स्वास्थ्य का परिचायक नहीं है।

—इतस्तत:

वीर्य-व्यय

अश्लीलता यदि वीर्य-व्यय आदि किसी स्थूलता से जोड़ी जाएगी, तो क्या हम यह नहीं देखते कि उससे तो फिर गार्हस्थ्य की नींव ही उखड़ जाएगी।

—साहित्य का श्रेय और प्रेय

एक जगह वीर्य व्यय है, लेकिन अश्लीलता नहीं है; दूसरी जगह वह व्यय नहीं है, लेकिन अश्लीलता है।

—साहित्य का श्रेय और प्रेय

तथ्य पाने चला जाएगा तो अश्लीलता तो एकदम अतथ्य वस्तु निकलेगी और इस ढंग से देखने पर वह वीर्य-व्यय के साथ नहीं वरन् असत्य के कपट के साथ जुड़ी हुई पायी जाएगी।

—साहित्य का श्रेय और प्रेय

वीर्यपात

मात्र कुदृष्टि में वीर्यपात का प्रश्न नहीं उठता।

—साहित्य का श्रेय और प्रेय

वेश्या

अगर मनुष्य, स्त्री या पुरुष, बिकने की जरूरत में पड़ सकते हैं और खरीदनेवाला पैसा हो सकता है, तो न बेगारी मजूर और न टकियाई वेश्या समाप्त हो सकती है।

—समय और हम

अर्थ व्यापार के विचार से अलग वेश्या के प्रश्न का विचार पल्लवग्राही ही होगा, मूलग्राही नहीं होगा।

—समय और हम

उजरत और कीमत देकर जब भोग के लिए नारी को प्राप्त करते हैं, तभी तो उसे वेश्या कहते हैं।

—समय और हम

कीमत पैसे के रूप में चुकाने की विधि ही न हो, तो वेश्या की स्थिति नहीं बन पाती।

—समय और हम

घर की, परिवार की, विवाह की पवित्रता यदि सुरक्षित है तो इसलिये कि वेश्या अस्तित्व में है।

—दशार्क

जहाँ स्त्री को घृणापूर्वक अर्थात रसपूर्वक वेश्या, व्यभिचारिणी आदि कहा जाता है, वहाँ अवश्य अश्लीलता है।

—साहित्य का श्रेय और प्रेय

दस–पन्द्रह–बीस वेश्याएँ अपनी वृत्ति छोड़ दें, तो बाजार में फर्क नहीं आता है।

—समय और हम

पुरुष को प्रसन्न करने की प्रक्रिया में वेश्या का अपना निजत्व भी प्रकर्ष ही पाता है।

—दशार्क

पैसे का महत्त्व बढ़ता जाता है, तो कहा जा सकता है कि प्रत्येक स्त्री को निमन्त्रण मिलता रहता है कि वह स्त्री न रहे, वेश्या हो जाए।

—काम, प्रेम और परिवार

पैसे में कितनी शक्ति है और मुनाफाखोरी के लिए कितना अवकाश है, वेश्या का प्रश्न इस पर निर्भर करता है।

—समय और हम

भोग्य पत्नी की रक्षा में ही अपभोग्या वेश्या को बनना पड़ जाता है।

—समय, समस्या और सिद्धान्त

मूल्य जब तक आर्थिक रहेंगे, वेश्या मौजूद रहेगी।

—काम, प्रेम और परिवार

लेखक के निकट जब देवता भी आलोचनीय होता है, तब वेश्या विवेचनीय बनती है।

—कहानी : अनुभव और शिल्प

वेश्या का प्रश्न काम से ही नहीं, धर्म से भी जुड़ा हुआ है।

—समय और हम

वेश्या के पास आदमी क्यों जाता है?

—दशार्क

वेश्या पुरुष को प्रसन्न ही नहीं करती, उसकी सम्भावनाओं को खिला भी देती है।

—दशार्क

वेश्या पैसे के आरम्भ से पहले हो नहीं सकती।

—समय और हम

वेश्या वह जो पैसे के एवज में अपने को देती है।

—समय और हम

वेश्या वह नहीं जो अनेक को प्रेम करती है।

—समय और हम

व्यभिचार मुंदा-ढका होता है, वेश्या खुले बाजार में बैठती है।

—वृत्त विहार 2

व्यसन और वासना तक रहकर तो वेश्या समाज में खप जाने का उपकरण बनी रहती है।

—वृत्त विहार 2

साहित्य दिखाए कि सन्त और दुष्ट दोनों में मनुष्य है और सती और वेश्या दोनों में नारी।

—समय और हम

सृष्टि के आरम्भ में नारी है—यह तो सही है, पर वेश्या है—यह कैसे माना जा सकता है?

—समय और हम

स्त्री को नृत्यांगना और वेश्या बनाकर हम अपने को विहीन और वंचित बना लेते हैं।

—समय, समस्या और सिद्धान्त

वेश्यावृत्ति

अगर हमारा सामाजिक और आपसी व्यवहार पैसे के द्वारा होनेवाले लेन-देन पर निर्भर करने लग जाता है, तो ऐसे समाज में से वेश्यावृत्ति हट नहीं सकेगी।

—समय और हम

कानून के जोर से [वेश्यावृत्ति का] पोषण तो अवश्य सम्भव है, उन्मूलन अवश्य उस तरह असम्भव है।

—समय और हम

वेश्यावृत्ति और वैश्यवृत्ति—ये दो शब्द यदि ध्वनि में इतने पास हैं तो क्या उनका निकास भी एक धातु से है ?

—समय और हम

वेश्यावृत्ति का चित्र हमारे सामने तब उपस्थित होगा, जब हम आनेवाले पैसे का पीछा करेंगे और मालूम करेंगे कि उसके लाभ का बँटवारा कैसे होता है।

—समय और हम

वेश्यावृत्ति का काम पक्ष शाश्वत है।

—समय और हम

वेश्यावृत्ति का बहुत थोड़ा भाग है जो सतह के ऊपर दिखाई देता और इसलिये पकड़ में आता है, अधिक भाग तो उसका सतह के नीचे पानी में तैर रहा है और उसका लेखा-जोखा हमारे हिसाब से बचा रहता है।

—समय और हम

वेश्यावृत्ति का बाजार पूँजी के नियमों से चलाया जाता है।

—समय और हम

वेश्यावृत्ति कामासक्ति नहीं, शुद्ध अर्थासक्ति है।

—समय और हम

वेश्यावृत्ति के लिए समस्त वैश्य वृत्ति को समझना चाहिए।

—समय और हम

वेश्यावृत्ति के व्यवसाय के चक्कर में नर-नारी की मनुष्यता सर्वथा स्वाहा हो जाती है।

—समय और हम

वेश्यावृत्ति के व्यापार में पूँजी लगाकर लाभ उठानेवाला व्यक्ति बड़ी आसानी और वाहवाही के साथ धार्मिकता में ऊँचा उठा हुआ हो सकता है।

—समय और हम

वेश्यावृत्ति के सच्चे उन्मूलन के लिए हालत वह लानी होगी कि जहाँ कोई बिकना न चाहे और कोई खरीद न सके।

—समय और हम

वेश्यावृत्ति पाप-पुण्य से निरपेक्ष बौद्धिक व्यावसायिकता है, जिसने उपभोक्ता और उपभोग्य के सम्बन्ध को शुद्ध हिसाब के तल पर ला दिया है।

—वृत्त विहार 2

वेश्यावृत्ति में अशुभ जो है, वह और रूपों में भी समाज में व्याप्त है।

—समय और हम

वेश्यावृत्ति में ग्राहक की क्षुधा अतृप्त है या अधिक दीप्त है, या क्षत-विक्षत है, या प्रतिक्रिया में से उत्पन्न हुई है—इत्यादि जो भी निदान हो, वह काम-सापेक्ष अवश्य है।

—समय और हम

वेश्यावृत्ति में ग्राहक की प्रेरणा वैयक्तिक काम क्षुधा से सम्बन्ध रखती है।

—समय और हम

वेश्यावृत्ति में प्रश्न उस काम वासना से बिछुड़ जाता है जो प्रकृत है और उस अर्थ-तृष्णा से जुड़ जाता है, जो अपेक्षाकृत आविष्कृत और उपार्जित है।

—वृत्त विहार 2

वेश्यावृत्ति [वह है] जहाँ नारी की देह पैसा फेंक कर पण्य पदार्थ के रूप में भोगी बिखेरी जाती है।

—समय और हम

समाज नीति और कानून वेश्यावृत्ति के अर्थ पक्ष के साथ अपनी मनमानी करने में समर्थ हैं।

—समय और हम

स्त्री और पुरुष के परस्पर अधिकारों की तौल पर वेश्यावृत्ति का प्रश्न स्थगित नहीं है।

—समय और हम

स्त्री-पुरुष की समान अधिकारिता वेश्या-वृत्ति रोग का निदान नहीं है।

—समय और हम

वेश्या-संस्था

वेश्या-संस्था सामाजिक है।

—समय और हम

वैधव्य

युद्ध से सधवाओं को वैधव्य भोग का अवसर आता है।

—साहित्य का श्रेय और प्रेय

व्यथायुक्त प्रेम

व्यथायुक्त प्रेम कितना भी निन्दित और लांछित हो, लेकिन जीवन को सौम्यता, शुचिता और समर्थता ही देगा।

—प्रश्न और प्रश्न

व्यभिचार

अधिकार बनाने से उसके अतिक्रमण को व्यभिचार कहना पड़ जाता है।

—समय, समस्या और सिद्धान्त

पार जाने के प्रयत्न में तत्त्व ज्ञान अपने साथ अन्याय और व्यभिचार का आचरण करता है।

—समय और हम

भोगाधिकार जैसा जब कुछ रहेगा ही नहीं, तो व्यभिचार का प्रश्न भी नहीं रह जाएगा।

—समय, समस्या और सिद्धान्त

मॉरलिस्ट अपने भय से अनाचार-व्यभिचार का भूत खड़ा करता है।

—अनाम स्वामी

यह सब आचार व्यभिचार है, जो धार्मिक नहीं है और जिसमें भय-संशय है।

—समय, समस्या और सिद्धान्त

विवाह और व्यभिचार की युग्म-दृष्टि है समाज।

—प्रेम और विवाह

विवाह की सीमा को सुरक्षित रखने के यत्न में झूठ और व्यभिचार को जन्म मिलता है।

—प्रश्न और प्रश्न

विवाह के साथ-ही-साथ क्या व्यभिचार शब्द का बन आना भी आवश्यक नहीं हो गया?

—समय, समस्या और सिद्धान्त

विवाह रेखा बनाता है कि जिससे व्यभिचार की सृष्टि और पहचान होती है।

—दशार्क

विवाहित आचार की जिस धारणा को हमने प्रतिष्ठित किया है, वह स्वयं व्यभिचार को उत्तेजना देती है।

—समय, समस्या और सिद्धान्त

व्यभिचार एक तरफा कैसे हो सकता है?

—इतस्तत:

व्यभिचार का रस इसमें है कि वह विहित और वैध नहीं है।

—प्रेम और विवाह

व्यभिचार का हौआ खड़ा करके पवित्रता के नाम पर समाज स्त्री के प्रति अनाचार और अधमाचार करता आया है।

—प्रेम और विवाह

व्यभिचार मिटेगा नहीं।

—तपोभूमि

व्यभिचार मुंदा-ढका होता है, वेश्या खुले बाजार में बैठती है।

—वृत्त विहार 2

व्यभिचार में से आग्रह, उससे क्रोध और उससे हिंसा हो चलती है।

—काम, प्रेम और परिवार

व्यभिचार वह आचार है, जहाँ दो मिलते हैं और गोपन भाव से मिलते हैं।

—प्रश्न और प्रश्न

व्यभिचार शब्द द्योतक है कि वृत्ति एक में तुष्ट या तृप्त नहीं होती।

—समय, समस्या और सिद्धान्त

व्यभिचार शब्द पर अधिक बोझ डालने से मर्यादा की लकीरें इतनी गहरी खरोंच डालती हैं कि स्वयं मर्यादाएँ क्षत-विक्षत हो जाती हैं।

—समय और हम

समय पर विवाह न होने से हम व्यभिचार से तभी बच पाएंगे, जब विवाह या प्रेम के हक को अपना नहीं मानेंगे, भाग्य का मानेंगे।

—प्रश्न और प्रश्न

साधारणतया हेय माने जाने पर भी व्यभिचार की बाढ़ रुकती नहीं दीखती है, तो कारण पर गम्भीर विचार की आवश्यकता है।

—समय, समस्या और सिद्धान्त

स्त्री-पुरुष के नैसर्गिक सम्बन्ध को विवाह की भोग-मूलक धारणा ने अर्थाश्रित करके उसे क्रय-विक्रय के बाजार में ला पटका है और व्यभिचार बना दिया है।

—समय, समस्या और सिद्धान्त

व्यभिचारिणी

जहाँ स्त्री को घृणापूर्वक अर्थात रसपूर्वक वेश्या, व्यभिचारिणी आदि कहा जाता है, वहाँ अवश्य अश्लीलता है।

—साहित्य का श्रेय और प्रेय

शारीरिक सम्बन्ध

विवाह में मिले अपने साथी को शारीरिक सम्बन्ध में स्वच्छन्द देख पाना क्या मानव प्रकृति को सहन होगा?

—समय, समस्या और सिद्धान्त

शारीरिक सौन्दर्य

शारीरिक सौन्दर्य की परवाह करना न विवाह से पहले, न विवाह के बाद पाप है।

—प्रस्तुत प्रश्न

संग

काम और कुंठा—इन दोनों का अभिन्न संग है।

—प्रश्न और प्रश्न

संग की आसक्ति जिस प्रेम में है, उसके निभने के लिए समाज में अवकाश कैसे हो सकता है?

—प्रस्तुत प्रश्न

संघर्ष

प्रेम और मर्यादा में किंचित संघर्ष अनिवार्य चलता ही है।

—काम, प्रेम और परिवार

प्रेम की प्रेरणा में से अमित संघर्ष की शक्ति प्राप्त की जा सकती है।

—वृत्त विहार 3

प्रेम को मन के गहरे में रखकर जो युद्ध और संघर्ष करता है, वह टिका रह जाता है।

—प्रश्न और प्रश्न

प्रेम में से एकात्म सिद्धि के पूर्व संघर्ष की भी सृष्टि होती है।

—वृत्त विहार 3

प्रेम में से परस्परता का सृजन होता है, किन्तु उसी में से एकात्म सिद्धि के पूर्व संघर्ष की भी सृष्टि होती है।

—वृत्त विहार 3

संयम

आदर्श बना देने से संयम बलात्कार या अत्याचार में भी परिणत हो सकता है।

—समय, समस्या और सिद्धान्त

काम की उत्कृष्टता एक विशेष प्रकार के निग्रह और संयम को जन्म दे सकती है।

—कहानी : अनुभव और शिल्प

डर भोग का हो सकता है, संयम का भी हो सकता है।

—समय, समस्या और सिद्धान्त

त्याग एक के लिए हैं और भोग दूसरे के लिए, तो संयम की वह तीखी रेखा जो ऐसी फाँक बीच में डालती है जीवन की चौमुखी सम्पन्नता में बाधा भी बन सकती है।

—इतस्तत:

धर्म में पुण्य और पाप, स्वर्ग और नरक, संयम और सेक्स सिमटकर जैसे एक दूसरे से सटे हुए पास आ जाते हैं।

—समय और हम

पाप की वासना को नीति की धारणा से दबाते हैं, तो संयम कहा जाता है।

—जड़ की बात

भूख भोग के स्वाद को बढ़ा देती है और श्रम-संयम के नाते भूख हमारे लिये स्वस्थ और सहज हो आती है।

—समय, समस्या और सिद्धान्त

भोग को ऊपर संयम अथवा दंड से दबाए रखने से व्यक्ति या समाज की समस्याओं को कभी समाधान प्राप्त नहीं हो सकेगा।

—समय, समस्या और सिद्धान्त

भोग से व्यक्तियों के बीच अन्तर बढ़ता है और संयम से उनमें प्रेम दृढ़ होता है।

—मन्थन

विवाह से आगे संयम की कल्पना ब्रह्मचर्य तक भी गयी है।

—समय, समस्या और सिद्धान्त

संयम अपनी मर्यादा का अतिक्रमण करके जब प्रेम को अपनी अधीनता में डालना चाहता है; तो स्वयं ही टूटता है, प्रेम का कुछ बिगाड़ नहीं पाता।

—समय और हम

संयम और प्रेम की परस्पर पूरक स्थिति को समझकर जो व्यवहार किया जाएगा, उसमें प्रेम सहज भाव से अपार्थिव होता जाएगा।

—इतस्तत:

संयम का काम यह है कि भगीरथ बनकर प्रेम को धारण करे और अपनी कुशलता से उसे तट देकर आगे की ओर प्रवाह में उसे वेग दे।

—समय और हम

संयम की अतिवादिता ने यह भ्रम पैदा कर दिया है कि प्रेम नाश करता है, संयम रक्षा करता है।

—समय और हम

संयम की यह अमर्यादा है कि वह प्रेम को अपने अधीन ले।

—समय और हम

संयम जिसे कहते हैं, प्रेम की गहनता और अभिलाषा में वह सहज साध्य होता है।

—काम, प्रेम और परिवार

संयम भोग को गाम्भीर्य और गरिमा दे आता है।

—समय, समस्या और सिद्धान्त

संयम रक्षा करता यदि जान पड़ता है, तो इसीलिये कि वह प्रेम के अधीन हो पाता है।

—समय और हम

संयम स्वयं प्रेम में से निस्सृत होता है।

—काम, प्रेम और परिवार

सकाम प्रेम

सकाम प्रेम के जो झकोरे आते हैं, वे आकाश की अनन्तता में अपने लिये अवकाश भी पा जाते हैं; पर विवाह को वे तोड़ या उखाड़ नहीं पाते हैं।

—प्रश्न और प्रश्न

सती

मृत्यु सती स्त्री के समान जीवनेश्वर की सेवा में अकुंठित भाव से अपना काम किए जाती है।

—साहित्य का श्रेय और प्रेय

सती का आदर्श किसी बद्ध या बन्द धारणा का द्योतक नहीं था।

—प्रेम और विवाह

सती गृहिणी का धर्म कोई जकड़बन्द वस्तु नहीं है।

—काम, प्रेम और परिवार

सती जितनी पति की होती है, उससे अधिक भगवान की होती है।

—प्रश्न और प्रश्न

सती बनाने के निमित्त से घर के परदे में बन्द रखकर हम स्त्री को विषय-तृप्ति का साधन बना डालते हैं।

—अनाम स्वामी

सती यदि सर्वथा स्वेच्छा से हो तो भी जान पड़ता है आज प्रबुद्ध लोकमत उसे स्वीकार नहीं करेगा।

—इतस्तत:

सती शब्द को देहबद्ध रूप में लेकर बैठ रहना अनिष्ट और अवैज्ञानिक है।

—प्रश्न और प्रश्न

साहित्य दिखाए कि सन्त और दुष्ट दोनों में मनुष्य है और सती और वेश्या दोनों में नारी।

—समय और हम

सतीत्व

अन्त:पुर की सशस्त्र सुरक्षा में सतीत्व नहीं पनपता।

—अनाम स्वामी

कैरिरिज्म में पुरुष से होड़ है, सतीत्व में पुरुष से योग और सहयोग है।

—काम, प्रेम और परिवार

जिस पत्नी ने अपने सतीत्व के दावे पर पति को अपनी घेरेबन्दी में लेना चाहा उसे सदा पीछे पछताना पड़ा है।

—समय, समस्या और सिद्धान्त

नारी के लिए मेरे ध्यान में परम आदर्श सतीत्व है।

—काम, प्रेम और परिवार

सतीत्व कोई जड़ भाव नहीं है, उसमें गहन तितिक्षा की आवश्यकता होती है।

—समय और हम

सतीत्व पर कितना ही बल दीजिए, परकीया और अभिसारिका का शृंगार सती नारी से बढ़-चढ़कर ही होता रहेगा।

—इतस्तत:

सतीत्व बोझ भी बन सकता है, वही धर्म भी बन सकता है।

—काम, प्रेम और परिवार

सतीत्व में स्त्री के लिए अपने स्वरूप की सम्पूर्ण स्वीकृति है।

—काम, प्रेम और परिवार

सतीत्व सदा ही यत्न साध्य है, सहज वह कभी भी नहीं है।

—काम, प्रेम और परिवार

सतीत्व से हलकी भूमिका पर धर्म को शास्त्र कैसे रख सकता है!

—काम, प्रेम और परिवार

सतीत्व स्त्री की स्वतन्त्र साधना है।

—काम, प्रेम और परिवार

स्त्री का स्वरूप है सतीत्व और मातृत्व।

—काम, प्रेम और परिवार

स्त्री के इनकार पर पुरुष का ब्रह्मचर्य और पुरुष के इनकार पर स्त्री का सतीत्व टिक सकता हो, तो इनकार ही सत्य बन जाता है।

—प्रश्न और प्रश्न

सन्तति

अपनी सन्तान के विवाह के समय न देना असम्भव है और देना हृदय की ओर से अनिवार्य ही होता है।

—प्रश्न और प्रश्न

आदमी अपनी सन्तति में जीता है और कोई आदमी मरना नहीं चाहता।

—प्रस्तुत प्रश्न

एक माता-पिता की सन्तति समान नहीं हो पाती।

—साहित्य का श्रेय और प्रेय

जब-जब राष्ट्र अथवा अभिभावक अपनी अर्थ-स्पृहा की तृप्ति सन्तति से चाहें, तब वे शिक्षा के संचालन के अधिकार के अपात्र भी हो जाते हैं।

—प्रस्तुत प्रश्न

जो किसी भी कारण से, मान से, आन से, सिद्धान्त से, किसी भी बहाने जो अपने को सन्तान-विहीन रखता है, उसकी गति नहीं है।

—मान-रक्षा

प्रेम स्वाभाविक है और परिणाम में माता द्वारा सन्तति का प्राप्त होना भी उतना ही नैसर्गिक है।

—समय, समस्या और सिद्धान्त

मनुष्य मात्र अपनी सन्तति द्वारा अपने जीवन को सदा कायम रखना चाहता है।

—प्रस्तुत प्रश्न

यदि व्यर्थ सन्तति का प्रश्न है, तो वह इस कारण कि हमने अपने बीच दूसरी अन्य व्यर्थताओं को पैदा कर लिया है जो रस को चूस गयी हैं और जिसके कारण भोग-सम्भोग में स्वस्थता और बलिष्ठता का लोप हो गया है।

—समय, समस्या और सिद्धान्त

यह स्त्री के वश का काम है कि वह पुरुष से सन्तति ले ले और फिर उस पर से अपना दावा छोड़ दे।

—काम, प्रेम और परिवार

विलक्षण पुरुषों की सन्तान अधिकांश अयोग्य होती है।

—प्रस्तुत प्रश्न

विवाहानान्तर सन्तति सदा विवाहित पति की ही होती है।

—समय, समस्या और सिद्धान्त

स्त्री-पुरुष के योग से अपने में सन्तति पाती है—पुरुष क्या पाता है ?

—काम, प्रेम और परिवार

सन्तति-उत्पादन

इन्द्रियगत अभिव्यक्ति (आनन्द) के बिना सन्तति-उत्पादन सम्भव नहीं है।

—प्रस्तुत प्रश्न

सन्तति उत्पन्न न करने की इच्छा मौलिक नहीं है, वह प्रतिक्रिया है।

—प्रस्तुत प्रश्न

सन्तति उत्पादन अपनी अन्तस्थ वृत्तियों की अपेक्षा स्वाभिव्यक्ति ही है।

—प्रस्तुत प्रश्न

सन्तति उत्पादन यदि सामाजिक दृष्टि से अनुपादेय भी हो जाए, तो भी हम उसको कृत्रिम साधनों से रोककर लाभ नहीं उठा सकेंगे।

—प्रस्तुत प्रश्न

सन्तति निग्रह/सन्तति नियमन

सन्तति निग्रह के कृत्रिम उपायों द्वारा अपनी भोग शक्ति कायम रखना उचित है।

—साहित्य का श्रेय और प्रेय

सन्तति नियमन की समस्या को परिवार की सीमा में सोचते हैं, तो वह आमदनी बढ़ाने और खर्च घटाने की हो जाती है।

—काम, प्रेम और परिवार

सन्तान *देखिए* सन्तति

समग्र प्रेम

जिसमें सम्पूर्ण चेतना भाग दे और भाग ले, वही समग्र प्रेम है।

—काम, प्रेम और परिवार

प्रेम जितना समग्र होगा, उतना ही गहरा जाएगा।

—प्रश्न और प्रश्न

राधा-कृष्ण के संयुक्त नाम को इतनी महिमा और गरिमा मिली कि भारतीय जैसी सहस्त्राब्दियों को झेलती हुई एक अनवच्छिन्न सांस्कृतिक परम्परा उसको

मूर्द्धन्य रखकर ही प्राणवन्त रहती चली आई, तो अवश्य उसके मूल में समग्र प्रेम का आधार होना चाहिए।

—काम, प्रेम और परिवार

समग्र प्रेम में एक गहरा भरोसा और विश्वास अभ्यन्तर को भरे रखता है और व्यक्ति को अधीर और व्यग्र नहीं बनने देता, संयत समाहित रखता है।

—प्रश्न और प्रश्न

समग्र प्रेम में वेग और आतुरता नहीं होती।

—प्रश्न और प्रश्न

समग्र प्रेम में संशय रहता ही नहीं, मानो उपलब्धि का भरपूर रस रहता है।

—प्रश्न और प्रश्न

समागम

अश्लीलता की सृष्टि तब होती है, जब स्त्री-पुरुष समागम के तथ्य के सत्य में हमारी ओर से असत्य का भी सम्मिश्रण हो जाता है।

—समय, समस्या और सिद्धान्त

समाज का विधान

यह तो समाज का चलन है, समाज का विधान नहीं, जहाँ प्रेमी और प्रेमिका को यथार्थ के रूप में ग्रहण किया जाता है।

—इतस्तत:

समानान्तर प्रेम

विवाह के अनन्तर भी समानान्तर प्रेम चल सकता है।

—प्रश्न और प्रश्न

सम्पूर्ण प्रेम

सम्पूर्ण प्रेम सहज नहीं है।

—प्रश्न और प्रश्न

सम्पूर्ण भोग

शरीर का जहाँ प्रश्न आया कि भोग क्षणजीवी ही हो पाता है, जो तृप्त और सम्पूर्ण हो ही नहीं सकता।

—समय, समस्या और सिद्धान्त

सम्बन्ध विच्छेद *देखिए* **विवाह विच्छेद**

सम्भोग

घृणा और प्रेम सम्भोग में भिन्न नहीं होते।

—अनाम स्वामी

जब स्नेह की गाढ़ता में दो परस्पर जन परस्पर निस्व और विसर्जित होकर आँसू बहा उठते हैं, तो उनको जो कृतार्थता प्राप्त होती है वह सम्भोग की तृप्ति से कहीं अधिक पूरी और पूरक होती है।

—प्रश्न और प्रश्न

जिसमें घृणा नहीं, उस प्रेम में सम्भोग असम्भव है।

—अनाम स्वामी

नर-नारी शरीर का परस्पर संस्पर्श और सम्भोग निरर्थक है, यदि प्राण स्तर पर उनमें अन्तरमिलन नहीं होता है।

—प्रश्न और प्रश्न

परस्परोपलब्धि भी काम-भोग द्वारा इतनी आंशिक होती है कि सम्भोग के साथ ही उसकी व्यर्थता की अनुभूति हुए बिना नहीं बचती।

—समय और हम

भोग सम्भोग नहीं है, वह तो सन्ताप है।

—साहित्य का श्रेय और प्रेय

यदि व्यर्थ सन्तति का प्रश्न है, तो वह इस कारण कि हमने अपने बीच दूसरी अन्य व्यर्थताओं को पैदा कर लिया है जो रस को चूस गयी हैं और जिसके कारण भोग-सम्भोग में स्वस्थता और बलिष्ठता का लोप हो गया है।

—समय, समस्या और सिद्धान्त

विज्ञान के सहारे स्त्री-पुरुष सम्भोग को यदि दायित्व और परिणाम से शून्य बना दिया जाता है, तो वह सम्बन्ध सांस्कृतिक और कलात्मक सम्भावनाओं से विहीन होकर निरा पाशव और वीभत्स हो जाता है।

—समय, समस्या और सिद्धान्त

विवाह के संस्कार से स्त्री-पुरुष का सम्भोग धर्म बन जाता है।

—समय, समस्या और सिद्धान्त

विवाह में सम्भोग की छूट है, किन्तु वहाँ सम्भोग लक्ष्य-रूप नहीं है।

—प्रस्तुत प्रश्न

विवाह सम्भोग के लिए नहीं है, सम्भोग को संयत करने के लिए है।

—प्रस्तुत प्रश्न

सम्भोग की त्रुटि है तो यह कि वह एक-का-एक से सम्बन्ध है।

—समय, समस्या और सिद्धान्त

सम्भोग के क्षण आदमी को सुध-बुध नहीं रहती, अपनापन वह भूल जाता है।

—काम, प्रेम और परिवार

सम्भोग के क्षण मनुष्य स्वयं नहीं है, प्रकृति के हाथ एक यन्त्र है।

—काम, प्रेम और परिवार

सम्भोग पशु की भाँति मनुष्य के साथ सर्वथा सहज नहीं और न हो सकता है।

—प्रश्न और प्रश्न

सम्भोग में जो समान तत्त्व है वह यह कि व्यक्ति परस्पर में अपने को, क्षण के लिए ही सही, अस्तित्वहीन कर लेता है।

—समय और हम

सम्भोग में व्यक्ति की अहन्ता की हार है।

—काम, प्रेम और परिवार

स्त्री-पुरुष संगम में अश्लीलता के लिए अवकाश नहीं रहता।

—समय, समस्या और सिद्धान्त

स्त्री-पुरुष संगम में सृष्टि का मन्त्र निहित है।

—समय, समस्या और सिद्धान्त

स्त्री-पुरुष समागम के तथ्य का सत्य में समावेश हो सकता है।

—समय, समस्या और सिद्धान्त

स्त्री-पुरुष सम्बन्ध, जिसमें व्यक्ति विवश होकर अपने को खो रहता है, भौतिक भाव से परस्पर पूरक है और इसमें एक-दूसरे से बचाव सम्भव नहीं है।

—समय, समस्या और सिद्धान्त

सहवास

उस सहवास में से विष और नरक उपजता है, जिसको बाहर की ओर से विश्वास और सद्भाव प्राप्त नहीं होता और इसलिये जो दो में ही घुटकर रह जाता है।

—वे दो

सहानुभूति में आँसू बहा उठना

प्रेमी और प्रेमिका जब विगलित होकर सहानुभूति में आँसू बहा उठते हैं, तब उन दोनों के शरीर भी परम कृतार्थता और तृप्ति लाभ का अनुभव करते हैं।

—काम, प्रेम और परिवार

सामंजस्य

सामंजस्य की समस्या प्रेम पूर्व नहीं होती, प्राप्ति के अनन्तर होती है।

—काम, प्रेम और परिवार

साहचर्य

प्रेम में साहचर्य अनिवार्य नहीं।

—प्रेम और विवाह

सुख की सेज

गृहस्थ कोई सुख की सेज नहीं, वरन् तप का और साधना का आश्रम है।

—काम, प्रेम और परिवार

सूक्ष्म भोग

रोमांस स्वयं में सूक्ष्म भोग है, स्थूल भोग उसके पीछे खिंचा क्यों न आए!

—काम, प्रेम और परिवार

सैक्स

अगर जीवन में से सेक्स को निकाल बाहर करना सम्भव नहीं होता, तो साहित्य उसको बहिष्करणीय कैसे मान सकता है!

—समय, समस्या और सिद्धान्त

अन्तरंग प्रेम के अर्घ्यार्पण में सेक्स को अनुपस्थित तो नहीं कहा जा सकता,

पर अधिकांश वहाँ सेक्स का अशरीरी रूप ही संगत हुआ करता है।

—समय, समस्या और सिद्धान्त

अश्लील की भरमार सेक्स के अकुंठित स्वीकार का नहीं, बल्कि इनकार का परिणाम है।

—समय, समस्या और सिद्धान्त

आज की व्यवस्था में सेक्स और रोटी वैचारिक और समस्या के रूप में हमारे मन में जितनी जगह घेरते हैं, उससे अधिक अपने निजी और वैयक्तिक रूप में घेरे हुए हैं।

—प्रश्न और प्रश्न

आप सेक्स के साथ क्या केवल विग्रहणीय की ही कल्पना कर पाते हैं?

—समय, समस्या और सिद्धान्त

उस लेखन में साहस और सत्यता की कमी होती है, जहाँ जीवन को खुले सन्दर्भ में न देखा जाकर सेक्स को सारे में लीप-पोतकर मानो छितरा और बिखरा दिया जाता है।

—समय, समस्या और सिद्धान्त

कोई उपन्यासकार जो जीवन का स्वीकार, सत्कार और पुरस्कार करना चाहता है, सेक्स से बचने का बहाना खोजने की आवश्यकता में नहीं रहता और ना ही रह सकता है।

—साहित्य का श्रेय और प्रेय

क्या सेक्स के साथ वह सब महनीय और वरणीय भी सम्मिलित नहीं है, जिसको साहित्य का श्रेष्ठ रस माना जाता है?

—समय, समस्या और सिद्धान्त

जहाँ सेक्स के प्रति हममें घबराहट है, वहीं समझ से उसका सम्बन्ध टूट जाता और विकास से जुड़ जाता है।

—समय, समस्या और सिद्धान्त

जिनमें कभी ज्यादा स्नेह रहा, सेक्स के कारण उन्हीं के बीच इतनी घृणा फूट आती है कि उस मनोदशा की सम्भावनाओं की सीमा नहीं रह जाती है।

—समय और हम

जिस दर्शन और भाव के अधीन हमारी अर्थ नीति और राजनीति चल रही है, उससे सेक्स और भोग की निश्चय ही युक्त से अधिक प्रतिष्ठा है।

—समय और हम

धर्म में पुण्य और पाप, स्वर्ग और नरक, संयम और सेक्स सिमटकर जैसे एक दूसरे से सटे हुए पास आ जाते हैं।

—समय और हम

नैतिकता वह नहीं है, जो सेक्स से मन चुराती है।

—समय, समस्या और सिद्धान्त

पतंग में ज्वाला के प्रति जो भाव है, उसे सेक्स नहीं कह सकते।

—प्रश्न और प्रश्न

परमेश्वर की प्रकृति में सेक्स से बचने की चेष्टा कहीं नहीं है।

—साहित्य का श्रेय और प्रेय

प्रेम की आत्मिकता में सैक्स की शारीरिकता असंगत और तिरोहित हो आती है।

—समय, समस्या और सिद्धान्त

फ्रायड से शुरू हुए मनोविज्ञान ने सन्त-महात्मा को उसके गौरव के आसन से खींचकर सामान्य सेक्स की धरती पर ला उतारा है।

—समय और हम

मन, सेक्स और अर्थ—इनमें अर्थ वह स्थूल तत्त्व है, जिसको शेष दोनों से आसानी से अलग किया जा सकता है।

—समय और हम

यदि सेक्स में से घोर और घृण्य का दर्शन और चित्रण ऊपर आता है, तो सैक्स के प्रति वहाँ मान और न्याय नहीं है।

—समय, समस्या और सिद्धान्त

यौन शारीरिक और वैयक्तिक अभिव्यक्ति है उसकी, जो अन्यथा अखिल में व्याप्त है।

—समय, समस्या और सिद्धान्त

यौन सम्बन्ध में अर्पण अत्यधिक उत्कट होकर भी मानो दोनों ओर अस्मिताओं का आग्रह फिर-फिर सिर उठा आता है।

—प्रश्न और प्रश्न

विवाह की वैधता के भीतर भी सेक्स में एक वर्जन भाव काम करता ही रहता है।

—प्रश्न और प्रश्न

[व्यक्ति] सेक्स के बिना जन्म ही नहीं सकता, फिर जी कैसे सकता है!

—प्रश्न और प्रश्न

साहित्य में सेक्स को निषिद्ध कीजिए, तो तमाम साहित्य का ही निषेध हो जाता है।

—समय, समस्या और सिद्धान्त

सेक्स अन्त में तो प्रतीक है।

—समय और हम

सेक्स अपराध, हत्या आदि यदि जीवन में हैं तो क्या दर गुजर जाने के लिए ही हैं?

—समय, समस्या और सिद्धान्त

सेक्स अपराध, हत्या आदि ही भीतर के रोग और मर्म को उभारकर ऊपर दिखा आते हैं।

—समय, समस्या और सिद्धान्त

सेक्स का नंगापन ही यथार्थ चित्रण है क्या?

—समय, समस्या और सिद्धान्त

सेक्स के कारण हत्याएँ हो सकती हैं, आत्म हत्याएँ हो सकती हैं या क्रूरताएँ प्रकट हो सकती हैं।

—समय और हम

सेक्स के क्षेत्र में बुद्धि इतनी रागाक्रान्त हो जाती है कि काम नहीं दे पाती।

—समय और हम

सेक्स के क्षेत्र में स्व और स्वकीय की बेहद आरूढ़ता नजर आती है, पर और परकीय के प्रति दावा बिलकुल नहीं चल सकता।

—समय और हम

सेक्स को अगर कभी बहुत ढका और दबा रखना जरूरी माना गया, तो क्या उसकी प्रतिक्रिया होना अनिवार्य नहीं है ?

—समय, समस्या और सिद्धान्त

सेक्स द्वारा प्रेम समाप्त नहीं हो सकता।

—प्रश्न और प्रश्न

सेक्स मिश्रण है अहं-रक्षण और अहं-विसर्जन की दो अनिवार्य और विरोधी प्राण-प्रेरणाओं का।

—समय और हम

सेक्स में एक विस्फोट तत्त्व विद्यमान रहता है।

—समय और हम

सेक्स में प्रेम का कुछ अंश ही काम में आता है और उसी मात्रा तक जिस तक अप्रेम का मिश्रण उसे मिल जाता है।

—प्रश्न और प्रश्न

सेक्स में से सृजन होता है।

—समय, समस्या और सिद्धान्त

सेक्स शरीर में व्यक्त है और शरीर में आबद्ध उसे देखा जा सकता है।

—समय और हम

सेक्स सब काल, सब देश के साहित्य में ध्रुव केन्द्र के रूप में पाया जा सकता है।

—समय, समस्या और सिद्धान्त

सेक्स सम्बन्धी प्रश्नों का निदान और समाधान कुछ ही दूर तक सामाजिक विचार के पास है।

—समय और हम

सेक्स सम्बन्धी प्रश्नों का सम्बन्ध मनोविज्ञान की दिशा में होता है।

—समय और हम

सेक्स सम्बन्ध

अपारिवारिक सेक्स सम्बन्ध में तृप्ति तीखी प्रतीत होती हो, लेकिन भरी नहीं होती।

—समय और हम

अपारिवारिक सेक्स सम्बन्ध में समर्पण की अनुभूति नहीं होती।

—समय और हम

स्त्रियोचित गुण

पुरुष का मार्ग कुछ बन्द होता है, अगर वह स्त्रियोचित गुण अपनाता है।

—समय और हम

स्त्री

अगर मनुष्य, स्त्री या पुरुष, बिकने की जरूरत में पड़ सकते हैं और खरीदनेवाला पैसा हो सकता है, तो न बेगारी मजूर और न टकियाई वेश्या समाप्त हो सकती है।

—समय और हम

अनुभूतियों के घटनात्मक विस्तरण से अधिकांश हुआ करता है कि स्त्री देवी होने की ओर नहीं उठती, बल्कि घटकर मानो मादा होने लग जाती है।

—कहानी : अनुभव और शिल्प

अपने मन से खेले बिना उसका [स्त्री का] जी आधा रहता है।

—आलोचना

अपने में अर्थ-धारणा के लिए स्त्री इतर के प्रति अपेक्षाशील है।

—काम, प्रेम और परिवार

अबला कहलानेवाली स्त्री निर्भयता सम्पादन कर सकती है।

—प्रश्न और प्रश्न

अमुक स्त्री का राज्य के केन्द्र पर होना अपने आप में विशेष सार्थक नहीं है।

—प्रश्न और प्रश्न

अमोघता को समझेंगे तो स्त्री की ओर से यह माँग कि पुरुष को कुकर्म के फल के रूप में दंड दिया ही जाए, उतनी ही अनिवार्य हमें नहीं दीखेगी।

—काम, प्रेम और परिवार

आदमी अगर नेक नहीं है, तो दोष इसमें सदा स्त्री का है।

—मान-रक्षा

आदमी कमाने का मालिक है, लेकिन खर्चने की मालकिन स्त्री ही है।

—कहानी : अनुभव और शिल्प

आदमी को औरत की चाह रहती है कि वह इनसान बने।

—मान-रक्षा

आदमी स्त्री के तट पर आकर टूटता है।

—अनाम स्वामी

आदर्श के लिए, जान पड़ता है, स्त्री को निर्गुण और रूपातीत होते जाना होगा।

—काम, प्रेम और परिवार

आदर्श के लिए स्त्री की पहली आवश्यकता है कि वह ईश्वर से अपनी सन्धि स्थापित करे।

—काम, प्रेम और परिवार

आधारभूत स्त्री ही अपनी भूमिका को छोड़ दे, तो फिर बच क्या जाता है!

—समय, समस्या और सिद्धान्त

आमद से अधिक खर्च को महत्त्व मिले, तो सहज ही स्त्री को प्रधानता मिल जाती है।

—काम, प्रेम और परिवार

आर्थिक जैसी किसी स्वतन्त्रता में से स्त्री अपने को सार्थक नहीं पा सकती।

—काम, प्रेम और परिवार

औरत कसौटी है और दुनिया औरत है।

—इतस्ततः

औरत मर्द के लिए जरूर है—यह सही है, लेकिन औरत को मुसीबत नहीं बनने दिया जा सकता।

—सबकी खबर

औरत हमेशा औरत होती है।

—तपोभूमि

इज्जत असल आदमी की होती है, उसी से फिर स्त्री की बना करती है।

—अमिया, तुम चुप क्यों हो गयीं?

उजरत और कीमत देकर जब भोग के लिए नारी को प्राप्त करते हैं, तभी तो उसे वेश्या कहते हैं।

—समय और हम

एक साथ दो स्त्रियों या दो पुरुषों के साथ भोग सम्भव नहीं है।

—प्रश्न और प्रश्न

ऐसी सब शिक्षा, जो पुरुष में स्त्री के लिए और स्त्री में पुरुष के लिए हीनता की भावना पैदा करती है, त्याज्य है।

—सोच-विचार

कप्तान या जनरल के वेश में स्त्री का चित्र बहुत सुन्दर लग सकता है, परन्तु उस रूप में जीवन की कृतार्थता पूरी-पूरी अनुभव होगी कि नहीं—यह दूसरा प्रश्न रहता है।

—प्रश्न और प्रश्न

कमाता मर्द है, खर्चती औरत है।

—झमेला

काम में मानव पुरुष और स्त्री में बँट जाता है और आत्मा की एकता वहाँ खंडित हो जाती है।

—समय और हम

काम सदा द्वन्द्व है और इसीलिये वस्तुत्व अथवा व्यक्तित्व की माँग उसे कम और पुरुष से पुरुषत्व एवं स्त्री से स्त्रीत्व की माँग उसे अधिक हो जाती है।

—समय और हम

कुछ है प्रकृति में जो काम करता है और नर के लोभ पर नारी को अस्वस्थ कर देता है।

—दशार्क

कृतार्थता के लिए स्त्री को माता बनने के अतिरिक्त कुछ और चाहिए।

—दशार्क

क्षमा स्त्री की शोभा है।

—हत्या

खुली आर्थिक प्रतिस्पर्धा में स्त्री को उतरना पड़ता है, तो इसमें सदा के लिए उसकी हीनता प्रतिष्ठित हो जाती है।

—समय, समस्या और सिद्धान्त

गर्भावस्था में सामान्यतया पुरुष स्त्री से विमुख रहता है, उसकी ओर लौटता है तो बुद्धि और विवेक के जोर से।

—काम, प्रेम और परिवार

गाँधी का ब्रह्मचर्य स्त्री को निमन्त्रण देता था और उसके लिए परम अभ्यर्थनीय और वरणीय होता था।

—समय और हम

गाँधी ने स्त्री से दूरी नहीं चाही और नहीं बनाई।

—अकाल पुरुष गाँधी

गुणात्मक विधि से पुरुष अपने में स्त्री की और स्त्री पुरुष की प्रतीति भर सकते और एक दूसरे से उत्तीर्ण हो परम ब्रह्म से सीधी भक्ति का सम्बन्ध स्थापित कर सकते हैं।

—समय और हम

गृहिणी धर्म में ही स्त्री की समुचित परितृप्ति है।

—काम, प्रेम और परिवार

घर-गृहस्थी का स्त्री का स्वधर्म ईश्वरार्पण के उसके परम धर्म के अन्तर्गत ही है।

—समय, समस्या और सिद्धान्त

घर-परिवार के दायित्व के लिए यदि स्त्री उपयुक्त ठहरती है, तो इसमें उसकी पात्रता और योग्यता का पुरस्कार और पुरुषार्थ ही है, लघुता-हीनता का भाव नहीं।

—समय, समस्या और सिद्धान्त

छीन-झपट की स्वाधीनता में स्त्री पुरुष से होड़ नहीं ले सकती।

—काम, प्रेम और परिवार

जब स्त्री और पुरुष एक दूसरे को अपने में सतत और नित्य भाव से धारण कर पाते हैं, तब मानो वह स्थिति आती है जिसे ब्रह्मचर्य कहते हैं।

—समय और हम

जहाँ अधिकार नहीं है, वहाँ चर्चा करने की आदत स्त्री की है।

—गुरु कात्यायन

जहाँ तक प्रेम भावनात्मक है, वहाँ तक कोई भी स्त्री या पुरुष [को] प्रेम के क्षेत्र से बाहर क्यों समझा जाना चाहिए?

—प्रस्तुत प्रश्न

जहाँ स्त्री को घृणापूर्वक अर्थात रसपूर्वक वेश्या, व्यभिचारिणी आदि कहा जाता है, वहाँ अवश्य अश्लीलता है।

—साहित्य का श्रेय और प्रेय

जहाँ स्त्री में माता-भगिनी की बुद्धि है, वहाँ अश्लीलता नहीं है चाहे वहाँ शारीरिक नग्नता का जिक्र भी क्यों न आए।

—साहित्य का श्रेय और प्रेय

जिन अति सम्पन्न देशों में स्त्री प्रमुखता से भोगोपकरण बन आई है, वहाँ नारी के समाज व्यवस्था के शीर्ष तक पहुँचने की सम्भावना ही कैसे हो सकती है!

—समय, समस्या और सिद्धान्त

जिम्मेदारी [बच्चे की] पुरुष पर तो तभी आती है, जब वह लेता है और स्त्री ममता से अपना लेती है।

—इतस्तत:

जिस पुरुष को अपने पुरुषत्व को स्त्री से बचाने की चेतना और चिन्ता रहती है, वह पुरुषत्व अप्रतिष्ठ है।

—प्रश्न और प्रश्न

जिसने केवल सहा है, ऊपर से अतिरिक्त अपने लिये कुछ नहीं चाहा, ऐसी स्त्री पुरुष की कामनाओं का केन्द्र रही है।

—काम, प्रेम और परिवार

जो ऐसा सोचता है कि नारी नरक की ओर ले जानेवाली है, तो ऐसा साधु वास्तव में साधु नहीं है।

—साहित्य का श्रेय और प्रेय

जो नारी को नहीं अपनाता, उसे नारीत्व को अपनाना होगा।

—सोच-विचार

जो स्त्री अपेक्षाकृत नि:सहाय और एकाकी होकर जीवन यापन करती है, वह पुरुषोचित गुणों से भी काम लेती है।

—प्रस्तुत प्रश्न

जो स्त्री से अपने को बचाता है, वह सच से अपने को बचाता है।

—मुक्तिबोध

दंड और प्रतिकार स्त्री की ओर से चलता ही रहता है।

—काम, प्रेम और परिवार

दायित्व की गुरुता से नहीं, मनोरंजन के मान से यदि स्त्री की कीमत स्थिर होगी; तो उस समाज में पुरुष के बराबर आकर स्त्री कभी सहयोगी नहीं बन सकेगी, अनुवर्ती ही रहेगी।

—इतस्ततः

दुर्विजय आकर्षण को जिसे पुरुष पूरी तरह स्वयं नहीं समझ पाता, फिर भी जिसमें उसे खिंचना ही पड़ता है—इसी में स्त्री यदि अपने लिये अभियोग बना बैठे, तो इसका कुछ इलाज नहीं है।

—काम, प्रेम और परिवार

देवर के बिना स्त्री के जीवन में एक अभाव विद्यमान रहता ही है।

— भाभी

नर का आदर्श नर में नहीं है, न नारी का नारी में।

—सोच-विचार

नर को नरत्व के और नारी को नारीत्व के घेरे में कैद रखने के रूप में जो ब्रह्मचर्य की रक्षा देखते हैं, वे सत्य को नहीं देखना चाहते।

—सोच-विचार

नर से वही स्त्री बच सकती है, जो नरत्व अपने में लाती है।

—सोच-विचार

नारी के लिए मेरे ध्यान में परम आदर्श सतीत्व है।

—काम, प्रेम और परिवार

नारी में हिंसा-अहिंसा दोनों की उत्कटता देखी जा सकती है।

—समय और हम

नारी यदि आदरणीय है, तो इस शर्त के साथ नहीं कि वह भारतीय है।

—कहानी : अनुभव और शिल्प

नितान्त स्त्री और नितान्त पुरुष व्यक्तित्व पाता ही नहीं।

—समय और हम

निश्चिन्त रहना स्त्रियों को मिला नहीं है।

—मुक्ति

पति को कोई स्त्री नहीं चाहती।

—जयसन्धि

पत्नी नाम की स्त्री का सौन्दर्य तिजोरी में बन्द रखने को नहीं है।

—काम, प्रेम और परिवार

पत्नी से पहले स्त्री कुछ नहीं होती।

—कल्याणी

पत्नीत्व का दावा पति पर उस हालत में डालना जब कि वह स्वयं उसे लेने को तैयार नहीं है, स्त्री के लिए शोभनीय नहीं समझा जाएगा।

—काम, प्रेम और परिवार

परम्परा के आरम्भ में ही पुरुष के लिए स्त्री और स्त्री के लिए पुरुष उपस्थित हो रहता है।

—इतस्तत:

परिवार की आय में सहायक होने के लिए स्त्रियों को कमाई के लिए बाहर आना हो, तो इसमें कोई दोष नहीं।

—समय, समस्या और सिद्धान्त

पश्चिम में मनुष्य की अपेक्षा में स्त्री गौण नहीं है।

—काम, प्रेम और परिवार

पश्चिम से चलकर बहनेवाली हवा कुछ ऐसी चल रही है कि हम पुरुष-स्त्री को नर-मादा तक उतारकर देख सकें, तो वही दृष्टि गहरी, पैनी और यथार्थ है।

—कहानी : अनुभव और शिल्प

पुत्र में स्त्री किंचित पुरुष को पा जाती है।

—इतस्तत:

पुत्र स्त्री को पति से दूर करता है, दोनों में व्यवधान बनता है।

—काम, प्रेम और परिवार

पुरुष अपने में अधूरा है, स्त्री भी अधूरी है।

—समय, समस्या और सिद्धान्त

पुरुष अपने में पूर्ण हो सकता, तो सृष्टि के विधान में स्त्री की आवश्यकता न थी।

—इतस्तत:

पुरुष एक नारी के प्रेम की प्राप्ति तक ही अपना प्रयोजन रखता है, प्राप्त होते ही उसे छोड़कर दूसरे के आकर्षण के जाल में उलझता है।

—काम, प्रेम और परिवार

पुरुष का अपने में अकेलापन और स्त्री का अपने में अधूरापन यदि सत्य होता, तो उनके मिलन में ही सृष्टि का मन्त्र समाया हुआ न दिखाई देता।

—समय और हम

पुरुष की कठोरता भी स्त्री की कोमलता की ओर प्रेम से उमड़कर कठोर कम यद्यपि तेजस्वी अधिक हो जाती है।

—प्रस्तुत प्रश्न

पुरुष की व्यथा की कहानी स्त्री के मन तक कम उतर पाती है।

—काम, प्रेम और परिवार

पुरुष की सार्थकता कभी स्त्री में नहीं है।

—काम, प्रेम और परिवार

पुरुष के पक्ष में क्या यह उसकी अहन्ता ही नहीं है, जैसे स्त्री ही है जो साथ पकड़ती है।

—जयवर्धन

पुरुष के लिए सच की चुनौती स्त्री के रूप में आती है।

—मुक्तिबोध

पुरुष केवल अवलम्ब है, स्त्री अवलम्बिनी।

—जयवर्धन

पुरुष को अपने लिये स्त्री को प्राप्त करना नहीं है, बल्कि स्त्री के पक्ष में अपने-आपको प्राप्त होने देना है।

—काम, प्रेम और परिवार

पुरुष को आवश्यकता स्त्री की और स्त्री को यदि पुरुष की रहती है, तो इसी कारण कि वे दो भिन्नताओं और लगभग विपरीतताओं के प्रतीक हैं।

—प्रश्न और प्रश्न

पुरुष को चाह में भगाने से बड़ी चीज स्त्री के लिए उसको थाम पाना है।

—जयवर्धन

पुरुष को दोष देने में अधिकांश स्त्री की खीझ और खिसियाहट ही है।

—काम, प्रेम और परिवार

पुरुष को स्त्री नहीं जानती।

—बं गँवार

पुरुष को स्त्री में उसका चरम साध्य नहीं मिलता, पर स्त्री को पुरुष में परम सिद्धि मिल जाती है।

—काम, प्रेम और परिवार

पुरुष जिसे जीवन का प्रसाद समझता है, स्त्री उसे हेय दृष्टि से देखती है।

—तपोभूमि

पुरुष पुरुष है और स्त्री नहीं है।

—काम, प्रेम और परिवार

पुरुष पुरुष है, स्त्री के पक्ष में वह निर्बल है।

—जयवर्धन

पुरुष पूर्ण नहीं है और स्त्री भी पूर्ण नहीं है।

—सोच-विचार

पुरुष पौरुष के बल पर कभी अपने अधूरेपन से मुक्ति नहीं पा सकता, न स्त्री अपने स्त्रीत्व में रम-बँधकर पुरुष को अपने लिये अनावश्यक बना सकती है।

—समय, समस्या और सिद्धान्त

पुरुष बार-बार स्त्री में मरकर जब अपने को जीता पाता है, तो वह जान जाता है कि पूर्ण मरण वहाँ नहीं है।

—काम, प्रेम और परिवार

पुरुष बुद्धि-तर्क आदि के योग से हलन-चलन और गति-ताप पैदा करता है, तो स्त्री उसमें कुछ स्थिरता, स्निग्धता और दाक्षिण्य का स्पर्श भी सुलभ कर आ सकती है।

—समय, समस्या और सिद्धान्त

पुरुष बुद्धि है, तो स्त्री हृदय।

—काम, प्रेम और परिवार

पुरुष में नारी की देह के लिए उत्सुकता और आकर्षण रहता ही है।

—प्रेम और विवाह

पुरुष में स्त्री के प्रति लोभ इतना स्पष्ट निमन्त्रण है कि कोई सूझ-बूझवाला व्यक्ति उसमें से पैसा बनाने की बात सोच आ सकता है।

—समय और हम

पुरुष यदि सैन्य और सैनिक समाज व्यवस्था के आधार स्तम्भ रहेंगे, समाज को अनुशासन में रखनेवाला राज्य सेनाश्रित होगा, तो अनिवार्य है कि समाज में पुरुष प्रधान होगा, स्त्री गौण रह जाएगी।

—प्रश्न और प्रश्न

पुरुष युद्धोन्मुख होकर रह और चल सकता है, यह भी तब जब कहीं पीछे स्त्री का सहारा हो।

—समय, समस्या और सिद्धान्त

पुरुष रहे और स्त्री से निरपेक्ष रहे, यह असत्य है।

—सोच-विचार

पुरुष से पुत्र पाने को स्त्री सार्थकता न मानकर अपनी अवज्ञा मान सकती है।

—काम, प्रेम और परिवार

पुरुष से मिलनेवाला दुख जब कि स्त्री के लिए चिन्ता का विषय नहीं होना चाहिए; तब वह स्वयं जो अपने भीतर से दुख उपजा बैठती है, वह गम्भीर चिन्ता का विषय हो सकता है।

—काम, प्रेम और परिवार

पुरुष स्त्री की कामना के प्रति कठोर कम ही होता है, हो सकता भी कम है।

—काम, प्रेम और परिवार

पुरुष स्त्री के पतन, उसकी कुत्सा और उसकी दुर्दशा का मूल कारण है।

—समय और हम

पुरुष स्त्री को नहीं जानता।

—बं गँवार

पुरुष स्त्री में अपना मरण खोजता है, पर पाता नहीं है।

—काम, प्रेम और परिवार

पुरुष स्त्री में न छिने, यह सम्भव नहीं है।

—इतस्तत:

पुरुष स्त्री में लुभा सकता है, उसमें अपने को रोक नहीं सकता।

—काम, प्रेम और परिवार

पुरुष स्त्री में सिर्फ अपना मरण खोजता है।

—काम, प्रेम और परिवार

पुरुष स्त्री से कभी उत्तीर्ण हो नहीं सकता है।

—इतस्तत:

पुरुष स्त्री से तभी उत्तीर्ण हो सकता है, जब वह किसी-न-किसी प्रकार कुछ स्वयं भी किंचित माता बने।

—इतस्तत:

पुरुष स्त्री से दायित्वशीलता की अपेक्षा रखता है, स्वयं अपने लिये कोई दायित्व नहीं मानता।

—इतस्तत:

पैसे का महत्त्व बढ़ता जाता है, तो कहा जा सकता है कि प्रत्येक स्त्री को निमन्त्रण मिलता रहता है कि वह स्त्री न रहे, वेश्या हो जाए।

—काम, प्रेम और परिवार

पैसे पर अधिकार औरत मानती और भोगती है, मर्द तो कमाने और खतियाने भर का हकदार है।

—झमेला

प्यार जो अमृत होता है, वह औरत के पास है।

—दशार्क

प्रतिस्पर्धात्मक राजनीति स्वभावत: स्त्री का क्षेत्र नहीं होना चाहिए।

—समय, समस्या और सिद्धान्त

प्रेम के पास पैसे को आना पड़ेगा, अगर स्त्री अपने प्रेम के सम्मुख होकर पैसे से विमुखता साध ले।

—दशार्क

प्रेम जो स्त्री का सर्वस्व है, पुरुष के लिए उतना ही संग्रहणीय नहीं है।

—काम, प्रेम और परिवार

प्रेम में पुरुष स्त्री की कामना इसलिये नहीं करता कि पुरुषत्व स्त्रीत्व को अपनाता रहता है।

—प्रश्न और प्रश्न

बच्चे नहीं होंगे, तो स्त्री भी नहीं रहेगी।

—मौत की कहानी

बाहर की वेदी पर यदि स्त्री घर को स्वाहा होने देती है; तो उसे देखना चाहिए कि ऐसे समाज बनता नहीं, छिन्न-भिन्न ही होता है।

—समय, समस्या और सिद्धान्त

बिगाड़ तो औरत को भोगना होता है।

—दो सहेलियाँ

बुद्धिजन्य भेद वृत्ति में से उस साधना-क्रम का आरम्भ हुआ, जिसने पुरुष और स्त्री के लिए एक-दूसरे के स्पर्श से बचे रहने में ही सिद्धि और पवित्रता मान ली।

—समय, समस्या और सिद्धान्त

ब्रह्मचर्य का उपदेश स्त्री और पुरुष के प्रश्न के समाधान के लिए काफी नहीं है।

—सोच-विचार

ब्रह्मचर्य की सिद्धि तब तक नहीं है, जब तक पुरुष और स्त्री में अपने-अपने लिये केवल पुरुष और केवल स्त्री होने का भाव है।

—समय और हम

भगवान तो न पुरुष है न स्त्री, इसलिये रूप देने के आग्रह में उसे अर्द्धनारीश्वर कहना पड़ा है।

—समय, समस्या और सिद्धान्त

भारत की स्त्री विशिष्ट है।

—जयवर्धन

भारतीय सभ्यता में स्त्री को जो स्थान और मान प्राप्त था, अधिक-से-अधिक भी आर्थिक उन्नति और आर्थिक विचारधारा उसे वह मान नहीं दिला सकी।

—काम, प्रेम और परिवार

मनुष्य ऊँची कल्पना दौड़ाता है, सो तभी जब उसे स्थूल चिन्ताओं से स्त्री की सेवा के आधार पर अपेक्षाकृत छुट्टी मिल जाती है।

—प्रस्तुत प्रश्न

मनुष्य रोना रोने सामने नहीं आता है—इतने ही से स्त्री अपने बल को जानने में भूली रहे, यह आवश्यक नहीं है।

—काम, प्रेम और परिवार

मर्द तो दोपाया है, आदमी वह औरत से बनता है।

—मान-रक्षा

मर्यादा स्त्री से है।

—काम, प्रेम और परिवार

माँ न बनी, तो स्त्री होना अकारथ है।

—मान-रक्षा

माता न भी बने, तो भी स्त्री स्त्री है।

—प्रस्तुत प्रश्न

माता बनकर स्त्री प्रियतमा कम होती है—पुरुषानुरक्ति में वह इसको चाहे यातना बना ले, लेकिन इसमें वह अपने साथ अन्याय करती है।

—काम, प्रेम और परिवार

मात्रा से अधिक सलज्ज और सहायापेक्षी स्त्रियाँ बहुधा ऐसों के हाथ गिरती हैं, जिनमें संस्कारिता उन्नत नहीं और दैहिकता ही प्रबल है।

—काम, प्रेम और परिवार

मुक्ति की सम्भवता स्त्री के लिए नहीं है।

—मुक्ति

मूलतः पुरुष का यह वश नहीं है कि स्त्री के प्रति सहानुभूति से हीन हो रहे।

—काम, प्रेम और परिवार

मूलाधिकार स्त्री का कि वह उपकरण की भाँति पुरुष को पाए और उसके द्वारा अपने मातृत्व की सार्थकता को पा ले।

—अनाम स्वामी

मेरी चीज का जो मतलब है, वही मेरी स्त्री का भी मतलब हुआ करता है।

—इतस्ततः

मैं उस दृष्टि को वैज्ञानिक और यथार्थ नहीं मानता हूँ, जिसमें स्त्री स्त्री से अधिक मादा बन जाती है।

—कहानी : अनुभव और शिल्प

यदि कोई स्त्री कपड़े पहिनती है और कपड़े ही कहें कि मेरी नग्नता की कल्पना करो, तो वह अश्लील है।

—साहित्य का श्रेय और प्रेय

यदि नारी भारतीय से इतर है, तो इस कारण वह कम सम्माननीय और अधिक आलोच्य नहीं बन जाती।

—कहानी : अनुभव और शिल्प

यदि पुरुष की ओर से सहानुभूति नहीं आती है, तो यह समझकर कि पुरुष इस प्रकार अपने भीतर अपने को इनकार कर रहा है; यदि स्त्री अपनी ओर से जाने वाले सहानुभूति के प्रवाह को न रोके, तो इससे पुरुष का और स्वयं उसका भला ही होगा।

—काम, प्रेम और परिवार

यदि सार्वजनिकता का समीचीन विकास होना हो, तो स्त्री का उसमें समान भाग होना अनिवार्य है।

—समय, समस्या और सिद्धान्त

यमराज को सब लोग बालक, वृद्ध, स्त्री और पुरुष एक समान ही प्यारे हैं।

—एक कैदी

यह काल के अन्त तक भी कभी न हो पाएगा कि पुरुष अपना क्षोभ स्त्री पर न उतारे और स्त्री अपनी दमित भावनाओं को अपने प्रिय पर ही न उड़ेल फेंके।

—समय और हम

यह मानने का कोई कारण नहीं है कि स्त्री के जीवन में पति के अतिरिक्त अन्य पुरुषों का सद्भाव है ही नहीं अथवा कि पुरुष के लिए अन्य सब स्त्रियाँ लुप्त।

—काम, प्रेम और परिवार

यह स्त्री के वश का काम है कि वह पुरुष से सन्तति ले ले और फिर उस पर से अपना दावा छोड़ दे।

—काम, प्रेम और परिवार

यहाँ जो-जो असार है सब पुरुष है, सारभूत बस स्त्री है।

—हत्या

रचनात्मक प्रवृत्ति स्त्री को ऊँचे और व्यापक क्षेत्र और स्तर तक भी ले जा सकती है।

—समय, समस्या और सिद्धान्त

रागात्मकता स्त्रियों की प्रकृति होती है।

—मुक्ति

राधा बनने के लिए [स्त्रियों को] अपने को इतना खोना होगा कि यह भी उन्हें पता न रहे कि पति-प्रेम उनके प्रेम से कुछ अन्यथा वस्तु है।

—काम, प्रेम और परिवार

रूप स्त्री का स्वरूप नहीं है।

—काम, प्रेम और परिवार

रूप स्त्री के लिए अनिवार्य समझा जाता है।

—काम, प्रेम और परिवार

लिखनेवाले सभी शायद कुछ स्त्री होते हैं।

—प्रणय-दंश

वस्तुस्थिति क्या यह नहीं है कि स्त्री स्त्री है, पुरुष पुरुष?

—प्रश्न और प्रश्न

वाक्-बल में स्त्री के सामने मनुष्य कोई चीज नहीं है।

—काम, प्रेम और परिवार

विचारों की उदारता और कला और आविष्कार की प्रतिभा स्त्रियों की अपेक्षा पुरुषों में अधिक रहती है।

—प्रस्तुत प्रश्न

विरागी पुरुष में प्रेम इतना अखंड होकर रहता है कि उसे अलग-अलग स्त्रियों के प्रति अलग-अलग रूप नहीं लेने होते।

—काम, प्रेम और परिवार

विवाह कितना भी प्रेम विवाह हो, पत्नी यथार्थ पर आकर निरी स्त्री हो आती है।

—प्रेम और विवाह

व्यक्तित्व की समग्रता और सार्थकता यदि स्त्री को प्राप्त करनी हो तो घर को केन्द्र मानकर।

—समय, समस्या और सिद्धान्त

व्यभिचार का हौआ खड़ा करके पवित्रता के नाम पर समाज स्त्री के प्रति अनाचार और अधमाचार करता आया है।

—प्रेम और विवाह

शरीर सबसे बड़ा आयुध है, जो प्रकृति से उसे [स्त्री को] मिला है।

—*वि-ज्ञान*

शुद्धता और पवित्रता की वह धारणा जो स्त्री और पुरुष के बीच अलगाव और दुराव करने में ही साधना की सार्थकता देखती है, एक हठीली भ्रान्ति की ही द्योतक है।

—*समय, समस्या और सिद्धान्त*

शूरवीर को, यदि शौर्य और वीर्य उसका अहिंसक (यानी किंचित स्त्रीत्व से मिश्रित) नहीं है तो, अन्त में स्त्री की शरण में गिरना होगा।

—*सोच-विचार*

संयम लाने की चेष्टा में से भी पुरुष का मुख स्त्री सदा के लिए अपनी ओर कर सकती है—यह सम्भव नहीं है।

—*काम, प्रेम और परिवार*

सती बनाने के निमित्त से घर के परदे में बन्द रखकर हम स्त्री को विषय-तृप्ति का साधन बना डालते हैं।

—*अनाम स्वामी*

सतीत्व में स्त्री के लिए अपने स्वरूप की सम्पूर्ण स्वीकृति है।

—*काम, प्रेम और परिवार*

सतीत्व स्त्री की स्वतन्त्र साधना है।

—*काम, प्रेम और परिवार*

सन्नद्ध स्त्री का सौन्दर्य कुछ अलग ही होता है।

—*मुक्तिबोध*

सब व्यक्ति मूलतः दोनों तरह [स्त्री और पुंतत्व] के तत्त्वों के न्यूनाधिक मात्रा के मिश्रण हैं।

—*काम, प्रेम और परिवार*

समता के प्रयत्न में ही यह गर्भित है कि पुरुष से स्त्री हीन है और इसलिये उसे पुरुष के बराबर होना है।

—*प्रश्न और प्रश्न*

समाज में इज्जत-आबरू की रक्षा का प्रश्न पुरुष से अधिक स्त्री के लिए ही है।

—*मुक्तिबोध*

सम्बन्ध पैसे पर बनेंगे और चलेंगे तो स्त्री घाटे में रहने से कैसे बच सकती है!

—समय और हम

सामाजिक रूप से [स्त्री के] अधिकार कितने भी हों, सहने के धर्म से वे किसी को छुट्टी नहीं दिला सकते।

—काम, प्रेम और परिवार

सारभूत बस स्त्री है।

—हत्या

सार्वजनिक जीवन वही स्निग्ध और प्रशस्त हो सकता है जिसमें पुरुषों का ही प्राधान्य न हो, बल्कि महिलाओं का भी उपयुक्त योग हो।

—समय, समस्या और सिद्धान्त

सार्वजनिक लोक जीवन में मानवता और स्निग्धता रहे—इसके लिए वहाँ स्त्री की उपस्थिति ही नहीं, बल्कि कर्मशीलता भी चाहिए।

—समय, समस्या और सिद्धान्त

साहित्य दिखाए कि सन्त और दुष्ट दोनों में मनुष्य है और सती और वेश्या दोनों में नारी।

—समय और हम

सृष्टि का नियम ही यही है कि स्त्री और पुरुष में कोई एक अकेला नहीं रह सकता।

—सोच-विचार

सृष्टि के आरम्भ में नारी है—यह तो सही है, पर वेश्या है—यह कैसे माना जा सकता है?

—समय और हम

स्त्रियाँ मिल सकती हैं जो अस्थिरता में पुरुष से बढ़कर आगे निकल जाने को तैयार हों और पुरुष हैं, जो एक के होकर और उसे खोकर उसी के नाम पर जीवन भर रोते रह गये हैं।

—काम, प्रेम और परिवार

स्त्रियाँ स्त्री होती हैं।

—हत्या

स्त्रियों का स्थान जहाँ केवल अन्त:पुर है, वहाँ बाहर सामन्तवादी मूल्यों की प्रतिष्ठा हो आती है।

—समय, समस्या और सिद्धान्त

स्त्रियों के आर्थिक स्वतन्त्रता के विचार में से सामंजस्य नहीं फलित होता, अहन्ता को ही धार मिलती है।

—समय, समस्या और सिद्धान्त

स्त्री अटकती है, तो फिर डिगती नहीं है।

—सुखदा

स्त्री अत्याचार अपने ऊपर मानकर अपने को जैसे पहले ही से अबला ठहरा लेती है।

—काम, प्रेम और परिवार

स्त्री अधूरेपन से नहीं छूट सकती।

—प्रश्न और प्रश्न

स्त्री अपना भाग्य बनाने या बिगाड़नेवाली स्वयं नहीं हो सकती कि हमें कहना पड़े कि पुरुष ने उसे बिगाड़ दिया।

—काम, प्रेम और परिवार

स्त्री अपनी नाक से आगे नहीं देख सकती।

—त्यागपत्र

स्त्री अपनी सार्थकता पुरुष में और पुरुष के द्वारा देखने को बाध्य है।

—काम, प्रेम और परिवार

स्त्री अपने दुख को पुरुष के माथे डालकर उससे निवृत्ति पा सकती है, यह धारणा निर्मूल है।

—काम, प्रेम और परिवार

स्त्री अपने में पूर्ण हो पाती, तो पुरुष अविद्यमान ही रहता।

—इतस्ततः

स्त्री अपने राग-तन्तुओं से अपने लिये बन्धन पैदा किए बिना न रहेगी।

—मुक्ति

स्त्री अमुक वृत्तियों और विशेषताओं का प्रतिनिधित्व करने के कारण स्त्री है।

—प्रश्न और प्रश्न

स्त्री आदमी को कायर बनाती है।

—विवर्त

स्त्री और पुंतत्व सर्वथा शुद्ध भाव में यथार्थ में कहीं मिलते ही नहीं।

—काम, प्रेम और परिवार

स्त्री और पुरुष के बीच जो प्रेम और विश्वास की जगह अप्रेम और अविश्वास को स्थान देता है, वह कभी ब्रह्मचारी नहीं हो सकता।

—समय, समस्या और सिद्धान्त

स्त्री और पुरुष पति-पत्नी बनकर गृहस्थी को अपने लिये जेलखाना बना लें, इसका समर्थन नहीं है।

—काम, प्रेम और परिवार

स्त्री और पुरुष सबों में एक अमोघ आकर्षण है, उसको संघर्षण कहो तो भी वही बात है।

—काम, प्रेम और परिवार

स्त्री कल्पनाहीन है और पुरुष भी वह कल्पनाशून्य है, जो इसको पहचान नहीं सकता।

—समय और हम

स्त्री का कार्य घर में रहकर अल्प और व्यर्थ बन जाता है—यह समझना सतही समझ में अपने को समाप्त मान लेना है।

—समय, समस्या और सिद्धान्त

स्त्री का दायित्व है कि वह पुरुष के इस प्रकार पीछे रहे कि पुरुष वापिस न हो पाए।

—काम, प्रेम और परिवार

स्त्री का प्रेम प्राप्ति से आरम्भ होता है, पुरुष का वहाँ समाप्त होता है।

—काम, प्रेम और परिवार

स्त्री का मान कम है, कम होता जा रहा है।

—इतस्ततः

स्त्री का यह महापिंड शून्य की शून्यता पर टिका रह सकता है।

—सोच-विचार

स्त्री का विकास व्यक्ति द्वारा होता है।

—काम, प्रेम और परिवार

स्त्री का समर्पण पति के द्वारा असल में समष्टि-जीवन-रूप परमेश्वर में ही पहुँचता है।

—काम, प्रेम और परिवार

स्त्री का स्त्रीत्व और पुरुष का पुरुषत्व जब निःसन्देह उन दोनों की स्थितियों में कुछ भेद पैदा कर देते हैं, तब उस भेद पर आवश्यकता से अधिक जोर देकर यह नहीं समझना चाहिए कि इन दोनों में समानता नहीं है या कम है।

—सोच-विचार

स्त्री का स्वरूप है सतीत्व और मातृत्व।

—काम, प्रेम और परिवार

स्त्री का हृदय कोमल होता है, वह कुछ विशद भी होता तो . . .

—हत्या

स्त्री की आर्थिक स्वतन्त्रता में से जो सम्बन्ध बनता है, उसमें एकमेकता और तद्नुकूल परस्पर घनिष्ठता और निर्भरता का निर्माण नहीं हो पाता ।

—समय, समस्या और सिद्धान्त

स्त्री की उन्नति का मार्ग कुछ खुलता है, अगर वह पुरुषोचित बने।

—समय और हम

स्त्री की कृतार्थता इसमें है कि वह पुरुष को आगे और उत्तरोत्तर करे।

—जयवर्धन

स्त्री की क्षमता पुरुष से कम नहीं है, किसी अर्थ में अधिक अवश्य मानी जा सकती है।

—मुक्ति

स्त्री की नाना भंगिमाओं और व्यंजनाओं के नीचे कहीं विशेष जटिलता नहीं है।

—व्यतीत

स्त्री की निर्बलता (कोमलता) पुरुष के मन में बहुत बड़े आकर्षण का कारण होती है।

—काम, प्रेम और परिवार

स्त्री की प्रकृति और सामाजिक परिस्थितियाँ उसे मनुष्य की अपेक्षा कहीं अधिक विपदावस्था में डाल देती हैं।

—काम, प्रेम और परिवार

स्त्री की बुद्धि व्यावहारिक होती है।

—जीना-मरना

स्त्री की यातना मुख्यतया इसमें से उपजती है कि वह पुरुष को अपने निकट रोक रखना चाहती है।

—काम, प्रेम और परिवार

स्त्री की लगन स्थूल की ओर विशेष रहती है।

—प्रस्तुत प्रश्न

स्त्री की विशेषता यह है कि वह स्त्री है।

—प्रस्तुत प्रश्न

स्त्री की हर प्रतिभा और क्षमता के लिए उपयोग का अवकाश है।

—समय, समस्या और सिद्धान्त

स्त्री के आदर्श के साथ रूप का कोई सम्बन्ध मुझे नहीं दीखता।

—काम, प्रेम और परिवार

स्त्री के इनकार पर पुरुष का ब्रह्मचर्य और पुरुष के इनकार पर स्त्री का सतीत्व टिक सकता हो, तो इनकार ही सत्य बन जाता है।

—प्रश्न और प्रश्न

स्त्री के उपलक्ष्य में हम नाना वस्तुओं की इच्छा करने लगते हैं।

—समय और हम

स्त्री के चरित्र और पुरुष के भाग्य को कोई नहीं जानता।

—विवर्त

स्त्री के जीवन में देवर आवश्यक वस्तु है।

—भाभी

स्त्री के पास निश्चय ही हृदय का धन अधिक है।

—समय और हम

स्त्री के प्रति जो राग-मोह अनुभव में आता है वह दूसरे प्रतीक पर भी क्यों नहीं स्थानान्तरित हो सकता।

—समय और हम

स्त्री के मन की क्षति स्वयं मन में से पूरी होगी।

—काम, प्रेम और परिवार

स्त्री के माता होने में ही स्त्रीत्व की क्या सम्पूर्ण कृतार्थता और सन्तृप्ति नहीं है?

—ग्रामोफोन का रिकॉर्ड

स्त्री के लिए बौद्धिक होने का ज्यादा खतरा नहीं है और उसका मार्ग पुरुष की अपेक्षा अधिक सुगम है।

—काम, प्रेम और परिवार

स्त्री के शरीर में से शरीर की सृष्टि होती है।

—प्रणय—दंश

स्त्री के स्त्री ही होने का पता जिसे न चले—ऐसा शायद कोई ब्रह्मचारी हो सकता हो तो गाँधी वैसे ब्रह्मचारी न थे।

—अकाल पुरुष गाँधी

स्त्री के हृदय का सूत्र सीधा ही है।

—व्यतीत

स्त्री केवल स्त्री ही नहीं है, वह व्यक्ति भी है।

—काम, प्रेम और परिवार

स्त्री को अगर पुरुष की स्पर्द्धा में डाल दिया जाता है, तो उसमें कुंठा-कृत्रिमता अनिवार्य हो आएगी।

—समय, समस्या और सिद्धान्त

स्त्री को अवगुण की खान बताना पुरुष का अपने मन की खीझ निकालना और अपने मन को समझाना है।

—काम, प्रेम और परिवार

स्त्री को ज्ञान में देखना स्त्रीत्व से विरहित बनाकर देखना है।

—अनन्तर

स्त्री को दुकान का आकर्षक विज्ञापन बनाकर हम अपने को गहरी प्रतारणा और प्रवंचना में डालते हैं।

—समय, समस्या और सिद्धान्त

स्त्री को नृत्यांगना और वेश्या बनाकर हम अपने को विहीन और वंचित बना लेते हैं।

—समय, समस्या और सिद्धान्त

स्त्री को प्रेम की सफलता में से कर्तत्व मिलता है, जब कि पुरुष का कर्तत्व

उस सफलता पर समाप्त होता है।

—काम, प्रेम और परिवार

स्त्री को बराबरी के नाम पर अ-स्त्री बनने के लिए कभी बहकाना नहीं चाहिए।

—प्रश्न और प्रश्न

स्त्री को यह भूल जाना चाहिए कि वह निर्बल है।

—काम, प्रेम और परिवार

स्त्री को राह देना उसे न समझना है।

—सुखदा

स्त्री को वर्जित करके जो पहले इस दुनिया को आधी बना देता है और फिर आधी को पाने में सब पाना मान लेता है वह मुक्त नहीं होता होगा।

—प्रश्न और प्रश्न

स्त्री को वीरांगना भी बनना पड़ता है।

—समय, समस्या और सिद्धान्त

स्त्री को व्यक्त का आधार चाहिए, जब कि पुरुष की उन्मुखता अव्यक्त के प्रति है।

—काम, प्रेम और परिवार

स्त्री को स्त्रीत्व से आगे व्यक्तित्व देने में गाँधी से बढ़कर शायद ही कोई इतिहास का चरित्र ठहर सके।

—अकाल पुरुष गाँधी

स्त्री को स्त्री संज्ञा देकर पुरुष को न छुटकारा है, न होगा।

—सुनीता

स्त्री को स्त्रीत्व देकर यदि ईश्वर ने उसे सर्वतोभावेन बुद्धि-शून्य बना दिया होता, तो भी जगत की विशेष क्षति न होती; क्योंकि स्त्री स्त्रीत्व के जोर से सब अभावों को भरकर पुरुष के आगे तब भी अपराजित ही रहती।

—सजा

स्त्री कौन सी ऐसी नहीं है, जो बच्ची नहीं है ?

—आलोचना

स्त्री क्या चाहती है ?

—जयवर्धन

स्त्री गति उतनी नहीं चाहती, जितनी स्वीकृति चाहती है।

—सुखदा

स्त्री गाँधी के पास नितान्त निरापद और सुरक्षित ही नहीं अनुभव करती रही होगी, बल्कि वह अपनी अन्तर्ग्रन्थियों से भी वहाँ मुक्त बन आती होगी।

—समय और हम

स्त्री चाहती है कि पुरुष को झुकाए और झुक जाता है तो इसी दोष के लिए उससे नाराज होती है।

—सुखदा

स्त्री जब तक स्त्री है, पुरुष की आवश्यकता में है।

—समय और हम

स्त्री जब व्यक्ति बनती है, तो अर्थ की अधीनता उसे दबा ही देती है।

—समय और हम

स्त्री जाति का तर्क कुछ अलग हुआ करता है।

—दशार्क

स्त्री जाति की माँ है और हर अवस्था में भक्ति की अधिकारिणी है।

—व्यतीत

स्त्री तन की बिक्री से और पुरुष श्रम की बिक्री से असहयोग कर दे, तो पैसे का दम्भ टूटेगा।

—दशार्क

स्त्री तो साफ ही पुरुष के अभाव में माता हो नहीं सकती।

—इतस्ततः

स्त्री दोयम है।

—समय और हम

स्त्री नहीं जान पाती कि स्त्री के आदर्श के साथ रूप का कोई सम्बन्ध नहीं, इससे वह ठगी जाती है।

—काम, प्रेम और परिवार

स्त्री नाजुक बनती है और नजाकत को अपनी शोभा और भूषा मानती है।

—इतस्ततः

स्त्री ने पुरुषोचित गुण के नाम पर अपने स्त्री-सुलभ स्वभाव के कारण पुरुष में उन वृत्तियों को प्रोत्साहन दिया कि जिनसे पुरुष का दर्प बढ़ता गया, धर्म घटता गया।

—इतस्तत:

स्त्री पुरुष की अपेक्षा अधिक भक्ति-प्रवण है।

—काम, प्रेम और परिवार

स्त्री पुरुष की आजादी को सहायता ही नहीं देती, पसन्द भी करती है।

—इतस्तत:

स्त्री पुरुष की ओर से और पुरुष स्त्री की ओर से कुत्सित और जुगप्साजनक को भी जिस सम्बन्ध में स्वीकार्य भाव से ग्रहण करते हैं और परस्पर को निबाहते-सहते हैं, वह सम्बन्ध प्राकृतिक न होकर भी सांस्कृतिक है।

—काम, प्रेम और परिवार

स्त्री पुरुष की कृतज्ञ हो सकती है कि खतरा लेकर आगे बढ़ने की मूर्खता उसके भाग में नहीं आई है।

—काम, प्रेम और परिवार

स्त्री पुरुष की गहरी आवश्यकता है।

—दशार्क

स्त्री पुरुष की सीमा है; किन्तु स्त्री उस पुरुष की सीमा कैसे हो सकती है, जो ब्रह्मलीन है।

—प्रश्न और प्रश्न

स्त्री पुरुष के प्रति और पुरुष स्त्री के प्रति सहज समर्पित नहीं होते, जाने कितनी लड़ाई पहले अपने साथ उन्हें लड़नी पड़ती है।

—प्रश्न और प्रश्न

स्त्री पुरुष के योग से अपने में सन्तति पाती है—पुरुष क्या पाता है ?

--काम, प्रेम और परिवार

स्त्री पुरुष के लिए प्रेयसी हुए बिना नहीं रह सकती।

—काम, प्रेम और परिवार

स्त्री पुरुष में से अपना फल लेती है।

—काम, प्रेम और परिवार

स्त्री पौरुष की दिशा में पुरुष की समता करना चाहेगी, तो उसका मान नहीं बढ़ेगा।

—प्रश्न और प्रश्न

स्त्री प्रकृत तब वह है, जब शर्माती है।

—अनन्तर

स्त्री प्रकृति का प्रतीक है।

—समय और हम

स्त्री प्रेयसी बनती है, इसी से दासी बन सकती है।

—काम, प्रेम और परिवार

स्त्री भोग्य है, इसलिये पुण्य भी है।

—समय, समस्या और सिद्धान्त

स्त्री मात्र बच्ची है, अपने मन से खेले बिना उसका जी आधा रहता है।

—आलोचना

स्त्री माया न जोड़े, तो क्या पति जोड़े!

—सोच-विचार

स्त्री मुक्ति नहीं पा सकती, अन्यथा उसके लिए माता बनने का विधान न होता।

—मुक्ति

स्त्री में आवश्यक अनुपात में कड़वाहट भी चाहिए।

—काम, प्रेम और परिवार

स्त्री में कोई रस अलग नहीं चाहिए।

—काम, प्रेम और परिवार

स्त्री में पुरुष के और पुरुष में स्त्री के प्रति राग के साथ द्वेष का योग के साथ प्रतियोगी सम्मिश्रण है।

—अनाम स्वामी

स्त्री यह नहीं कि मीठी-ही-मीठी हो, खट्टी न हो या खट्टापन इतना हो कि नमक की जरूरत जान पड़े।

—काम, प्रेम और परिवार

स्त्री यों कायर होती है, लेकिन बच्चे की ममता को लेकर वार का जवाब देने की दिलेरी उसमें आ जाती है।

—समय और हम

स्त्री वह नहीं है, जो पुरुष है।

—समय और हम

स्त्री व्यक्त के माध्यम से अव्यक्त को पाती है, जब कि पुरुष सीधा अव्यक्त की ओर जा सकता है।

—काम, प्रेम और परिवार

स्त्री व्यक्ति के रूप में आत्मवान है।

—काम, प्रेम और परिवार

स्त्री शब्द में जो ध्वनि आती है वह कन्या, माता और बहन जैसे नातों में मानो हमारी निगाह से एकदम नीचे रह जाती है।

—सोच-विचार

स्त्री-शरीर यदि कोमल है, स्त्री-स्वभाव यदि भावनात्मक है, तो मान लेना चाहिए कि कोमल भावनाओं के रूप में उसकी सृष्टि हुई है।

—प्रश्न और प्रश्न

स्त्री सब कहीं दुर्भाग्य लाती है।

—व्यतीत

स्त्री सब जगह एक है।

—जयवर्धन

स्त्री सब सहती है, पर दिल उसका तपता रहता है।

—तपोभूमि

स्त्री समझदारी के लिहाज से विवाह एक जगह चाह सकती है, फिर चाहे आकर्षण दूसरी ओर का भी हो।

—काम, प्रेम और परिवार

स्त्री सार्वजनिक जीवन में जल्दी ही बह सकती है, क्योंकि वह अस्वीकृति कम पाती है।

—सुखदा

स्त्री से दूरी उन्होंने [गाँधी ने] नहीं चाही।

—समय और हम

स्त्री से पुरुष को छुट्टी नहीं मिल सकती।

—सोच-विचार

स्त्री से पुरुष लाभ पाए, इसमें स्त्री को शिकायत क्यों?

—काम, प्रेम और परिवार

स्त्री स्त्री बनी है तो स्त्रीत्व से बाहर अपनी सार्थकता देखने की हठ न रखे।

—काम, प्रेम और परिवार

स्त्री स्त्री है, पुरुष पुरुष है और उस भाव में दोनों का अपना पक्ष हो जाता है।

—सोच-विचार

स्त्री स्त्रीत्व के जोर से सब अभावों को भरकर पुरुष के आगे तब भी अपराजित ही रहती है।

—सजा

स्त्री स्त्रैण पुरुष को चाह नहीं सकती।

—काम, प्रेम और परिवार

स्त्री स्वतन्त्र हो नहीं सकती।

—मुक्ति

स्त्री स्वीकृति में दूसरे का अपने पर स्वत्व स्वामित्व भी चाहती है।

—सुखदा

स्त्री हर वातावरण में समरस हो सके और कहीं अनमिल न दीखे, यद्यपि उसे व्यक्तित्व कहीं खोना न पड़े।

—काम, प्रेम और परिवार

स्त्री हीन न ठहरे—यह चिन्ता यदि पुरुष को लगी रहती है, तो उसके भीतर मानना होगा कि अभी ग्रन्थि है, सहजता नहीं है।

—समय, समस्या और सिद्धान्त

स्त्री हृदय है, तो पुरुष मस्तिष्क है।

—प्रश्न और प्रश्न

स्त्री हो और पुरुष को उपेक्षा देकर वह जीये—यह असम्भवता है, अकृतार्थता है।

—सोच-विचार

स्त्रीत्व को खोकर स्त्री अपनी सही सार्थकता कभी प्राप्त नहीं कर सकेगी।

—समय, समस्या और सिद्धान्त

स्त्रीत्व समर्पण में भी स्त्री को अपनी आन नहीं भूलने देता।

—सुखदा

स्वच्छ मन की स्त्री स्त्री-जाति के लिए प्रयुक्त हुए प्रत्येक निन्दात्मक शब्द में कहनेवाले की खिसियाहट और मन-बुझौवल को देख लेगी।

—काम, प्रेम और परिवार

हमारे दर्शन में पौरुष का एकांगी भाव रहा है, नारी का सन्तुलित योग नहीं रहा।

—समय और हम

हर पुरुष के जीवन में कोई स्त्री अवश्य होती है, जिसके प्रति उसमें कामना से अधिक भक्ति है।

—काम, प्रेम और परिवार

स्त्री और पुरुष

आकर्षण स्त्री और पुरुष को अपने बीच विसर्ग से प्राप्त हुआ है।

—इतस्तत:

कर्तव्यों का अन्तर स्त्री और पुरुष के अधिकारों में भी अन्तर डालेगा।

—प्रस्तुत प्रश्न

जहाँ व्यक्ति की हैसियत है, स्त्री और पुरुष में भेद करना फिजूल है।

—सोच-विचार

ब्रह्मचर्य का उपदेश स्त्री और पुरुष के प्रश्न के समाधान के लिए काफी नहीं है।

—सोच-विचार

योग में पुरुष और स्त्री परस्पर को देह में नहीं आत्म में पा जाते हैं।

—प्रश्न और प्रश्न

व्यक्तित्व की दृष्टि से स्त्री और पुरुष दोनों बिलकुल समान हैं।

—सोच-विचार

समाज-भावना के विकास में सहायक होकर स्त्री और पुरुष का सहयोग कर्तव्य-रूप भी हो जाता है।

—प्रस्तुत प्रश्न

समाज में स्त्री और पुरुष दोनों का सहयोग न हो, तो समाज कैसे होगा?

—प्रस्तुत प्रश्न

सृष्टि का नियम ही यही है कि स्त्री और पुरुष में कोई एक अकेला नहीं रह सकता।

—सोच-विचार

स्त्री और पुरुष अपने में दोनों आधे और अधूरे हैं।

—समय और हम

स्त्री और पुरुष का प्रश्न केवल वाद-विवाद या बैठक-अधिवेशनों में ही उठाया जाता है।

—सोच-विचार

स्त्री और पुरुष का भेद भेद होकर तो कष्टकर ही था और उसमें भिन्न होकर स्त्री-पुरुष आपस में अब भी जूझ रहे हैं, लड़ रहे हैं और मिल रहे हैं और फिर लड़ रहे हैं।

—सोच-विचार

स्त्री और पुरुष का वह भाग जिसको अत्यन्त व्यक्तिगत मानने के कारण सामाजिक अर्थ में अनुपादेय और निकृष्ट भी कह सकते हैं, वही गृहस्थी में सिमटकर सीमित हो रहता है।

—काम, प्रेम और परिवार

स्त्री और पुरुष के परस्पर अधिकारों की तौल पर वेश्या-वृत्ति का प्रश्न स्थगित नहीं है।

—समय और हम

स्त्री और पुरुष के बीच आकर्षण कभी समाप्त नहीं होनेवाला है।

—जयवर्धन

स्त्री और पुरुष के बीच आकर्षण को काव्य ने सजाया-सँवारा है।

—इतस्तत:

स्त्री और पुरुष के बीच आकर्षण को धर्म ने महिमामंडित किया है।

—इतस्तत:

स्त्री और पुरुष के बीच आत्म विसर्जन और आत्म दान की अनिवार्यता मूलगत और टिकनेवाली है।

—इतस्तत:

स्त्री और पुरुष के बीच ऐसा कुछ अवश्य रहेगा, जो आत्मा और हृदय के

अतिरिक्त भी कहा जा सके।

—समय और हम

स्त्री और पुरुष के बीच का आकर्षण ब्रह्मांड में अव्याहत व्याप्त है।

—समय, समस्या और सिद्धान्त

स्त्री और पुरुष के बीच जो आकर्षण है, वह परस्पर उन्हें आत्म-दाह में मिलाए बिना रह नहीं सकता।

—इतस्तत:

स्त्री और पुरुष के मध्य जो एक आकर्षण है, अपने को दूसरे में खो देने और पा लेने की प्यास है—उसको लेकर इसी की विवशता से मानव प्राणी चल रहा है।

—प्रश्न और प्रश्न

स्त्री और पुरुष को सम्पर्क तजकर एकाकी बने रहने की सीख आदि काल से ही दी जाती रही है।

—सोच-विचार

स्त्री और पुरुष तत्त्व अपनी शुद्धता में कहीं विद्यमान ही नहीं है।

—काम, प्रेम और परिवार

स्त्री और पुरुष तत्त्वों में एक अमोघ आकर्षण है, उसको संघर्षण कहो तो भी वही बात है।

—काम, प्रेम और परिवार

स्त्री और पुरुष दोनों के गुण बीज रूप में दोनों में विद्यमान रहते हैं।

—प्रस्तुत प्रश्न

स्त्री और पुरुष पति-पत्नी बनकर गृहस्थी को अपने लिये जेलखाना बना लें, इसका तो समर्थन नहीं है।

—काम, प्रेम और परिवार

स्त्री और पुरुष परस्पर भोगाकाँक्षा में आकृष्ट हो के अपनी-अपनी समग्रता और स्वस्थता को ही नहीं खोज रहे हैं, यह कौन कह सकता है!

—समय, समस्या और सिद्धान्त

स्त्री और पुरुष में बदाबदी का भाव या विचार बनता है, तो कहीं चूक है।

—समय, समस्या और सिद्धान्त

स्त्री और पुरुष में भेद रहे, दूरी रहे, तो ही कुशल है—ऐसा मैं नहीं मानता।

—प्रश्न और प्रश्न

स्त्री और पुरुष में यदि प्रकृति की ओर से यह विभाजन है कि मातृत्व से पुरुष वंचित रहे, तो क्या पुरुष को हक आता है कि वह प्रकृति पर पक्षपात का दोष डाले।

—समय, समस्या और सिद्धान्त

स्त्री और पुरुष में सम्पर्क अनिवार्य है।

—सोच-विचार

स्त्री और पुरुष में सहयोग होना अनिवार्य है।

—सोच-विचार

स्त्री और पुरुष सम्बन्धी आन्दोलन व्यक्ति तक आकर शून्य हो जाते हैं।

—सोच-विचार

स्त्री और पुरुष सम्बन्धी आन्दोलनों में ऊपर-ऊपर तो बहुत अर्थ रहता है और बहुत अनिवार्यता-सी भी रहती है, पर तत्काल में और असल में उनसे विशेष सहायता नहीं मिलती।

—सोच-विचार

स्त्री और पुरुष सम्बन्धी आन्दोलनों में प्रस्ताव तो गम्भीर और सुन्दर पढ़ा जाता है, पर उसके सहारे जीवन एक का भी सुन्दर और गम्भीर बनने में नहीं आता।

—सोच-विचार

स्त्री और पुरुष सबों में एक अमोघ आकर्षण है—उसको संघर्षण कहो, तो भी वही बात है।

—काम, प्रेम और परिवार

स्त्री और पुरुष सहयोग को नीति द्वारा नियमित संयत करना पड़ता है, जिससे वह संयुक्त सामाजिकता की बढ़ती हुई भावना को मदद दे।

—प्रस्तुत प्रश्न

स्त्री देह

स्त्री देह के प्रति घृणा और तिरस्कार की भावना के आधार पर ब्रह्मचर्य को पुष्ट बनाने की कोशिश की गयी है।

—सोच-विचार

स्त्री-पुरुष

अनेकता के क्षेत्र में क्या अनिवार्यता ही नहीं है कि कुछ हो, जो स्त्री-पुरुष प्राथमिक पृथकता में फिर से एकता को प्रकाशित करे।

—समय, समस्या और सिद्धान्त

अन्यान्य सम्बन्धों को आंशिक भी कह दें, पर स्त्री-पुरुष का आकर्षण सर्वग्रासी है।

—समय, समस्या और सिद्धान्त

अपने-अपने दुखों को लेकर स्त्री-पुरुष कहाँ जाएँ, सिवा इसके कि वे उन दुखों को एक-दूसरे पर डालें, और वे और कर क्या सकते हैं?

—समय और हम

अश्लील चेष्टा के लिए स्त्री-पुरुष में स्पर्श आवश्यक नहीं है।

—समय, समस्या और सिद्धान्त

अश्लीलता की सृष्टि तब होती है, जब स्त्री-पुरुष समागम के तथ्य के सत्य में हमारी ओर से असत्य का भी सम्मिश्रण हो जाता है।

—समय, समस्या और सिद्धान्त

अहन्ता जहाँ तक है, वहीं तक स्त्री-पुरुष भाव की व्याप्ति है।

—समय और हम

आत्मा की ओर से सब स्त्री-पुरुषों में एक व्यक्तिमत्ता है और वहाँ स्त्रीत्व और पुरुषत्व की कोई संगति नहीं रह जाती है।

—समय और हम

उपन्यास में सत्यानुसन्धान वह सजीव चिन्मय सत्य है, जो हर स्त्री-पुरुष के हृदय में हर श्वास के साथ धड़कता सुन पड़ सकता है।

—साहित्य का श्रेय और प्रेय

काम की उपस्थिति के कारण स्त्री-पुरुष के बीच आसक्ति और विरक्ति की समस्या सनातन बनी रहती है।

—समय, समस्या और सिद्धान्त

कोई एजेन्सी सब स्त्री-पुरुषों को परस्पर युग्म में समनियुक्त कर सकती है, यह असम्भव है।

—प्रश्न और प्रश्न

चाह दुर्दम हो आती है, जब दो सम नहीं विषम होते हैं जैसे कि स्त्री-पुरुष विषम हैं।

—समय और हम

जिस अंश में स्त्री-पुरुष अपनी-अपनी मर्यादाओं से विकास-क्रम में ऊँचे उठते जाएँगे, वैसे-ही-वैसे उनमें कर्तव्य भेद की मर्यादाएँ कम होती जाएँगी।

—प्रस्तुत प्रश्न

जैसे-जैसे जीवन को खुलने का अवसर मिलेगा, वैसे-ही-वैसे स्त्री-पुरुषों की सृजनात्मक शक्ति दूसरी दिशाओं में उपयुक्त होगी और जनसंख्या का विस्फोट अनायास कम होता दीखेगा।

—वृत्त विहार 2

दुनिया स्त्री-पुरुष प्रेम नहीं है और भी बहुत कुछ है।

—स्मृति-पर्व

पश्चिम से चलकर बहनेवाली हवा कुछ ऐसी चल रही है कि हम पुरुष-स्त्री को नर-मादा तक उतारकर देख सकें, तो वही दृष्टि गहरी, पैनी और यथार्थ है।

—कहानी : अनुभव और शिल्प

पूर्णता की राह में ही [स्त्री-पुरुष] दोनों की एक-दूसरे की ओर प्रवृत्ति होती है।

—प्रश्न और प्रश्न

प्रेम स्त्री-पुरुष के मध्य होकर प्रणय बनता है।

—प्रश्न और प्रश्न

मनुष्य जाति में ही स्त्री-पुरुष नहीं हैं, सारी सृष्टि में ही यह भेद व्यापा हुआ है।

—इतस्तत:

यदि मुक्ति वह अवस्था है जिसकी अनुभूति पायी जा सके, तो वह स्त्री-पुरुष के सन्तुलित संगम से प्राप्त हो सकती है।

—समय और हम

विज्ञान के सहारे स्त्री-पुरुष सम्भोग को यदि दायित्व और परिणाम से शून्य बना दिया जाता है, तो वह सम्बन्ध सांस्कृतिक और कलात्मक सम्भावनाओं से विहीन होकर निरा पाशव और वीभत्स हो जाता है।

—समय, समस्या और सिद्धान्त

विवाह अभी स्त्री-पुरुष के आपसी अधिकार-भाव का नाम है।

—समय, समस्या और सिद्धान्त

विवाह के संस्कार से स्त्री-पुरुष का सम्भोग धर्म बन जाता है।

—समय, समस्या और सिद्धान्त

विवाह द्वारा स्त्री-पुरुष एक दूसरे के लिए पति-पत्नी होकर सुलभ बनते हैं।

—प्रेम और विवाह

विवाह वह उद्योग है, जो स्त्री-पुरुष सम्बन्ध में मर्यादा लाता है।

—समय, समस्या और सिद्धान्त

शुद्ध स्त्री-पुरुष मिलना दुर्लभ है।

—काम, प्रेम और परिवार

सशरीर स्त्री-पुरुष जो व्यक्ति रूप में हमारे समक्ष हैं, स्वयं में ही सार्थक नहीं हैं।

—प्रश्न और प्रश्न

सुख पाने के लिए सुख देना—इस नियम में स्त्री-पुरुष का भेद नहीं।

—इतस्ततः

स्त्री और पुरुष का भेद भेद होकर तो कष्टकर ही था और उसमें भिन्न होकर स्त्री-पुरुष आपस में अब भी जूझ रहे हैं, लड़ रहे हैं और मिल रहे हैं और फिर लड़ रहे हैं।

—सोच-विचार

स्त्री-पुरुष अगर एक दूसरे के लिए ऐसे उपलक्ष्य रहते हैं कि जो लक्ष्य के प्रतिरूप और प्रतीक होकर स्वयं से मानो अतीत हो आएँ, तो यही प्रेम दिव्यता प्राप्त करता चला जाता है।

—समय, समस्या और सिद्धान्त

स्त्री-पुरुष अपने-अपने में अकेले हैं।

—समय और हम

स्त्री-पुरुष आकर्षण में आरम्भ में एक-दूसरे में हठात् देवत्व के दर्शन होने लगते हैं।

—समय, समस्या और सिद्धान्त

स्त्री-पुरुष आकांक्षा की तीव्रता में भी डरते-डरते एक दूसरे के पास आते हैं।

—समय, समस्या और सिद्धान्त

स्त्री-पुरुष आपस में नर-मादा बनकर नहीं रह सकते।

—अ-विज्ञान

स्त्री-पुरुष उपलक्ष हैं।

—समय और हम

स्त्री-पुरुष का द्वैत इतना मौलिक गहन है कि इनके क्षणिक एक ही भाव में सृष्टि के मन्त्र को बन्द रख दिया गया है।

—समय, समस्या और सिद्धान्त

स्त्री-पुरुष का परस्पर आकर्षण रोमांस का पहला और अनिवार्य आस्वाद है।

—समय, समस्या और सिद्धान्त

स्त्री-पुरुष का बँटवारा सर्वथा और अन्तिम नहीं है और जो अन्तिम है, वह तो लिंगातीत-निर्गुण है।

—समय, समस्या और सिद्धान्त

स्त्री-पुरुष का सम्बन्ध वह नींव नहीं है, जिस पर नीति या धर्म को खड़ा होना चाहिए।

—बीऽट्रिस

स्त्री-पुरुष की परस्पराकर्षकता सम्प्राप्ति की प्रथम माँग और चुनौती के रूप में अनुभूत होती है।

—समय, समस्या और सिद्धान्त

स्त्री-पुरुष की शारीरिकता को प्रकृत रूप में स्वीकार और अंगीकार कर हमने एक दावा और दम्भ ही रच डाला है।

—समय, समस्या और सिद्धान्त

स्त्री-पुरुष की समान अधिकारिता वेश्या-वृत्ति रोग का निदान नहीं है।

—समय और हम

स्त्री-पुरुष की सृष्टि ही इसलिये हुई है कि वे परस्पर अहन्ता की धार को छोड़ें और अपने में एक स्निग्धता और समंजसता सिद्ध करें।

—समय, समस्या और सिद्धान्त

स्त्री-पुरुष के आकर्षण का आधार लेकर हमने जो अपनी पारिवारिकता और सामाजिकता का निर्माण किया है, सो यह मानवीय सभ्यता का निदर्शक ही है।

—समय, समस्या और सिद्धान्त

स्त्री-पुरुष के बीच आकर्षण के प्रति हममें भय-संशय का भाव हो, तो उसमें कामुकता उत्पन्न होती है।

—समय, समस्या और सिद्धान्त

स्त्री-पुरुष के बीच का भोग सम्बन्ध कुछ वही अवस्था है, जहाँ दोनों एक-दूसरे से अपनी-अपनी तृप्ति चाहते हैं और छीनते-नोंचते हैं।

—काम, प्रेम और परिवार

स्त्री-पुरुष के बीच भय-संशय प्रेम को असम्भव बनाता है।

—समय, समस्या और सिद्धान्त

स्त्री-पुरुष के बीच भी अमुक की अपेक्षा माता-पुत्र, पिता-पुत्री, भाई-बहन के बीच [प्रेम] प्रणय नहीं है।

—प्रश्न और प्रश्न

स्त्री-पुरुष के नैसर्गिक सम्बन्ध को विवाह की भोग-मूलक धारणा ने अर्थाश्रित करके उसे क्रय-विक्रय के बाजार में ला पटका है और व्यभिचार बना दिया है।

—समय, समस्या और सिद्धान्त

स्त्री-पुरुष के परस्पर आकर्षण की ही पहली किरण है, जिसकी स्पर्शानुभूति हममें श्रद्धा और भक्ति के भावोदय के रूप में होती है।

—समय, समस्या और सिद्धान्त

स्त्री-पुरुष के बीच आकर्षण और सम्पर्क के प्रश्न को विचार-विवेचन और शिक्षण के बाहर रखना उचित नहीं है।

—प्रश्न और प्रश्न

स्त्री-पुरुष के बीच आकर्षण के प्रति यदि हममें भय-संशय का भाव उत्पन्न हो, तो वह वर्जनाओं को जन्म दे जाता है।

—समय, समस्या और सिद्धान्त

स्त्री-पुरुष के बीच आकर्षण के प्रति हममें भय संशय का भाव हो, तो उसमें कामुकता उत्पन्न होती है।

—समय, समस्या और सिद्धान्त

स्त्री-पुरुष के बीच आकर्षण में एक दैवी भाव विद्यमान और प्रवर्तमान रहता है।

—समय, समस्या और सिद्धान्त

स्त्री-पुरुष के बीच आकर्षण विधाता की ओर से प्राप्त मानव जाति की सबसे बड़ी सम्पदा है।

—समय, समस्या और सिद्धान्त

स्त्री-पुरुष के बीच का हर प्रेम वासनामूलक और इसलिये अशुद्ध होता है—यह कहना एक अपेक्षा से सर्वथा अवैज्ञानिक नहीं है।

—समय, समस्या और सिद्धान्त

स्त्री-पुरुष के बीच आकर्षण शक्ति की महासत्ता सचराचर जगत में है।

—समय, समस्या और सिद्धान्त

स्त्री-पुरुष के बीच का भोग सम्बन्ध कुछ वही अवस्था है, जहाँ दोनों एक-दूसरे से अपनी-अपनी तृप्ति चाहते हैं और छीनते-नोंचते हैं।

—काम, प्रेम और परिवार

स्त्री-पुरुष के बीच शक्ति तो मूल प्रेम ही है, पर प्रवाह में सिरों पर व्यक्तियों के स्वत्व के साथ मिलकर प्रेम कुछ काम का रूप भी लेने को विवश होता है।

—समय, समस्या और सिद्धान्त

स्त्री-पुरुष के बीच स्नेह-भावना की जगह हिसाबी बुद्धि आ जाए, तो जीवन लाभ की दृष्टि से यह उन्नति नहीं है।

—समय, समस्या और सिद्धान्त

स्त्री-पुरुष के मध्य शुद्ध प्रेम के संचरण की साधना अथवा सिद्धि अशक्यप्राय जैसी लगती है।

—समय, समस्या और सिद्धान्त

स्त्री-पुरुष के योग से मानवता की पूरी इकाई का निर्माण होता है।

—समय, समस्या और सिद्धान्त

स्त्री-पुरुष के समाजगत कर्तव्य एवं उनकी मर्यादित प्रवृत्ति की पूर्ति की राह में विवाह आता है।

—प्रस्तुत प्रश्न

स्त्री-पुरुष के सुख में जमीन-आसमान का अन्तर है।

—तपोभूमि

स्त्री-पुरुष को और सत्ता-सम्पत्ति को लेकर अकसर मनों में कामनाएँ उठती हैं, जिनके साथ पाप का बोध चलता है।

—इतस्तत:

स्त्री-पुरुष—दोनों ओर से पति-पत्नी और प्रेमी-प्रेमिका की जोड़ियाँ बनती और जीती रही हैं।

—प्रेम और विवाह

स्त्री पुरुष में जो परस्पर[ता] की माँग है, वह विवाह की संस्था से कभी भरकर पूरी नहीं हो सकी।

—वृत्त विहार 2

स्त्री-पुरुष में यदि महत्त्व है तो निजत्व में नहीं है, बल्कि निमित्त और प्रतिनिधित्व में है।

—प्रश्न और प्रश्न

स्त्री-पुरुष में सामंजस्य सहज नहीं, उसे साधना होगा।

—काम, प्रेम और परिवार

स्त्री-पुरुष व्यक्तित्व की ओर से सर्वथा भिन्न नहीं हैं।

—काम, प्रेम और परिवार

स्त्री-पुरुष सम्बन्ध से अश्लीलता का कोई सम्बन्ध नहीं है।

—साहित्य का श्रेय और प्रेय

स्त्री-पुरुषों का सामाजिक-सार्वजनिक व्यवहार व्यक्तित्व की भूमिका पर लिंगहीन हुआ करता है।

—कहानी : अनुभव और शिल्प

स्वप्न स्त्री-पुरुष की परस्पराकर्षकता में रमण नहीं करता, प्रत्युत् उसके अतिक्रमण की भी निरन्तर चेष्टा में रहता है।

—समय, समस्या और सिद्धान्त

स्त्री-पुरुष आकर्षण

स्त्री-पुरुष आकर्षण में आरम्भ में एक दूसरे में हठात् देवत्व के दर्शन होने लगते हैं।

—समय, समस्या और सिद्धान्त

स्त्री-पुरुष का मिलन

पुरुष का अपने में अकेलापन और स्त्री का अपने में अधूरापन यदि सत्य होता, तो उनके मिलन में ही सृष्टि का मन्त्र समाया हुआ न दिखाई देता।

—समय और हम

स्त्री-पुरुष तत्त्व

हर एक में स्त्री-पुरुष तत्त्व दोनों रहते हैं और लिंग निर्माण अनुपात के आधार पर होता है।

—समय और हम

स्त्री-पुरुष भेद

सुख पाने के लिए सुख देना—इस नियम में स्त्री-पुरुष का भेद नहीं।

—इतस्ततः

स्त्री और पुरुष में भेद प्राणगत नहीं है, कर्मगत है।

—काम, प्रेम और परिवार

स्त्री-पुरुष भेद आत्मता तक पहुँचते-पहुँचते खो जाता है।

—समय और हम

स्त्री-पुरुष भेद कर्म-विषयक है, प्राण-विषयक उनमें अभेद है।

—काम, प्रेम और परिवार

स्त्री-पुरुष समागम

विज्ञान के सहारे स्त्री-पुरुष सम्भोग को यदि दायित्व और परिणाम से शून्य बना दिया जाता है, तो वह सम्बन्ध सांस्कृतिक और कलात्मक सम्भावनाओं से विहीन होकर निरा पाशव और वीभत्स हो जाता है।

—समय, समस्या और सिद्धान्त

सब काल और सब देश के साहित्य में स्त्री-पुरुष सम्बन्ध का प्रश्न मध्यवर्ती रीढ़ के समान व्याप्त है।

—वृत्त विहार 3

स्त्री-पुरुष संगम में अश्लीलता के लिए अवकाश नहीं रहता।

—समय, समस्या और सिद्धान्त

स्त्री-पुरुष संगम में सृष्टि का मन्त्र निहित है।

—समय, समस्या और सिद्धान्त

स्त्री-पुरुष समागम के तथ्य का सत्य में समावेश हो सकता है।

—समय, समस्या और सिद्धान्त

स्त्री-पुरुष सम्बन्ध, जिसमें व्यक्ति विवश होकर अपने को खो रहता है, भौतिक भाव से परस्पर पूरक है और इसमें एक-दूसरे से बचाव सम्भव नहीं है।

—समय, समस्या और सिद्धान्त

स्त्री-प्रेम

प्रतिभाशाली लोग स्त्री-प्रेम के विषय में कुछ दुर्भागी होते हैं।

—प्रस्तुत प्रश्न

स्त्री-सुलभ कोमलता

यह पूछना कि स्त्री-सुलभ कोमलता से क्या जीवन संघर्ष को पार नहीं किया जा सकता, विशेष अर्थकारी नहीं है।

—प्रस्तुत प्रश्न

स्त्री-सुलभ स्वभाव

स्त्री ने पुरुषोचित गुण के नाम पर अपने स्त्री-सुलभ स्वभाव के कारण पुरुष में उन वृत्तियों को प्रोत्साहन दिया कि जिनसे पुरुष का दर्प बढ़ता गया, धर्म घटता गया।

—इतस्तत:

स्त्री-स्वभाव

स्त्री-शरीर यदि कोमल है, स्त्री-स्वभाव यदि भावनात्मक है, तो मान लेना चाहिए कि कोमल भावनाओं के रूप में उसकी सृष्टि हुई है।

—प्रश्न और प्रश्न

स्त्रीगत अधिकार

पुरुष का स्त्रीगत अधिकार कोई नहीं है।

—प्रस्तुत प्रश्न

स्त्रीत्व

आत्मा की ओर से सब स्त्री-पुरुषों में एक व्यक्तिमत्ता है और वहाँ स्त्रीत्व और पुरुषत्व की कोई संगति नहीं रह जाती है।

—समय और हम

आदि काल से ही [खरीदारी में] पति से पत्नी की ही प्रमुखता प्रमाणित है और यह व्यक्तित्व का प्रश्न नहीं, स्त्रीत्व का प्रश्न है।

—सोच-विचार

काम सदा द्वन्द्व है और इसीलिये वस्तुत्व अथवा व्यक्तित्व की माँग उसे कम और पुरुष से पुरुषत्व एवं स्त्री से स्त्रीत्व की माँग उसे अधिक हो जाती है।

—समय और हम

क्या उसे [कन्या को] अनिवार्य चाह नहीं हो आती उस प्रेम की जो उसके रूप, उसके यौवन, उसके अन्तस्थ स्त्रीत्व की माँग के उत्तर में विवश होकर उसमें खिंचा चला आए जैसे आग में पतंग।

—मास्टर जी

जो वयस्का होकर नवीना दीखना चाहती हैं, माता बनकर भी प्रेमिका बनने का प्रयास करती हैं, वे स्त्रीत्व की शोभा नहीं कहलातीं।

—काम, प्रेम और परिवार

पुरुष पौरुष के बल पर कभी अपने अधूरेपन से मुक्ति नहीं पा सकता, न स्त्री अपने स्त्रीत्व में रम-बँधकर पुरुष को अपने लिये अनावश्यक बना सकती है।

—समय, समस्या और सिद्धान्त

पैसे के जोर से प्राप्त सम्बद्धता स्त्रीत्व के प्रति पौरुष में प्रभुता की वासना लाती है।

—समय और हम

प्रेम में पुरुष स्त्री की कामना इसलिये नहीं करता कि पुरुषत्व स्त्रीत्व को अपनाता रहता है।

—प्रश्न और प्रश्न

बुद्धि के साथ स्त्रीत्व की क्षमता मिलाकर अगर वह आदमी की बराबरी और मुकाबले में नहीं आ जाती है, तो उसके लिए जगह सिर्फ हाशिए पर है।

—विहंगावलोकन

व्यक्तित्व स्त्रीत्व और पुरुषत्व से अलग होता है।

—कहानी : अनुभव और शिल्प

स्त्री का स्त्रीत्व और पुरुष का पुरुषत्व जब निःसन्देह उन दोनों की स्थितियों में कुछ भेद पैदा कर देते हैं, तब उस भेद पर आवश्यकता से अधिक जोर देकर यह नहीं समझना चाहिए कि इन दोनों में समानता नहीं है या कम है।

—सोच-विचार

स्त्री के माता होने में ही स्त्रीत्व की क्या सम्पूर्ण कृतार्थता और सन्तृप्ति नहीं है?

—ग्रामोफोन का रिकॉर्ड

स्त्रीत्व को खोकर स्त्री अपनी सही सार्थकता कभी प्राप्त नहीं कर सकेगी।

—समय, समस्या और सिद्धान्त

स्त्री को ज्ञान में देखना स्त्रीत्व से विरहित बनाकर देखना है।

—अनन्तर

स्त्री को स्त्रीत्व से आगे व्यक्तित्व देने में गाँधी से बढ़कर शायद ही कोई इतिहास का चरित्र ठहर सके।

—अकाल पुरुष गाँधी

स्त्री स्त्री बनी है तो स्त्रीत्व से बाहर अपनी सार्थकता देखने की हठ न रखे।

—काम, प्रेम और परिवार

स्त्रीत्व समर्पण में भी स्त्री को अपनी आन नहीं भूलने देता।

—सुखदा

स्त्रीत्व का आदर्श

सीता और राधा के युग्म में जो स्त्रीत्व का आदर्श प्रस्फुटित होता है, उससे बड़ी सम्पूर्णता मुझे और कहीं दिखाई नहीं देती है।

—काम, प्रेम और परिवार

स्त्रीत्व की शोभा

जो वयस्का होकर नवीना दीखना चाहती हैं, माता बनकर भी प्रेमिका बनने का प्रयास करती हैं, वे स्त्रीत्व की शोभा नहीं कहलातीं।

—काम, प्रेम और परिवार

स्वच्छन्द

पशु और पुरुष में अन्तर इतना ही नहीं है कि पशु स्वच्छन्द है और पुरुष सबन्ध है; बल्कि मूल अन्तर यह है कि पशु स्वयं नहीं है और अपनी वृत्तियों का शिकार है, जब कि पुरुष निजत्व रखता और अपनी वृत्तियों का विभु हो सकता है।

—*प्रश्न और प्रश्न*

शरतचन्द्र के पात्र यदि समाज मर्यादा के प्रति स्वच्छन्द दीखते हैं, तो ऐसा उच्छृंखलता के कारण नहीं प्रत्युत सहानुभूति की सघनता के कारण है।

—*काम, प्रेम और परिवार*

स्वच्छन्दता

ऐन्द्रिक स्वच्छन्दता कुंठा का परिणाम है।

—*समय और हम*

स्वतन्त्र/स्वतन्त्रता

पत्नी जितना ही पति को स्वतन्त्र रखेगी, उतना ही वह उसका होगा।

—*मुक्तिबोध*

पति-पत्नी दोनों अपने में व्यक्तित्व हैं और एक मात्रा तक उन्हें स्वतन्त्रता भी अपेक्षित है।

—*समय, समस्या और सिद्धान्त*

प्रकृतिगत स्नेह के कारण एक दूसरे की ओर कितना भी खिंचता हो, पर अपने व्यक्तित्व की स्वतन्त्रता की आसक्ति में वह एक दूसरे से अपनी सुरक्षा का ध्यान भी उतना ही रखता है।

—*समय, समस्या और सिद्धान्त*

स्वरति में से देखी गयी स्वतन्त्रता लेने की ही चीज रह जाती है, देने से उसका सम्बन्ध छिन्न-भिन्न हो जाता है।

—*समय और हम*

स्वाधीनता

पुरुष की स्वाधीनता की घोषणा कभी-कभी होते रहना घर की व्यवस्था के लिए जरूरी है।

—*निराकरण*

स्वामित्व

एक-पति पत्नी की कल्पना पर आग्रह हमारा इतना उत्कट हो सकता है कि इस सम्बन्ध में परस्पर स्वत्व और स्वामित्व की एकाधिकारी भावना ही सर्वोपरि हो आए।

—प्रश्न और प्रश्न

स्वेच्छाचार/स्वेच्छाचारिता

कड़ाई से जितने उसके बढ़ने की सम्भावना है, उदारता और सहानुभूति से उस स्वेच्छाचार के घटने की सम्भावना बनती है।

—प्रश्न और प्रश्न

प्रेम के व्यवहार में स्वेच्छाचारिता के लिए स्थान नहीं बचता।

—प्रश्न और प्रश्न

❑ ❑ ❑

णाणं
पयासयं
2470
1944
भारतीय ज्ञानपीठ